Die Pergamon-Morde

Sue & Wilfried Schwerin von Krosigk

DIE PERGAMON-MORDE

Kriminalroman

berlin.krimi.verlag
be.bra verlag

Bibliografische Information der Deutschen Nationalbibliothek

Die Deutsche Nationalbibliothek verzeichnet diese Publikation in der Deutschen Nationalbibliografie; detaillierte bibliografische Daten sind im Internet über http://dnb.d-nb.de abrufbar.

KulturBrauerei Haus 2
Schönhauser Allee 37
10435 Berlin
post@bebraverlag.de
Lektorat: Gabriele Dietz, Berlin
Umschlag: Ansichtssache, Berlin,
Satzbild: Friedrich, Berlin
Schrift: Stempel Garamond 9,5/13,5 pt
Druck und Bindung: Finidr, Český Těšín
ISBN 978-3-89809-545-7

www.bebraverlag.de

Diese Geschichte ist frei erfunden.
Das Berliner Pergamonmuseum wurde im Dienste der Fantasie architektonisch und personell erweitert und die Autoren freuen sich, hier erzählen zu können, dass alle Bauarbeiten erfolgreich abgeschlossen worden sind.

Als hätte ihm jemand einen Schlag in den Magen versetzt

Hartung Siegward Graf von Quermaten zu Oytinghausen, von Familie und Freunden kurz Hasi gerufen, kam aus einer Familie, in der es als unfein galt, über Geld zu reden. Wenn man Geld hatte, zeigte man es nicht, hatte man keins, verschwieg man es. Auf diese Weise konnte sich die reiche und die arme Verwandtschaft immer auf Augenhöhe begegnen. Hasi, der zur zweiten Verwandtschaftskategorie gehörte, fand es zudem ausgesprochen undankbar, sich den schönen Tag durch Grübeleien über seinen klammen Dauerzustand trüben zu lassen. So hatte er für den heutigen Anlass selbstverständlich den schönsten Blumenstrauß binden lassen, den der Laden hergab, und zuckte nur unmerklich zusammen, als die Verkäuferin ein paar Zahlen addierte und ihm den Endpreis vorlegte. Der Strauß war flott arrangiert, genauso wie er ihn sich vorgestellt hatte, nicht aufdringlich, nicht artifiziell, sondern wie ein selbst gepflücktes Gebinde duftender Sommerblumen. Nur dass man natürlich keine fünfunddreißig Euro dafür berappen musste, wenn man die Blumen zu Hause im Garten pflückte. Doch die Blumenrabatte seiner Tante zu plündern, hätte nur zu unbequemen Nachfragen geführt und seine mühsame Wohnsituation noch verschlimmert. So blieb ihm nichts anderes übrig, als seine Notreserve zu opfern, einen Fünfzigeuroschein, den sein Vetter Brezel ihm bei der Anprobe eines seiner ausrangierten Tweedsakkos diskret in die Jackentasche gesteckt hatte und der ihn unter normalen Umständen noch gut ein paar Wochen über Wasser gehalten hätte. Nachdem Hasi der hübschen Verkäuferin fünf Euro Trinkgeld für ihre Freundlichkeit gegeben hatte, verließ er mit den zehn Euro, die ihm jetzt noch zum Leben blieben, das überteuerte Blumengeschäft auf dem Ku'damm, das er in diesem Leben sicher nicht noch einmal betreten würde.

Er war immer noch eine Viertelstunde zu früh und flanierte mit dem Blumenstrauß unter dem Arm ein wenig vor dem Portal des Gründerzeithauses in der Uhlandstraße auf und ab.

Der Grund für seine Überpünktlichkeit war, dass er heute nicht riskieren konnte, zu spät zu kommen, und deshalb alle Eventualitäten, wie zum Beispiel starken Gegenwind oder das Abspringen der Fahrradkette an seinem rostigen Drahtesel, mit einkalkuliert hatte.

Um Punkt fünfzehn Uhr drückte er mit angehaltenem Atem endlich auf die Klingel. Als er den kathedralenartigen Hausflur des prächtigen Vorderhauses durchquerte, warf er einen Blick in den hohen Wandspiegel und überprüfte kurz seine Erscheinung. Zurück blickte ein schlaksiger junger Mann in leicht ausgebeultem Tweedsakko, dem eine blonde Haartolle einen Tick widerspenstig in die Stirn fiel und dessen Kinderstube ihm verbot, sich mit Eitelkeiten aufzuhalten. Nur ein aus dem Jackenärmel hängender Faden, der auf die leicht ausgefransten Manschetten seines Oberhemdes hinwies, musste beseitigt werden. Mit einem Ruck zog er an dem Faden, aber das Stück war erstaunlich widerspenstig. Jetzt hätte man gerne eine Schere parat gehabt. Hasi riss noch einmal kräftig. Es gab einen hässlichen Ratsch, und er hatte einen Streifen vom Hemdärmel in der Hand. Er zog beherzt weiter, bis er Stück für Stück auch noch die letzten Fetzen des morschen Ärmels aus dem Sakko gerissen hatte und äußerlich wieder alles tadellos aussah. Schnell knüllte er die Stoffreste zusammen und steckte sie in die Hosentasche, während er sich eine mentale Notiz machte, bei seinem Termin auf keinen Fall die Jacke auszuziehen.

Ein verglastes Tor führte in den Hinterhof, wo die von seiner Kusine Kiki vermittelte Wohnung im Gartenhaus liegen sollte. »Du musst da keine Miete zahlen und nur schön auf alles aufpassen und die Blumen gießen«, hatte sie ihm am Telefon erzählt. Die Wohnungsbesitzerin, Frau Bergmann, stammte aus Kikis weitläufiger Benefizszene, ging für eine Wohltätigkeitsorganisation ein Jahr nach Afrika und suchte nach einer vertrauenswürdigen Person, die sich in dieser Zeit um ihre Wohnung kümmern konnte. »Das wird niemand so spontan einrichten können wie du, Hasilein. Wir haben doch alle was Richtiges zu tun«, hatte Kiki gesagt und ihn schon dazu beglückwünscht, dass sein derzeitiges Martyrium nun bald vorbei sei.

Hasi, dessen Wohnsituation notgedrungen von ständigen Wechseln bestimmt war, hatte seine Erfahrungen mit Berliner »Gartenhäusern«, und während er durch den Grunewald nach Charlottenburg geradelt war, hatte sich in seinem Kopf das Bild eines grauen, düsteren Hinterhofs mit vergitterten Parterrefenstern und dem Ausblick auf überquellende Mülltonnen eingenistet. Aber auch das letzte Loch war besser als sein momentanes Wohnarrangement. Als er jetzt auf den Innenhof trat, traute er seinen Augen kaum. Statt eines schäbigen Hinterhofschuppens stand dort eine stilvoll renovierte Remise mit Rosenranken an einem altmodischen Spalier und einer grün lackierten Haustür, die ihn magisch anzog wie in einem Kindermärchen – natürlich eines, das für den Helden gut ausging. Ein riesiger Ahorn streckte seine Äste über den Hof. Durch die Blätter warf das Sonnenlicht winzige glitzernde Sprenkelchen auf eine kleine Terrasse mit einem Tisch und zwei Gartenstühlen. In dem Moment als er hochsah, setzte sich eine junge Amsel auf einen tiefliegenden Ast und nickte mit dem Kopf, wie um ihn zu begrüßen. Die Haustür ging schon auf, bevor er klingeln konnte, und Frau Bergmann, eine elegante Dame Mitte vierzig, bat ihn herein.

»Entschuldigen Sie die Unordnung. Ich bin schon beim Packen.«

Hasi reichte ihr seinen Strauß. »Ich hoffe, die Blumen stören nicht beim Umzug.«

»Ach was, wir werden schon ein Plätzchen für sie finden«, sagte Frau Bergmann und legte den teuren Strauß einfach auf die Fensterbank.

Überall standen Umzugskisten und Koffer herum, aber die Wohnung war fabelhaft. Ein Wohnzimmer mit gebeizten Fachwerkbalken und einem echten Kamin. Daran angeschlossen eine moderne offene Küche mit Essbereich, und dahinter konnte er durch die offene Tür in eine kleine Schlafstube sehen.

»Ich habe Sie mir ganz anders vorgestellt. Von dem, was Ihre Cousine erzählt hat, hatte ich den Eindruck, Sie wären noch Student.«

»Nicht mehr. Im letzten Jahr habe ich meine Studien ... beendet. Und seitdem bin ich auf der Suche nach einer Tätigkeit.«

»Ich würde sagen, in Anbetracht ihrer Jobsuche müssen Sie keine Miete zahlen und übernehmen nur die laufenden Kosten.« Sie lachte. »Ich kann ja schlecht in Afrika den Menschen helfen und hier auf jeden Cent schauen.« Frau Bergmann wies auf einen bequemen Sessel neben dem Kamin. »Kann ich Ihnen einen Tee anbieten?«

»Danke, sehr gerne.« Hasi ließ sich in den Ledersessel sinken, während er im Kopf die Kosten durchging. Es konnte ja nicht so sehr viel sein. Heizen musste man zurzeit sowieso nicht, Strom und Wasser ließen sich zur Not auch auf das Nötigste beschränken und im Winter zog man sich eben warm an. Es war wirklich ein perfektes Arrangement. Um sein Herzrasen zu beruhigen, sah er aus dem Fenster auf die Terrasse unter der Baumkrone. Die Sonne warf immer noch spielerische Schatten auf die Steinplatten. Die Hauswand dahinter war dicht von Efeu bewachsen und wirkte wie ein senkrechter Wald. Es war kaum zu glauben, dass er sich hier mitten in der Stadt befand. Seine Gedanken mäanderten, denn das grüne Dickicht erinnerte ihn an seine Kindheit, damals, als sein Vater noch lebte. Das war natürlich, bevor sie den Familiensitz verloren hatten, und alles andere im Übrigen auch.

»Herr von Quermaten, hallo, alles in Ordnung?« Er spürte eine Hand, die ihn sanft an der Schulter rüttelte. Offenbar war er mal wieder eingenickt. Hasi litt unter einer seltenen Unpässlichkeit, einer Art Minutenschlaf, der ihn immer dann überfiel, wenn er sich bei einem Thema besonders engagierte. Als hätte er im Gehirn einen strengen Schiedsrichter, der vorsorglich ein Aus-Zeichen machte, bevor es auf dem Spielfeld seiner Gefühle zu wild zuging. So hatte er jetzt wohl vor Begeisterung über seine neuen Aussichten gerade einen längeren Reisebericht über Afrika verpasst. Zum Glück schien Frau Bergmann ihm das nicht weiter übelzunehmen. Sie strahlte ihn an.

»Dass Kiki mir ihren netten Vetter vermittelt hat, ist meine Rettung. Ich danke Ihnen, dass Sie auf alles aufpassen wollen.«

»Bei dieser wunderschönen Wohnung habe nur ich zu danken.«

»Mit Wohngeld und Nebenkosten zahle ich im Schnitt zweihundertfünfzig Euro im Monat. Ich würde sagen, Sie übernehmen das einfach pauschal, damit wir uns nicht mit dem Ausrechnen abplagen müssen. Das ist doch ein faires Angebot, oder?«

Hasi hustete. Er hatte das Gefühl, als hätte ihm jemand einen Schlag in den Magen versetzt. »Sehr fair«, krächzte er und mühte sich ein Lächeln ab, als sie ihn etwas sonderbar von der Seite ansah. Frau Bergmann konnte ja nicht wissen, dass sie ihn soeben ohne jede Vorwarnung wie auf einem Schleudersitz aus dem Paradies herauskatapultiert hatte.

»Ist Ihnen heiß? Sie dürfen gerne Ihre Jacke ablegen.«

»Sehr freundlich.« Er begann schon, sein Sakko auszuziehen, als ihm gerade noch rechtzeitig das Gemetzel darunter einfiel. »Danke, geht schon.«

»Dann gebe ich Ihnen jetzt am besten eine Hausführung.«

Benommen folgte er ihr durch die Räume. Sein Kopf schwirrte vor Hitze und Anstrengung. Wie sollte er es nur anstellen, jeden Monat unglaubliche zweihundertfünfzig Euro zusammenzukratzen? Viele Möglichkeiten gab es da nicht. Bei seinem kleinen Qualifikationsdefizit kamen nur privat vermittelte Tätigkeiten zum Gelderwerb infrage. Und Sozialfürsorge zu beantragen, gehörte sich für ihn nicht und hatte im Übrigen auch keinen Stil, wie er hatte feststellen müssen, als er einen Versuch unternommen hatte, beim Job-Center in Zehlendorf wegen staatlicher Unterstützung vorzusprechen. Er hatte die kuriose Erfahrung vorzeitig abgebrochen, seine Wartemarke in den Rinnstein geworfen und sich von dem unangenehmen Ort entfernt, bevor jemand ihn dort womöglich noch angesprochen hätte.

Bei der Verabschiedung an der grün lackierten Tür hatte Hasi sich wieder gefangen und versicherte, zur Schlüsselübergabe in zwei Wochen pünktlich zur Stelle zu sein. Als er auf den Ku'damm trat und sein Fahrrad aufschloss, wurde ihm klar, dass er sich jetzt auf die Schnelle irgendwas einfallen lassen musste, um das Geld aufzutreiben. Hätte er auch nur geahnt, wie sehr er für zweihundertfünfzig Euro würde bluten müssen, so hätte er ausnahmsweise seine Höflichkeit überwunden und auch auf die Gefahr hin, Frau Bergmann in die Bredouille zu bringen, das Haushüten in der Charlottenburger Idylle entschlossen abgesagt.

Die Temperatur schien um einige Grade zu fallen

Es war ein paar Tage nach Hasis aufwühlender Wohnungsbesichtigung, als Dr. Patricia Boulanger die breite Marmortreppe hinunter hastete, die vom Verwaltungstrakt in die Ausstellungsräume des Pergamonmuseums hinabführte. Mit der einen Hand den engen Rock glattzustreichen und dabei gleichzeitig mit der anderen die Aktenmappe fest unter ihre Achsel zu klemmen, war schwierig. So verfehlte sie knapp den gewünschten Gesamteindruck routinierter Souveränität, wie sie feststellen musste, als sie ihre Reflexion in der Fensterscheibe sah. Sie zwang sich, für einen Moment innezuhalten, um eine Strähne ihres streng zusammengebundenen Haares wieder hinter das Ohr zu klemmen.

Trotz ihrer Eile machte Patricia einen kleinen Umweg über die Pergamonhalle, vorbei an den gequälten Gesichtern der Giganten, die auf dem riesigen Fries in ihrem letzten Kampf mit den Göttern zu viel zu tun hatten, um sie zu bemerken. Patricia konnte sich gar nicht oft genug bestätigen, dass sie jetzt tatsächlich an diesen weltberühmten Ort gehörte. Als sie an der Athena-Statue aus dem Parthenon vorbeikam, zog sie ihr Handy heraus, um ein schnelles Selfie für ihre Freunde im Netz zu machen. Das brachte ihr eine Menge Gefällt mir's, und eine tägliche Portion Bestätigung konnte sie gut gebrauchen, denn bislang hatte sie nur einen befristeten Kuratoren-Vertrag für die Dauer der geplanten Ausstellung bekommen. Sie durfte sich keinen Fehler erlauben. Schließlich war sie in der Probezeit.

Am Ausgang der Halle stieß sie auf drei Männer, die in den blauen Uniformen der Security und mit ihren ernsten Gesichtern wirkten wie ein Militärtrupp auf Patrouille. Patricia straffte sich, als Wolf Jasik, der Chef der Truppe, Anstalten machte, an ihr vorbeizumarschieren, ohne sie eines Blickes zu würdigen. Jasik gab sich alle Mühe, eine Mauer des Missmuts um sich herum aufrechtzuhalten, und jedes Mal, wenn sie sich begegneten, tat er so, als hätte er sie vorher noch nie gesehen.

Klar, sie kannte dieses Machtspiel. So zwang sie sich zu einem Fotolächeln und zog unauffällig den Jackenärmel herunter, damit er ihre Uhr überdeckte.

»Guten Morgen, Herr Jasik, haben Sie vielleicht die genaue Uhrzeit?« Sie fasste ihn leicht am Ellenbogen, als er stehen blieb, um auf seine wuchtige Taucheruhr zu schauen. Die Berührungsgeste hatte sie sich in den Nachrichten von Staatsoberhäuptern bei offiziellen Anlässen abgeguckt. Eine freundliche kleine Vereinnahmung, die auf joviale Weise demonstrierte, wer hier das Sagen hatte. Es funktionierte auch jetzt, denn der Sicherheitschef zögerte und sie nutzte den Moment.

»Kommen Sie! Wir gehen zusammen nach draußen.«

Jasik sah sich unschlüssig um. Dann knurrte er etwas Unverständliches und schloss sich ihr an.

Patricia stockte der Atem, als der weiße Lastzug mit der Aufschrift *Koenig Art Logistics* sich im Schneckentempo millimetergenau an den zugemauerten Kolonnaden und den Werkstätten vorbeimanövrierte, wo einst das Ischtar-Tor Ziegelstein für Ziegelstein restauriert worden war, bis er vor dem Hintereingang des Pergamonmuseums mit einem dezenten Ächzen zum Halten kam. Der Wagen wurde entplombt und ein Schwarm von Packern in weißen Overalls und Handschuhen öffnete unter Aufsicht von Jasik und seinen Männern die Ladefläche und begann, die Kisten auszuladen. In ihrer sterilen Kleidung wirkten die Speditionsarbeiter wie Sanitäter bei einem Krankentransport. Und sie war die Oberärztin.

Der Transportleiter kletterte aus dem Führerhaus des Lastzuges und blickte suchend an ihr vorbei.

»Guten Morgen. Kann ich Ihnen helfen?«

Der Mann sah auf seinen Transportbrief. »Ich suche einen Dr. Boulanger, den Kurator für die Ausstellung.«

»Das bin ich.«

»Ach so. Ich bin Martin Braun, Leiter des Transports.« Er versuchte, ein Gähnen zu unterdrücken. »Entschuldigung. Wir sind die Nacht durchgefahren. Sicherheitsvorschriften.« Er reichte ihr den Lieferschein.

Während die Männer die Kisten über die Rampe zum Lastenaufzug trugen, verglich Patricia den Lieferschein mit ihren Unterlagen. Zehn Kisten mit Artefakten von unschätzbarem Wert. Es waren sumerische, babylonische und assyrische Leihgaben aus Paris, die vorerst in den »Katakomben«, wie die Magazine im Bauch des Museums genannt wurden, zwischengelagert werden mussten. Die Ausstellungsräume oben im Erdgeschoss waren bereits eine einzige, chaotische Baustelle. Maler, Handwerker und Beleuchtungstechniker arbeiteten rund um die Uhr daran, in Kulissen aus Sperrholz mit Gips, Ton und Erde eine mesopotamische Umgebung herzustellen, die der Ausstellung »Die Geburt der Götter« eine möglichst authentische Atmosphäre verleihen sollte. Ein absolut genialer Titel, fand Patricia, und das Schönste war, dass sie selbst ihn erfunden hatte. Professor Schrader, der Direktor des Vorderasiatischen Museums, hatte sie in der Kuratorensitzung angestarrt, als hätte sie etwas Obszönes gesagt. Es war nicht üblich, dass jemand in der Probezeit eigene Ideen einbrachte, und dazu war sie mit achtundzwanzig Jahren auch noch die jüngste Kuratorin des ganzen Museums. Sie hatte es schon bereut, so forsch gewesen zu sein, aber dann hatte Schrader den Titelvorschlag kommentarlos angenommen. Und seitdem hatte er umso mehr Wind darum gemacht, als sei alles seine Idee gewesen. Patricia war sich bewusst, dass sie lediglich die Krümel abkriegen würde, die vom Tisch fielen. So lief das nun mal überall für Berufseinsteiger.

Ein schriller Alarm riss sie aus ihren Gedanken. Sie eilte hinein in den Gang, wo die Sicherheitsmänner um Jasik sich bereits mit Waffen im Anschlag an den Lastenaufzug gestellt hatten. Ein metallisches Ächzen kündigte den Aufzug an. Die schweren Türen schoben sich knirschend auf und ein schnauzbärtiger Wachmann dahinter hob erschrocken die Hände wie im Film. Schnell war der Vorfall geklärt. Obwohl der Wachmann den richtigen Knopf gedrückt hatte, war der Aufzug nicht nach unten in die Katakomben, sondern, wie von Geisterhand gelenkt, nach oben gefahren, wo sich die Türen für wenige Sekunden geöffnet und geschlossen hatten, wie er mit nervösem Stottern erklärte.

»Ist ja n-n-nichts passiert, Chef.«

Jasik zuckte mit den Schultern und beließ es bei einer Verwarnung. Erleichtert kehrten alle an ihre Arbeit zurück. Als die letzten Kisten nach unten gebracht wurden, balancierte Patricia auf ihren schmalen Absätzen hinter Jasik die Gittertreppe hinab zu den Lagerräumen.

Die Packer begannen, mit ihren Akkubohrern die Deckelschrauben zu lösen, als Patricia merkte, hier konnte etwas nicht stimmen.

»Herr Braun, wir haben ein Problem.«

Der Transportleiter kam sofort zu ihr.

»Zählen Sie mal die Kisten nach!«

Martin Braun kratzte sich am Kopf. »Ich verstehe das nicht. In Paris hatten wir nur zehn geladen, so steht es auch im Lieferschein.«

»Es sind aber elf. Und soweit ich das sehe, tragen sie alle das Logo von Koenig Art Logistics. Das kann nicht sein.«

»Eine zu viel ist besser als eine zu wenig, oder?« Der Transportleiter versuchte es mit einem schiefen Lächeln.

»Da könnte immerhin eine Bombe drin sein. Ihre Leute sollen sofort die Finger von den Kisten lassen. Ich will wissen, welche davon nicht gelistet ist.«

Jasik trat heran. »Was nicht in Ordnung, Frau Doktor?«

»Wir brauchen eine Sicherheitsüberprüfung, Herr Jasik.«

Er zog die Stirn in Falten. »Machen Sie jetzt meinen Job?«

Der Transportleiter wedelte mit seinen Lieferpapieren und deutete auf eine kleinere Kiste. »Ich hab sie gefunden, Frau – Kuratorin. Aber diese Kiste haben wir nicht transportiert. Bestimmt nicht. Die ist gar nicht aus dem Louvre, würde ich sagen.«

»Aha. Und wie kommt ein klimatisierter *hardcase* von Ihrer Spedition, dazu noch komplett verschraubt, in unseren Lagerraum? Irgendeine Idee?«

Er zuckte mit den Schultern. »Ich meine ja nur – solange nichts fehlt …«

Sie wandte sich an Jasik. »Können Sie feststellen, was in der Kiste ist, ohne dass uns hier alles um die Ohren fliegt?«

Jasik verschränkte seine muskulösen Arme. »Könnte ich schon. Muss ich aber nicht.«

Patricia bemerkte die Stille im Raum. Sie brauchte sich nicht umzudrehen, um zu wissen, dass alle sie ansahen. Sie machte zwei Schritte auf die unidentifizierte Kiste zu.

»Dieses Objekt ist nicht registriert, weder bei Herrn Braun, noch bei uns, das ist eine Tatsache, Herr Jasik. Das Logo der Firma sieht echt aus, aber die Farbe des Schriftzugs ist dunkler als auf den anderen Kisten. Könnte Zufall, aber auch eine Fälschung sein.« Mit ihrer Fußspitze schob sie die Kiste ein paar Zentimeter auf Jasik zu. »Ob das ein Sicherheitsrisiko darstellt, müssen Sie beurteilen. Sie tragen dafür die Verantwortung.«

Jasik drehte sich zu einem seiner Männer. »Atze, bring mir mal die Laserkamera! Funktioniert auch als Nacktscanner«, fügte er mit einem Seitenblick auf Patricia hinzu.

Die Wachleute brachten das Gerät in Stellung. Das leichte Knacken des Diodenlasers war zu hören, und sie beugte sich vor. Auf dem Monitor erschienen die verschwommenen Umrisse einer Figur.

Jasik schaute betont gelangweilt hin. »Wenn Frau Doktor jetzt beruhigt ist, können wir vielleicht die Kiste öffnen. Übrigens –« Er wies mit hochgezogener Augenbraue auf ihre Beine.

Patricia schaute an sich herab. Mist. Sie hatte sich an der Kiste eine Laufmasche geholt.

Die Packer lösten die Schrauben, nahmen den Deckel ab und Patricia hob behutsam eine etwa fünfzig Zentimeter hohe Holzfigur aus der Verschalung. Bei der Berührung fühlte sie ein leichtes, angenehmes Kribbeln in den Fingerspitzen und für einen Moment fragte sie sich, ob das Holz etwa elektrisch aufgeladen sein konnte. Die Figur war nicht schwer und ihre grau-schwarze Oberfläche rissig. Sie wirkte alt, ihre Konturen waren durch Verwitterung unscharf geworden, aber sie war unbeschädigt. Wahrscheinlich war sie babylonischen Ursprungs, oder sogar noch älter. Mindestens dreitausend Jahre, schätzte Patricia. Es war eine sitzende Gestalt mit einem Kopf, der sich in zwei Gesichter teilte, die janusartig in entgegengesetzte Richtungen sahen. Ein männliches, bärtiges Gesicht und das einer jungen Frau, deren langer, geflochtener Zopf sich kunstvoll um den Busen, die Taille und schließlich um den unteren Teil der Figur wand und in einem Sockel auslief wie der Schwanz einer Maus.

Die Gespräche im Raum verstummten. Die Temperatur schien um einige Grad zu fallen. Alle schauten auf die Figur, die Patricia vorsichtig auf einem Arbeitstisch abstellte.

Jasik durchbrach die Stille. »Hey, der Typ hat ja Möpse! Ist doch pervers – wohl eine Transe, wa?« Er fuhr mit seinem Finger langsam über die Brüste der seltsamen Figur, dann zog er die Hand zurück und lachte verkrampft.

Patricia beachtete Jasik nicht weiter und starrte gebannt die Statue an. Wie kunstvoll die beiden Gesichter geformt waren! Sie schienen in Bewegung zu sein, gerade so, als ob Mann und Frau im Begriff waren, miteinander zu einem neuen Wesen zu verschmelzen. Etwas Sanftes, aber gleichzeitig kraftvoll Heilendes ging von der Figur aus. Dunkel erinnerte sie sich daran, dass es eine archaische Gottheit sein musste, einer der ersten bekannten Götter, dessen Name ihr jedoch partout nicht einfiel. Eine überwältigende Freude und Ehrfurcht überschwemmte sie, als seien sie hier in den Katakomben gerade Zeugen einer Zeremonie geworden, die alle Menschen im Raum vereinte.

»Was ist das Ding denn nun, Frau Doktor? Wissen Sie's oder wissen Sie's nicht?«, fragte Jasik.

»Es ist ein alter Gott – beziehungsweise eine alte Göttin«, sagte Patricia und strahlte ihn glücklich an.

Ihre Empörung war zu gewaltig, um nicht ins Hyperventilieren zu geraten

Ursula Abendroth, die Personalchefin des Pergamonmuseums, lehnte sich in ihren Sessel zurück. Eine Hitzewallung hatte sie gerade zum dritten Mal mit Wucht überrollt und nun fühlte sie, wie die Schweißtröpfchen ihr Dekolleté hinunterkullerten, um dort in die weiche Schurwolle ihres neuen Kostüms einzusickern. Erschöpft fächelte sie sich mit einer Akte Luft ins gerötete Gesicht. Der wunderbare Dr. Prätorius hatte in seinem letzten Vortrag über »Magie im Alltag« empfohlen, auf jede noch so kleine Botschaft zu achten, die der Körper an den Geist richtete. Krankheiten seien nicht zu bekämpfen, sondern wertvolle Lehrmeister, und es galt genau hinzuhören, um ihre Lektionen richtig zu verstehen. Doch die Wechseljahre waren eigentlich gar keine Krankheit, dachte Frau Abendroth vage, und die Veränderungen sagten ihr doch kaum mehr, als dass sie älter wurde. Gleich heute Abend musste sie nachsehen, ob Prätorius in seinem Buch »Die Kraft der Magie« auch etwas darüber geschrieben hatte. Oder besser schon heute Nachmittag, denn in diesem Zustand würde sie nicht mehr lange durchhalten. Geistesabwesend fiel ihr Blick auf das bunte Muster ihres Kostüms. Sie hatte das finnische Designerstück von Marimekko mit seinem auffällig bunten Blumenmuster für mehr Geld erstanden, als sie normalerweise gewillt war, für sich selbst auszugeben. Sie teilte ihr Gehalt und die kleinen und größeren Freuden des Alltags viel lieber mit Hanni und Nanni, die begeistert umhersprangen, wenn sie mit den Esseneinkäufen das Haus betrat. Oft schlug sie sich zunächst in dramatischer Geste mit der Hand gegen die Stirn, kehrte auf dem Absatz um und tat so, als hätte sie sich in der Adresse geirrt. Die beiden Pudel gerieten dabei in rituelle Hysterie, und so verdoppelte sich die Freude für alle drei, wenn sie die Spannung auflöste und ihnen die Einkaufstüten hinhielt, damit sie hineinschnüffeln konnten. Mit vorfreudigen Gedanken an die zwei Lieblinge döste sie ein, bis ihre Sekretärin auf Zehenspitzen hereinkam und ihr einen duftenden Kräutertee auf den Schreibtisch stellte. Frau Abendroth öffnete die Augen und nickte matt.

»Danke, Müllerchen, aber ich sollte besser nach Hause gehen. Mein Kopf ist schon ganz wuschig. Steht denn noch was Wichtiges an für heute?«

»Nur ein Bewerbungsgespräch. Soll ich den Termin verschieben?«

Frau Abendroth nickte und drehte ihren Sessel zum Fenster, als die Sekretärin wieder im Vorzimmer verschwunden war. Der Panoramablick aus der Chefetage hoch oben im Museum tat ihren müden Augen gut. Sie nippte an dem Kräutertee und schaute hinunter auf die vorbeifließende Spree und den Kupfergraben. Ein weißer Lastzug manövrierte sich gerade über die Monbijoubrücke rückwärts zur Straße. Die Lieferung aus dem Louvre war also bereits in die Katakomben verladen worden, registrierte sie zufrieden, doch dann stutzte sie. Ein bulliger Wächter des Sicherheitsdienstes stand vor dem Pergamonmuseum und sah dem Laster hinterher, die Hände in die Hüften gestemmt. Unvermittelt trat er mit Wucht gegen einen Abfalleimer, der daraufhin schief aus seiner Verankerung kippte. Ursula Abendroth stockte der Atem und sie war schlagartig hellwach. Ein klarer Fall von Sachbeschädigung! Sie kniff die Augen zusammen, um den Mann besser zu erkennen, doch leider hatte er ihr den Rücken zugewandt. Der Sicherheitsdienst gehörte nicht in ihren Personalbereich, sonst wäre so eine Entgleisung niemals vorgekommen, dafür hätte sie schon gesorgt. Auch gab es unter ihrer mütterlichen Obhut für niemanden Grund, wütend oder unbeherrscht zu werden. Doch die Männer vom Wachdienst wurden über eine Spezialfirma angeheuert und hatten keine individuellen Anstellungsverträge mit dem Museum. Frau Abendroth beugte sich vor, um den Unhold im Auge zu behalten, als sie ein kleines Fellbündel bemerkte, das eine rote Leine hinter sich herschleifte und auf den Uniformierten zutrippelte. Sie schluckte. Das arme verlassene Hündchen, es war ein süßer Yorkshire Terrier von der Sorte, der man gerne eine Schleife ins Haar band. Er musste sich losgerissen haben, denn sein Herrchen oder Frauchen war nirgendwo zu sehen. Der Hund hob jetzt sein kleines Bein an einer Laterne und setzte zu einer Reviermarkierung an. Sie lächelte gerührt und trank einen Schluck Tee. In diesem Augenblick beugte der Museumswächter sich blitzschnell vor, packte den winzigen Hund und warf ihn in hohem Bogen in die Spree. Ursula Abendroth prustete vor Schreck und sprühte einen Mundvoll Tee gegen die Fensterscheibe. Der Anschlag hatte sich so schnell abgespielt, dass sie dem zappelnden Hündchen nur mit schockgefrorenem Gesicht hinterherstarren konnte, als es die Spree in Richtung Kanzleramt hinabgetrieben wurde. Für einen Moment kam es ihr vor, als hörte sie ein Winseln, bevor der winzige Hundekopf in den schnell fließenden Wassern verschwand. Auf der Uferpromenade wandte sich der Sicherheitsmann mit sichtlicher Zufriedenheit ab und schlenderte davon.

Frau Abendroth fühlte eine neue Hitzewallung aufsteigen. Sie zwang sich, mit zitternden Fingern den Tee von der Fensterscheibe zu wischen, doch ihre Empörung war zu gewaltig, um nicht ins Hyperventilieren zu geraten. Das Signal ihres Körpers musste sie nicht lange deuten. Sie hatte einen Mord bezeugt.

Als sie wieder klar denken konnte, griff sie zum Telefon. Als Tatzeugin war es ihre Aufgabe, den Mörder seiner verdienten Bestrafung zuzuführen. Sie verlangte, Jasik zu sprechen, den Chef des Sicherheitsdienstes. Mit seiner Hilfe würde sich die Identität des Übeltäters schon feststellen lassen. Wie immer reagierte Jasik abweisend, wenn es sich um seine Truppe handelte, aber darauf konnte sie jetzt keine Rücksicht nehmen. Der Mann war ein Wichtigtuer und längst nicht so souverän, wie er sich gerne präsentierte. Mit ein wenig Nachdruck in ihrer Stimme brachte Ursula Abendroth ihn dazu, eine Unterredung zu vereinbaren. Leider nicht sofort, sondern erst kurz vor Feierabend. Natürlich war das ein dummes Machtspiel, aber auf dieses Zugeständnis musste sie sich wohl einlassen. Sie seufzte. Jetzt musste sie also doch noch bis zum Abend ausharren. Das war sie dem armen Tier schuldig.

Sie blickte wieder aus dem Fenster. Auf der gegenüberliegenden Straßenseite des Kupfergrabens fiel ihr nun eine Horde jugendlicher Strauchdiebe auf, die neben einer Baustelle herumlungerten und sich mit Alkoholika den Verstand wegtranken. Es waren die üblichen verwahrlosten Subjekte mit unpraktischen Haartrachten, in denen sich mit Sicherheit Läuse und Schlimmeres tummelten, speckigen schwarzen Lederklamotten und silbernen Ketten, die ohne jeden Zweck an Jacken und Hosen baumelten. Man sollte etwas tun, um die Besucher des Pergamonmuseums vor einem solchen Anblick zu schützen, dachte sie, bis ihr schlagartig klar wurde, dass diese Tagediebe vielleicht wichtige Zeugen waren. Sie kniff die Augen zusammen. Ein Junge mit grünem Haar hatte sich erhoben und fuchtelte zur Belustigung seiner Kumpane mit den Armen herum. An seinen Gesten erkannte Ursula Abendroth, dass er ihnen den schockierenden Tathergang vom Spreeufer vorführte, so als ob es nur ein lustiger Spaß gewesen wäre. Sie stöhnte. Warum war die Welt nur so grob, so wenig mitfühlend, so seelenlos?

Die bestürzte Personalchefin konnte nicht wissen, dass Böbbi, wie der mangelernährte, spirrelige junge Mann mit den grünen Haaren von seiner Gang genannt wurde, sich keineswegs über das Schicksal des armen Hundes amüsierte. Kindheitserinnerungen an seinen eigenen geliebten Hund, der elendig an Krebs zugrunde gegangen war, ließen gerade sein Mitgefühl und seine Empörung heiß auflodern. Aber niemand glaubte ihm. Auch nicht, nachdem er in Aufregung aufgesprungen war und das Drama nachgespielt hatte, um die spöttische Meute davon zu überzeugen, dass sich der Vorfall tatsächlich genau so und nicht anders zugetragen hatte.

Der Prinz hatte sich schon bei der ersten Begegnung in einen Frosch verwandelt

Hasi versuchte, sein klappriges Fahrrad dezent an Tante Pudels Wohnzimmerfenster vorbeizuschieben. Erleichtert, dass sie ihn nicht bemerkt zu haben schien, öffnete er die Gartenpforte zur Straße. Gerade als er sich auf den Sattel schwingen wollte, riss seine Tante die Haustür auf.

»Wo willst du denn hin? Ich wollte uns einen Tee machen.«

»Tut mir leid, aber ich habe es eilig.«

»Du und eilig, das ist ja was ganz Neues! Jetzt mach nicht so ein Brimborium, ich habe dich was gefragt.«

Hasi seufzte. »Ich habe eine Verabredung in Mitte.«

»Ein Rendezvous, warum sagst du das nicht gleich?« Sie musterte ihn kritisch. »Nimm bloß den Schlips ab! Die Drecksluft in der Stadt ruiniert dir auf der Fahrt die schöne Seide.«

»Gute Idee, Tante Pudel.« Hasi band die Krawatte ab und steckte sie in die Seitentasche seines Sakkos. »Jetzt muss ich aber wirklich los.«

»Moment noch.« Tante Pudel verschwand im Haus. Während er noch überlegte, ob er ihre Abwesenheit zur Flucht nutzen sollte, war sie schon zurück und drückte ihm eine Schachtel Trüffelpralinen in die Hand.

»Man geht nicht mit leeren Händen zu einer Dame, merk dir das, du Hornochse.«

Er betrachtete die Konfektschachtel und fragte sich, ob irgendwo ein abgelaufenes Verfallsdatum aufgedruckt war. »Das ist wirklich nicht nötig.«

»Papperlapapp. Ich vertrag das süße Zeug sowieso nicht mehr.«

Mit einem Dank schwang er sich auf sein Fahrrad und radelte davon.

Hasi schätzte es sehr, dass Berlin ein so gut ausgebautes Netz an Fahrradwegen besaß. Die Enge öffentlicher Verkehrsmittel, wo man mit völlig unbekannten Personen zusammengepfercht wurde, war ihm eher unangenehm. Fahrradfahren war gesünder und man genoss dabei auch noch einen herrlichen Blick auf die Sehenswürdigkeiten. Von Tante Pudels Häuschen am Schlachtensee radelte er durch den Grunewald nach Charlottenburg, wo eine rote Ampel am Ku'damm ihn erstmalig zum Anhalten zwang. Eine osteuropäisch aussehende Bettlerin mit Kopftuch und Schürze streckte flehend ihre Hand zu ihm hoch. Zwei abgerissene Kinder mit verstrubbelten Haaren sprangen auf und tänzelten lächelnd an Hasis Fahrrad heran. Er zog schnell Tante Pudels Konfektschachtel heraus und gab sie den Kindern.

»Guten Appetit!«, wünschte er und radelte davon, bevor sie ihm die Brieftasche aus der Jackentasche stibitzen konnten. Er bog in die Leibnizstraße und fuhr bis zum Charlottenburger Schloss und von dort am Ufer der Spree entlang bis zum Pergamonmuseum, fast ohne noch einmal anhalten zu müssen. Dann schloss er sein Fahrrad mit einem Stahlbügel an einen Laternenpfahl. Obwohl das Rad schon recht angerostet war, konnte man nicht vorsichtig genug sein. Fahrraddiebstahl war eine der am besten florierenden Branchen in der Stadt.

»Hallo Sie! Junger Mann!« Eine ältere Dame lief händeringend auf ihn zu. »Haben Sie einen Yorkshire Terrier mit roter Leine gesehen? Meiner kleinen Lupi hat sich losgerissen, das ungezogene Gör!«

»Leider nein.« Er überlegte einen Augenblick. »Aber ich werde in nächster Zeit vielleicht häufiger hier sein, gnädige Frau, und dann kann ich –«

Die Dame hatte sich bereits einer jungen Frau mit Kinderwagen zugewandt. »Hallo Sie! Haben Sie vielleicht einen kleinen Hund gesehen?«

Hasi beugte sich vor, um in der Spiegelung einer leeren Bierflasche, die jemand auf einem Mauervorsprung abgestellt hatte, seine Krawatte umzubinden. Sie war aus italienischer Seide und wie fast alles, was Hasi besaß, ein ausgedientes Accessoire seines Vetters Brezel. Bei schonender Pflege ließ sich gute Qualität durchaus ein oder zwei Jahrzehnte tragen, wie sein tadellos aussehendes Tweedjackett bewies, das für den warmen Frühsommertag höchstens einen Tick zu schwer war. Er konnte sich nicht erinnern, wann er zum letzten Mal ein Kleidungsstück käuflich erworben hatte, abgesehen von seinen Boxershorts natürlich. Seine sparsame Haltung war nicht etwa Geiz, er mochte aus Prinzip keine neuen Dinge, und modisch sein zu wollen war letztlich nichts als ein Ausdruck mangelnder ästhetischer Disziplin.

Hasi spürte eine leichte Nervosität in sich aufsteigen, als er die Eingangshalle des Pergamonmuseums betrat. Schneller als erwartet war der Tag gekommen, an dem sich alles zum Guten wenden würde. Mit Sicherheit würde das Salär eines Praktikanten ausreichen, um die Unkosten für die Gartenhauswohnung zu decken. Und für seine bescheidenen persönlichen Bedürfnisse würde er nach wie vor mit den diskreten Zuwendungen und Einladungen seiner weitläufigen Verwandtschaft rechnen können. Er blickte auf seine Uhr. In einer Viertelstunde war er mit der schönen Museumskuratorin verabredet. Nur wo sie sich eigentlich genau treffen wollten, darüber hatte sie kein Wort gesagt. Er hatte sich bis jetzt auch noch keine Gedanken darüber gemacht, ob es in diesem riesigen Museum irgendwo einen Verwaltungstrakt gab, wo Patricia ihn vielleicht in ihrem Büro erwartete. Hoffentlich müsste er dafür nicht eine Eintrittskarte erwerben!

Patricia hatte den Nachmittag damit verbracht, nach irgendeinem Hinweis auf die geheimnisvolle Holzfigur zu suchen, die in der Lieferung aus Paris nicht gelistet war. Nachdem die Transportfirma abgefahren war, hatte sie das Objekt zunächst von allen Seiten fotografiert und es dann in ein Magazin in den Katakomben weggeschlossen. Anschließend hatte sie die Fotografien mit der Datenbank der Museumsbestände abgeglichen. Ihre Vermutung, dass es sich um eine unregistriert zurückgekehrte Leihgabe handelte, hatte sich jedoch nicht bestätigt. Es war ein Versehen, sie verstand nicht, wie so etwas passieren konnte, aber es war klar, dass man im Zweifelsfall sie dafür verantwortlich machen würde. Ausgerechnet in ihrer Probezeit und bei dem ersten großen Projekt, das ihr anvertraut wurde. Zu allem Unglück war Direktor Schrader, bei dem sie sich hatte absichern wollen, heute nicht im Haus, sondern bei einer Besprechung mit dem Kultursenator, wie seine Sekretärin ihr mit einem so vorwurfsvollen Blick mitgeteilt hatte, als hätte sie das doch wissen sollen. Alles hatte sich heute gegen sie verschworen. Sie unterdrückte einen Anflug von Übelkeit. Seit dem Morgen hatte sie noch nichts gegessen. Der Nachmittag war schon bald vorbei und ihr fiel plötzlich ein, dass sie eine Verabredung hatte. Sie war bereits zwanzig Minuten zu spät und eilte im Laufschritt durch die Gänge. Jasik kam ihr entgegen und trat rücksichtsvoll beiseite. Hatte sie sich durch ihr Auftreten am Morgen bei ihm Respekt verschafft? Schnell verwarf sie diesen Gedanken wieder. Es war wohl eher so, dass sie ein Problem am Hals hatte und alle, die es wussten, einen Bogen um sie machten, als könnte man sich bei ihr anstecken.

Trotz ihrer Sorgen musste Patricia lächeln, als sie Hasi neben den Ticketschaltern warten sah. Ein Mann der alten Schule, gar nicht unattraktiv. Aber seitdem sie mehr über ihn wusste, rangierte er leider viel zu weit unten auf ihrer Männerbewertungsskala, um als ernsthafte Verabredung infrage zu kommen. Nach ihren Vorstellungen musste ein Mann über einen ausgeprägten Machtsinn und viriles Selbstbewusstsein verfügen, und dem widersprach schon sein Spitzname. Es war geradezu lächerlich, einen ausgewachsenen Mann mit so einem infantilen Kosenamen anzusprechen. Erst recht, wenn er auch noch ein echter Graf war. Sie hatte Hasi vorgestern bei einer Lesung im Berliner Mittwochssalon kennengelernt. Ein Kurator der islamischen Abteilung hatte sie mitgenommen und ihr den Gastgeber vorgestellt, den Rechtsanwalt Dr. Erich Löw, einen gesellschaftlich angesehenen Förderer der Berliner Kultur. Mit seinem wallenden grauen Haar und einem Jackett mit Paisleymuster lag Löw offensichtlich viel daran, etwas Kreatives und Bohemienhaftes auszustrahlen. Die Lesung hatte dazu gepasst. Begleitet von minimalistischer Klaviermusik hatte eine ganz in Schwarz gekleidete junge Autorin mit bedeutungsvoller Miene Gedichte vorgetragen, die Patricia ziemlich albern vorgekommen waren. Sie hatte es schon bereut, ihre knappe Freizeit zu vergeuden, doch dann war sie am kalten Büfett mit Hasi ins Gespräch gekommen, und das hatte den Abend gerettet.

»Darf ich Ihnen ein Geheimnis verraten?«, hatte er sie angesprochen und auf ihr Zögern hin flüsternd hinzugefügt, dass er kein einziges der Gedichte verstanden hatte. »Ein bisschen überkandidelt, wenn Sie mich fragen. Aber bitte erzählen Sie es nicht weiter, sonst werde ich nicht mehr eingeladen.«

»Keine Sorge, ich kenne sowieso niemanden hier.«

»Dann habe ich ja Glück gehabt.« Er grinste. »Allerdings habe ich Ihnen das nur verraten, weil Sie bei der Lesung gegähnt haben.«

»Nein, habe ich nicht – jedenfalls habe ich nicht gedacht, dass es so auffällig war.« Sie musste lachen und er lachte mit.

»Keine Sorge. Niemand hat was gemerkt.«

»Bis auf Sie.«

»Dafür müssen Sie nicht befürchten, dass ich jetzt mit Ihnen über moderne Lyrik reden will.«

»Ich schätze, da sind Sie so ziemlich der Einzige hier.« Sie warf einen Blick durch den Raum, wo sich mittlerweile lauter ernste Grüppchen gebildet hatten, die eifrig miteinander diskutierten.

»Das kann ich mir vorstellen. Die ganze Avantgarde, was auch immer das sein soll, hat sich ja heute hier versammelt. Unser Gastgeber hat sogar einen Preis ausgeschrieben. Für das beste Kurzgedicht. Obwohl ich wette, dass sich bei dem Sieger dann keine einzige Zeile reimt. Die besten Chancen hätte wohl ein Gedicht ganz ohne Worte, oder?«

»So eins könnte mir sogar gefallen. Vielleicht sollten Sie sich um den Preis bewerben.«

»Geht leider nicht, dafür bin ich nicht talentiert genug. Aber ich schenke Ihnen gerne die Idee.«

»Sehr großzügig.«

»Entschuldigung, ich habe mich noch gar nicht vorgestellt«, sagte er. »Hartung Siegward Quermaten, aber sagen Sie bitte einfach Hasi zu mir. Wir können uns auch duzen, das tun sowieso alle hier.«

»Gerne. Ich bin Patricia Boulanger.«

Er sah ganz passabel aus, mit seinem Grübchen im Kinn, den hellblauen Augen und einer ungebändigten hellblonden Haartolle, die ihm über die Stirn fiel. Nur sein ausgebeultes Tweedsakko mit den abgewetzten Lederflicken auf den Ärmeln wirkte deplaziert in dieser Gesellschaft. Sie hatte auf Professor getippt oder auch Gutsbesitzer und mit einem Blick auf seine langgliedrigen, gepflegten Hände festgestellt, dass er keinen Ehering trug. Wie konnte es sein, dass so ein Mann – sie schätzte ihn auf etwa dreißig Jahre – noch zu haben war? Auf der Gästeliste hatte Patricia entdeckt, dass er untertrieben hatte und in Wirklichkeit ein Graf von und zu war. Den Spitznamen Hasi fand sie etwas albern, aber wahrscheinlich war er immens reich, und so einer hatte es eben nicht nötig, jemandem etwas vorzumachen. Insofern hatte es ihr vor Erstaunen – oder wenn sie ehrlich war, eher vor Enttäuschung – die Sprache verschlagen, als er, nachdem sie über die viele Arbeit geklagt hatte, die sie im Museum ganz ohne Assistenz bewältigen musste, sie unvermittelt gefragt hatte, ob er ihr da nicht vielleicht behilflich sein könnte. Ob sie ihn nicht zum Beispiel für die Katalogisierungsarbeiten einstellen wollte? Zuerst hatte sie gelacht und gedacht, er wolle sie hochnehmen. Es wäre ihr nicht im Traum eingefallen, dass jemand wie er sich ernsthaft für eine Arbeit interessieren könnte, die normalerweise von studentischen Hilfskräften verrichtet wurde.

»Ich fände es fabelhaft, dir bei deiner neuen Ausstellung helfen zu dürfen«, hatte er geschwärmt und hinzugefügt, er glaube, Dinge aufzulisten sei genau das Richtige für ihn, es sei eine sehr anständige Arbeit, so etwas hätte er auch schon mal gemacht. Und außerdem sei er im Moment etwas klamm.

Darauf hatte sie erst einmal einen taktischen Hustenanfall bekommen und ihn dann, nachdem sie etwas Zeit gewonnen hatte, darauf hingewiesen, dass sie ihm höchstens eine Praktikantenstelle anbieten könnte, die nur sehr schlecht bezahlt werde. Aber er war unerschütterlich geblieben. Auch das sei völlig in Ordnung, er brauche ja nicht viel und befände sich momentan in einer kleinen Zwangslage, die mit familiären Umständen zu tun hätte, mit denen er sie nicht weiter langweilen wollte.

Patricia war verwirrt. Auch jetzt, als sie Hasi in der Eingangshalle des Museums begrüßte, wies seine gepflegte, konservative Erscheinung alle Insignien einer erfolgreichen Existenz auf. Es war wie das Märchen mit dem Froschkönig, nur dass sich in ihrem Fall der wundervolle Prinz schon bei der ersten Begegnung in einen Frosch verwandelt hatte und nicht umgekehrt.

»Mir ist etwas schwummrig«, gestand Hasi nach der Begrüßung. »Vielleicht findet Frau Abendroth mich ja zu alt für die Stellung?«

»Bestimmt nicht. Das Vorstellungsgespräch ist reine Formsache. Außerdem kann man in einem Museum höchstens zu jung sein.«

»Dann hätte man dich doch gar nicht einstellen dürfen. Dieses Grau steht dir übrigens fabelhaft. Sehr schick, finde ich.«

Patricia nickte überrascht. Er war der erste Mensch, der ihr Kostüm bemerkt hatte. Spontan gab sie ihm einen kleinen Kuss auf die Wange.

Aus dem Inneren erschien der strubbelige Kopf wie ein Alien nach der Landung

Hinnerk Pettersen saß mit Tablet auf dem Schoß in einem seiner silbernen Egg-Chairs und warf aus alter Gewohnheit noch einen Blick auf den Nasdaq. Die Kurse waren mal wieder im freien Fall, und er beglückwünschte sich wie jeden Tag, dass ihn das nicht mehr tangieren musste. Dann strich er sich über den kahl rasierten Kopf und lehnte sich zurück. Er war happy mit dem White Cube, seiner Neuköllner Praxis für Body, Soul and Clear Mind. Happy – und nicht etwa stolz. Stolz waren nur eitle Mütter auf ihre Kinder, die sie als ihr kostbares Eigentum betrachteten. Oder Fondsmanager auf ihren Bonus. Stolz gehörte nicht mehr in Hinnerks Gefühlsportfolio, seitdem er im Zuge einer Bankenpleite seinen Job als Investmentbanker verloren und im Silicon Valley einen siebentägigen Kurs zur Quanten-Initiation absolviert hatte. Happiness bedeutete, dass die Mind sich in Harmony mit dem Raum, mit der Zeit und mit der Matrix fühlte.

Von der Karl-Marx-Straße aus wirkte der Raum, der zwischen einem Geschäft für arabische Brautmoden und einer Dönerbude eingeklemmt war und vorher ein weiß gekacheltes Labor für Zahntechnik beherbergt hatte, mit seinem spartanischen Weiß, dem Tresen aus Glas und Stahl und dem hellgrünen, eiförmigen Ufo aus Fiberglas wie ein Laden für futuristisches Design. So kamen auch immer wieder junge, hippe neu Hinzugezogene herein, die enttäuscht feststellten, dass er keine Möbel zu verkaufen hatte. Oft ergab sich auf diese Weise dann doch ein weiterführendes Gespräch, infolgedessen manch ein Irrläufer schon zum nachhaltigen Klienten geworden war. Seinem Überzeugungstalent war es zu verdanken, dass er für das White Cube die obligatorischen Schutzzahlungen an den benachbarten Al Mustafi-Clan in bargeldlose Transaktionen umwandeln konnte. So kam es, dass ein würdiger alter Patriarch mit grauem Bart einmal wöchentlich den Djellab ablegte und in Hinnerks Tank stieg, um seine Gedanken zu sammeln, während zwei muskelbepackte Brüder draußen vor dem Geschäft Wache schoben.

Viele hielten Hinnerk für einen Esoteriker, aber er konnte ihnen schnell klarmachen, dass er mit diesen muffigen Räucherstäbchenanzündern nichts zu tun hatte. Die Quantenheilung nutzte die wissenschaftlichen Erkenntnisse der Quantenphysik. Und er war nur ein wohlwollender Beobachter, ein wichtiger Begleiter seiner Klienten auf dem Weg zu ihrem Lebensupgrade. Endlos langweilige Gespräche, Buddeleien in hässlichen Kindheitserinnerungen oder Grübeleien gehörten nur zur materiellen Benutzeroberfläche und waren völlig überflüssig, um die Reise zu einem erwachenden reinen Bewusstsein anzutreten. Mit Hilfe seiner Tools wies Hinnerk seinen Kunden den Weg aus der 3D-Welt ins Quantenfeld, um die Matrix erkennen und ihr vollkommenes Potenzial im Hologramm des Universums entfalten zu können.

Der Klient, der zurzeit noch im körperwarmen Salzwasser des ufoartigen Meditationstanks in völliger Dunkelheit und Reizarmut schwebte, gehörte zu Hinnerks Zufallskunden. Der Mann hatte vor zwei Wochen den Laden betreten, als wollte er sich den Eingang für einen schnellen Rückzug sichern. Rein zufällig habe er die Praxis im Vorbeigehen entdeckt, hatte er Hinnerk erklärt, der mit einem Blick erkannte, dass dieser Mensch total viele Blockaden hatte. Ein Mensch, der Hilfe benötigte und diese Hilfe auch bezahlen konnte, wurde von Hinnerk mit offenen Armen aufgenommen. Die Sessions in seinem Schwebetank waren nicht gerade billig, und das mit gutem Grund. Geld war Energie, eine Philosophie, die Hinnerk schon als Investmentbanker vertreten hatte, und der Energiestrom musste fließen, damit im Universum alles in Bewegung blieb. Als Beamter der Berliner Kripo gehörte der neue Klient zu den geschätzten Kunden mit geregeltem Einkommen. Inzwischen fand sich Kriminalhauptkommissar Torsten Nagel jeden zweiten Abend nach Dienstschluss hier ein, um im Meditationstank die mentale Erholung zu finden, die ihm seine schlaflosen Nächte schon seit längerer Zeit nicht mehr geben konnten.

Der Gong des Timers ertönte und die Mechanik des Tanks ließ surrend den Deckel zurückfahren. Aus dem Inneren erschien der strubbelige Kopf des Hauptkommissars wie ein haariges Alien nach der Landung.

Torsten blinzelte benommen in die weiße Leere des Raumes. Er roch nach Salz.

Hinnerk half ihm heraus und legte ihm einen weißen Bademantel um, bevor er ihm aus dem Perlator ein Glas linksdrehendes Wasser einschenkte.

»Danke«, murmelte Torsten und hüllte sich in den Bademantel.

Die Männer schwiegen eine Weile und Hinnerk sah dem Kunden zu, wie er sein energetisiertes Wasser schlürfte. Der Heilimpuls sollte vom Klienten selber ausgehen. Die Aufgabe des Beobachters war es, ihn zu ermuntern, die Tür zu seinem schöpferischen Bewusstsein aufzustoßen. So durchbrach Hinnerk vor Ablauf der Stunde doch noch einmal die Stille.

»Und? Wie war es für dich heute? Bist du in Resonanz gegangen?«

Torsten schüttelte den Kopf. »Keine Ahnung, ich bin eingepennt. Aber ich schlafe so wenig in letzter Zeit, dass mir das am besten hilft.«

Das stimmte streng genommen nicht, aber Torsten hatte keine Lust, über seinen Bewusstseinszustand zu reden, den Hinnerk geradezu zwanghaft abfragte, nachdem die Eieruhr abgelaufen war. Er wollte sich für das teure Geld nicht sein gedankenloses Schweben in der warmen Höhle des Meditationstanks durch Hinnerks Psychogelaber über Quantentheorien kaputtmachen lassen. Er war einfach froh, den Laden mit diesem genialen Gerät entdeckt zu haben. Der Schwebetank war eine Gnade. Körperlos in zeitloser Dunkelheit konnte er sich selbst vergessen. Und damit fielen auch die Probleme zumindest für eine Weile von ihm ab.

»Aber Torsten! Im Tank kannst du viel mehr tun als schlafen! Ohne äußere Reize kann deine Mind sich ganz eintunen auf das Healing des Quantenfeldes.«

»Ich glaube, ich brauche im Moment eher etwas, das mich auf mein Leben eintunen kann.«

Hinnerk erhob sich und knipste die UV-Lampe an.

»Setz dich hierhin, bitte. Die Lichtwellen sind genauso wichtig für deine Quantenheilung wie die Partikel. Zwischen Welle und Teilchen liegt eine Schnittstelle, und genau da setzen wir an, um das Körperliche und das Geistige in der Harmonie des Quantenzustands zu verschränken. Dann lösen sich alle Probleme von allein.«

Torsten ließ sich dankbar auf dem Liegestuhl unter der Lampe nieder. Einen Vorteil hatte diese Quantenheilung zumindest: Er musste nicht über seine Probleme reden. Über die vielen Fehler, über das Gefühl, ständig zu versagen, überfordert zu sein, nichts zu können und nichts mehr zu wissen. Gestern noch hatte er mit einem Kollegen in Hamburg telefoniert und sofort danach vergessen, warum er ihn überhaupt angerufen hatte. In einer Apothekenzeitschrift war ihm beim Kauf einer Packung Schlaftabletten zum ersten Mal das Wort Burnout aufgefallen, und die Symptome schienen auf ihn zu passen. Doch keiner der Ratschläge des Blattes war brauchbar. Er konnte nicht »klar Schiff machen« und zum Psychologen gehen. Krank werden durfte er auch nicht. Und Urlaub war undenkbar. Er hasste Urlaub. Vielleicht hätte Tina ihn nicht nach fünf Jahren mit den lapidaren Worten »Ein schönes Leben noch!« vor die Tür gesetzt, wenn er mal mit ihr auf irgendeine bescheuerte Karibikinsel geflogen wäre. Aber ob das wirklich der Grund für die Trennung war, wusste er nicht. Er erinnerte sich nicht mehr so genau. Vielleicht, weil er sie nicht heiraten wollte? Oder weil er ständig erschöpft war? Was zuerst kam oder welcher Umstand welche Folge bedingt hatte, das kriegte er nicht mehr auf die Reihe. Die Sache mit Tina war nur einer der vielen Misserfolge, über die er grübelte, sodass er bald völlig paralysiert sein würde, wenn er sich nicht am Riemen riss. Es kam erst recht nicht infrage, den Kollegen von der Mordkommission die Wahrheit zu sagen. Niemand brauchte einen Jammerer oder gar einen, der eigentlich in die Klapse gehörte. So war Torsten geradezu süchtig nach Hinnerks Meditationstank geworden. Er wollte täglich darin schweben, ohne Gedanken, ohne Erinnerung, wie ein Stück Holz, anstatt von Hinnerk mit sanfter Bestimmtheit nach Ablauf von viel zu schnell vergangenen fünfundvierzig Minuten wieder ans Tageslicht zurückgeholt und über irgendwelche Quantenzustände ausgefragt zu werden.

Warum musste sie im letzten Augenblick alles kaputtmachen?

»Und vor drei Jahren habe ich ein paar Monate beim Landesamt für Denkmalpflege in allgemeinen Tätigkeiten assistiert.« Hasi räusperte sich und senkte die Stimme. »Ehrenamtlich.«

Frau Abendroth hatte seit einigen Minuten keine Fragen mehr gestellt und ihn nur mit mütterlichem Lächeln angesehen. Das Bewerbungsgespräch lief fabelhaft. Es war ihm elegant gelungen, heikle Themen wie Ausbildung, Studienabschlüsse oder Berufserfahrung nur allgemein zu streifen, und er hatte das Gefühl, dass er gut bei ihr ankam. Ältere Damen liebten ihn. Leider meistens *nur* die älteren. Man war zwar als guter Tänzer und amüsanter Unterhalter begehrt, aber wenn es um Liebesbeziehungen ging, dann hatte er bislang nicht allzu viel Glück gehabt. Auch Patricia hatte schwer geschluckt, nachdem er ihr seine Lebenssituation offenbart hatte. Er trat dann meist die Flucht nach vorne an, um für alle Beteiligten unangenehme Überraschungen zu vermeiden. Immerhin hatte sie ihn nicht ganz abgewiesen, das war schon ein guter Anfang. Was für eine Schönheit sie doch war, mit ihren langen, blonden Haaren, den smaragdfarbenen Augen und ihrem offenen Lachen!

»Erzählen Sie nur weiter.« Die Personalchefin nickte ihm zu und Hasi holte ein wenig aus, um ihr anhand einiger Anekdoten zu erklären, warum ihm das Praktikum im Pergamonmuseum wichtig war.

Frau Abendroths Augen blickten in eine imaginäre Ferne und sie sank in ihren weichen Bürosessel zurück. Sie hörte dem sympathischen jungen Mann gern zu, der ihr adrett gekleidet mit seiner hübschen Seidenkrawatte und dem etwas altmodischen Sakko gegenübersaß und in angenehm leisem Plauderton auf sie einsprach. Er wollte, was sie gut verstehen konnte, Teil der großen Familie des Pergamonmuseums werden. Als Personalchefin bemühte sie sich stets um ein harmonisches Arbeitsklima und einen rücksichtsvollen kollegialen

Umgang. Sie selbst war kinderlos, es sei denn, man wollte Hanni und Nanni als ihre Kinder bezeichnen. Normalerweise hätte sie in ihrem Zustand kein Vorstellungsgespräch führen wollen, aber da sie sowieso noch auf die Unterredung mit dem Sicherheitschef warten musste, hatte sie sich zu einer Ausnahme bereit erklärt, weil die neue Kuratorin von Direktor Schrader diesen Praktikanten ausdrücklich angefordert hatte. Nun kämpfte sie vergeblich dagegen an, dass ihre Gedanken immer wieder abschweiften. Sie hatte keine Ahnung, worüber der Bewerber, dessen komplizierten Namen sie schon wieder vergessen hatte, gerade redete, aber es klang wie das sanfte Plätschern eines Gebirgsbaches und wirkte so entspannend wie der Malventee, den sie nach einem langen Arbeitstag zu sich zu nehmen pflegte.

Sie bemühte sich, ihre Aufmerksamkeit wieder auf diesen blässlichen jungen Mann zu richten. Ob er sich wohl ausreichend ernährte und täglich genügend Sonne abbekam? Denn das war wichtig für Leib und Seele. Irgendwie rührte er sie in seiner höflichen Bemühtheit. Ursula Abendroth sank wieder in den Sessel zurück. Wie beliebt diese Praktikantenstellen doch bei den jungen Leuten waren! Die Bezahlung war kaum der Rede wert und trotzdem standen Hochschulabsolventen und Doktoranden Schlange für jede noch so profane Arbeit, nur um das Pergamonmuseum in ihrer Vita aufführen zu dürfen. Ihr Blick fiel auf ihr neues Kostüm. Sollte sie mit so einem Muster auch ihre beiden Sofas neu beziehen lassen?

»Übrigens ein herrliches Muster«, brach die Stimme des jungen Mannes unvermittelt in ihre Tagträume ein, als hätte er ihre Gedanken erraten. »Ist das japanisch? Ich meine, Ihr Kostüm, wenn Sie die Frage erlauben?«

Frau Abendroth zog die Brauen zusammen. Sie brauchte einen Moment, um die Frage zu verstehen.

»Nein, nein. Der Stoff ist aus Finnland. Marimekko ist recht typisch.«

Bleierne Stille senkte sich auf sie hinab. Hasi räusperte sich schließlich, was er als Angebot verstand, das Gespräch nun zu beenden. Es wirkte. Frau Abendroth stand auf, und er tat es ihr nach und verbeugte sich förmlich.

»Ja, dann wünsche ich Ihnen viel Freude bei der Arbeit in unserem wunderbaren Museum.«

»Danke, herzlichen Dank für Ihr Vertrauen.« Hasi war begeistert. Er nahm Frau Abendroths Hand zum angedeuteten Handkuss entgegen.

»Ach ja, das hätte ich fast vergessen. Bitte reichen Sie bei Gelegenheit eine Kopie Ihres Hochschulabschlusses nach. Sie promovieren doch in Altorientalistik?«

Hasi nickte verkrampft. Nur mit Mühe konnte er seine Enttäuschung unterdrücken. Das Gespräch war so perfekt gelaufen. Warum musste sie im letzten Augenblick alles kaputtmachen? Wieder lächelte er verbindlich. Die Sache war schon ziemlich ärgerlich.

Sie war noch nie jemandem begegnet, der so kümmerliche berufliche Ambitionen hatte

Patricia sah auf die mit Taubendreck besprenkelten Metallverstrebungen der S-Bahnüberführung direkt vor dem Fenster ihres Büros. Wie ein überdimensionales Tortenmesser durchschnitt die Trasse die Museumsinsel zwischen dem Bode- und dem Pergamonmuseum. In der morgendlichen Hauptverkehrszeit rumpelte alle paar Minuten eine Bahn vorbei, und wenn sie hochschaute, konnte Patricia durch die Wagenfenster für einen Augenblick die Gesichter der Passagiere erkennen. Einem spontanen Impuls folgend, winkte sie einem kleinen Mädchen zu, das die Nase an die Scheibe gepresst hatte und mit erstaunten Augen in ihr Büro blickte.

Der Raum hatte gerade einmal die Ausmaße einer Kleiderkammer, aber es war immerhin ihr erstes eigenes Büro. Sie saß auf einem Ledersessel hinter ihrem eigenen Schreibtisch, auf dem ihr eigenes Telefon stand. Sie konnte sogar das kleine vergitterte Fenster aufmachen und frische Luft hereinlassen, wenn sie wollte. Und jetzt würde sie auch noch einen Assistenten bekommen, der die verstaubten Unterlagen aus dem Keller für sie durchackern und für ihre Digitalisierung aufbereiten konnte. Es tat ihr etwas leid, dass Hasi diese unerfreuliche Arbeit für sie machen müsste, aber er hatte ja so hartnäckig darauf bestanden. Im Übrigen würde ein eigener Assistent ihren Status erheblich aufwerten. Direktor Schrader hatte natürlich eine Sekretärin und ein halbes Dutzend Doktoranden, und selbst der schnöselige Kurator der Antikensammlung hatte zwei Praktikantinnen, sodass sie dringend aufholen musste. Da kam ihr Hasi gerade recht, auch wenn sie noch nie jemandem begegnet war, der so kümmerliche berufliche Ambitionen hatte wie er. Es war ihr ein Rätsel, wie Hasi es schaffte, sich trotzdem so souverän in den besten gesellschaftlichen Kreisen zu bewegen. Vielleicht lag es an seiner Herkunft, die ihm den Status schon in die Wiege gelegt hatte, für den normale Menschen hart arbeiten mussten. Seine lässige Haltung hatte etwas durchaus Anziehendes. Andererseits konnte man es drehen und wenden wie man wollte: Ein dreißigjähriger Mann, der sich für eine schlecht bezahlte Praktikantenstelle bewarb, war im Licht der Realität gesehen ein totaler Versager und konnte für sie überhaupt nicht ernsthaft infrage kommen.

Patricia nahm ihren Telefonhörer auf. Hasi hatte sich »leichte Sorgen«, wie er sagte, wegen seiner mangelnden Qualifikation gemacht, dabei war Frau Abendroth die verständnisvollste Personalchefin, die man sich vorstellen konnte. Sicherheitshalber würde sie noch ein gutes Wort für ihn einlegen. Patricia wählte Abendroths Direktdurchwahl, doch sie war nicht in ihrem Büro. Gerade als sie den Hörer wieder aufgelegt hatte, klingelte ihr eigenes Telefon. Schraders Sekretärin war am Apparat. Sie solle bitte zum Direktor kommen.

Das war's dann wohl, dachte Patricia. Das rätselhafte Auftauchen der fremden Skulptur würde ihrer jungen Karriere nun doch ein Ende bereiten, bevor sie richtig begonnen hatte. Sie konnte jetzt nur noch versuchen, Schrader glaubhaft zu machen, dass sie mit der Sache, die ziemlich verdächtig nach Raubgräberei und Artefaktenschmuggel roch, nichts zu tun hatte. Patricia klemmte sich die Mappe mit ihrer sorgfältig angelegten Dokumentation des Vorfalls sowie den Fotos des Corpus Delicti unter den Arm und machte sich auf den Weg.

Er fühlte, wie sein Magen rebellierte, und seine Kinderstube war hin

Hasi gähnte verstohlen, während einer der Gäste dem Gastgeber eine längliche, sich dafür aber launig reimende Geburtstagsrede über dessen Treue und Trinkfestigkeit vom Blatt las. Um sich pünktlich um halb neun an der Anlegestelle hinter dem Schloss Charlottenburg einfinden zu können, hatte Hasi heute Morgen zur Unzeit aufstehen müssen. Vetter Brezel hatte eine diebische Freude daran, seine Geburtstagsgäste an ungewöhnliche Orte zu bestellen, die er erst bekannt zu geben pflegte, nachdem die Geladenen ihr Kommen zugesagt hatten, sodass man am Tag selbst gute Miene zum bösen Spiel machen musste. Immerhin war die Überraschung diesmal deutlich harmloser als letztes Jahr ausgefallen, wo sich die Feier auf einer ausgedienten Ölplattform in der Nordsee wegen Wettereinbruchs über drei Tage erstreckt hatte. Aber das war schließlich ein runder Geburtstag gewesen, und es hatte sich natürlich keiner der Teilnehmer auch nur mit einem Wort wegen der Strapazen beschwert, denn seine Freunde rekrutierte Brezel im Wesentlichen aus dem Militär, wo man Schlimmeres gewohnt war. Und für Gäste aus der Familie, wie zum Beispiel Hasi, war es ein Gebot der Höflichkeit, sich, komme was wolle, niemals über einen Gastgeber zu beklagen.

Für heute hatte Brezel seine Kontakte als Korvettenkapitän spielen lassen und sich die Marine 1 samt schmucker Besatzung ausgeliehen. Als einzige Barkasse der Bundesmarine, die auf der Spree schipperte, wurde sie hauptsächlich für repräsentative Zwecke genutzt und war dementsprechend häufig ausgebucht. Das erklärte die frühe Uhrzeit. Viel konnte wohl nicht passieren, dachte Hasi, denn um elf Uhr musste das Boot schon wieder für den nächsten Einsatz abgeliefert werden. Während sich die rund zwei Dutzend Geburtstagsgäste vor dem in der Kajüte angerichteten Frühstücksbüfett drängten, saß er allein und unnatürlich aufrecht auf einer Bank im Heck und fixierte konzentriert das Ufer, wo jetzt Richtung Steuerbord die Schwangere Auster auftauchte wie ein gelandetes Ufo. Auf diese Weise versuchte er sich die Illusion zu erhalten, dass alles völlig harmlos war und er eigentlich genauso gut auf einer Bank im Park sitzen könnte. Sein sonst so gesunder Morgenappetit war ihm schon vergangen, als er nur einen Fuß auf die Planken gesetzt hatte, und nun spürte er, wie sein Magen auf jede noch so leichte Schwankung des Schiffes mit Aufwallungen reagierte. Man konnte nur hoffen, diese Fahrt ohne ein Malheur zu überstehen.

Vetter Brezel steuerte mit zwei beladenen Tellern auf ihn zu. Er trug eine schicke Kapitänsuniform, die seiner sonst unauffälligen Gestalt etwas Bedeutendes gab. Hasi hatte ihn in Verdacht, nur deshalb ein Schiff der Bundesmarine ausgeliehen zu haben, damit er sich zu seinem Geburtstag in maritime Schale werfen konnte.

Brezel hielt ihm einen Teller unter die Nase. »Hier, etwas Stärkung für dich.«

»Danke, habe momentan keinen Appetit.«

»Nanu, so blass um die Nase? Du wirst mir doch nicht etwa seekrank? Ausgerechnet auf der Spree.«

Hasi lächelte gequält und bemühte sich, an der Duftwolke von gebratenem Speck vorbeizuatmen. Ihm wurde immer schwummriger.

Brezel musterte ihn. »Bleib hier sitzen, alter Schwede. Bin gleich zurück.«

Er hatte sowieso nicht vor, sich auf dem schwankenden Deck auch nur einen Millimeter von seinem sicheren Platz weg zu bewegen, und war nur dankbar, dass Brezel den Teller wieder mitnahm. Um sich von der frischen Morgenbrise abkühlen zu lassen, öffnete er sein Jackett. Das metallische Plärren der Lautsprecherstimme eines entgegenkommenden Touristendampfers drang an sein Ohr.

»Ladies and Gentlemen«, radebrechte der Kapitän in sein Megafon, »on the rechten Seite you can see now the Bundeskanzleramt, from the Berliners ›Kanzlerwaschmaschine‹ genannt, which means Kanzler washing machine.«

Hasi betrachtete das Kanzleramt genauer, um sich von seinem Elend abzulenken. Mit den Glasfronten hinter haushohen Betonplatten, aus denen riesige Halbkreise geschnitten waren, und dem auf Stelzen balancierenden dünnen Vordach erinnerte es ihn an das Bastelset mit ausgestanzten Pappscheiben, die er als kleiner Junge zu wackeligen Häusern zusammengeklebt hatte. Über eine Treppenstufe huschte ein rötliches Tier mit dünnen Beinen und buschigem Schweif. War das etwa ein Fuchs, der noch nicht unter Politikverdrossenheit litt?

Brezel unterbrach seine Beobachtung und hielt ihm eine Tablette und ein Wasserglas hin.

»Mit besten Grüßen vom Smutje. Eine Pille gegen Seekrankheit.«

Hasi trank in kleinen Schlucken, um seinen Magen nicht noch mehr aufzuregen.

»Gleich geht es dir besser«, sagte Brezel und stellte einen Teller mit gebutterten Toastschnitten neben ihm ab. »Dann wird dir was zum Spachteln gut tun.«

Hasi blickte diskret auf die Uhr, als Brezel sich wieder den anderen Gästen zuwandte. Etwas mehr als eine Stunde noch, dann war die Sache überstanden und er konnte sich für den Rest des Tages davon erholen. Während die Barkasse um die nächste Biegung steuerte, fühlte er, wie seine Lebensgeister langsam zurückkehrten. Die Pille wirkte Wunder. Sein Appetit kam zurück und er verschlang gleich mehrere Toastschnittchen. Dann fühlte er sich kräftig genug, um aufzustehen und sich unter die Gäste zu mischen. Es waren hauptsächlich Brezels Marinekollegen und ihre Ehefrauen, aber zum Glück war auch seine Kusine Kiki mit von der Partie.

»Komm her, du Leichtmatrose! Wieder auf dem Damm?«, fragte sie Hasi.

»Pass auf, ich werde noch zum richtigen Seebär.« Er stellte sich neben sie an die Reling und wagte es, vorsichtig einen Blick in das strudelnde Wasser zu werfen. Allmählich begann er die Bootsfahrt sogar zu genießen. Berlin gefiel ihm von der

Spree aus, alles strahlte wie frisch gewaschen unter der stärker werdenden Morgensonne.

An der nächsten Biegung ragte ein grauer Koloss aus dem Wasser.

»Das Bodemuseum. Falls du es nicht weißt, da steht ein alter Ritter aus unserer Familie im Flur herum, mit gezücktem Schwert, und verschreckt die Touris«, sagte Kiki. »Schätze, hinter der Museumsinsel werden wir schon wieder umkehren.« Sie senkte die Stimme. »Wird auch Zeit. Wenn ich noch eine Schnurre Seemannsgarn von Brezels Kameraden höre, spring ich freiwillig ins Wasser.«

Hasi betrachtete das hinter dem Bodemuseum liegende Pergamonmuseum. Ob die Personalchefin jetzt schon in ihrem Büro saß und darauf wartete, dass er ein Hochschulzeugnis nachreichte? Zu dumm, wenn die schöne Anstellung daran scheitern würde! Sollte er vielleicht mit Tante Pudel sprechen, die gute Beziehungen zur Orientgesellschaft hatte und bestimmt auch den Museumsdirektor persönlich kannte? Lieber nicht! Ihr war zuzutrauen, seine Bewerbung noch zu sabotieren, nur um zu verhindern, dass er bei ihr auszog und nicht mehr als persönlicher Putzsklave zur Verfügung stand.

Kiki kniff plötzlich die Augen zusammen und blickte konzentriert auf die Wasseroberfläche. »Was ist das denn?«

Hasi beugte sich vor. Eine in auffällig gemusterten Stoff gekleidete Schaufensterpuppe trieb an der Barkasse vorbei. Sie wirkte fast lebensecht, und er wunderte sich, wer wohl so etwas wegwarf. Der Stoff kam ihm bekannt vor, irgendwo hatte er dieses bunte Muster kürzlich gesehen. Dann fiel es ihm ein.

»Das ist von Marimekko«, sagte er.

»Respekt, Häschen. Hätte nicht gedacht, dass du dich in Mode auskennst.«

Er wollte Kiki gerade erklären, woher er das wusste, als ein spitzer Schrei vom Heck des Schiffes kam. Dann ertönte Brezels Stimme. »Maschinen stopp! Ruder hart Steuerbord! Klarmachen zur Bergung.«

Die Barkasse drehte sich mitten auf der Spree um die eigene

Achse, und Hasi sah, wie zwei Matrosen versuchten, mit einer langen Stange die vorbeitreibende Schaufensterpuppe einzufangen.

Kikis Augen weiteten sich und sie griff nach Hasis Hand. »Ach du Scheiße, ich glaube, die ist echt.«

Nach wenigen Minuten kam ein alarmiertes Motorboot der Wasserschutzpolizei angebraust und versperrte ihnen zum Glück die weitere Sicht. Die Gischt ließ die Barkasse sanft hin- und herschaukeln. Hasi musste sich auf die Reling stützen. Er fühlte, wie sein Magen wieder rebellierte, und seine gute Kinderstube war hin.

Der Täter musste einige Mühe damit gehabt haben

Kriminalhauptkommissar Torsten Nagel nahm einen letzten Zug von seiner Zigarette und schnippte den Stummel ins Wasser, während traurige Klänge von »La Vie en Rose«, auf halb leeren Weingläsern gespielt, von der Monbijoubrücke herüberwehten. Gleich würde der Stress wieder losgehen, und er konnte nur hoffen, dass die Leiche sich als Unfallopfer oder Selbstmörder herausstellen würde. Jeder Mordfall, den er früher unter der mütterlichen Teamleitung von Lydia Klimm noch als Abenteuer willkommen geheißen hatte, um seinen kriminalistischen Spürsinn unter Beweis stellen zu können, barg heute die Gefahr, dass er sich bis auf die Knochen blamierte.

Torsten stand am Brückengeländer hinter dem Pergamonmuseum und schaute zu, wie die Kollegen von der Wasserschutzpolizei die Leiche am Fuß der Steintreppe ans Ufer zogen. In ihrem nass glänzenden, bunt gemusterten Kostüm sah sie aus wie ein mutierter Clownfisch. Die Tote konnte noch nicht lange im Wasser gelegen haben. Aber mit ihrem Gesicht war irgendetwas nicht in Ordnung. Von oben konnte er es nicht genauer erkennen. Vielleicht war sie mit dem Kopf gegen einen Spreedampfer geprallt. Er überflog mit einem Blick die Gruppe der Gaffer, die sich hinter den beiden Polizeiwagen gebildet hatte. Nach alter Gewohnheit teilte er die Menschenansammlung in Planquadrate ein und ging die Untergruppen systematisch durch. Angeblich verspürten Mörder den Drang, nach der Tat an den Tatort zurückzukehren, doch das musste einer dieser Mythen sein, die sich ein Krimischreiber in seiner behaglichen Schreibstube ausgedacht hatte. Danach hatten alle anderen von ihm abgeschrieben, und so war die Fiktion zur vermeintlichen Realität geronnen. In der Wirklichkeit passierte so etwas nach seiner Erfahrung leider nie, aber Torsten spielte mit dem Gedanken, dass ein Täter inzwischen tatsächlich diesem ausgedachten Muster folgen könnte, nur um nichts falsch zu machen. Das würde die Arbeit der Ermittler natürlich erheblich erleichtern.

Allem Anschein nach standen aber nur neugierige Touristen herum, sowie der eine oder andere Berliner, gut erkennbar am skeptischen Gesichtsausdruck. Viele machten Handy-Fotos oder kleine Filmchen, und für einen Augenblick stellte er sich vor, wie er später auf diversen Erinnerungsbildern von Berlin zu sehen sein würde: ein mittelgroßer, hagerer Mann, früh ergraut, in Jeans und Lederjacke, mit hängenden Schultern und viel zu müdem Blick. Wenn die Heimgekehrten ihre Fotos betrachteten, würde niemand die leiseste Ahnung haben, dass es sich bei ihm um den Leiter der achten Mordkommission handelte. Allerdings auf dem absteigenden Ast, seit man ihm vor einem halben Jahr den ehrgeizigen Frank Berg als »Partner« an die Seite gestellt hatte, mit dem er nun das Team gemeinsam leiten sollte. Von wegen Teamarbeit, wie der Polizeipsychologe die Beschränkung seiner Befugnisse schönredete! In Wirklichkeit war es ein kräftezehrender Machtkampf, den er täglich mit dem smarten jungen Kollegen ausfechten musste. Frank, der unter der Nase einen Schnauzer trug wie eine kleine adrette Bürste, war ein aufgeblasener Besserwisser, ein Liebhaber geschwollener Euphemismen und ein Kollege, mit dem man sich nicht vernünftig unterhalten konnte, weil jeder Satz von ihm klang, als sei es eine Zumutung, sich überhaupt mit dem anderen befassen zu müssen. Und immer, wenn man ihm etwas mitteilte, tat er so, als wüsste er das alles längst. Torsten zündete sich eine neue Zigarette an und schleuderte das Streichholz weg. Das Hauptproblem lag natürlich wie immer im System. Eine Praxis, in der man mit Beförderungen dafür belohnt wurde, dass man den Kollegen ausstach, sollte aus moralischen Gründen schon mal verboten werden. Und wie jeder wusste, waren Schnauzbartträger die schlimmsten Ausstecher. Er konnte nur hoffen, diesen Fall ohne gröbere Schnitzer über die Runden zu bringen. Seine Erschöpfung war inzwischen so besorgniserregend, dass er angefangen hatte, sich Erledigungslisten zu machen. Auch von den einfachsten Dingen wie E-Mails abrufen oder Wasser trinken. Das würde nicht lange so weitergehen, bis es einem aus dem Team auffiel.

Vom Lustgarten, wo die Busse vor den Kolonnaden hielten, strömte eine Reisegesellschaft heran. Torsten stöhnte. Noch mehr Touristen. Die hatten ihm gerade noch gefehlt.

»Ich möchte, dass der gesamte Bereich abgesperrt wird. Niemand dichter als zehn Meter heranlassen!«, rief er den Polizisten zu, die unschlüssig neben den Autos herumstanden. »Und Beeilung bitte!«

Er hielt inne, als ein schwarzer Motorroller sich einen Weg durch die Menge bahnte und dicht vor ihm zum Stehen kam. Der Fahrer, überkorrekt in schwarzem Anzug und Krawatte, nahm seinen Jethelm ab und hängte ihn an den Lenkergriff. Wie ein Leichenbestatter, dachte Torsten und rang sich ein dünnes Lächeln ab.

»Morgen, Frank. Das Team ist schon unterwegs.« Er registrierte, dass er zu schwitzen anfing.

»Ich weiß.« Kriminalhauptkommissar Frank Berg schob seine Sonnenbrille hoch und warf ihm einen kaum kaschiert verächtlichen Blick zu, als stehle der Kollege ihm nur die Zeit.

Schnauzbart-Frank führte sich mal wieder wie die Kommissare in Film und Fernsehen auf, in deren Berufsbild schlechte Laune zu gehören schien. Diejenigen, die sich das ausgedacht hatten, glaubten offenbar, dass jemand, der sich mit Mordfällen beschäftigte, schon von Berufs wegen sauertöpfisch veranlagt sein musste. Torsten wunderte sich über dieses Bild, denn er persönlich hatte überhaupt kein Problem damit. Er liebte seinen Job. Das heißt, er hatte ihn geliebt bis vor wenigen Monaten.

Ein Martinshorn jaulte auf und eine Wanne mit Blaulicht fuhr vor. Torsten mochte diesen alten Kreuzberger Anarchoausdruck für die Mannschaftswagen der Polizei. Es erinnerte ihn an die frühen Jahre nach dem Mauerfall, in denen er als einer der letzten Hausbesetzer sein Haus gegen die Bullen verteidigt hatte, bis sein bester Freund zu Tode gekommen war. Jan war nach einem Streit mit einem Fremden aus dem Fenster gestürzt. Die Kripo hatte die Sache nach ein paar oberflächlichen Zeugenbefragungen als Selbstmord abgetan und den

Fall trotz Torstens Protest schnell zu den Akten gelegt. Geradezu als wollte man sich von einem Mord unter Hausbesetzern, sprich unter Kriminellen, nicht unnötig die Zeit stehlen lassen. Die Wut und die Ohnmacht über diese Ungerechtigkeit hatte Torsten dazu getrieben, seinen Beruf ausgerechnet in der Mordkommission zu suchen. Und er hatte sich die Verpflichtung auferlegt – und sich bis heute daran gehalten –, niemals zuzulassen, dass eine Mordermittlung aus Gründen der Bequemlichkeit oder der Kriminalstatistik eingestellt wurde. Es deprimierte ihn zutiefst, dass er jetzt mit einem Partner geschlagen war, für den nur eines galt: vor seinen Vorgesetzten gut auszusehen.

Er beugte sich über das Geländer, als Frank die eiserne Trittleiter vom Kai zur Uferböschung hinunterkletterte, sorgfältig darum bemüht, dass sein Anzug nicht in Berührung mit den glitschigen Ufersteinen kam. Er beugte sich über die Leiche. Eigentlich war es sinnvoller, diese Arbeit der Spurensicherung zu überlassen.

»Könntest du dir ruhig mal ansehen.« Frank hob den Kopf und schaute zu ihm hoch, als ob er ihn bereits dabei erwischt hätte, sich zu drücken.

Torsten stieg die Trittleiter hinunter. Er wusste, da war irgendwas mit den Augen, aber als er in das Gesicht der Toten schaute, musste er sich mit aller Willenskraft überwinden, nicht die Hand auszustrecken und hinzulangen, so unecht sah es aus. Das Gesicht erinnerte ihn an die Halloween-Maske, die einer aus der Halbstarkentruppe zur letzten Adventsfeier der Gerichtsmediziner mitgebracht hatte, was ein großes Hallo auslöste. Nur Torsten hatte diese Herzlosigkeit angewidert. Er fand, mit so etwas machte man keine Scherze. Prompt war die Adventsstimmung im Keller gewesen, und Frank hatte ihn später, als sie allein waren, gewarnt: Wenn er weiterhin so eine Spaßbremse sei, würde er alle gegen sich aufbringen. Seitdem trug er bei den neuen Kollegen den Spitznamen »Softballspieler«. Die Plastikmaske mit den an langen Spiralen herauswippenden Augen hatte einen grauenvollen Anblick geboten, doch die Realität konnte den Scherzartikel mühelos toppen. Torsten betrachtete die blutigen Muskelfasern, aus deren Mitte der Sehnerv ragte. Der Täter musste einige Mühe damit gehabt haben, der Leiche beide Augäpfel aus den Augenhöhlen zu entfernen.

»Perverses Arschloch«, fluchte Frank.

Torsten zuckte zurück. Für einen Moment dachte er, Frank habe ihn gemeint. Hatte er zu interessiert auf die leeren Augenhöhlen gestarrt? Aber der Kollege kletterte schon wieder nach oben. Er folgte ihm müde. Es zog ihn runter, mit so jemandem zusammenarbeiten zu müssen.

»Hey, was geht?«

Torsten drehte sich um. Der restliche Trupp aus der Keithstraße war angerückt. Die drei Halbstarken sprangen selbstbewusst aus dem Mannschaftsbus. Er hatte sie so getauft, weil sie sich mit ihren identischen schwarzen Lederjacken, den Haartollen und Koteletten wie rebellische Jugendliche aus den Fünfzigerjahren gestylt hatten. Die drei waren mit Frank zur achten Mordkommission gestoßen, nachdem seine frühere Chefin Lydia Klimm überraschend den Dienst gekündigt hatte. Als kurz darauf auch seine beiden Oberkommissare versetzt wurden, blieb vom alten Team nur noch die Computerexpertin Sabine zurück. Und er selbst, dessen Autorität mit jedem Tag ein Stückchen weiter bröckelte.

Sein Gesicht sah aus wie ein missglücktes chirurgisches Experiment

»Unsinn.« Direktor Schrader trommelte mit einem Finger auf die Kante seines überdimensionalen Mahagonischreibtisches. »Es kann kein Exponat ohne Lieferschein geben. Woher soll das denn kommen? Erklären Sie mir das!«

Patricia zuckte mit den Schultern. Jedes Mal, wenn sie den massigen Schrader sah, wunderte sie sich, wie ein so hässlicher Mann so erfolgreich sein konnte. Sein fast kreisrundes Gesicht sah aus wie ein missglücktes chirurgisches Experiment. Der sinnliche Mund passte nicht zu dem flachen Kinn, dazu eine spitze Nase wie die Mohrrübe bei einem Schneemann, doch immerhin harmonierten die großen Ohren von den Proportionen her mit dem Kopf. Was sie am meisten irritierte, Schrader sah immer schräg an ihr vorbei, so als ob eigentlich jemand Wichtigeres dort stand, zu dem er in Wirklichkeit sprach.

Unbeirrt schob sie ihm ihre Mappe über den Tisch. »Jedenfalls ist dieses Objekt nicht uninteressant.«

Schrader hob überrascht den Kopf. Dann öffnete er die Mappe. Patricia schaute über ihn hinweg, während er sich die Fotos ansah. Sie blickte durch das große, bis zum Boden reichende Fenster hinter seinem Rücken. Tief unten sah sie die Spree, die sich an der Spitze der Museumsinsel hinter dem Bodemuseum teilte. Am Ufer schien etwas passiert zu sein. Mehrere Polizeifahrzeuge standen an der Kaimauer und eine Gruppe von Schaulustigen hatte sich hinter ihnen versammelt.

»Wo befindet sich die Figur jetzt?«, fragte Schrader unvermittelt und schaute sie zum ersten Mal direkt an.

»In den Katakomben … äh, ich meine im Mittelmagazin, zusammen mit den Leihgaben vom Louvre.«

»Bitte, wollen Sie sich nicht setzen?« Schrader wies auf den Besucherstuhl. »Sie kennen diese Darstellung?«

»Babylonischen Ursprungs, würde ich vermuten. Könnte eine Gottheit sein.«

»Frühbabylonisch. Die doppelgeschlechtliche Darstellung

symbolisiert die beiden schöpferischen göttlichen Kräfte Männlich und Weiblich aus dem alten babylonischen Glauben. Es handelt sich um Baphomet, der zunächst als Gott verehrt wurde, dafür gibt es viele Hinweise. Später, aus Gründen, die wir nicht kennen, deutete man ihn zu einem Dämon um. Mit dem armen Baphomet konnte man seit dem unrühmlichen Ende der Tempelritter keinen Blumentopf gewinnen, weil sie ihm angeblich in satanischen Messen Säuglinge opferten. Oder, noch unappetitlicher, sich vor der Statue gegenseitig sodomierten. Baphomet als Spiritus Rector des großen Templerbordells. Alles von der Heiligen Inquisition erstunken und erlogen natürlich und der reine politische Opportunismus – in Wirklichkeit ging es um Geld, man kennt das ja. Dabei bedeutet der Name Baphomet ›Tor zum Licht‹ und so gar nichts Dämonisches.«

Patricia starrte ihn an. Der Direktor konnte sie immer wieder mit seinem gewaltigen Fachwissen überraschen.

»Es existiert meines Wissens nur ein einziges Exemplar dieser Figur«, sagte Schrader und erhob sich mit unerwarteter Behändigkeit. Aus dem Regal, das die gesamte Wandfläche füllte, zog er nach kurzer Suche einen abgegriffenen alten Katalog. Sie beugte sich zu ihm, als er die Seiten des Buches durchblätterte.

»Hier!« Er zeigte auf eine Abbildung.

Es war tatsächlich genau die gleiche Figur, erkannte sie, und eine Woge der Erleichterung durchfuhr sie.

»Dies ist die einzige jemals gefundene Skulptur dieses doppelgeschlechtlichen Gottes. Der Kollege Edmund Meyer hatte sie Anfang des zwanzigsten Jahrhunderts bei seinen Ausgrabungen entdeckt. Sie befindet sich heute in der Sammlung des irakischen Nationalmuseums in Bagdad.«

Sie nickte. So ließ sich der Fehler wohl erklären.

»Damit ist das Problem aber nicht vom Tisch«, fuhr Schrader fort und schaute sie mit strengem Blick an. »Wir haben gar keine Vertragsbeziehungen mit Bagdad. Die hätten uns diese Figur niemals überlassen.«

Patricia strich sich irritiert eine Haarsträhne aus der Stirn. Sie dachte fieberhaft nach. »Ist das Nationalmuseum in Bagdad im Irakkrieg nicht geplündert worden?«

»Ah … Ich sehe, worauf Sie hinaus wollen. Sie tippen auf Artefaktenschmuggel.«

»In letzter Zeit ist doch vieles, was jahrelang verschwunden war, in den Handel gekommen.«

»Der IS, auf den Sie wohl anspielen, ist kein Knabenchor und nicht gerade dafür bekannt, Schenkungen an westliche Museen zu machen. Oder meinen Sie, ein anonymer Sammler hätte diese Figur an das Pergamonmuseum geschickt, um sein Gewissen zu erleichtern?«

Sie schaute ihn unsicher an.

»Wie auch immer«, fuhr er fort, »nehmen wir einmal an, dieses Artefakt sei tatsächlich über dubiose Schmugglerkanäle irgendwie hierher gelangt. Was sollten wir dann Ihrer Meinung nach tun?«

Patricia zuckte mit den Achseln. »Vielleicht ausstellen?« Sie schluckte. »Und danach an Bagdad zurückgeben, natürlich.«

»Sehr richtig. Zurückgeben! Unverzüglich. Und ausstellen sollten Sie ganz schnell vergessen! Das Pergamonmuseum darf niemals auch nur in den leisesten Verdacht geraten, sich an illegalem Artefaktenhandel beteiligt zu haben. Wir haben zusammen mit der Unesco eine Resolution unterzeichnet. Kein Museum der Welt darf Exponate annehmen, deren Herkunft nicht eindeutig nachgewiesen werden kann.«

Schrader griff zum Telefon.

»Ich brauche eine Verbindung zum Nationalmuseum in Bagdad. Zu Direktor Dr. Mahsi Al' Sadr.«

Er wandte sich zu Patricia.

»Herr Dr. Al' Sadr ist ein sehr guter Mann. Eher westlich eingestellt, wenn Sie wissen, was ich meine. Wir sind uns über die Jahre auf vielen internationalen Konferenzen begegnet.«

Schrader setzte sich hinter seinen Schreibtisch und begann wieder, mit dem Finger auf die Tischkante zu trommeln. Patricia blickte aus dem Panoramafenster. Die Polizei hatte den Bereich um das Spreeufer inzwischen abgesperrt. Offenbar war nicht mehr viel zu sehen, denn die Schaulustigen verzogen sich allmählich.

Das Telefon klingelte. Schrader hob ab.

»Ja? Gut, stellen Sie durch.« Sein Mund verzog sich zu einem Grinsen. »My dear friend!«

Patricia erkannte überrascht, dass Schraders gesamte Gesichtsstruktur infolge seines breit aufgerissenen Mundes viel natürlicher zusammenpasste, geradezu als seien die Proportionen seines runden Gesichtes speziell für diesen Ausdruck vorgesehen. Sie konnte dem Gespräch entnehmen, dass sich die einschlägig bekannte Baphomet-Figur offenbar wohlbehalten in Bagdad befand. In weiser Voraussicht hatte Al' Sadr sie damals nach dem Einmarsch der Amerikaner zusammen mit anderen wichtigen Artefakten rechtzeitig vor den Plünderungen in Sicherheit bringen können. Schrader beendete das Gespräch mit einer für Patricia eher fadenscheinig klingenden Erklärung über gewisse Recherchearbeiten, die ihn zu seiner Anfrage veranlasst hätten.

»Unser Exponat hier kann nur eine Fälschung sein«, murmelte er nachdenklich. Er schaute wieder auf.

»Bringen Sie die Figur ins Labor. Ich denke, jemand will sich einen Scherz mit uns machen. So etwas wie versteckte Kamera vielleicht.«

Das Telefon klingelte wieder.

»Ja?« Schrader war einen Moment ganz still. Das Blut wich ihm aus dem großen Gesicht. »Selbstverständlich. Ich werde alles sofort veranlassen.«

Er legte auf und starrte den Hörer lange an, als ob sich jemand im Apparat befände. Patricia überlegte bereits, ob sie einfach gehen sollte, als er schließlich hochsah, offenbar erstaunt, dass sie immer noch dastand.

»Wir sprechen uns später«, sagte Schrader mit einer Stimme, die Patricia noch nie bei ihm gehört hatte, und sie verließ fröstelnd das Büro.

Solche Typen machten immer Ärger

Hauptkommissarin im Ruhestand Lydia Klimm ging auf und ab wie eine Löwin im Käfig vor der Hauptfütterung und spürte ganz gegen ihr sonst eher ruhiges Naturell so etwas wie Nervosität in sich aufsteigen. Auf der gegenüberliegenden Straßenseite lag das architektonische Monstrum, in dem sie so viele Jahre gearbeitet hatte. Die Keithstraße 30, in der sich das »LKA 1 – Delikte am Menschen« mit seinen zehn Mordkommissionen befand, war ein typisches Bespiel der kolossalen Einschüchterungsarchitektur, die zu Beginn des letzten Jahrhunderts eigens dafür erfunden wurde, Ehrfurcht vor dem Staat zu erzwingen. Es war vollkommen lächerlich, an diesen Ort zurückzukommen wie ein treudoofer Hund. Vor einem Jahr hatte sie gekündigt, sie war raus, die Verbrechen konnten auch ohne sie aufgeklärt werden, Schluss, Punkt, Ende. Ihren »wohlverdienten Ruhestand« nannte jeder es betont verständnisvoll, dem sie von ihrer Frühpensionierung erzählte, als müsste sie sich eigentlich dafür rechtfertigen. Ja, sie hatte in ihrem Arbeitsleben genug getan, weiß Gott. Es hätte eine Befreiung sein sollen, den Stab an ihren Stellvertreter Torsten Nagel weiterzugeben und sich endlich aufregenderen Dingen zuzuwenden als der nicht enden wollenden Sisyphusarbeit, täglich neuen Totschlägern und Mördern mit ihren jämmerlichen Tatmotiven nachzusteigen. Doch sie musste erst einiges ausprobieren, bis sie Klarheit darüber hatte, was sie in ihrem Leben brauchte und was nicht. Sechs Monate lang war sie mit Dahlkamp, einem abenteuerlustigen Indiana-Jones-Verschnitt aus Zehlendorf, durch die Welt gezogen, bis ihr aufgegangen war, dass dessen Abenteuerexkursionen nichts weiter waren als die Sucht, mit einer Wagenladung an hochprofessioneller Ausrüstung seine Männlichkeit ständig aufs Neue unter Beweis zu stellen. Er war ein attraktiver Mann, zugegeben, aber es wurde schnell öde, immer wieder neue Berge zu besteigen, als ob der Himmel dort oben anders aussähe als auf dem letzten Gipfel, noch einen blöden Wildwasserbach hinunterzupaddeln oder sich durch das immer gleiche grüne Gestrüpp eines weiteren mückenverseuchten Dschungels zu kämpfen. Beim Sex wiederholte sich seine Angeberei auf anderer Ebene – nur dass er für seine Hochleistungsakrobatik im Hotelbett die atmungsaktive, wasserabweisende Funktionskleidung mit UV-Schutz kurz ablegte. Irgendwann fragte sich Lydia, ob er lieber Liegestütze auf ihr vollziehen wollte, und hatte sich fortan ein Einzelzimmer ausbedungen.

Der seelenlose Sex enttäuschte sie besonders, denn sie hatte sich überwinden müssen, nach mehreren Jahren Abstinenz seit dem Tod ihres geliebten Mannes überhaupt irgendeine Intimität zuzulassen. Bei der Rückkehr nach Berlin beschloss sie, das nächste Mal mehr auf ihr Gefühl zu vertrauen – und fiel daraufhin in ein tiefes Loch. Sie hatte einfach keine Leidenschaft, die sie jetzt mit mehr Muße für sich entdecken konnte. Es gab nichts, was sie immer schon mal machen wollte, nur nie die Zeit dazu hatte. Nichts, das man für Geld kaufen konnte, obwohl sie immerhin davon genug hatte. Um ihre Pension aufzubessern, musste sie als Witwe eines exzentrischen Künstlerfürsten nur ab und zu eines seiner immer noch begehrten Werke verkaufen. Und davon stapelten sich eine Menge in der riesigen Schöneberger Atelierwohnung, die eigentlich viel zu groß für sie alleine war. Doch mit Geld allein ließ sich die drängende Frage nicht lösen, was sie mit sich und den restlichen Jahren ihres Lebens anfangen sollte. Kartenspiele konnte sie nicht ausstehen, also war ein Bridge-Club für gefönte ältere Damen keine Option, und sie hatte auch nicht vor, sich ein Rudel Katzen anzuschaffen. War das Kribbeln ihrer Nerven jetzt ein gutes Zeichen? Schon beim Anblick des LKA-Gebäudes kam mehr Spannung auf, als sie bei allen halsbrecherischen Unternehmungen mit Dahlkampf gespürt hatte.

Lydia gab sich einen Ruck und überquerte die Straße. Der junge Polizist an der Eingangsschleuse warf einen Blick auf ihren Dienstausweis und ließ sie anstandslos passieren. Tatsächlich war ihr Ausweis offiziell noch gültig. Sie hatte ihn nie abgegeben und der Polizeipräsident hatte angesichts ihrer unerwarteten Kündigung vergessen, ihn zurückzufordern. Ihre Schritte hallten auf den Marmorplatten, als sie durch die weitläufige Eingangshalle ging, um den Aufzug nach oben zu den vielen engen Büros der Mordkommission zu nehmen. Der Geruch von Desinfektionsmittel stieg ihr in die Nase, als sie aus dem Fahrstuhl trat. Das bleiche Neonlicht spiegelte sich auf dem abgewetzten Linoleumboden des Ganges wider. Nichts hatte sich hier verändert. Lydia sog die abgestandene Luft mit dem Duft nach verbranntem Kaffee ein und fühlte sich auf einmal wieder wie eine Katze auf der Jagd nach Mäusen. Ihre Nasenhaare vibrierten. Nicht einmal als sie mit Dahlkamp auf den Spuren eines sibirischen Tigers durch das Dschugdschurgebirge gekraxelt war, hatte sie dieses Kribbeln gespürt. Vielleicht war es ein Fehler gewesen, in den vorzeitigen Ruhestand zu gehen, nur weil sie offenbar eine Anwandlung von Altersdepression gehabt hatte. Aber daran gab es nichts mehr zu rütteln. Sie war jetzt dreiundsechzig Jahre alt und würde nicht wieder eingestellt werden.

Vor ihr lag das Büro der achten Mordkommission, ihr altes Team. Lydia holte tief Luft und öffnete die Tür. Drei viel zu gut aussehende junge Männer, die sie noch nie zuvor gesehen hatten, hoben synchron die Köpfe. Ein vierter Mann in dunklem Anzug, Typ Streber, runzelte die Stirn und rutschte auf seinem Stuhl herum.

»Guten Morgen, die Herren«, grüßte sie und schenkte ihnen ihr mütterliches Lächeln, das sich immer und in allen Lagen bewährte. Die äußerlich freundlich wirkende Harmlosigkeit eines Hausmütterchens führte regelmäßig dazu, dass man sie unterschätzte, und bevor ihr Gegenüber es sich versah, hatte sie ihn schon im Sack.

Die drei Jungs glotzten sie an, als sei sie eine Außerirdische. Das einzige bekannte Gesicht war die Computerkollegin hinten in ihrer Ecke. Lydia nickte den Männern zu und schwebte an ihnen vorbei.

»Sabinchen, meine Liebe, wie schön, du hast die Stellung gehalten! Geht es dir gut?«

»Jo.«

Lydia lächelte. Die junge Frau war schon immer ein wenig autistisch gewesen. »Sonst niemand mehr vom alten Team dabei?«

»Torsten.« Sabine deutete mit dem Kopf auf Lydias ehemaliges Büro. Als Chefin hatte sie sich damals einen eigenen Raum erkämpft, um den Kollegen nicht an Schreibtischen gegenübersitzen und jedes Mal in ihre müden Gesichter blicken zu müssen, wenn sie von ihrem Computer hochsah. So viel Nähe musste bitte nicht sein. Ihr Nachfolger hatte dieses Privileg offenbar übernehmen können. Respekt. Das hatte sie dem schmächtigen Torsten nicht zugetraut.

»Wie schön«, sagte Lydia wieder und wandte sich der angelehnten Bürotür zu. Doch bevor sie eintreten konnte, verstellte ihr der Streber den Weg.

»Was soll das werden? Wer sind Sie? Was tun Sie hier überhaupt?«

Lydia machte eine kleine Pause, bevor sie antwortete. Solche Typen machten immer Ärger. »Ich will meinen Jungen besuchen, Hauptkommissar Torsten Nagel.«

»Sind Sie etwa seine Mutter?«

Lydia ging nicht darauf ein. »Er arbeitet doch hier, oder nicht?« Sie machte einen Schritt an dem Streber vorbei und stieß die Bürotür auf. Dort saß Torsten hinter seinem Schreibtisch und studierte grübelnd eine Akte. Er hob den Kopf und seine Augen weiteten sich erstaunt, als er seine ehemalige Chefin erkannte.

»Moment, das geht schon mal gar nicht, wir sind hier keine WG«, sagte der Streber und stellte sich in die Tür. »Sie können nicht einfach hier reintanzen und uns bei der Polizeiarbeit stören.«

»Ach, das tut mir leid. Bitte tun Sie einfach so, als ob ich gar nicht da bin.« Sie wandte sich Torsten zu. »Mein Lieber, wie gemütlich du es hier hast!«

Sie fühlte die Hand des Strebers auf ihrer Schulter und wandte sich um. »Keine Sorge, mein Sohn und ich, wir schließen auch die Tür, dann können Sie ganz ungestört Ihre Polizeiarbeit machen.«

»Wie sind Sie eigentlich hier hereingekommen?«

»Durch den Eingang, wie denn sonst? Dort steht ein sehr hilfsbereiter Polizeibeamter, der mir den Weg gezeigt hat.« Lydia nahm den Mann am Arm und schob ihn durch die Tür. »Es war nett, Sie kennenzulernen, aber ich möchte wirklich nicht mehr von Ihrer Zeit in Anspruch nehmen. Sonst verhaften Sie mich noch wegen Behinderung der Polizeiarbeit, und den Ärger wollen wir doch beide nicht.« Sanft, aber nachdrücklich schloss sie die Tür hinter ihm und wandte sich Torsten zu.

»Da hast du dir aber einen Kläffer angelacht, du meine Güte.«

Torsten nickte bedrückt. »Mein neuer Partner. Wir sollen die Mordkommission jetzt im Team leiten.«

Lydia musterte ihn scharf. »Im Team? Und warum sitzt du dann isoliert in diesem Sarg?«

Torsten grinste schwach. »Es ist doch Ihr Büro, Frau Klimm!«

»Sieht nicht aus, als ob man uns beide vergleichen könnte.« Lydia zog sich einen Stuhl heran. »Jetzt wo ich nicht mehr im Dienst bin, kannst du mich auch duzen. Ich heiße Lydia, wie du weißt.« Dass seine neuen Kollegen sie für seine Mutter hielten, brauchte er nicht zu wissen, obwohl es durchaus von Vorteil sein konnte.

»Danke, Frau Klimm, ähm, Lydia.«

»Du sahst schon mal besser aus. Bisschen blass um die Nase, für mein Gefühl. Was ist los? Macht das Team Ärger? Wirst du etwa gemobbt oder warum igelst du dich hier ein?«

Er zuckte mit den Schultern. »Mir geht es gut.«

»Du brauchst meine Hilfe«, stellte Lydia fest. »Also erzähl mal. Wie ticken die neuen Kollegen?«

»Moment mal. Was meinst du damit, ich brauche deine Hilfe?« Torsten blinzelte irritiert. »Du tust ja gerade so, als wärst du wieder im Dienst.«

Lydia schenkte ihm ihr mütterliches Lächeln. »Ach was. Ich wollte nur mal sehen, wie mein Nachfolger sich so macht.« Sie beugte sich ein wenig über den Tisch. »Aber, wenn ein alter Kollege schlecht behandelt wird, muss ich ihm helfen. Das ist so was wie Mutterinstinkt, dagegen bin ich machtlos.« Sie warf einen Blick auf die geöffnete Akte. »Neuer Fall? Darf ich mal sehen?« Ohne seine Antwort abzuwarten, hatte sie die Akte schon an sich genommen und begann, darin zu blättern.

»Bitte Lydia, das geht doch nicht!«, protestierte Torsten.

»Muss ja keiner erfahren. Ich kann dir nur sagen, wenn das Team dich ausbremst, brauchst du jemanden, der auf deiner Seite steht.« Sie blickte weiter in die Akte. »Da habt ihr ja einen dicken Fisch an der Angel. Das wird den Staatsanwalt ins Schwitzen bringen. Mord in der Bannmeile. Und dann noch auf so brutale Weise. Neunzehn Messerstiche. Der Täter muss ja wie ein Irrer auf sie eingestochen haben.«

Sie blätterte weiter und blieb bei den Fotos hängen. »Hm. Was sagst du dazu?«

»Du meinst die Augen?«

»Jemanden abstechen ist eine Sache, dafür kann es viele Gründe geben. Sich aber dann die Mühe zu machen, der Leiche in Handarbeit die Augäpfel aus dem Gesicht zu pulen, ist was ganz anderes.«

»So selten ist das nicht, dass ein Opfer nachträglich verstümmelt wird.«

Lydia schaute auf. »Gibt es schon eine Theorie?«

»Das Team denkt an Raubmord. Das Opfer ist auf dem Weg nach Hause, hat vielleicht noch einen kleinen Spaziergang an der Spree gemacht an dem milden Abend. Sie sieht nach Geld aus. Der Täter will sie abzocken, sie wehrt sich, die Sache eskaliert, er sticht zu. Und um das Tatmotiv zu vertuschen, versucht er, die Polizei auf eine falsche Spur zu lenken. Wir sollen nach einem Perversen suchen, aber in Wirklichkeit ist das simpler Raubmord. Könnte ja sein, haben wir alles schon gehabt.«

Lydia sah ihn unbeeindruckt an. »Und was denkst du?«

»Ich weiß nicht. Ich denke eher, da steckt doch noch mehr dahinter. So ein Aufwand wäre eigentlich nicht nötig. Aber ich muss zugeben, ich habe keinen Anhaltspunkt für irgendeine Theorie. Es ist nur so ein komisches Gefühl. Aber Gefühle interessieren hier keinen.«

Zu seiner Überraschung strahlte Lydia. »Wenn ein erfahrener Ermittler ein Gefühl hat, dann ist das kein Gefühl, sondern eine Witterung, die du aufnehmen musst wie ein Spürhund. Verstanden?«

Torsten nickte mechanisch. »Klar, Witterung. Mach ich.«

Lydia stand auf und ging zur Tür. »Ich lass dich dann mal weiterarbeiten. Halt mich auf dem Laufenden!«

Sie fühlte sich großartig. Hierher zu kommen war genau die richtige Idee gewesen.

Er konnte einem gewaltig auf den Zeiger gehen mit seinem Gefasel

Torsten Nagel ließ sich auf die überraschend bequeme Designerliege sinken. Es war immer wieder ein kleiner Schock, aus dem unendlichen Nichts des Meditationstanks zurück in das gleißende Licht des White Cube zu kommen und sich der Realität mit ihren harten Konturen stellen zu müssen. Aber dieses Mal war er fast erleichtert, den Tank verlassen zu haben, und Hinnerk schien das zu spüren, denn er strich ihm sanft mit der Hand über die Stirn.

»Hey, du bist ja ganz schön spaced out. Möchtest du ein Glas Wasser?«

»Lass mich einfach noch ein bisschen chillen.« Jetzt fing er auch schon an, so zu reden, dachte Torsten.

Hinnerk musterte ihn. »Du hast was gesehen, stimmt's?«

»Ich weiß nicht.«

Hinnerk lachte. »Du kannst es ruhig zugeben, das ist doch nichts Schlimmes! Ganz im Gegenteil, dass du etwas beim Meditieren wahrnimmst, macht mich happy! Es zeigt, dass dein Bewusstsein einen Quantensprung gemacht hat. Das ist richtig gut.«

»Wozu ist das gut?«

»Weil in dir die Dualität von Geist und Materie allmählich überwunden wird und ein energetischer Prozess in Gang gekommen ist, bei dem du die verborgenen Potenziale deines Bewusstseins aktivierst.«

»Und was habe ich davon?«

»Erkenntnis oder sogar noch mehr. Der Erleuchtete sieht die universelle Matrix des Lebens, von der Vergangenheit bis in die Zukunft.«

»Kannst du denn in die Zukunft sehen?«

»Warum nicht? Die Zukunft ist nur ein Quantenzustand aus Potenzialen, die alle jetzt schon im Universum vorhanden sind.«

»Potenziale reichen mir aber nicht. Ich brauche schon konkrete Beweise.«

Hinnerk wiegte den Kopf. »Nostradamus, zum Beispiel, war ein cooler Typ, sehr in touch mit der Matrix, auch wenn er das noch nicht so ausdrücken konnte. Aber seine Prophezeiungen haben alle gestimmt, auch ohne sogenannte Beweise. Sie waren nichts anderes als Wissen über die Zeit hinweg, intuitiv ermöglicht durch die Quantenverschränkung. Das weiß die Wissenschaft heute.«

Torsten schwieg erschöpft und schloss die Augen. Der Mann konnte einem schon gewaltig auf den Zeiger gehen mit seinem Gefasel. Nach einer Weile meldete sich Hinnerk wieder.

»Es wird dir gut tun, darüber zu sprechen.«

»Worüber?«

»Über das, was dir im Tank erschienen ist.«

»Kostet das extra?«

Hinnerk lächelte nachsichtig. »Mach dir nicht so viel Sorgen! Ich werde mich nicht aufdrängen, aber eine holografische Vision kann sehr beunruhigend sein. Du brauchst einen Teacher, der sie für dich interpretiert.«

»Da gibt es nicht viel zu interpretieren. Ich habe zwei Augen gesehen, die mich angeglotzt haben.«

Hinnerk lächelte. »Die Augen sind das Tor zum Licht. Das ist beautiful.«

Torsten seufzte. »Ohne ein Gesicht drumherum sind Augen eher nicht beautiful, sondern gruselig. Aber du verstehst das sowieso nicht.«

Hinnerk verschränkte fast ein wenig beleidigt die Arme. »Ich bin auch nur ein Schüler auf der Suche nach Wahrheit.«

Torsten schaute ihn streng an. »Was ich dir jetzt sage, bleibt unter uns, ja?«

»Natürlich. Als dein Heiler unterliege ich quasi der ärztlichen Schweigepflicht.«

»Ich sage das nur, weil ich dir damit dienstliche Geheimnisse anvertraue.«

»Bei mir sind sie sicher.«

»Wir haben heue Morgen ein weibliches Mordopfer gefunden, dem beide Augäpfel entfernt wurden. Verstehst du? Und jetzt verfolgen mich diese Augen bis in deinen Tank. Warum? Was soll mir das sagen? Kannst du mir das vielleicht erklären?«

»Hmm …«, murmelte Hinnerk, »das ist schon sehr special. Ich würde sagen, dein Bewusstsein war in touch mit einem morphogenetischen Feld. Die Wissenschaft sagt, dass darin Informationen gespeichert werden, unabhängig von Raum und Zeit. Die Augen sind eine Message von der Matrix. Habt ihr denn schon den Täter gefasst?«

Torsten schüttelte den Kopf. »Wir sind ganz am Anfang. Ich meine, wer tut denn so was? Könnte das was mit schwarzer Magie zu tun haben?«

Hinnerks Gesicht leuchtete auf. »Den Satanisten würde ich das durchaus zutrauen. Das sind echte Arschlöcher.«

»Kennst du dich damit aus?«

»Mit Black Magic?« Hinnerks Stimme wurde unwillkürlich leiser. »Wenn überhaupt, dann mit White Magic. Aber für mich ist das alles nichts. Als Quantenheiler arbeite ich totally auf der Informationsebene.«

»Aha. Und Quantenheilung ist was anderes als Magie?«

»Total anders, Mann! Magier wollen Macht über andere, Quantenheiler wollen Harmonie mit dem Universum. Und Happiness für Body, Mind and Soul – und ein schönes Leben. Möchtest du jetzt dein Glas Wasser?«

Loyalität hin oder her, manchmal musste man an sich selbst denken

Hasi stand am Büfett und taxierte die Häppchen. Mit einem Blick sah er, dass es Schinkenröllchen gab, die für seine Zwecke eher unpraktischen Wachteleier und zum Glück noch kleine Lauchtörtchen, die man gut in der Jackentasche transportieren konnte, wenn man zwei davon mit der saftigen Seite aufeinanderklappte. Durch die Decke hörte er, wie die Schritte der Vernissagebesucher im oberen Stockwerk der Villa Palermo über das Parkett scharrten. Alle drängelten sich darum, einen Blick auf die dort aufgebaute Jurte erhaschen zu können, vor der eine alte Frau in mongolischer Tracht hockte, ohne sich von dem kunstbegeisterten Publikum weiter stören zu lassen.

Hasi hatte sich das lebensgroße Exponat bereits angesehen und etwas Smalltalk mit dem Künstler namens MIF gehalten, während die Geländewagen und Limousinen der kulturinteressierten Zehlendorfer vorfuhren. MIF hatte ihm sein Projekt erklärt, während die verkleidete alte Frau an einem fast zehn Meter langen Schal strickte. Seine Mutter sei Teil der Installation, hatte der Künstler erklärt und ihn davon abgehalten, die Dame anzusprechen. Hasi hatte sich daraufhin höflich zurückgezogen, noch bevor der Sand in der überdimensionalen Eieruhr, die der Künstler wie eine Fackel hochhielt, heruntergerieselt war. Und während die Gäste nach oben drängten, um die Begrüßungsansprache nicht zu verpassen, ging Hasi ans Büfett, um in Seelenruhe ausgewählte Delikatessen für sein Frühstück in den kleinen Gefrierbeutel zu füllen, den er für solche Gelegenheiten immer bei sich trug, seitdem Tante Pudel ihm ohne Umschweife erklärt hatte, dass er bloß nicht denken solle, sie würde ihn jetzt durchfüttern, nur weil er Familie war. Er entschied sich für Salamischnittchen und mehrere Gemüsetörtchen, die hatten Vitamine und hielten sich seiner Erfahrung nach am längsten frisch. Dafür entging ihm die Eröffnungsrede des Kurators. Leider, denn es hätte Hasi schon interessiert, inwiefern Kunst und Camping zusammengehörten, aber man musste schließlich Prioritäten setzen.

Von oben drang Applaus durch die Decke. Gleich würden die Besucher herunterkommen, um sich zu stärken und Sekt zu trinken. Er rückte seine Krawatte zurecht. Der diffizile Teil des Abends stand ihm noch bevor. Auf dem Boot heute Morgen war ihm die Idee gekommen, mit Renate Schwarzvogel zu reden. So gering die Praktikantenstelle im Museum auch honoriert sein würde – er brauchte das Geld dringender denn je, denn sein momentanes Wohnarrangement als Untermieter von Tante Pudel wurde immer anstrengender. Er traute sich kaum noch aus seiner Stube, weil die Gefahr bestand, dass Tante Pudel mit irgendeinem Putzgerät bewaffnet in der Nähe lauerte, als warte sie nur auf sein Erscheinen.

Normalerweise ging er der Organisatorin des heutigen Abends aus dem Weg, doch in seiner Lage blieb ihm keine Wahl. Hasi beobachtete den Pulk der Ausstellungsbesucher, der sich die Treppe herunterwälzte. Renate hatte an ihm einen Narren gefressen. Das waren natürlich ihre Worte, er selbst benutzte solche Ausdrücke nie und auch sonst war ihm ihre aufdringliche Art eher fremd. Die Erbin einer Drogeriekette mit ihrer Gier danach, unbedingt dazugehören zu wollen, brachte ihn mit ihrer plumpen Vertraulichkeit immer etwas in Verlegenheit. Erschwerend kam hinzu, dass sie seit kurzem in ihm einen Verbündeten gegen ihre Erzfeindin Tante Pudel witterte und ihn mit kaum verschleierter Klatschlust ständig über die alte Dame ausfragte. Hasi gingen allmählich die höflichen Vermeidungsstrategien aus. Renate Schwarzvogel um etwas zu bitten, war ein heikles Unterfangen, bei dem er auf einem schmalen Grat zwischen Diplomatie und Verrat balancieren musste. Die Fehde der beiden Frauen hatte ihren Ursprung in einer viele Jahre zurückliegenden Sitzung der Orientgesellschaft. Nach dem Ableben ihres Gatten Rudolf von Rettwitz, Honorarkonsul im syrischen Palmyra und Präsident des archäologischen Fördervereins, hatte Tante Pudel sich als natürliche Erbin seiner Präsidentschaft gewähnt und war aus allen Wolken gefallen, als stattdessen der eitle Rechtsanwalt Löw zum neuen Vorsitzenden gewählt wurde und die grässlich vulgäre Renate Schwarzvogel zu seiner kongenialen Stellvertreterin. Renate war es dann auch, die Tante Pudel mit schamloser Schadenfreude die demütigende »Neuigkeit« überbrachte. Seitdem wurde Renate von Tante Pudel geschnitten, wann und wo immer sich eine Gelegenheit dazu ergab.

Hasi erkannte das charakteristische Tremolo in Renates Stimme, als sie einen prominenten Gast mit herzlicher Dringlichkeit begrüßte. Sie hatte die Eigenart, mit lauter Stimme ein intensives Flüstern zu simulieren, was allen ihren Äußerungen etwas von der Enthüllung eines pikanten Geheimnisses gab. Er fasste sich ein Herz und reihte sich in die Gruppe der Wartenden ein.

»Renate, darf ich dir gratulieren?« Er beugte sich vor und deutete einen Wangenkuss an. »Der Künstler und seine Mutter. Was für eine herrliche Idee!«

»Wundervoll, nicht wahr? Ich danke dir, Hasi, mein Lieber! Ich habe ihn bei meinem letzten Besuch im Village aufgetan. In der New Yorker Szene gilt er noch als absoluter Geheimtipp.«

Renate drückte ihn an sich und er merkte, wie sich sein schönes Frühstück für den nächsten Morgen in seiner Jackentasche in Brei verwandelte. Trotzdem griff er galant ihre Hand, ohne sich das Malheur anmerken zu lassen.

»Könnte ich dich bitte ein Momentchen allein sprechen?«

Er führte sie an den Besuchern, die am Büfett anstanden, vorbei auf die Terrasse.

»Meine Tante war ja so enttäuscht, dass sie keine Einladung bekommen hat.«

Loyalität hin oder her, manchmal musste man an sich selbst denken. Renate fiel auf den Köder herein.

»Das tut mir aber leid«, sagte sie und bemühte sich, ihre Genugtuung hinter einer dünnen Simulation von Zerknirschung zu verbergen. »Ich hatte ja keine Ahnung, dass sie sich für Avantgarde interessiert.«

»Ich werde ihr ausführlich erzählen, wie interessant es war.

Vielleicht kann sie ja bei Gelegenheit noch als – normale Besucherin in die Ausstellung kommen.«

Das hatte gesessen. Renate strahlte, und Hasi schlug zu.

»Entschuldige, Renate, darf ich dich um etwas Persönliches bitten? Es ist ein wenig diffizil, aber du bist die Einzige, die mir helfen kann.«

Sie nahm seine Hände. »Wenn ich kann, gerne.«

»Weißt du, die Sache ist so«, sagte er und machte eine kalkulierte Pause, in der sie seine Hände fest zwischen ihre drückte wie in einer fleischigen Schraubzwinge. »Ich würde gerne ausziehen – meine eigene Wohnung haben. Für Tante Pudel wäre das natürlich ein herber Schlag, aber ...« Er zuckte traurig mit den Schultern.

Renates Augen blitzten auf. »Und was kann ich dabei tun?«

Hasi berichtete ihr von seinem missglückten Vorstellungsgespräch, in der die Frage nach seinem Abschluss ihn in Bedrängnis gebracht hatte. Wenn jemand etwas an der Personalchefin des Pergamonmuseums vorbei arrangieren konnte, dann sie, sagte er mit Überzeugung. Wie er gehofft hatte, war Renate geschmeichelt. Frau Abendroth sei ihr gut bekannt, eine ganz liebe Frau, da ließe sich bestimmt etwas machen. Renate hakte sich bei ihm unter.

»Möchtest du mir noch ein wenig beistehen, mein Lieber?«

»Nichts lieber als das«, sagte er.

Und schon drückte sie ihm ein schwarzes Notizbüchlein und einen Stift in die Hand. »Wenn sich jemand vorstellt, müsste Name und Adresse gleich hier hinein. Würdest du das für mich tun?«

»Mit Vergnügen«, erwiderte Hasi – was sollte er sonst sagen? Bei Renate gab es nichts umsonst, das hatte sie mit seiner Tante gemeinsam. Für den Rest des Abends durfte er keinen Schritt mehr von ihrer Seite weichen. Erst als sich die letzten Besucher verabschiedeten, konnte er sich des Notizbuchs entledigen.

»Danke für den schönen Abend, Renate, ich werde mich dann auch mal auf den Weg machen.«

»Mein Guter!« Sie griff seine Hände und ließ sie nicht mehr los. »Wir haben jetzt einen Tisch beim Italiener. Der Künstler und seine Mutter sind mit dabei, das willst du dir doch nicht entgehen lassen, oder?« Sie schaute ihn groß an.

»Niemals! Er ist so ein fabelhafter Künstler«, sagte Hasi und versuchte, dabei enthusiastisch auszusehen. Zumindest gelang es ihm auf dem Weg zur Trattoria, seine matschigen Proviantbeutel dezent in einen Busch zu werfen. Die nächsten zwei Stunden verbrachte er eingepfercht zwischen Renate und der schweigsamen Mutter des Künstlers damit, den Monologen eines Kunstexperten zu folgen, der den Versammelten über den Kopf des Künstlers hinweg dessen Kunst erklärte, ohne den Mann selbst zu Wort kommen zu lassen.

Erst draußen auf der Straße, als Renates Taxi endlich vorfuhr, erlöste sie ihn nach einem Abschiedsküsschen mit dem Vorschlag, er solle am besten gleich morgen ins Museum gehen und sich bei der kleinen Kuratorin melden. Und sie versprach ihm, die Praktikumsstelle gleich mit Julius Schrader, dem Direktor des Museums, persönlich zu regeln und gar nicht erst mit Frau Abendroth zu besprechen. Hasi schwang sich erleichtert auf sein rostiges Rad, um den Weg zu seiner Bleibe im muffigen Souterrain von Tante Pudels Haus anzutreten. Er jubelte innerlich. Lange würde er es dort nicht mehr aushalten müssen.

Er konnte sich überall frei bewegen, fast als sei er unsichtbar

Am wichtigsten war es, wie ein Mann zu wirken, der sich wohl in seiner Haut fühlte. Dabei musste er freundlich und bescheiden auftreten und trotzdem eine leicht selbstwichtige Kompetenz ausstrahlen, ohne aber unangenehm aufzufallen. Die Persönlichkeiten seines Portfolios waren immer komplex gestaltet, und es war seine besondere Kunst, auch die scheinbar widersprüchlichsten Eigenschaften eines fiktiven Charakters glaubhaft zu machen. Er war Perfektionist und hätte sich niemals mit einer simplen Schablone zufriedengegeben. Diesmal hatte er sich viel Zeit genommen, bis ihm die Rolle in Fleisch und Blut übergegangen war und man ihn selbst im Schlaf nicht hätte überführen können. Er hatte sie in der Gestalt eines interessierten Museumsbesuchers tagelang bei ihrer Arbeit heimlich beobachtet, ihre Gewohnheiten und kleinen Vorlieben, ihr Verhalten und ihre Ausdrucksweise studiert, bis er sich fähig fühlte, ihr Vertrauen zu erschleichen. Als einer der Ihren nahm ihn heute keiner mehr wahr, niemand hätte auf Aufforderung sein Allerweltsgesicht beschreiben können, und das erleichterte seine Arbeit erheblich. Er konnte sich überall frei bewegen, fast als sei er unsichtbar, und so fiel es niemandem auf, dass er mit seinem eigens angefertigten Nachschlüssel nach Belieben in die innersten Bereiche des Hauses vordrang.

Er grüßte jovial, als einer der Laboranten an ihm vorbeieilte, ohne ihn überhaupt anzusehen. Jeder, dem er hier begegnete, nahm selbstverständlich an, dass er in besonderem Auftrag unterwegs war. Er entriegelte eine weitere Tür. Die Maschine war hier vorerst sicher. Als er eine Hand auf sie legte, spürte er, wie die feinen Haare auf seinem Handrücken sich aufrichteten. Sie war perfekt positioniert, wie seine geomantischen Berechnungen ergeben hatten. Die Energieadern des Hartmann-Gitters, die sich netzförmig über den Planeten zogen, verdichteten sich hier in Berlin zu einem stabilen lokalen Knotenpunkt. Die Wirkung des Kraftfeldes war offensichtlich. Ob nun ein Weltkrieg, der Fall der Mauer oder die Loveparade – von dieser Stadt gingen immer wieder gewaltige Massenbewegungen aus. Es war jetzt notwendig, die acht Torbögen für den großen Kegel auf das elfte Zeichen, das Sternbild des Wassermanns, zu justieren. Er zog ein Maßband und das Laser-Messgerät aus der Tasche und begann, einen präzisen Kreis um die Maschine zu ziehen. Der Durchmesser hatte millimetergenau zu stimmen, damit die Spitze des Kegels von seinem Fundament im Untergeschoss des Pergamonmuseums bis zur Endposition in sechsundsechzig Metern Höhe punktgenau auf den Empfänger treffen konnte. Ein seltenes Gefühl des Stolzes erfüllte ihn bei der Vorstellung, dass die Schulkinder in den Geschichtsbüchern eines Tages lesen würden, dass er, er allein, der Retter gewesen war, der zu Beginn des neuen Aeons und gerade noch zur rechten Zeit das Steuer herumgeworfen hatte, bevor die Welt an ihrer eigenen Gier und Vergnügungssucht zugrunde ging.

»*Wuff*«, bellte einer der beiden Männer ihn an

Die Pension Pflüger war eine Absteige über einem Tattoo & Piercing Salon in einer Nebenstraße des Kottbusser Damms. Die abgeblätterte Fassade war durch ein grün und rot leuchtendes Neonschild »Zimmer frei« zusätzlich verschandelt, innen sah es jedoch unerwartet gediegen aus. Ein Fußabtreter mit dem Bild einer grinsenden Katze, honigfarbene gewienerte Holzdielen, eine Vase mit bunten Seidenblumen auf einem weißen Häkeldeckchen vor einer rosafarbenen Wand voller Postkarten von dankbaren Gästen aus aller Welt verpassten der Rezeption den Charme einer Seniorenresidenz aus den Siebzigern.

Torsten hatte sich seit dem Rausschmiss aus der Wohnung seiner Ex-Freundin Tina in einem der bescheidenen Zimmer im ersten Stock einquartiert. Ein Bett, ein Stuhl, Schreibtisch und Schrank, das war alles. Im Grunde brauchte doch niemand mehr als das, was er in einem Koffer mit sich herumtragen konnte. Eine eigene Wohnung mit Mietvertrag wäre eine Verpflichtung, die ihn nur unnötig belastet hätte.

»Morgen, Nullnullsieben. Was liegt an heute?«, fragte Ecki und zwinkerte Torsten zu, als er in die Lobby trat, die zugleich als Frühstücksraum diente und wo einige Rucksacktouristen gerade die Bekanntschaft mit Aufbackbrötchen und Bärchenwurst machten.

Ecki hatte ihm die Zimmernummer sieben verpasst und freute sich jedes Mal über diesen Witz, als sei er ihm gerade eben eingefallen. Sie kannten sich noch aus den Zeiten der Hausbesetzerszene. Ecki war ein Hüne mit wie Akne ins Gesicht gesprenkelten Piercings und einer Tätowierung, die sich als blassblaues Geschwür von der Mitte seines kahlen Schädels über den Nacken bis auf die muskulösen Arme ausbreitete. Jedes Mal, wenn der Besitzer des Tattoo-Ladens mehr als drei Monate mit der Miete im Rückstand war, wuchs Eckis Tätowierung um einige Quadratzentimeter und musste nach Torstens grober Schätzung inzwischen in empfindliche Körperregionen vorgedrungen sein. Etwas, das er sich beim Frühstück lieber nicht vorstellte.

Neben Ecki hinter dem Tresen saß seine Mutter, eine alte Frau mit karierter Schürze, und strickte wie üblich ohne aufzusehen an einem endlos langen Schal. Gelegentlich vermietete Ecki seine Mutter, hatte er Torsten erzählt und ihm stolz das Ausstellungsplakat eines Künstlers namens MIF gezeigt, der sie auf seinen Installationen als eigene Mutter ausgab. Torsten fand, es verstoße gegen die Menschenrechte, seine Mutter zu verticken, aber Ecki war mit den Jahren pragmatisch geworden. »Lass mal, Genosse, ihr ist es Banane, wo sie gerade strickt, und außerdem gibt es auf den Ausstellungen gut zu futtern.«

Ecki musterte Torsten. »Wieder schlecht geschlafen? Wie wär's mit Frühstück? Milchkaffee, Eier und Speck, das wird dir gut tun.«

»Danke, Ecki, aber ich muss los.«

»Hast du schon die Zeitung gesehen? Steht was über uns drin.« Ecki hob den Berlinteil hoch.

»Über uns?«

Ecki winkte ihn heran und deutete auf das Foto eines Abrisshauses. »Na, fällt der Groschen?«

»Unser besetztes Haus in der Mainzer Straße?«

»Du hast es erfasst, Alter. Und jetzt wird es abgerissen, damit die Heuschrecken da einen Spießerpalast bauen können. Das ist doch Bananenscheiße, oder?«

»Arschlöcher.« Torsten seufzte. Alles war so sinnlos. »Wofür haben wir damals eigentlich gekämpft?«

»Für die gerechte Umverteilung, Alter. Und bei manchen hat es ja auch geklappt.«

Torsten nickte. »Bei dir vielleicht. Aber Gerechtigkeit für alle kannst du vergessen.«

»Warte es ab, das kommt alles noch.«

»Schön wär's. Bis später, Ecki.«

»Mach kaputt, was dich kaputtmacht, mein Freund«, sagte Ecki. »Du gehst ja schon auf dem Zahnfleisch.«

Torsten lächelte müde. »Unterm Pflaster liegt der Strand, Genosse.«

Alles andere hätte jetzt ein längeres Gespräch über die alten Zeiten zur Folge gehabt, und dann hätte Ecki sicher ein paar dicke Joints hervorgeholt und der Tag wäre gelaufen. Er nickte dem alten Mitstreiter zu und verließ die Pension. Die U-Bahnstation Hermannstraße lag ein paar Querstraßen entfernt. Natürlich hätte er auch den Dienstwagen nehmen können, doch ein so schickes Auto wirkte in diesem Neuköllner Kiez wie die herzliche Einladung, sich am System abzureagieren. Wie zur Bestätigung schlenderten Torsten auch schon zwei typische Verdächtige mit wiegendem Gang entgegen in T-Shirts mit dem Aufdruck »Bronx Warriors«, tiefergelegten Jogginghosen und Sneakern wie weiße Sahneschnitten. Der eine ließ seine Gebetskette durch die Finger wirbeln. Torsten kramte nach seiner Dienstmarke. In der Regel konnte er sich schon damit den nötigen Respekt verschaffen, denn er lehnte es prinzipiell ab, eine Waffe zu tragen. Die Dienstpistole lag in einer Schublade seines Schreibtisches und er nahm sie nur bei den obligatorischen Schießübungen heraus. Ansonsten machte die Wumme wenig Sinn. Warum sollte er bewaffnet sein, wenn man jederzeit eine SEK-Truppe rufen konnte? Die beiden Typen wichen links und rechts zur Seite, um ihn in die Mangel nehmen zu können. Er fühlte, wie sich seine Nackenmuskeln zusammenkrampften, wischte sich einen Schweißtropfen von der Stirn und blieb stehen, um in den Hosentaschen nach seiner Dienstmarke zu suchen, bis er sich erinnerte, dass er sie auf dem Schreibtisch im Zimmer liegen gelassen hatte.

»*Wuff!*«, bellte einer der beiden Männer ihn an. Er zuckte zusammen und nahm dann wahr, dass sie grinsend an ihm vorbeigingen.

»Scheiß Opfer, ey«, keckerte der Kleinere.

Er fühlte den kalten Schweiß auf seinem Rücken. Jetzt musste er wieder ins Hotel zurück, um sein Oberhemd zu wechseln und natürlich, um die Dienstmarke zu holen. So konnte es nicht weitergehen.

Es sah in jeder Hinsicht nicht gut für die Mordkommission aus

Zwei Stunden später saß Torsten in frischem Hemd auf dem Podium neben Frank in der Pressekonferenz im Präsidium und war heilfroh, dass der nassforsche Kollege die bislang dürftige Sachlage präsentierte. Frank verstand es wie immer, aus wenig viel zu machen, und verkündete mit professionellem Ernst die Gründung einer SoKo. Inzwischen war das Opfer aus der Spree als die Personalchefin des Pergamonmuseums, die zweiundfünfzigjährige Ursula Abendroth aus Zehlendorf, alleinstehend, identifiziert worden. Es sah in jeder Hinsicht nicht gut für die Mordkommission aus. Die einschlägigen Boulevardzeitungen hatten ein nur leicht zur Unschärfe verfremdetes Bild des Opfers mitsamt den leeren Augenhöhlen auf der Titelseite gebracht. Die Konferenz verlief aufgeheizt. Frank wies stoisch jede Frage der gierig-interessierten Journalisten nach Ritualmorden und Psycho-Killern zurück, um nachdrücklich darauf zu pochen, dass man bis jetzt immer noch von einem einfachen Raubmord ausging. Als der Termin überstanden war, rief Staatsanwalt Fischer die beiden Kommissare zu sich in die kleine Teeküche hinter dem Konferenzsaal.

»Wie ist das an die Presse gekommen?«, fragte er scharf und deutete auf das Foto unter der Schlagzeile: »Augen ausgestochen – satanischer Ritualmord?«

Frank strich sich mit präzisen Bewegungen über seinen perfekt gestutzten Schnauzbart. Falls er sich für das Informationsleck kritisiert fühlte, ließ er sich nichts anmerken, geradeso als ginge ihn das alles nichts an.

»Das ist suboptimal gelaufen, ich verstehe ja Ihren Ärger. Aber wir können Ihnen versichern, mein Kollege Herr Nagel hat den Tatort unter sorgfältiger Einhaltung der Dienstvorschriften zeitnah abgeriegelt.«

Frank schaute sich nach Torsten um, damit er den staatsanwaltlichen Ärger gleich weiterreichen konnte wie eine volle Hundekacktüte, bevor noch etwas an ihm selbst hängen blieb.

»Das Zeitungsfoto sieht doch aus, wie von einem Handy gemacht, oder? Wie konnte uns das passieren?«

Torsten wurde nervös. Sein Kollege war bei aller Coolness doch ein echtes Weichei. »Ich hab natürlich alles gleich absperren lassen, aber man kann nicht sämtliche Kameras und Handys konfiszieren. Mitten auf der Museumsinsel und mit tausenden von Touristen ... wie soll das gehen?«

Franks Handy vibrierte in der Tasche. »Entschuldigung, Herr Staatsanwalt – ich muss ...« Er hörte eine Minute schweigend zu und steckte sein Handy wieder ein.

»Die Handtasche des Opfers ist gerade abgegeben worden. Die Müllabfuhr hat sie in einem Abfallcontainer gefunden. Leider keine Fingerabdrücke, außer von Frau Abendroth selbst. Aber es war noch alles drin. Bargeld, Ausweis, Kreditkarte, Haustürschlüssel.«

Torsten brauchte nur eine Millisekunde, um zu verstehen, was das bedeutete. »Also kein Raubmord. Vielleicht hat die Bild-Zeitung ja gar nicht so unrecht mit ihrem Satanismus. Ein geisteskranker Täter. Bei Schizophrenen gibt es doch oft so einen religiösen Wahn?«

Frank klopfte ihm beruhigend auf den Arm. »Ja, sicher. Es könnten aber auch Außerirdische gewesen sein. Oder Organhändler mit einer Vorliebe für ältere, weitsichtige Damen.« An den Staatsanwalt gerichtet, fügte er mit Zuversicht in der Stimme hinzu: »Wir gehen natürlich vorrangig den naheliegenden Erklärungen nach. Meistens ist der Täter doch im Bekanntenkreis zu finden. Um Voodoo und so weiter können wir uns immer noch kümmern.«

»Dann recherchieren Sie das«, sagte Fischer. »Ich will alle Personen im Umfeld des Opfers befragt haben.« Er wandte sich an Torsten. »Sie sollten sich das Haus des Opfers ansehen, Herr Nagel. Ritualmord oder Beziehungstat, was auch immer, es muss schließlich einen Grund gegeben haben, warum es diese Frau getroffen hat und keine andere.«

Trotz der Wärme hier unten in den Katakomben fröstelte es sie

Die Stahltüren schlossen sich mit einem satten Klang, als sie aus dem Fahrstuhl trat. Patricia zog die Ärmel ihres Twinsets herunter. Trotz der Wärme hier unten in den Katakomben fröstelte es sie. Sie konnte es immer noch nicht fassen, dass die beliebte Personalchefin brutal getötet worden war. Wer konnte so einen Hass gegen Ursula Abendroth gehabt haben? Sie war die freundlichste und friedfertigste Person gewesen, die man sich vorstellen konnte. Patricia wischte sich mit dem Ärmel über die Augen. Immer wieder war sie heute unvermittelt in Tränen ausgebrochen und hatte schon überlegt, ob sie sich krankschreiben lassen sollte. Aber dann hatte sie an die anderen Mitarbeiter gedacht, denen es ja genauso ging wie ihr, und sich entschlossen, tapfer zu sein. Der Museumsbetrieb musste weitergehen, so hätte es sicher auch Frau Abendroth gewollt.

Nach links führte der kahle Flur zu den Lagerräumen, wo die Artefakte für die neue Ausstellung zwischengelagert wurden. Sie wandte sich nach rechts, wo am Ende des schummrigen Ganges eine scheppernde Aluminiumtreppe weiter nach unten zu den Werkräumen der Restaurationsabteilung führte und zu dem noch ein Gewölbe tiefer gelegenen Isotopendatierungslabor. Ein leicht modriger Geruch erfüllte die Luft. Patricia war immer noch erstaunt über die Kellergeschosse des Museums, die in den offiziellen Gebäudebeschreibungen nie erwähnt wurden. Man hatte entschieden, diese Räume mit den gelagerten Exponaten von unschätzbarem Wert aus Sicherheitsgründen vor der Öffentlichkeit geheim zu halten. Bei ihrem ersten Besuch im Labor hatte Robert Klein, der bleiche Laborleiter, ihr erklärt, wie es zu den vielen unterirdischen Stockwerken gekommen war. Das Pergamonmuseum war zu Beginn des zwanzigsten Jahrhunderts, nachdem der erste Bau peinlicherweise wenige Jahre nach der Fertigstellung abgesackt war, direkt über einer tiefen Erdspalte neu errichtet worden, die man beim zweiten Bauversuch mit einer kühnen

Stahlkonstruktion überbrückt hatte. Kellerräume wurden nach Bedarf Stück für Stück in die Tiefe hineingebaut. Eine auf den Kopf gestellte Bauwut.

Mit seiner geradezu devoten Beflissenheit war Klein ihr unheimlich. Sie fühlte sich unwohl in seiner Gegenwart, wenn er sie mit seinen rot geränderten Augen ansah. Angesichts seines unnatürlich weißen Teints stellte sie sich vor, dass er, einem Nacktmull gleich, nie an die Oberfläche des Museums kam und sich nur vom fahlen Neonlicht ernährte. Patricia hatte dem Laborleiter am Vortag die Baphomet-Figur übergeben, um mittels Radiokohlenstoffdatierung ihr exaktes Alter feststellen zu lassen. Vor ihren Augen hatte er eine kleine Probe vom Sockel der Figur abgekratzt. Dieses Material wurde in mehreren Arbeitsgängen mit Salzsäure und Natronlauge gereinigt, anschließend in einem Ofen verbrannt und das übrig gebliebene Kohlendioxid in einem Zählrohr aufgefangen. Mit Hilfe der Massenspektrometeranlage, eines Tandembeschleunigers und des Ionendetektors, die den Hauptteil des Labors ausfüllten, konnte dann der Zerfall der C14-Kohlenstoffisotope berechnet werden. Da man die genaue Halbwertzeit dieses Zerfalls kannte, war es möglich, so das Alter jedes Objektes zu bestimmen.

Patricia konnte nur mit Mühe ein plötzlich auftretendes Schluchzen unterdrücken. Die düstere Atmosphäre der Katakomben wirkte wie ein Verstärker ihrer Gefühle, und sie kam sich vor, als tauche sie in den unterirdischen Gängen durch ein Labyrinth ihrer eigenen Trauer. Erst als Klein ihr das Ergebnis der C14-Messung vortrug, ging es ihr wieder etwas besser. Die wissenschaftliche Neugierde war ein probates Mittel, um jedes Unbehagen zu verdrängen. Die Figur war, wie der Laborleiter ihr mitteilte, ohne jeden Zweifel echt.

»Und wie alt?«

»Viertausendzweihundert Jahre«, erklärte Klein mit leiser Stimme und strich mit der Hand über die auf dem Labortisch stehende Figur wie über eine Geliebte.

Sie hielt die Luft an. »Kein Irrtum möglich?«

»Sicher. Plus minus fünfzig Jahre.«

Klein klopfte mit dem Fingerknöchel gegen die Figur, ein kleines, mattes *Tock* ertönte.

»Usujesu-Holz aus dem Meluhha Gebirge. Die Sumerer und Babylonier schätzten es wegen seiner Härte. Ich habe schon Stücke gesehen, die sechstausend Jahre überdauert hatten.«

Patricia starrte die schwarzgraue Holzfigur an. Etwas Tröstliches ging von der doppelgeschlechtlichen Gestalt aus, und es kam ihr vor, als wehte ein warmer Windhauch durch ihre Haare. Ein Gefühl der Rührung überfiel sie, es war, als würde ihr das Herz brechen. Aber auf angenehme Weise brechen, eher wie dahinschmelzen, so als würde sie sich mit allem, was es auf Himmel und Erde gab, vereinen. Ein Geräusch brachte sie jäh in die Realität zurück. Klein kicherte in sich hinein und deutete auf die Figur.

»Schauen Sie mal hierhin, Frau Dr. Boulanger.«

Patricia schluckte. »Was meinen Sie denn?«

Er nahm ihren Finger und legte ihn auf einen der rötlichen Flecken im Holz, der mitten im Gesicht der Figur prangte wie ein Schönheitsfleck.

»Ich habe davon eine Probe genommen«, erklärte er.

»Wie bitte? Vom Gesicht?«

»Keine Sorge, wirklich nur ein mikroskopisch kleines Krümelchen«, beschwichtigte er sie. »Und raten Sie mal, was ich herausgefunden habe?« Er schaute sie wieder mit seinen rot geränderten Augen an, sodass sich ihre Nackenhaare sträubten.

»Das ist keine viertausend Jahre alt.«

Patricia verstand nicht, worauf er hinaus wollte. An den Verfärbungen war nichts Ungewöhnliches zu erkennen.

Klein kicherte wieder.

»Blut«, flüsterte er und hielt sich die Hand in kindlicher Geste vor den Mund, »die roten Flecken sind getrocknetes Blut.«

Auch jetzt spürte er die Anwesenheit der Toten

Zwei Hunde fingen an zu kläffen, als Torsten den Schlüssel ins Türschloss steckte. Ursula Abendroth hatte in einem der schmalen, bunten Reihenhäuser in der Onkel Tom-Siedlung in Zehlendorf gelebt, die in den Dreißigerjahren als Arbeitersiedlung erbaut worden waren, mittlerweile aber unter Denkmalschutz standen und zu exorbitanten Preisen gehandelt wurden. Die Fassade ihres Hauses war tiefblau und wirkte mit dem kontrastierenden Gelb der Fensterrahmen und der mohnroten Haustür wie ein abstraktes Kunstwerk. Es stank entsetzlich und Torsten hielt sich sein Taschentuch vor die Nase. Zwei toupierte Pudel trippelten in vorsichtigem Sicherheitsabstand hinter ihm her, als er durch den Flur ins Wohnzimmer ging. Überall stand Nippes aus aller Welt herum, Tierfiguren aus Holz geschnitzt und aus buntem Glas kunstvoll geformt. Die Frau schien hier wirklich allein mit ihren Haustieren gelebt zu haben.

Er bewegte sich nur sehr vorsichtig, als wollte er die anwesenden Dinge im Raum nicht stören. Es war immer ein komisches Gefühl, die Wohnräume eines kürzlich ermordeten Menschen zu betreten. Auch jetzt spürte er die Anwesenheit der Toten, als ob sie ihm noch eine posthume Mitteilung machen wollte. Dieses Phänomen war im Morddezernat allgemein bekannt, und es hatte schon viele Diskussionen darüber gegeben, ob es sich dabei nur um die Einbildung des Ermittlers oder tatsächlich um eine besondere Aura handelte, eine Art Gedächtnis, das die Gegenstände selbst besaßen und das etwas über die Geschichte der Toten zu erzählen hatte. Torsten glaubte an Letzteres und meinte auch, einen schlüssigen Beweis dafür gefunden zu haben. Fakt war nämlich, dass die gefühlte Präsenz der Verstorbenen innerhalb von ein bis zwei Wochen zu verblassen begann und einen Monat später kaum noch eine Spur von dem unheimlichen Gefühl am Ort zurückgeblieben war. Leider wusste niemand, wie diese Restanwesenheit der Toten sinnvoll für die Ermittlungsarbeit genutzt werden konnte. Er überprüfte die penibel aufgeräumten Zimmer der beiden Stockwerke und kehrte ins Erdgeschoss zurück. Auf dem Couchtisch lag ein aufgeschlagenes Buch, »Die Kraft der Magie«, von einem gewissen Dr. Prätorius, ohne Vornamen. Auf der Rückseite prangten Lobpreisungen, die auf ein »begeistertes Millionenpublikum« des »charismatischen Magiers« hinwiesen. Schon besser. Vielleicht würde ihm Hinnerk etwas über diesen Mann erzählen können. Er steckte das Buch ein. Schnauzbart-Frank lag mit seinen einfachen Erklärungen ganz daneben, das hatte er im Gefühl.

Die beiden Pudel winselten wie auf Kommando, als er die Küche betrat. Im Kühlschrank fand er ein rohes Steak und schaute zu, wie die beiden sich darüber hermachten wie frisierte Frettchen. An der Garderobe hingen zwei Hundeleinen. Torsten befestigte sie an den Halsbändern, während die ausgehungerten Pudel zu sehr mit ihrem Fleisch beschäftigt waren, um es zu merken. Dann zog er die beiden gegen ihren kläffenden Protest mit zum Auto, um sie beim nächsten Tierheim abzugeben.

Währenddessen betrat am anderen Ende der Stadt Frank Berg im Gefolge der drei Halbstarken das Foyer des Pergamonmuseums. Frank lebte seit fünf Jahren in Berlin. Seit seiner Schulzeit war er nie mehr in einem Museum gewesen und hatte die größte Mühe, sich vorzustellen, was an alten Trümmern so interessant sein sollte. Das behielt er allerdings für sich, er wollte schließlich nicht wie ein Banause wirken. Die Halbstarken schwärmten schon mal aus, um das Personal zu befragen, während er auf den Security-Chef wartete. Ein bulliger Mann in der Uniform des Sicherheitsdienstes kam ihm entgegen.

»Hauptkommissar Berg?«

»Und wer sind Sie?«

»Jasik, Wolf Jasik. Wir haben telefoniert.«

»Der Sicherheitschef.«

»Jawoll!«

»Von welcher Firma?«

»Security Control Service. Objektschutz, Revier- und Kontrolldienst.«

»Seit wann arbeiten Sie für das Pergamonmuseum?«

»Seit fünf Jahren«, sagte Jasik. »Ich war übrigens auch mal bei der Polizei.« Er zog ein Augenlid herunter, als teilten die beiden ein leicht dubioses Geheimnis. »Könnte sein, dass wir den gleichen Ausbilder hatten. Struwe, kennen Sie den?

Frank ignorierte die Frage. »Ich brauche eine lückenlose Bestandsaufnahme für Frau Abendroths Tagesablauf. Was sie vorgestern getan hat, mit wem sie sich getroffen hat, wann sie das Gebäude verlassen hat.«

Jasik nickte verstimmt. »Geht klar, Kollege.«

Sein Walkie-Talkie schnarrte und er löste es vom Gürtel.

»Ja? – Gut, bin schon unterwegs.« Er wandte sich an Frank. »War's das? Oder wollen Sie warten, bis ich zurück bin?«

»Was ist passiert?«

»Ein Unfall.«

»Das Museum scheint ja ein gefährlicher Arbeitsplatz zu sein.«

»Sieht ganz so aus.«

»Ich komme mit.«

Ohne eine Antwort abzuwarten, folgte er Jasik, der das Foyer durch eine Seitentür verließ und die Treppen zum Kellergeschoss nahm.

»Was für ein Mensch war die Abendroth? Ist Ihnen mal was Spezielles an ihr aufgefallen?«

»Kann ich nichts zu sagen. Keine Feinde, wenn Sie das meinen. Und sie hat gerne bis spät in die Nacht gearbeitet.«

»Vorgestern auch?«

»Woher soll ich das wissen? Für das Personal sind wir nicht zuständig. Aber jeder, der kommt oder geht, muss seine Chipkarte durchziehen. Die Daten bleiben ein Jahr lang gespeichert.«

Der Gang vor ihnen teilte sich. Ein glänzendes, schweres Metallgitter versperrte den Zugang zu einer Treppe, die weiter nach unten führte.

»Der Hochsicherheitstrakt«, erklärte Jasik. »Da sind die Lagerräume, wo die nicht ausgestellten Denkmäler gebunkert werden. Die Türen dahinten gehen zur Spree. Alles bombensicher.«

Am Ende des offenen Korridors befand sich ein Krankenzimmer mit Trage, Decken des Roten Kreuzes und einem Erste-Hilfe-Kasten. Ein Notarzt kümmerte sich bereits um den Verletzten, der nachsichtig lächelnd auf der Trage lag, als machte er mit bei einem sinnlosen Kinderspiel, dessen Regeln er nicht verstand. Es handelte sich um Robert Klein, einen bleichen, fast durchsichtigen Mann und Leiter des Labors, wie Jasik ihm erklärte. Er hatte sich die Sehnen der linken Hand komplett durchtrennt. Wie so ein Unfall sich in einem Labor zutragen konnte, war allen ein Rätsel. Eine Blutlache hatte sich unter der Trage gebildet, und Frank wandte den Kopf ab, als er zerfetzte Haut, Muskeln und Sehnen aus dem Ärmel des Laborkittels hängen sah. Doch trotz seiner blutigen Verletzung wirkte der Mann auf seltsame Weise zufrieden und heiter. Jasiks Fragen nach dem Unfallhergang schienen ihn zu verwirren. Klein beharrte in plötzlicher Heftigkeit darauf, überhaupt keinen Unfall gehabt zu haben. Frank kannte dieses sogenannte SOS-Phänomen. Auch mit Zeugen von Raubüberfällen oder Morden gab es solche Probleme, wenn sie unter Schock standen und sich erst einmal nicht an die Geschehnisse erinnern konnten, weil die Ungeheuerlichkeit ihre Psyche überwältigt hatte.

»Besser Arm ab als arm dran«, witzelte Jasik, als er Frank zum Büro der Personalchefin führte.

Ursula Abendroths Terminkalender zeigte, dass sie an ihrem letzten Arbeitstag für den späten Nachmittag ein Vorstellungsgespräch anberaumt hatte. Der Name Boulanger war darunter eingetragen.

»Unser Fräulein Juniorkuratorin, Doktor Patricia Boulanger«, erklärte Jasik mit nicht zu überhörender Ironie.

Frank verstand, was Jasik gemeint hatte, als er Patricia gegenüberstand. Diese höhere Tochter mit ihrem seidiggoldenen langen Haar, dem eindeutig zu konservativen Kostüm und dem kühlen Blick musste ein rotes Tuch für einen Typ wie Jasik sein. Ein blässlicher junger Mann erhob sich, als Frank das winzige Büro betrat.

»Graf von Quermaten«, stellte ihn Patricia vor. »Ich denke, dass er der Grund ist, warum Sie meinen Namen in Frau Abendroths Terminkalender gefunden haben. Ich hatte ihn für eine Position in meiner Abteilung vorgeschlagen. Und er hatte einen Termin bei ihr.«

»Ganz entsetzliche Geschichte, ich bin bestürzt«, erklärte der Graf ungefragt. »Frau Dr. Boulanger hat mir soeben erst von Frau Abendroths unglücklichem Hinscheiden berichtet.«

»Und was tun Sie hier?«

»Man hatte mir nahegelegt, mich heute Nachmittag zur Verfügung zu halten, ich meine, Frau Dr. Boulanger aufzusuchen zwecks meiner neuen Arbeitsstelle in diesem Hause, die mit Herrn Direktor Schrader noch persönlich abgestimmt werden soll.«

Hasi setzte sich wieder und zog ein Taschentuch hervor, um sich die Stirn abzutupfen. Frank fragte sich, was dieses Getue sollte. War der Mann nicht in der Lage, eine einzige Frage knapp und präzise zu beantworten? Oder war das ein Machtspiel? Er musste jemanden fragen, der sich mit dem Adel und seinen Marotten auskannte.

»Ich benötige Graf von Quermaten als Assistenten für die Vorbereitung unserer Sommerausstellung. Deshalb ist er hier«, sagte die Kuratorin.

Das Mädchen wollte ihm helfen, dachte Frank, aber warum war er so nervös? Und das mit der Assistentenstelle war doch wohl ein schlechter Witz. Ein Typ in dem Alter! Gesund schien der Graf auch nicht zu sein. Er war in seinem Stuhl zusammengesackt, als wäre er eingenickt. Offenbar zu viele Partys und Drogen, total dekadent. Frank tippte ihm auf die Schulter und der Mann schreckte hoch. Der Zeuge war doch tatsächlich mitten in der Befragung eingeschlafen.

»Guten Morgen! Was heißt hier ›man‹? Wer hat Ihnen was

nahegelegt?«, hakte er nach und ignorierte den vorwurfsvollen Blick der Kuratorin.

»Wenn Sie gestatten«, erläuterte Hasi und rieb sich die Augen, »gestern Abend war ich auf einer Vernissage. Villa Palermo in Zehlendorf, Sie kennen das Haus vielleicht? Die Vorsitzende des Fördervereins, Frau Schwarzvogel, ist eine gute Bekannte von mir. Und da sie auch die stellvertretende Vorsitzende der Orientgesellschaft ist, habe ich mir gedacht … Ich meine, da Frau Schwarzvogel und Direktor Schrader vom Pergamonmuseum sich kennen …«

Frank verzog keine Miene, obwohl der übermüdete Assistent, wohl ohne es zu merken, gerade ein perfektes Alibi für die Tatzeit präsentiert hatte.

»Ich dachte, Sie hätten Ihr Bewerbungsgespräch schon bei der Personalchefin gehabt?«

»Das stimmt, aber es gab noch Fragen hinsichtlich meiner Ausbildung.«

»Verstehe.« Wahrscheinlich hatten er und diese junge Kuratorin eine Affäre. Optisch passten sie zumindest gut zusammen, und ein heimliches Verhältnis konnte der Grund für seine Nervosität sein.

»Eine Frage noch, Herr Quermaten. Sind Sie verheiratet?«

Er hatte sich so auf seinen ersten Arbeitstag gefreut, und dann das!

Hasi trat in die Pedale, als wäre die gesamte Polizei Berlins hinter ihm her. Der Gedanke, dass er jetzt unter Mordverdacht stand, trieb ihm trotz des Gegenwindes den Schweiß auf die Stirn. Er hatte sich so auf seinen ersten Arbeitstag im Museum gefreut, und dann das! Die Fragen des unfreundlichen Kriminalkommissars waren derart knapp und unhöflich gewesen, dass er sich wie ein Verbrecher vorgekommen war und dem Mann mit seinem abschätzigen Blick nur mit Mühe Rede und Antwort hatte stehen können, während er sich innerlich schon überführt fühlte. Nicht dass er Frau Abendroths Tod gewollt hätte – der Himmel bewahre –, aber nach dem gewaltsamen Ableben der Personalchefin standen seine Chancen auf den Museumsjob eindeutig besser als zu ihren Lebzeiten. Trotz seiner ausführlichen Erklärungen schien der Kommissar ihn durchschaut zu haben. Die unvermittelte Frage, ob er verheiratet sei, hatte Hasi am meisten zu schaffen gemacht. Was könnte der Mann damit bezweckt haben, fragte er sich, bis es ihm an der Ampel zum Hüttenweg plötzlich einfiel. Natürlich, das musste es sein …

Ein lautes Hupen schreckte Hasi auf. Verblüfft merkte er, dass er unter seinem Fahrrad auf dem Asphalt am Straßenrand lag. War er wieder spontan eingenickt? Benommen rappelte er sich auf, während einer dieser dicken Zehlendorfer Geländewagen hupend an ihm vorbeiraste. Erleichtert stellte er fest, dass er sich beim Sturz nicht verletzt hatte und, was noch wichtiger war, sein Tweedjackett unbeschädigt und sogar einigermaßen sauber geblieben war. Er schüttelte den Kopf über so viel Glück und richtete sein Fahrrad wieder auf. Selbst das hatte den Sturz bis auf ein paar frische Kratzer im Rost unbeschadet überstanden. Doch dann fiel ihm leider wieder ein, was ihn vorhin so aus der Fassung gebracht hatte. Der Kommissar glaubte offensichtlich, er habe ein Verhältnis mit der Toten gehabt! Auch im Fernsehkrimi war so etwas meistens der allererste Verdacht. Woher wusste die Kriminalpolizei, dass er tatsächlich in erster Linie das Wohlwollen ältlicher Damen auf sich zog? Sah man es ihm an? Mord aus Leidenschaft: Damit hätte er ein starkes Motiv. Natürlich war das absurd, war er selbst beim besten Willen nicht das, was man leidenschaftlich nennen würde, ganz zu schweigen davon, dass unkontrollierte Gefühlsausbrüche sich nicht gehörten. Doch das konnte dieser Kommissar ja schlecht wissen. Man hatte ihn zwar nicht in Handschellen abgeführt, aber es war nur eine Frage der Zeit, bis der Kommissar die entsprechenden Schlussfolgerungen gezogen haben würde, und dann war man dran. Andererseits war die Begegnung aber auch irgendwie prickelnd gewesen, vor allem weil Patricia ihn so wunderbar unterstützt hatte. Aber nun hörte der Spaß auf. Es war schon schlimm genug, dass er keine eigene Adresse und Telefonnummer hatte angeben können. Wie sollte er seiner Tante beibringen, dass die Polizei demnächst bei ihr vorsprechen würde? Seinetwegen!

Tante Pudels mit Efeu überwachsenes Haus im Fischerhüttenweg befand sich, nur durch die schmale Straße getrennt, direkt am Waldrand, einen kurzen Fußweg vom Schlachtensee entfernt, wo seine Gönnerin von Anfang April bis in den November hinein zu schwimmen pflegte. Einer ihrer Lieblingssprüche kam ihm in den Sinn: »Es gibt kein Problem der Welt, das sich nicht mit kaltem Wasser lösen ließe.« Aber was nutzte ihm das? Er hasste kaltes Wasser.

Hasi trug sein Fahrrad so leise wie möglich am Wohnzimmerfenster vorbei und die Treppen zum Souterrain hinunter, wo er es im Hausflur der kleinen Einliegerwohnung abstellte. Tante Pudel vermietete normalerweise an Studenten, da sie nicht gerne alleine in ihrem Haus war. Im letzten Winter hatte sie ihn aufgenommen, nachdem er Vetter Brezels Wohnung gehütet hatte, als der Korvettenkapitän sich für einen längeren Auslandseinsatz abgemeldet hatte. Eine höchst angenehme Bude, an die er gerne zurückdachte. Und nun Tante Pudels Kellerstube. Sie hatte es empört abgelehnt, von ihrem eigenen Neffen Miete zu verlangen, doch die großzügige Einladung hatte sich bald als Falle herausgestellt. Natürlich schuldete er ihr Dankbarkeit, aber er hatte nicht damit gerechnet, dass er diese Schuld täglich aufs Neue abarbeiten müsste, als Privatsekretär, als launiger Gesellschafter und natürlich als Putzmann und Gärtner.

Hasi schreckte zurück, als er sein Zimmer betrat.

»Tante Pudel, was machst du denn hier?«

»Aufräumen, was denn sonst?« Tante Pudel wischte mit ihrem kleinen Taschentuch über einen Stapel Bücher, den sie offenbar gerade inspiziert hatte.

Er seufzte. »Muss das sein? Ich kann das doch selber machen.«

»Und was ist das hier?« Sie hielt die Einladung zur Vernissage in der Villa Palermo hoch wie ein Schiedsrichter die rote Karte.

»Woher hast du das?«

»Jetzt lenk nicht ab!« Tante Pudel verzog das Gesicht. Ihr Kopf war ungewöhnlich klein und filigran, wie von einer sehr fein modellierten Porzellanfigur. »Vielleicht kann dich ja die Schwarzvogel in einem ihrer Häuser unterbringen. Geld hat sie ja genug.«

Als hätte sie seine ketzerischen Gedanken gelesen.

»Wo denkst du hin? Bei ihr würde ich doch nie wohnen wollen! Du weißt ja, wie sie ist. Laut und ohne Esprit.«

»Du solltest deine Zeit nicht mit solchen Lächerlichkeiten verschwenden«, sagte Tante Pudel in etwas milderem Ton und ging zur Tür. »Und vergiss nicht, morgen müsste die Terrasse gefegt werden.«

»Übrigens, Tante Pudel, du solltest dir vielleicht eine Putzfrau suchen«, schlug er vor, als er ihr die Tür aufhielt. Er musste es ihr jetzt allmählich beibringen.

»Wieso denn, Hasi, du wirst doch nicht krank?«

»Danke, nein, es geht mir gut. Ich wollte dir nur sagen, dass ich einen Job gefunden habe.«

»Eine Arbeit? Du? Wer soll dich denn einstellen?« Sie schaute ihn ehrlich überrascht an.

»Das Pergamonmuseum.«

Tante Pudel fing an zu lachen.

»Das Pergamonmuseum«, äffte sie ihn nach, »Ohoho! Ich wusste gar nicht, dass die einen neuen Direktor brauchen.«

»Der Posten eines Direktors würde mir natürlich gut gefallen, aber erst mal darf ich als Assistent anfangen«, erwiderte Hasi würdevoll. »Und übrigens, es könnte sein, dass die Polizei sich bei dir meldet, wegen eines – ähm – Vorfalls im Museum.«

»Hast du mal wieder eine Vase umgestoßen?«

»Bestimmt nicht. Im Museum passiert ständig was, aber ich regle das schon«, fügte er schnell hinzu und atmete aus. So, jetzt hatte er alles – na ja, fast alles – gesagt. Was den Auszug betraf, so bedurfte es noch etwas Vorbereitung in kleinen behutsamen Schritten, um seine Tante nicht völlig vor den Kopf zu stoßen.

Seine Energie wurde ihr allmählich unheimlich

»Wir können von Glück sagen, dass es nicht in unserem Haus geschehen ist«, sagte Direktor Schrader, als er zusammen mit Patricia die Treppe zu den Lagerräumen hinuntereilte. »Vor dem Pergamonaltar, zum Beispiel. Stellen Sie sich die mediale Katastrophe vor. Gar nicht auszudenken!« Er schüttelte angewidert seinen runden Kopf, während Patricia wortlos ihre Magnetkarte durch das Sicherheitsschloss zog. Die Art, wie Schrader mit dem Tod der Personalchefin umging, war ihr unangenehm. Seitdem er vom Ergebnis der C14-Methode erfahren hatte, galt sein Interesse nur noch der Baphomet-Figur.

»Was ich Sie fragen wollte«, sagte Patricia schnell, »Frau Abendroth hatte mir einen Assistenten bewilligen –«

»Sie kriegen keinen Assistenten in der Probezeit«, unterbrach Schrader und ging in großen Schritten weiter, ohne darauf zu achten, ob sie auch mitkam. Damit war das Thema für ihn offenbar erledigt. Patricia schwieg enttäuscht. Hoffentlich hatte Hasi sich nicht zu sehr auf die Stelle und das schmale Honorar verlassen.

»Die werden sich wundern in Bagdad, wenn sie denken, dass sie den einzigen Baphomet besitzen!« Schrader strahlte, als sie den Lagerraum betraten. »Wo ist er?« Seine Nasenspitze zitterte, als hätte er die Skulptur gewittert.

Patricia zeigte auf einen Tisch im hinteren Teil des Raumes, doch Schrader hatte die Figur schon erspäht. Sein massiger Körper spannte sich, während er sie auf Zehenspitzen umkreiste wie ein Raubtier, das seine Beute gestellt hatte und nun kurz vor dem finalen Sprung noch einmal innehielt.

»Wunderbar«, flüsterte er und strich mit einem Finger über die Konturen der Figur. »Sehen Sie, wie die Gestalt von dem Zopf der weiblichen Hälfte wie von einer Säule getragen wird! Die männlichen und weiblichen Urkräfte werden durch die Liebesgöttin vereint, die in sexueller Ekstase die Polaritäten überwindet. Tantra, Kama Sutra. Sie wissen, in allen alten Kulten gilt der Liebesakt als Tor zur Transzendenz.«

Patricia rückte ein wenig zur Seite. Sein Gesichtsausdruck hatte etwas Lauerndes, geradezu Gieriges angenommen.

»Das wird eine Sensation!«, rief er begeistert.

»Entschuldigen Sie, Professor Schrader, wir haben die Provenienz dieses Exponats noch nicht klären können. Sie wissen –«

Schrader streichelte versunken über die spitzen Brüste der Figur.

»Kommen Sie mir jetzt nicht mit Bürokratie!« Er drehte sich abrupt zu ihr. »Sie haben bisher exzellente Arbeit geleistet, Frau Doktor Boulanger, ich bin außerordentlich zufrieden mit Ihnen.« Er trat einen Schritt näher und seine Stimme senkte sich um eine Oktave. »Wir beide ziehen das gemeinsam durch. Und kein Wort zu den Behörden! Ich kann mich doch auf Sie verlassen?«

Patricia nickte unsicher. Sie spürte seinen Atem auf ihrer Wange. Er roch eigenartig, ranzig und süß zugleich. Schrader war so anders als sonst, geradezu unnatürlich vital und intensiv, als wäre er auf Speed. Seine Energie wurde ihr allmählich unheimlich. Und er stand für ihr Gefühl eindeutig zu dicht neben ihr. Sie machte einen kleinen Schritt zurück.

»Aber die Präsentation sollten wir noch einmal überdenken.« Schrader rückte wieder näher. »Auf jeden Fall gehört Baphomet in den Mittelpunkt unserer Ausstellung.«

Patricia konnte sehen, wie kleine Schweißtropfen auf seiner Stirn perlten, sein rundes Gesicht war rot angelaufen. So aufregend war die Präsentation einer sumerischen Figur wohl kaum. Sie verstand seine Erregung nicht.

»Vielleicht könnten wir ihn auch ganz an den Anfang stellen, da wo sich aus dem dunklen Mythos die erste konkrete Gottheit herausbildet«, schlug sie vor und merkte, dass ihre Stimme leicht zitterte.

»Nein, nein, nein!« Schrader stampfte mit dem Fuß auf. »Er muss ins Zentrum. Baphomet wird unser Grundthema. Die Vereinigung der Geschlechter als Ursprung der Religionen. Alle weiblichen Gottheiten in Mesopotamien hatten doch immer einen Liebhaber.«

In seiner Heftigkeit wirkte Schrader wie ein trotziges Kind. Patricia wusste nicht, was sie sagen sollte. Einerseits war sie überhaupt nicht damit einverstanden, das gesamte Ausstellungskonzept noch einmal zu ändern, andererseits schien es nicht klug, dem Direktor in dieser Situation zu widersprechen. Sie rang sich ein Lächeln ab und schwieg.

»Es waren prachtvolle, mächtige Göttinnen, denen sich die männlichen Gottheiten demütig zu Füßen warfen«, fuhr Schrader fort und blickte ihr in die Augen. Sie wollte weiter zurückweichen und stieß dabei gegen das Regal hinter ihr. Ein paar Tonscherben klapperten in ihrer Kiste, als protestierten sie dagegen, wie Patricia hier behandelt wurde.

»Aber vielleicht haben Sie ja auch recht mit Ihrem bisherigen Konzept. Ich beuge mich Ihrem weiblichen Sachverstand«, sagte er, plötzlich breit grinsend und mit einer angedeuteten Verbeugung. Sein Grinsen erinnerte sie an die Fratze eines Wasserspeiers, die sie in Paris an der Außenfassade von Notre Dame gesehen hatte. Doch die war sichere fünfzig Meter entfernt gewesen, während Schrader jetzt noch einmal näher kam. Sie spürte seinen Arm auf ihrer Schulter.

»So oder so, wir beide werden etwas wirklich Großartiges vollbringen«, schwärmte er und zog sie überraschend an sich. »Stellen Sie sich eine sumerische Opferstätte vor! Menschenknochen, Schädel, vielleicht noch ein wenig rote Farbe, und in der Mitte wächst aus einem archaischen Steinblock unser Baphomet hervor.«

»Entschuldigen Sie bitte«, sagte Patricia und versuchte, sich aus seiner Umarmung zu winden.

»Ja!«, fuhr er unbeirrt fort und ließ seinen Arm um ihre Hüfte gleiten. »Der frühe Baphomet-Kult war nicht gerade zimperlich. Obwohl das Menschenopfer natürlich auch heute noch in symbolischer Form praktiziert wird, wenn Sie an das christliche Abendmahl denken. Unsere Zivilisation liegt wie ein hauchdünner Schleier über dem Mysterium.«

»Herr Professor Schrader –«

»Ich werde alles tun, was Sie befehlen«, unterbrach er sie

und verstärkte seinen Griff. Zu ihrer Bestürzung fühlte sie seine Erektion an ihrem Oberschenkel.

»Sie tun mir weh! Ich möchte jetzt gehen.«

»Patricia! Verstehen Sie nicht? Von der Taille abwärts gibt es keine Sünde!« Schrader warf sich auf die Knie und umklammerte ihre Beine mit der Heftigkeit eines Ertrinkenden.

Mit aller Kraft stieß Patricia ihn von sich. Für einen Moment strauchelte er und sie riss sich mit einem Ruck von ihm los. Seine Hände bekamen ihren Rock zu fassen, doch das teure Kostüm war ihr jetzt egal. Hauptsache, sie kam hier weg. Mit zerrissenem Rock stolperte sie aus dem Raum.

Es war das übliche Spiel unter Männern

Wenn Lydia Klimm etwas besonders auf die Nerven ging, dann war es der Umstand, dass sie nach ihrem Abschied vom Kriminaldienst das Vorrecht verloren hatte, überall zu parken, wo sie wollte. Als Privatperson in Berlin mit dem Auto unterwegs zu sein, bedeutete, dass man zusätzlich zur Fahrtzeit noch einmal mindestens die gleiche Zeit für die Suche nach einem Parkplatz aufwenden musste. Da man auf diese Weise sogar zu Fuß fast genauso schnell ans Ziel kam, hatte sie den geliebten Oldtimer ihres verstorbenen Mannes an einen Sammler verkauft, ohne ihm eine Träne nachzuweinen. »Der Klimm«, wie er in der Kunstwelt genannt wurde, hatte sich vor fünf Jahren in seinem Atelier mit einem Giftcocktail vor seiner drohenden Alzheimererkrankung in den Tod gerettet. Ihre Trauer und ihre Wut darüber, dass er sie verlassen hatte, waren inzwischen einer Dankbarkeit für das gemeinsame Leben gewichen, und dafür brauchte sie keine Erinnerungsstücke wie den Sportwagen, dem sie in den ersten Jahren noch wie einem Fetisch gehuldigt hatte, als ob sie Klimm so dazu bringen könnte, zu ihr zurückzukommen. Allein schon um sein geliebtes Auto zu bewegen, da es nun mal gepflegt und vollgetankt in der Garage auf ihn wartete. Jetzt gefiel es ihr durchaus, sich mit dreiundsechzig Jahren und leichtem Übergewicht nicht mehr in Klimms hart gefederten, zugigen Sportwagen zwängen zu müssen, wo sie sich an der Ampel neben den wuchtigen Rädern der Geländewagen fühlte wie ein Dackel neben einem Dobermann. Stattdessen ließ sie sich nur noch bequem in einem Taxi durch die Gegend kutschieren.

Während der heutigen Fahrt dachte sie über ihr Sorgenkind nach. Warum hielt Torsten sie bei seinem Fall nicht auf dem Laufenden? Da die Öffentlichkeit durch die Presse von der Mutilation erfahren hatte, musste er gewaltig unter Druck stehen, das wusste sie aus eigener Erfahrung. Sie hatte seine desolate Situation als Außenseiter in einem Team nassforscher Machos erkannt und war sich ziemlich sicher, dass er ihre

Hilfe gut gebrauchen konnte. Wenn er sich nicht meldete und auf ihre Anrufe nur ausweichend reagierte, dann hatte es wahrscheinlich damit zu tun, dass die Mordkommission zurzeit im Trüben fischte und nicht viel mehr wusste als das, was man in der Zeitung lesen konnte. Torsten hatte offenbar Angst, sein letztes bisschen Autorität zu verlieren, wenn er sie um Rat fragte. Dabei war der Mord auf der Museumsinsel einer dieser kuriosen Fälle, auf die man nur alle Jubeljahre stößt, ein Fest für jeden passionierten Ermittler, der sonst mit ein paar Routinefragen den üblichen Fall innerhalb der statistischen zweiundsiebzig Stunden löste. Effizient, aber sterbenslangweilig.

Lydia dachte nicht daran, sich nur wegen Torstens Empfindlichkeiten aus dem Fall herauszuhalten. Sie wies den Taxifahrer an, in den Kupfergraben zu biegen und vor dem Pergamonmuseum zu halten. Auch wenn die Kripo hier sicher schon alles gründlich untersucht hatte, musste sie den Tatort und seine Umgebung mit eigenen Augen sehen. Wenn man nicht weiterkam, war es oft hilfreich, scheinbar ohne konkretes Ziel zufällige Eindrücke zu sammeln und die Atmosphäre ohne vorgefasste Meinung auf sich wirken zu lassen. Nur so konnte man, wie ein Erfinder, auf gedankliche Pfade gelangen, die noch nicht ausgetreten waren.

Es war erstaunlich, dass dieses Museum trotz des Mordes an der Personalchefin weiterhin geöffnet blieb, aber überall galt inzwischen das Prinzip, dass die Show weitergehen musste. Da sie nicht unnötig ihren Dienstausweis missbrauchen wollte, blieb Lydia nichts anderes übrig, als sich in die Schlange der Besucher einzureihen, die wohl nach den grausigen Schlagzeilen noch etwas länger war als üblich. Eine halbe Stunde später löste sie ein Ticket und begann ihre Wanderung durch die Ausstellungshallen. Erinnerungen an »den Klimm« kamen dabei hoch. Wie viele Ausstellungen seiner Bilder hatten sie zusammen eröffnet? Aber im Gegensatz zu den steinernen Monumenten und ägyptischen Hieroglyphen dieser großartigen, aber längst erstarrten Kunst, waren Klimms impulsive und farbenstarke Bilder eine lebendige Auseinandersetzung mit der Gegenwart. Und das war für Lydia das eigentlich Aufregende an der Kunst. Alles andere waren alte Kamellen, ein fader Nachhall, interessant allenfalls für Sammler, Wissenschaftler und Bildungsbürger.

Widerwillen stieg in ihr auf, als sie die Prozessionsstraße von Babylon entlangging und durch das Ischtar-Tor und am Markttor von Milet vorbei in die Pergamonhalle kam. Diese Kolossalbauten hatten den Herrschern doch nur dazu gedient, Eindruck zu schinden und Macht zu demonstrieren. Es war das übliche Spiel unter Männern, die zeigen wollten, wer den Größten hatte. Sinnigerweise fiel ihr Dahlkamp dabei wieder ein. Zum Glück war der Mann kein Architekt, sonst hätte er womöglich auch versucht, sich in phallischen Denkmälern zu verewigen. Gegen solche Egomanen waren ihr Männer wie Torsten, trotz oder gerade wegen seiner Dünnhäutigkeit, viel sympathischer. Auch damals in ihrem Team war er schon der leise Hintergrundtyp und Einzelgänger gewesen. Aber er hatte Spürsinn, und das zählte mehr als Ellbogenstärke.

Lydia setzte sich auf eine freie Bank, um Eindrücke zu sammeln. Als Erstes fielen ihr die vielen Besucher mit Kopfhörern auf, die wie ferngesteuerte Zombies durch das Museum zogen. Erst auf den zweiten Blick bemerkte sie die Museumswächter, die fast unsichtbar in den Ecken herumstanden. Was musste das für ein Job sein, sich hier tagaus und tagein die Füße in den Bauch zu stehen, umgeben von strengen Gottheiten und furchteinflößenden Dämonen, die auf einen hinabschauten wie in ständigem Vorwurf? Und dann noch die alten Tyrannen, die damals für ihre Königsgräber Menschenopfer als Grabbeilagen verlangten, so als stünde es ihnen selbstverständlich zu, nicht alleine in die Grube zu fahren. Mit ihrer in Stein gemeißelten Machtlüsternheit sahen sie aus, als könnten sie noch gut einen Nachschlag vertragen. Es schien Lydia durchaus vorstellbar, dass jemand eine Schacke kriegen konnte, wenn er diesen Hackfressen lang genug ausgesetzt war. Sie stand auf und machte sich auf den Rückweg. Vielleicht ließ sich im Museumsshop ein Buch über Menschenopfer und Rituale finden. In der Eingangshalle musste sie abrupt stehen bleiben, weil eine junge Frau, ohne nach links und rechts zu sehen, sie im Vorbeihuschen beinahe umgerempelt hatte. Lydia schaute ihr hinterher, als sie durch den Hauptausgang das Weite suchte. Der elegante Kostümrock des Mädchens war an der Seite eingerissen und sie wirkte ziemlich durch den Wind. Es sah ganz danach aus, als sei die Kleine belästigt worden. Doch niemand schlug Alarm. Wozu gab es Wächter überall, wenn so ein Vorfall unbemerkt blieb?

Wenn das die Polizei war, musste er schneller als seine Tante sein

Hasi und Tante Pudel waren sich an diesem schönen Sonntagmorgen so einig wie selten zuvor. Von einer Staubwolke umgeben, stand er im Garten, den Teppichklopfer wie einen Tennisschläger am ausgestreckten Arm, und bearbeitete den Belutsch-Läufer. Er hielt kurz inne, um sich mit dem Ärmel den Schweiß von der Stirn zu wischen, und grinste seiner Tante über den Rasen hinweg zu wie einem Komplizen beim gemeinsamen Coup. Tante Pudel winkte von der Terrasse aus mit dem Staubwedel zurück und verschwand im Haus. Nach einer Nacht voller Albträume, in denen Gefängniszellen und Attacken durch ältere Damen eine zentrale Rolle gespielt hatten, war er heute in aller Frühe von Tante Pudel aus dem Bett geklingelt worden, weil sie sich nach dem Schwimmen im Schlachtensee angeblich ausgeschlossen hatte. Ein Vorwand, um ihn herauszulocken und auf eine neue Putzinitiative einzuschwören, so viel war sicher, und er hatte bereits das ganze Wochenende hart gearbeitet. Fensterputzen, das wusste Tante Pudel leider zu genau, war eine seiner Spezialitäten seit Kindertagen. Als er gerade sechs Jahre alt war, hatte sein Vater nach einer Fehlinvestition, die seine sechsköpfige Familie auf einen Schlag mittellos machte, seinem Leben aus Gründen der Ehre ein Ende gesetzt, wenn die Sache auch von offizieller Seite als Jagdunfall deklariert worden war. So wurde Hasi von seinen drei älteren Schwestern früh dazu erzogen, im Haus mitzuhelfen. Dabei hatte er die Erfahrung gemacht, dass es selten fruchtete, sich den Anordnungen von Frauen widersetzen zu wollen.

Hasi war sich sicher, dass Tante Pudel angesichts seiner neuen Beschäftigung im Museum mit der Aussicht auf ein eigenes Gehalt ihre Felle davonschwimmen sah und ihn deshalb dazu verdonnern wollte, die gesamte Hausarbeit für den kommenden Monat an einem Tag zu erledigen. Das konnte ihm nur recht sein, denn so wurde ihm aufs Genüsslichste vorgeführt, dass seine Fronzeit jetzt endlich zu Ende ging. Mit Vergnügen wollte er ihr diesen letzten Tag Putzen schenken, und ihm wurde ganz warm ums Herz, während er den Teppich von der Leine holte und sein schmerzendes Kreuz streckte.

»Du bist doch ein guter Junge«, lobte ihn Tante Pudel, als sie ein Tablett mit Schnittchen und einem Glas Zitronenlimonade auf den Terrassentisch stellte. Er setzte sich erschöpft auf einen Gartenstuhl.

»Danke, Tante Pudel.« Er nippte an dem stark gezuckerten Getränk und griff nach den Schnittchen, die Tante Pudel wie immer mit dem Minimum an Belag versehen hatte. Prompt blieb ihm ein trockenes Stück Brot im Hals stecken. Schuld an seinem Hustenanfall war der Klang einer Polizeisirene aus Richtung der Argentinischen Allee. Wollte man ihn ausgerechnet am Sonntag mit der Grünen Minna zu einer weiteren Befragung abholen? Hasi war sich nicht sicher, ob die Polizeiautos heute noch Minnas hießen, und außerdem waren sie inzwischen auch blau, wenn er sich nicht täuschte, aber das änderte nichts an seiner Befürchtung. Während er dem Brocken in seinem Hals Limonade hinterherschüttete, lief vor seinem geistigen Auge die Standardszene dieser ewig gleichen Kriminalfilme ab, in denen man dem Verhafteten den Kopf herunterdrückte, während er in den Fond des Wagens bugsiert wurde. Hasi konnte es nicht leiden, wenn ein Mensch, mit dem man nicht vertraut war, einen am Kopf berührte. Er würde sich gegen jede demütigende Art von Körperkontakt verwahren, selbst wenn er wirklich einen Menschen ermordet hätte – was ihm natürlich niemals einfiele. Oder wollte der Kriminalkommissar etwa bei Tante Pudel Auskünfte über ihn einholen? Dann müsste man ihr anschließend Rede und Antwort stehen, und gegen ihre peinliche Befragung wäre das Verhör im Polizeirevier ein Sonntagsspaziergang. Am günstigsten wäre es vielleicht, wenn er gar nicht zu Hause wäre. Nur wie sollte er das anstellen? Ihm dröhnte schon der Kopf vor lauter Anstrengung, aber eine plausible Ausrede wollte ihm auf die Schnelle partout nicht einfallen.

Wie auf Bestellung klingelte in dem Moment das Telefon, und Hasi legte das angebissene Schnittchen beiseite. Wenn das die Polizei war, musste er schneller als seine Tante sein.

»Bitte, Tante Pudel, lass nur, das wird für mich sein!«, rief er und sprang auf.

»Kommt gar nicht in die Tüte, mein Lieber«, antwortete sie und drückte ihn auf den Gartenstuhl zurück. »Du musst dich ausruhen. Einen Moment noch wenigstens, du hast ja noch gar nichts gegessen.«

Aus schierer Verlegenheit trank er ein weiteres Glas Limonade und verschüttete den letzten Schluck auf sein Hemd, als sie unerwartet schnell wieder an der Terrassentür erschien.

»Für dich!«

»Ich kann das erklären«, rief er, »es ist nichts Ernstes, wirklich.«

»Never complain, never explain!«, erwiderte sie und winkte ihn herein. Tante Pudel verwies gerne auf das stoische Motto des englischen Königshauses, mit dem man auf jede Insubordination, vor allem seitens der Boulevardpresse, reagierte. »Du bist doch ein erwachsener Mann, mein Häschen.«

Sie schaute auf den nassen Fleck auf seinem Hemd. »Aber vorher umziehen wirst du dich schon?«

Ihm fiel nichts Hilfreiches ein, was ihn nicht ins Gefängnis bringen würde

Eine Dreiviertelstunde später stand Hasi, leicht außer Atem von der Fahrradfahrt, mit einem kleinen Strauß Rosen aus Tante Pudels Garten vor Patricias Wohnungstür.

»Danke, dass du so schnell kommen konntest. Aber Blumen hättest du wirklich nicht mitbringen sollen.«

Er drückte ihr den Strauß in die Hand. »Ein Krankenbesuch ohne Blumen kommt überhaupt nicht infrage.«

»Nun ja, eigentlich bin ich nicht direkt krank«, antwortete sie. »Es ist – ein bisschen komplizierter.« Sie stellte die Blumen in eine Vase und bat ihn, Platz zu nehmen. Die Wohnung war nicht groß, aber elegant eingerichtet mit zwei unbequem aussehenden Sesseln aus Stahlrohren und Leder, einem würfelförmigen weißen Sofa, auf dem er saß, und einem Couchtisch aus Stahl und Glas. Wahrscheinlich war dieses Appartement mindestens fünfmal so teuer wie die idyllische Remise, die er demnächst beziehen durfte. Patricia trat hinter die Küchentheke und setzte Tee auf. Nach einem Notfall sah es hier nicht aus.

»Kann ich dir helfen?«, rief er zu ihr hinüber, doch sie kam schon mit einem Tablett und dem Tee.

Sie nippten eine Weile schweigsam an ihren Tassen.

»Ich brauche unbedingt jemanden, mit dem ich reden kann«, sagte sie plötzlich.

»Freut mich, dass du mich angerufen hast.«

Er lächelte ihr ermutigend zu und sie erzählte ihm von der seltsamen Attacke des Museumsdirektors.

»Das ist ja furchtbar!«, rief er. »Entschuldige bitte, ich wollte nicht so laut werden. Wie kann ich dir helfen? Ich stehe ganz zu deiner Verfügung.«

»Danke, Hasi. Es hilft schon, dass du mir zugehört hast.«

»Aber so etwas ist kein Kavaliersdelikt. Du solltest Anzeige erstatten. Dieser Kerl ist doch eine Schande für das Museum. Außerdem soll er für diese Unverschämtheit richtig büßen.«

»Schön wär's. Es gibt doch keine Zeugen. Wem wird man

wohl mehr glauben? Einem Museumsdirektor mit Professorentitel und mehreren akademischen Beraterposten, oder einer kleinen Kuratorin in der Probezeit?«

»Aber irgendwas müssen wir doch tun können gegen den Schuft.« Hasi dachte nach, aber ihm fiel leider nichts Hilfreiches ein, was ihn nicht ins Gefängnis bringen würde.

»Er hat mich übrigens am Abend noch angerufen und zum Essen eingeladen«, sagte Patricia leise. »Er war total gelassen und charmant, als ob nicht passiert wäre.«

»Was?« Hasi hob entgeistert sein Gesicht. »Aber du bist doch wohl nicht –«

»Natürlich nicht! Ich habe die Einladung höflich ausgeschlagen, wegen Migräne. Aber was er mir sagen wollte, habe ich auch so verstanden: Entweder du bist nett zu mir, oder du fliegst raus.«

»Das ist ja skandalös. Der fühlt sich nicht nur sicher, sondern nutzt auch noch seine Machtposition aus.«

»Ich weiß nicht mehr, was ich machen soll. Das ist ein totales Dilemma. Wenn ich was sage, bin ich meinen Job los. Wenn ich nichts tue, bin ich Freiwild für ihn.«

»Du hast doch einen Assistenten. Mich. Ich bleibe immer in deiner Nähe. Und wenn der Kerl dir zu nahe kommt, dann kann er was erleben.«

Sie sah ihn traurig an. »Tut mir leid, Hasi, deine Assistentenstelle ist mir nicht genehmigt worden, weil ich selbst noch in der Probezeit bin.«

»Na und? Das macht doch nichts. Dann bin ich eben kein Assistent, sondern dein Bodyguard.« Damit war es vorbei mit der Remise, dachte Hasi, ohne sich etwas anmerken zu lassen.

»Auch ohne Honorar?«

»Natürlich. Es wäre mir eine Ehre.«

Patricia musste lächeln. Hasi überraschte sie immer wieder. Vielleicht waren es die Gene seiner ritterlichen Vorfahren.

Er streckte seine Hand aus. »Abgemacht?«

Patricia schlug ein. Es ging ihr schon viel besser.

Mit dieser Einstellung würde er vor dem Staatsanwalt nicht punkten können

Alles an dem Gebäude in der Keithstraße 30 war darauf angelegt, dass der Besucher sich klein vorkommen musste. Schon beim Betreten der Eingangshalle fühlte man sich ohne Grund schuldig und benahm sie sich auch dementsprechend, als gehorchte man Einflüsterungen geheimer Stimmen, die das Gebäude im Laufe seiner Geschichte gespeichert hatte. Jedenfalls kam es Torsten so vor, als er den Aufzug zum Morddezernat betrat. Vielleicht waren es aber auch nur die Stimmen in seinem eigenen Kopf, die ihm mal wieder einflüsterten, dass Schnauzbart-Frank und seine drei Halbstarken hinter seinem Rücken etwas geplant hatten, um ihn vorzuführen, weil sie ihn lieber heute als morgen loswerden wollten.

Torsten ließ sich in der hintersten Reihe des spartanisch ausgestatteten Besprechungszimmers nieder und versuchte, sich zu konzentrieren. Er hatte wieder schlecht geschlafen und sein Nacken war bereits völlig verkrampft. Unsicher musterte er die kleine Ansammlung von Kollegen. Alle folgten Franks Ausführungen, der die bisherigen Ermittlungsergebnisse gerade auf einem Whiteboard zusammentrug. Torsten fand den Namen »Augen auf«, den einer der Halbstarken unter allgemeinem Gelächter für den aktuellen Fall vorschlug, gefühllos und gemein noch dazu. Aber wenn er etwas dagegen sagte, würden sie ihn nur wieder als »Softballspieler« verspotten. Außerdem wusste er natürlich, je brutaler der Fall, desto wichtiger war es für einige Kollegen, mit Scherzen dieser Art Dampf abzulassen.

Frank schaute in die Runde. Sein Blick blieb kurz an Torsten hängen, der in seinem Stuhl hing wie ein nasses Hemd. Sein Partner kam nicht nur zu spät, sondern hatte sich auch noch demonstrativ in die letzte Reihe gesetzt wie ein Schuljunge, der seine Hausaufgaben nicht gemacht hatte. Mit dieser Einstellung würde er vor dem Staatsanwalt nicht punkten können. Das Dumme daran war, dass Torstens mangelhaftes

Teamverhalten auch auf ihn selbst negativ abfärben konnte. Er war Torsten als Partner zugeteilt worden, sein Job war es, mit ihm zusammen das Team zu führen. Es machte keinen guten Eindruck, wenn Torsten sich davor drückte, seinen Platz zu behaupten.

»Der Täter ist wahrscheinlich männlich, zwischen dreißig und vierzig«, fuhr Frank fort, »und er hat Probleme mit Frauen. Die Augen wurden nicht sauber mit dem Skalpell herausgeschnitten, also kommt Organhandel schon mal nicht in Frage. Sie können für irgendein Ritual verwendet worden sein, es kann aber auch einfach bedeuten, dass er es hasst, angeschaut zu werden. Vielleicht weil er sich für seine Tat schämt oder weil er aus Angst vor Frauen ihnen nicht in die Augen sehen kann.«

Einer der Halbstarken flüsterte seinem Nachbarn etwas ins Ohr. Der grinste daraufhin breit.

»Ich bin mir sicher, wir suchen jemanden, der hässlich ist wie die Nacht. Vielleicht ist er auch entstellt. Durch einen Unfall oder Krankheit. Und er hat Wahnvorstellungen. Er könnte in psychiatrischer Behandlung sein oder aus einer Anstalt ausgebrochen.«

Frank schaute kurz auf seine Akte und Torsten nutzte zu seiner Überraschung die kleine Pause, um das Wort zu ergreifen.

»Dieses Buch hier habe ich in der Wohnung des Opfers gefunden.« Torsten stand auf und hielt das Buch hoch. »›Die Macht der Magie‹ von einem Dr. Prätorius. Wenn der Mord eine Art magisches Ritual war, gibt es hier vielleicht einen Zusammenhang zwischen Täter und Opfer.«

Frank musterte ihn. »Ist mir etwas weit hergeholt«, sagte er und schaute in die Runde. »Aber bitte, was haltet ihr davon?«

Niemand hatte offenbar eine Idee dazu. Frank drehte sich wieder zur Tafel.

»Dann stellen wir die Zaubertricks erst einmal zurück und befassen uns mit dem Täterprofil. Ist einer der Museumsangestellten mal in psychiatrischer Behandlung gewesen? Probleme mit Frauen? Hat es Beschwerden in seinem Lebensumfeld gegeben? Ist jemand unangenehm aufgefallen oder zudringlich geworden? Unser Verdächtiger ist wahrscheinlich ein Einzelgänger, kann aber auch ein verheirateter Familienvater sein, der heimlich seine Gewaltfantasien auslebt.«

»Das ist doch Küchenpsychologie«, protestierte Torsten. »Nichts als Spekulationen. Dabei haben wir eine konkrete Spur. Hier: ›Die Macht der Magie‹! Das Opfer verkehrte in solchen Kreisen.« Er hielt das Buch noch einmal hoch und öffnete es. »Sie kannte den Autor. Hier steht eine Widmung von Prätorius: ›Für unsere Adeptin Ursula Abendroth.‹ Adeptin bedeutet, sie war nicht einfach eine Anhängerin, sondern wurde von ihm in irgendetwas eingeweiht. Vielleicht in eine rituelle Praktik. Das könnte uns weiterhelfen. Und darunter steht: ›Höre stets auf die Stimme deines Daimonions!‹ Das klingt nach was Teuflischem, würde ich sagen. Und wie satanische Rituale aussehen, brauche ich euch wohl nicht zu erzählen, oder?«

Frank zog die Augenbrauen zusammen.

»Okay, wenn du meinst. Dann kümmerst du dich eben um diese Spur. Und die anderen klappern die Krankenhäuser ab, Gefängnisse, Sicherheitsverwahrung und die geschlossenen Psychiatrien. Wer ist in den letzten Wochen entlassen worden, ausgebüchst oder hatte auch nur zwei Stunden Freigang oder was auch immer. Alles, was psychisch auffällig ist – dass mir hier kein Perverser durch die Lappen geht.«

Frank schaute wieder in seine Akte. Ein Partner, der die Ermittlungen mit abwegigen Theorien behinderte, war imstande, ihm seine Karriere zu sabotieren. Aber jetzt hatte er Torsten erst mal den Wind aus den Segeln genommen und ihn gleichzeitig auf ein Abstellgleis verfrachtet, auf eine Spur, die zu nichts führen würde. Das war in etwa so wie Beschäftigungstherapie, Körbeflechten in der Klapse. Und in der Zwischenzeit konnte er den Fall lösen.

So langsam standen ihr die Mumien bis hier

Tränenblind musste sich Pocahontas Müller die Augen mit einem Taschentuch trocknen, bevor sie ein Foto für ihre Freunde zu Hause machen konnte. Der Anblick des einsamen Blumengebindes, das eine teilnahmsvolle Seele in Gedenken an die arme Frau an der Kaimauer niedergelegt hatte, rührte sie im Innersten, und das Ensemble sah im rötlichen Schein der untergehenden Sonne so malerisch aus, dass sie das Foto gleich postete mit einem traurigen Emoji darunter. Sie konnte sich kaum vorstellen, dass hier an der friedlich vorbeifließenden Spree wirklich ein entsetzlicher Mord verübt worden sein sollte. Es war doch die Spree, oder? Ein Schauder lief ihr den Rücken hinunter, dann schob sie den morbiden Gedanken beiseite, warf ihre blonde Haarmähne zurück und ging auf den Eingang des Pergamonmuseums zu. Heute Abend war das Museum bis zehn Uhr geöffnet und sie hatte sich schon den ganzen Tag darauf gefreut, sich endlich von ihrer langweiligen Reisegesellschaft trennen zu können. Die meisten in der Volkshochschulgruppe aus Bergisch Gladbach waren älter als sie, hatten Abitur und wussten immer alles besser, was ihr total auf den Sender ging. Sollten die doch ohne sie in das Theaterstück am Ku'damm gehen, das für heute auf dem Plan stand.

Es war das erste Mal, dass sie Berlin besuchte. Die Stadt war echt spannend, aber auch wahnsinnig laut, und sie genoss die Stille, als sie durch die gewaltigen Hallen des um diese Zeit schon fast menschenleeren Museums schlenderte. Sie stieg die Marmortreppen des Pergamonaltars hoch und betrachtete das Kampfgewusel der ineinander verschlungenen Figuren auf dem Marmorfries, der sie an einen überdimensionalen weißen Comicstrip erinnerte. Dann schritt sie durch das riesenhafte Markttor von Milet und wunderte sich über das nach tausenden von Jahren noch immer leuchtende Blau der Kacheln des Ischtar-Tors. Ein Blick in den Museumsführer enttäuschte sie. Die meisten der schicken blauen Kacheln und auch ein Großteil der Prozessionsstraße von Babylon waren total fake, nur ein paar abgewetzte Mosaikteile hier und da waren echt alt. Wirklich fasziniert war sie erst, als sie an den Mumien der alten Pharaos vorbeikam. Vor einem superschweren Sarg aus Stein, mit geheimnisvollen Zeichen verziert, blieb sie stehen und stellte sich vor, wie es sein müsste, über die Jahrtausende und dick einbalsamiert wie mit einer fetten Nachtcreme in diesem Ding zu liegen. Bestimmt hatten die ägyptischen Priester eine Möglichkeit erfunden, die Mumien wieder zum Leben zu erwecken. Warum hätten sie sich sonst diese Mühe mit den Konservierungsstoffen gemacht? Fröstelnd verschränkte sie die Arme.

Sie war allein in der weiten Halle und ein plötzliches Geräusch ließ sie zusammenfahren. Als sie weiterging, kam es ihr vor, als hörte sie leise Schritte hinter sich. Abrupt blieb sie stehen und lauschte in die Stille. Da war nichts. Inmitten dieser uralten Särge konnte man sich alles Mögliche einbilden. Doch schon wenige Sekunden später war das Geräusch wieder da. Diesmal war sie sich sicher. Ein Laut wie ein kleines Scharren, und es kam von der gegenüberliegenden Seite der Halle, von wo sie ein steinernes Monster mit eingeritztem Zeug angaffte. Ohne sich noch einmal umzusehen, eilte sie zum Ende der Halle weiter. Nur dass sich dort kein Ausgang befand, sondern eine weitere Halle voller blöder in Fels gehauener Pharaos. So langsam standen ihr die Mumien bis hier. Während sie an den Figuren vorbeilief, kam es ihr vor, als würden die steinernen Gesichter hämisch auf sie herunterglotzen. Wo war bloß der Kackausgang? Jemand verfolgte sie, das konnte sie spüren, und sie hatte ganz deutlich Schritte auf dem Marmorboden gehört. Warum war hier nirgendwo ein Wächter? Oder wenigstens ein Lageplan.

Jetzt rannte sie fast. Vor ihr führten ein paar Stufen zu einem Gang hinunter. Hier musste es hinausgehen. Erleichtert normalisierte sie ihr Schritttempo. Erst dann bemerkte sie, dass alle Wände um sie herum aus Fels bestanden. Vor ihr öffnete sich der Gang zu einer Grotte. Sie war in einer Sackgasse gelandet. Figuren waren in den Fels geritzt. Diese Höhle sollte offenbar das Ende der Ausstellung darstellen. Sie klopfte gegen den Fels. Er klang hohl.

»Sie haben ganz recht, das ist natürlich nur ein Gipsabdruck des Originals«, sagte eine sonore Stimme hinter ihr.

Pocahontas fuhr ertappt herum. Ein Mann war zu ihr in die Grotte getreten.

»Habe ich Sie etwa erschreckt?«, fragte er höflich.

Sie musterte ihn. Ihre Panik war ihr jetzt peinlich.

»Keine Angst, ich bin keine Mumie. Ich bin der Direktor dieses Museums.«

»Ach so.« Befreit lachte sie auf – etwas zu laut. Aber den Direktor schien das nicht weiter zu stören.

»Es ist das schönste Felsheiligtum der Hethiter, das je entdeckt wurde. Aus dem dreizehnten Jahrhundert vor Christus. Gefällt es Ihnen?«, fragte er und schaute an ihr vorbei auf die Reliefzeichnungen.

»Oh ja, durchaus.« Pocahontas nickte eifrig.

Der Mann trat einen Schritt näher.

»Schauen Sie hier! Das sind geflügelte Dämonen, die das Heiligtum bewachen.« Er deutete auf die beiden Gestalten rechts und links am Eingang der Grotte. »Kommen Sie, ich zeige Ihnen noch was, wenn Sie Lust haben!«

Sie folgte ihm neugierig in die nächste Kammer der Höhle. Vor einem großen Relief blieb er stehen und winkte sie heran.

»Die Sonnengöttin Arinna. Sie sehen, damals waren die Frauen an der Macht. Ihr Gemahl, der Wettergott Teschup, hatte da nicht viel zu melden.«

Pocahontas lachte. »Der Arme.«

»Ich finde, Frauen sollten durchaus Gewalt über die Männer haben. Sie sind so viel – weiser als wir.«

Er fasste Pocahontas sachte am Arm und geleitete sie zur anderen Seite der Höhle.

»Sie haben übrigens wundervolle blonde Haare. Sie so offen zu tragen, steht Ihnen ausgezeichnet, wenn ich mir diese Bemerkung erlauben darf.«

»Danke?« Sie selbst fand ihre Haare eigentlich eher normal,

höchstens etwas zu strähnig, denn sie hatte heute keine Zeit gehabt, sie im Hostel zu waschen. Außerdem konnte sie sich nicht erinnern, wann ihr jemand das letzte Mal ein Kompliment über ihre Frisur gemacht hatte. Der Mann war nett. Dazu hatte er eine angenehm freundliche Stimme.

»Sehen Sie diese Gestalt hier – halb Mensch, halb Löwe, mit der spitzen Mütze?«

Pocahontas nickte.

»Das ist ein Schwertgott. Sein Körper geht in eine Schwertklinge über, die zur Hälfte im Boden steckt. Können Sie sich vorstellen, warum?«

Sie schüttelte den Kopf. Es war ihr peinlich, dass sie so wenig Ahnung von diesen alten Dingen hatte. Er legte ihr wieder die Hand auf den Arm.

»Nun machen Sie nicht so ein Gesicht! Die besten Archäologen der Welt haben jahrelang daran gerätselt.«

»Und haben sie es rausbekommen?«

»Wir vermuten, dass es ein Gott der Unterwelt ist. Kennen Sie den Film Excalibur?«

»Das ist doch dieses Schwert, das keiner aus dem Boden ziehen kann? Nur der König hat die Kraft dazu«, sagte Pocahontas stolz.

»Sehr gut! Ursprünglich geht das auf ein uraltes Beschwörungsritual zurück. Mit dem Schwert in der Erde wurde der Kontakt zu den Gottheiten der Unterwelt aufgenommen. Sie sehen, die alten Mythen sind auch heute noch nicht vergessen.«

»Das finde ich toll!«

»Wie heißen Sie denn, wenn ich fragen darf?«

»Pocahontas Müller.«

»Pocahontas!«, rief der Direktor entzückt. »Das heißt ›die Verspielte‹ auf Powhatan! Was für ein glücklicher Name! Also, wenn das so ist, muss ich Sie doch zu einer kleinen Privatführung einladen.«

»Danke, aber ich glaube, ich habe hier schon alles gesehen.«

»Nicht hier natürlich. Ich zeige Ihnen die Katakomben. Das ist etwas ganz Besonderes.«

»Katakomben?« Sie sah den Direktor zweifelnd an und bemerkte, dass er etwas Speichel am Kinn hatte. Plötzlich kamen ihr Zweifel, ob ein Mann, der während der Arbeitszeit einfach im Museum herumstromerte, wirklich der Direktor sein konnte. »Na ja, ich weiß nicht ...«

»Katakomben – das ist nur ein Spitzname. So nennen wir die Lagerräume unter dem Museum«, erklärte er. »Lassen Sie sich überraschen! Diese Schätze bekommt nicht jeder zu sehen.«

Pocahontas dachte, der Mann würde jetzt vorgehen, doch plötzlich sagte er nichts mehr, sondern starrte nur auf ihre Füße. An denen war nichts Besonderes. Sie trug Sandalen, ohne Socken natürlich. Auf die lackierten Zehennägel hatte sie kleine Smilies geklebt, sodass jeder, der hinschaute, von unten angelächelt wurde. Der Direktor sah auf einmal richtig streng aus und wandte sich unvermittelt ab.

»Ich komme gerne mit, wo geht's denn lang?«, fragte sie schnell, bevor er es sich anders überlegte. Er zögerte kurz, dann nickte er ernst und ging voraus. Pocahontas folgte gespannt. Was würde wohl ihre spießige Reisegruppe sagen, wenn sie morgen von diesem kleinen Abenteuer erzählte?

Vor ihren Augen öffnete sich eine rabenschwarze Internetseite

Hinnerk legte das beim Mordopfer gefundene Buch beiseite und musterte Torsten, der mit hängenden Schultern auf einem weißen Sessel hockte wie ein Schluck linksdrehendes Wasser in der Kurve. »Du könntest eine Lichtwellenmassage gebrauchen. Das ist gut gegen deine blockierte Energie. Ich mache dir auch einen Special Daytime Price.«

Torsten tippte auf das Foto auf dem Buchdeckel. »Danke, aber heute nicht. Gibt es irgendetwas, das du mir über diesen Typ erzählen kannst?«

Er war heute Morgen in offizieller Mission ins White Cube gekommen, um Hinnerk »Die Macht der Magie« von Dr. Prätorius zu zeigen. Seinem Instinkt zu folgen, hatte sich gelohnt, denn der Autor war Hinnerk wohlbekannt.

»Prätorius ist total von gestern. Hat ein paar Bücher geschrieben über Krankheiten und was die über uns sagen. Holistische Medizin und so. Die Schulmedizin will ja immer alles, was nicht funktioniert, am liebsten gleich wegschneiden.«

»Also, wenn es nach mir ginge, würde ich ja meine Probleme auch – abschneiden lassen!«

»Sei happy! Bei der Quantenheilung muss nichts mehr abgeschnitten werden. Durch die Wechselwirkung wird alles transformiert. Dein Bewusstsein öffnet –«

»Ja, ja, ich weiß schon. Und was hat Prätorius jetzt mit Magie zu tun?«, unterbrach Torsten ungeduldig.

»Prätorius hat sein Teaching über den Sinn der Krankheit und so weiter abgeschlossen und ziemlich viel Geld damit verdient«, sagte Hinnerk. Eine dunkle Wolke zog über sein Gesicht. Der blanke Neid, dachte Torsten verwundert.

»Heute präsentiert er sich seinen Fans als echter Magic Man im Sinne der alten esoterischen Traditionen. Du weißt schon, wie Magic funktioniert, oder?«

»Ich hatte als Kind mal einen Zauberkasten.«

»Mit solchen Zaubertricks hat das nichts zu tun. Der Magic

Man muss in einem Ritual die Anordnungen genauestens befolgen, dann kann er damit die Materie oder den Geist beeinflussen.«

»Für mich klingt das wie Kochen nach Rezept. Man nehme das und das, rühre einmal um und puff, schon habe ich alle im Sack – oder?«

Hinnerk zuckte mit den Achseln. »Prätorius ist zwar ein bisschen volkstümlich mit seinen unwissenschaftlichen Vorstellungen, aber warum nicht? Es gibt so vieles, was wir noch nicht verstehen. Die Quantenheilung ist da natürlich viel weiter. Kausalität, Raum und Zeit werden durch die Wechselwirkung der Quanten außer Kraft gesetzt, dafür braucht man keine Zauberei.«

Torsten konnte sich des Gefühls nicht erwehren, dass der sich sonst so gleichmütig gebende Hinnerk den Magier als einen lästigen Konkurrenten auf seinem ureigensten Feld betrachtete.

»Selbst wenn was dran wäre an dieser Magie, was soll das denn bringen? Nehmen wir mal an, das Mordopfer sei für ein magisches Ritual verstümmelt worden. Wozu der Aufwand? Und dann auch noch die Gefahr, entdeckt zu werden. Es wäre doch wesentlich effizienter, im stillen Kämmerlein eine kleine Stoffpuppe mit Nadeln zu traktieren oder was auch immer, ohne auch nur aus dem Haus gehen zu müssen.«

»Es kommt darauf an, was der Magier erreichen will«, sagte Hinnerk. »Menschenopfer gibt es eher selten. Das meiste kann so ein schwarzer Magier schon mit ein paar Verwünschungen und Beschwörungen wuppen.«

Torsten klappte das Buch auf. »Hast du die Widmung gesehen? ›Höre stets auf die Stimme deines Daimonions‹. Ist das eine Art Teufel?«

Hinnerk schüttelte den Kopf. »Soweit ich weiß, ist das Daimonion gar kein Dämon im herkömmlichen Sinne, sondern nur eine innere Stimme, die dir sagt, was richtig und was falsch ist. Ein schon in unserer genetischen Werkseinstellung eingebautes Gewissen.«

»Also doch kein Satanismus?« Torsten betrachtete enttäuscht seine Fußspitzen. Frank hatte wohl recht gehabt. Er war auf der völlig falschen Spur.

»Ich würde das nicht gleich ausschließen«, sagte Hinnerk. »Prätorius macht ganz schön Wind in der Szene. Er will sogar seine eigene Kirche gründen.«

»Eine Kirche?« Torsten hob den Kopf. »So wie katholisch, evangelisch? Kann man das denn so einfach?«

»Keine Ahnung.« Hinnerk trat hinter seine weiße Theke, nahm eine dunkelblaue Karte aus einer Schublade und gab sie Torsten mit spitzen Fingern. »Bitte. Die Kirche der Schwarzen Sonne. Kannst du behalten, ich brauche das nicht.«

Torsten betrachtete die Einladungskarte. In der Mitte prangte ein goldumrandeter, schwarzer Kreis und auf der Rückseite die Abbildung einer doppelköpfigen, verhutzelten Gestalt.

»Wer soll das sein?«

»Steht auf der Rückseite im Kleingedruckten.«

Torsten drehte die Karte um. »Baphomet, eine mesopotamische Gottheit. Das Original soll sich im Pergamonmuseum befinden. Kannst du mir irgendwas sagen über diesen Baphomet?«

Hinnerk zuckte mit den Schultern. »Eigentlich nicht mein Ding.«

Jemand klopfte gegen das Fenster. Am Eingang standen zwei muskulöse Araber und ein würdiger älterer Herr in einem langen Kittel.

»Entschuldige mich mal kurz«, sagte Hinnerk und trat vor die Tür.

Torsten beobachtete, wie er mit den drei Männern redete und dabei eine kaum merkliche Kopfbewegung in seine Richtung machte. Die Araber warfen einen kurzen Blick in den Laden und zogen ab.

»Gibt es Probleme?«, fragte Torsten, als Hinnerk zurückkam.

»Nur ein Kunde, der seinen Termin heute doch nicht wahrnehmen wollte«, sagte Hinnerk und trat an seinen weißen Computer. »Schauen wir mal, ob es über diesen Baphomet was online gibt.«

Er tippte den Namen in die Tastatur. »Mann, das musst du dir ansehen. Das ganze Netz ist voll von diesem Typ.«

Vor ihren Augen öffnete sich eine rabenschwarze Internetseite zum Klang wabernder Orgelmusik. Mitten auf der Seite, umgeben von blutroten Runen, prangte die krude Abbildung eines behaarten Ungeheuers, eine Art Kreuzung von Mensch und Ziegenbock mit Hörnern und Brüsten. »Baphomet« stand in weißen gotischen Schriftzeichen darunter.

Hinnerk beugte sich vor. »Von wegen Gottheit, das ist ein Dämon, und zwar nicht von schlechten Eltern. Schau mal, hier steht, dass die Tempelritter diesem Baphomet Säuglinge und Jungfrauen geopfert haben, um mit deren Blut die Macht des Teufels auf sich zu vereinen, damit sie die Weltherrschaft erringen konnten.«

»Die Weltherrschaft! Also, eine Nummer kleiner geht's bei diesen Verrückten wohl nicht, oder?«

»Aber immerhin – wenn das Mordopfer, deine alte Dame, auch eine Jungfrau war, dann hast du dir doch eine schöne Lichtwellenmassage verdient, my friend.«

Torsten grinste. Hinnerks Geschäftssinn war schon erstaunlich.

Nichts von diesem morschen Krempel konnte ihm auch nur das Geringste anhaben

Am nächsten Morgen stand Hasi in Patricias kleinem Büro und betrachtete den Lageplan, den sie vor ihm auf dem Schreibtisch ausgebreitet hatte. Er versuchte, sich die Stockwerke des Verwaltungstraktes einzuprägen, wie auch die etwas verwirrenden Untergeschosse, mit denen er es zu tun haben würde.

»Wir nennen sie die Katakomben, sie sind tatsächlich in eine alte Erdspalte unter dem Museum hineingebaut worden«, erklärte Patricia.

»Echte Katakomben, das ist ja gruselig. Wie tief geht es denn runter?«

»Soweit ich weiß, drei Stockwerke. Erst kommt der Keller mit der Technik und den Wachräumen der Sicherheitsleute, dann einen Stock tiefer die Lagerräume, und darunter dann das Labor und die Restaurationswerkstätten. Und darunter sollen sich noch prähistorische Höhlen befinden.«

»Herrlich! Ich kann es kaum abwarten, diese Katakomben zu besichtigen.«

»Dann komm«, sagte sie und nahm ihre Aktenmappe unter den Arm. »Ich zeige dir den Lagerraum Nummer drei, wo die Baphomet-Figur steht. Alleine hätte ich mich jetzt nicht getraut, seit ... na ja, du weißt schon, warum. Aber irgendwo da unten muss ein Lieferschein für die Figur liegen. Wenn wir den nicht haben, können wir unseren wunderbaren Baphomet nicht ausstellen.«

»Den finden wir bestimmt. Ich bin gut im Suchen«, versicherte Hasi. »Und wenn dieser Schrader auftaucht, kann er mich mal kennenlernen.«

Sie waren gerade dabei, das Büro zu verlassen, als das Telefon auf Patricias Schreibtisch klingelte.

»Hier Grotewoldt«, meldete sich eine nervöse Stimme, »haben Sie Professor Schrader gesehen?«

»Heute noch nicht«, antwortete sie. Grotewoldt war der

stellvertretende Direktor, und es kam ihr seltsam vor, dass er ausgerechnet sie nach Schrader fragte.

»Es ist zum Verrücktwerden. Niemand weiß, wo er sich befindet. Sie müssen mir helfen.«

»Gerne«, sagte sie förmlich und weit davon entfernt, es auch zu meinen. Schrader zu finden, darauf konnte sie getrost verzichten. »Worum geht es denn?«

»Um eine Baphomet-Figur. Warum weiß ich nichts darüber? Vor mir steht ein Herr von der Mordkommission, der ein paar Fragen dazu hat.«

»Ich bin sofort da«, sagte Patricia.

»Soll ich mitkommen?«, fragte Hasi, doch sie schüttelte den Kopf.

»Besser nicht. Grotewoldt ist schon nervös genug. Wenn er jetzt noch ein fremdes Gesicht sieht, flippt er völlig aus.«

Sie strich sich eine Haarsträhne aus dem Gesicht. »Ich verstehe das nicht. Was will die Polizei überhaupt? Und was mache ich, wenn die mich nach dem Lieferschein für Baphomet fragen?«

»Ich kann ja schon mal in die Katakomben gehen und im Lager danach suchen. Dann kann dir niemand vorwerfen, du würdest nichts tun.«

Patricia schüttelte den Kopf. »Das ist leider gegen die Vorschriften.«

»Ich schaffe das schon. Wirklich! Außerdem bin ich sehr sorgfältig mit Antiquitäten.«

Sie musste lächeln. Hatte er allen Ernstes *Antiquitäten* gesagt?

»Danke, Hasi, aber lieber nicht. Du existierst hier offiziell gar nicht.«

»Und was mache ich dann?«

»Warte einfach, bis ich zurück bin. Wird bestimmt nicht lange dauern. Du kannst dir ja solange ein paar Kataloge anschauen.«

Das Büro des stellvertretenden Direktors befand sich im obersten Stockwerk, gleich neben Schraders Räumen. Dr. Eduard Grotewoldt war ein dürrer Mann, der in seinem maßgeschneiderten Dreiteiler eine unpersönliche Würde ausstrahlte. Er war ein paar Jahre älter als Schrader und eigentlich hätte ihm die Position des Direktors zugestanden. Aber Schrader hatte sich mit seinen politischen Verbindungen schamlos an ihm vorbeimanövriert, und Grotewoldt, kein Kämpfer wie sein Rivale, sah sich lieber als Bewahrer alles Guten und Schönen, das dieses Museum der Welt zu bieten hatte. Es war ihm jetzt in höchstem Maße unangenehm, sich in seinem Büro mit einem Kriminalbeamten konfrontiert zu sehen und dabei auch noch erfahren zu müssen, dass der Direktor ihm augenscheinlich wichtige Informationen zur kommenden Ausstellung vorenthalten hatte. Alles sah nach einer typischen Schrader-Intrige aus. Grotewoldt stand auf, als Patricia hereinkam.

»Darf ich bekannt machen? Dr. Boulanger, Kriminalhauptkommissar Torsten Nagel.«

Patricia musterte den Hauptkommissar, während sie ihm die Hand drückte. Im Gegensatz zu dem korrekt gekleideten Kriminalbeamten, der neulich bei ihr im Büro gewesen war, wirkte dieser Mann in seiner abgewetzten Lederjacke und den ausgeblichenen Jeans nicht sehr vertrauenswürdig. Aber vielleicht war das ja auch eine Undercover-Tarnung, dachte sie und beschloss, sich der Polizei gegenüber kooperativ zu zeigen.

Zur gleichen Zeit saß Hasi in Patricias Büro und gähnte einen Tick zu laut. Zum Glück konnte ihn hier niemand hören. Das Blättern in den Katalogen begann ihn ein wenig zu ermüden. Er wippte ein paar Mal in Patricias Schreibtischsessel auf und ab und stellte sich vor, dass er auch einmal ein eigenes Büro haben würde. Die Frage war nur, auf welchem Gebiet er am besten reüssieren könnte. Sein Hauptproblem war eigentlich, dass er sich nicht entscheiden konnte und zudem dafür auch noch eine Ausbildung abschließen müsste. Er ließ seine Augen durch den Büroraum wandern. Dort in dem kleinen Porzellanschälchen auf dem Fensterbrett lag ein Schlüsselbund. Hatte Patricia das etwa vergessen? Andererseits gab es bei ihrem Gespräch mit diesem Grotewoldt ja wohl kaum etwas aufzuschließen. Hasi streckte den Arm aus und wog das Bund in seiner Hand. Es waren sechs Schlüssel und eine kleine Magnetkarte an einem Kettchen. Ein rundes Metallplättchen, auf dem »Lager 3« eingestanzt war, fiel ihm an einem der Schlüssel auf. Das musste der Abstellraum in den Katakomben sein, von dem Patricia gesprochen hatte. Plötzlich hatte er einen Gedanken. Verwaltungsvorschriften hin oder her, Patricia gehörte bestimmt zu den Frauen, die einen Mann der Tat schätzten. Auch wenn er jetzt nicht mehr als Assistent tätig sein durfte, so konnte er ihr vielleicht doch eine wichtige Hilfe sein. Im Übrigen war er heilfroh, dass er Tante Pudel noch nichts von seinen Umzugsplänen erzählt hatte, denn ohne bezahlte Arbeit konnte er die Charlottenburger Remise jetzt wohl in den Wind schießen. Aber finanzielle Überlegungen spielten natürlich bei seiner Tätigkeit als Bodyguard keine Rolle, schließlich war es seine Pflicht, das zu tun, was getan werden musste. Ohne Wenn und Aber.

»Frau Dr. Boulanger wird alle Ihre Fragen zu Baphomet beantworten können«, versicherte Grotewoldt unterdessen dem Kommissar. »Selbstverständlich kann Sie Ihnen auch zeigen, wo diese Figur zurzeit aufbewahrt wird.«

Torsten sah Patricia an. »Genau darum wollte ich Sie bitten.«

»Sie wollen Baphomet sehen?«, fragte sie verunsichert. Woher wusste der Mann überhaupt, dass die Figur im Museum war?

»Wenn es Ihnen keine Mühe macht.«

»Kein Problem.« Patricia verbarg ihr Unbehagen hinter einem professionellen Lächeln. »Ich wollte sowieso gerade zu den Lagerräumen.«

»Also dann«, sagte Grotewoldt und öffnete schnell seine Bürotür. »Ich hoffe, Sie finden alles zu Ihrer Zufriedenheit vor, Herr Hauptkommissar.«

Er lächelte, als er die Tür hinter Patricia und dem Kriminalbeamten schloss. Diesmal hatte Schrader den Bogen überspannt.

Hasi zog die Magnetkarte schwungvoll durch das Sicherheitsschloss des Stahlgitters. Patricia würde begeistert sein, wenn er ihr als Überraschung gleich den wichtigen Lieferschein präsentieren konnte. Schließlich war er bei Tante Pudel zu einem Spezialisten im Suchen verlegter Gegenstände, besonders von Lesebrillen, geworden. Warum sollte er nicht auch ein Formular wiederfinden können? Er stieg die Metalltreppe zu den Lagerräumen hinunter. Hier unten war niemand, und außer seinen eigenen Schritten, die wie ein hohles Echo von den Wänden widerzuhallen schienen, war es völlig still. Vom Gang gingen nummerierte Türen ab. Sein Schlüssel passte zu Raum Nummer drei. Hier war die Baphomet-Figur untergebracht, hatte Patricia ihm gesagt. Ein wenig mulmig war ihm schon zumute, als er an den gestapelten Kisten vorbeikam und auf die bereits ausgepackten Artefakte stieß. Ungeschlachte, grobe Steinfiguren, hämisch grinsende Dämonengesichter, klotzige Bruchstücke von Keilschrifttafeln und Säulen warfen im Neonlicht scharfe Schlagschatten über den Boden. Für einen Moment kam es ihm vor, als hätte sich einer der Schatten bewegt. Oder war es nur das Licht, das kurz geflackert hatte? Kein Grund, sich zu fürchten, das war lächerlich. Nichts von diesem morschen Krempel konnte ihm auch nur das Geringste anhaben.

So gelassen wie möglich ging er an den Dämonenköpfen vorbei in den hinteren Teil des Lagerraumes. Dort stand die Baphomet-Figur auf einem Tisch. Er erkannte sie nach Patricias Beschreibung sofort, obwohl sie viel kleiner war, als er vermutet hatte. Er ging ganz nah heran. Es war ein komisches Zwitterwesen und fast ein wenig unanständig mit den nackten, spitznippeligen Brüsten und ihrem doppelgesichtigen Kopf. Aber dämonisch wirkte sie nicht. Im Gegenteil. Es lag sogar etwas Freundliches in der aufmunternden Art, wie die beiden Gesichter ihn anschauten, und zu seiner Überraschung fühlte er eine ihm fremde Kraft in sich aufsteigen wie den Saft in einer Frühlingsweide. Nur mit Mühe konnte er dem Drang widerstehen, ein paar Tanzschritte zu improvisieren. Stattdessen streckte er sich nur genüsslich, bis seine Gelenke knackten. Das Leben war doch herrlich!

Ein plötzliches Geräusch ließ ihn mitten in der Bewegung erstarren. Er horchte. Alles war totenstill. Gerade als er seine Anspannung lockerte, hörte er es wieder. Ein leises, aber deutliches Rascheln. Das war keine Einbildung. Er fühlte, wie sich ein Schweißtropfen unter seinem Krawattenknoten bildete und die Kehle hinunterrann. Seine Hände zitterten. Ganz langsam und ohne seine Füße zu bewegen, drehte er den Oberkörper herum. Aus dem Augenwinkel sah er etwas über den Boden wuseln. Es war eine kleine graue Maus. Hasi lachte laut auf und die Maus huschte aufgeschreckt unter ein Regal. Auf dem Boden neben dem Regal fielen ihm ein paar braunrote Spritzer auf. Jemand schien dort mit Farbe hantiert zu haben. Das kam ihm merkwürdig vor, es konnte doch nicht sein, dass diese Artefakte angemalt wurden?

Er trat einen Schritt näher und bückte sich über die Farbtropfen. Sie schienen noch flüssig zu sein, denn etwas blieb an seiner Fingerspitze hängen. Es war dick und klebrig wie Blut, aber das war wieder seine Einbildung, dachte er und folgte der Spur der Tropfen bis vor eine Transportkiste. Ungläubig starrte er auf die rote Pfütze, die sich im Schatten der Kiste ausgebreitet hatte. Es war Blut, es konnte nicht anders sein, denn mitten in der Blutlache lag eine junge Frau. Aber da, wo ihr Kopf sein sollte, war jetzt nur ein Hals, aus dem ein Stück weißer Knochen, rosafarbene Sehnen, zerfetzte Muskelfasern und zwei knorpelige Röhren ragten. Ein paar lange blonde Haare klebten an dem blutigen Halsstumpf.

Es konnte nicht sein. So etwas gab es nicht und man musste wegen einer kleinen Einbildung nicht gleich in Panik verfallen. Hasi betrachtete die im Blut liegende kopflose Leiche. Es war ja nur eine Halluzination, seine kleine Konzentrationsschwäche spielte ihm wieder einmal einen Streich. Und es wäre auch nicht das erste Mal, dass er sich einbildete, eine Leiche zu sehen, obwohl doch gar nichts da war. Er musste eingeschlafen sein, ein nur wenige Minuten dauernder Kurzschlaf, hervorgerufen durch übermäßige Aufregung, so wie man es ihm attestiert hatte. Und man hatte ihm glücklicherweise auch eine wirksame Methode beigebracht, um wieder wach zu werden.

»Momm!«, summte er. Er schloss die Augen und atmete tief durch. »Momm, momm, momm!« Das Om war so etwas wie der Klang des Universums, das er für sich noch modifiziert und verbessert hatte. »Momm« war seine persönliche Notfallmaßnahme. Sie wirkte Wunder. Nach einigen Sekunden fühlte Hasi, wie er wacher wurde. Noch einmal »Momm!« und alles wäre wieder gut. Er öffnete die Augen und schaute auf die Blutlache. Die Leiche war immer noch da. Das war schon etwas ärgerlich. Er spürte eine große Leere in seinem Kopf und hatte nur den einzigen drängenden Gedanken, dass eine Kopflose nicht hier herumliegen durfte. Eine Leiche ohne Kopf gehörte einfach nicht in einen Lagerraum, der für Ausstellungsstücke vorgesehen war. Das konnte nicht in Ordnung sein. Man musste die Frau dringend wieder mit ihrem Kopf zusammenbringen, am besten alles ungeschehen machen, bevor noch jemand etwas von dem Malheur bemerkte, sonst gab es bestimmt Ärger mit dem Museumsdirektor. Und Patricia hatte schon genug Ärger, gerade sie musste sich doch auf ihn verlassen können. Es war jetzt auf der Stelle erforderlich, die Leiche schnellstens zu den Restaurationsfritzen zu bringen, die wussten bestimmt, was zu tun war.

Mechanisch bückte er sich und hob die Tote aus ihrer Blutlache. Die junge Frau war federleicht, aber das war auch kein Wunder, ihr fehlte ja der Kopf. In Trance tappte er mit der kopflosen Leiche in den Armen durch den Lagerraum und ließ eine tropfende Blutspur hinter sich. Draußen auf dem Gang glitt die Tote ihm aus den Händen, und er wankte weiter, ohne zu merken, dass er seine Fracht verloren hatte. Er stieg die Treppe hoch und öffnete die erstbeste Tür, die vor ihm lag. Plötzlich stand er mitten in einem Ausstellungsraum und sah verwirrt, wie die Museumsbesucher vor ihm zur Seite wichen. Ein Getuschel verbreitete sich um ihn herum. Einige Touristen zückten ihre Kameras, um den Mann mit den blutigen Händen aufzunehmen. In dem Glauben, einer Kunstaktion beizuwohnen, folgten immer mehr Besucher Hasi wie ein Flashmob bis zum Pergamonaltar, vor dessen Stufen er zu Boden sackte. Eine besonders kunstinteressierte Dame beugte sich über ihn und berührte das Blut an seiner Hand. Dann begann sie zu kreischen.

Torsten Nagel zuckte zusammen, als er ein Kreischen hörte. Er griff nach dem Treppengeländer.

»Geht es Ihnen nicht gut?«, fragte Patricia.

Torsten antwortete nicht, sondern versuchte, sich zu konzentrieren.

»Was ist denn da los? Haben Sie den Schrei gehört?«, fragte Patricia.

Er fasste sie am Arm. »Bringen Sie mich zu den Ausstellungsräumen.«

Am Eingang zur Pergamonhalle strömten die Besucher ihnen entgegen. Einige riefen um Hilfe und nach Polizei. Patricia folgte dem Kommissar, der sich stoisch durch die Menschenmassen drängte. Vor den Stufen des Pergamonaltars lag eine leblose Gestalt.

»Hasi!«, rief Patricia und lief an Torsten vorbei. Sie beugte sich über ihn und fuhr entsetzt zurück, als sie das Blut auf seinen Händen und seiner Kleidung bemerkte.

Torsten legte einen Finger auf Hasis Halsschlagader.

»Ist er tot?«, fragte sie ängstlich.

Er schüttelte den Kopf und beugte sich dichter zu Hasi herab. »Nein. Er schnarcht.«

»Aber er blutet doch«, rief Patricia. »Wir brauchen einen Notarzt.«

»Das ist nicht sein Blut«, sagte Torsten und zückte sein Handy, um die Kollegen zu alarmieren. »Sie bleiben besser bei ihm, bis er aufwacht«, sagte er zu Patricia.

Er kümmerte sich nicht weiter um die beiden, sondern folgte den Blutstropfen durch die Halle bis zu einer Seitentür, von der eine Treppe nach unten ging. Die Spur führte einen Kellerflur entlang, doch irgendwo wurde eine Alarmsirene ausgelöst und am Ende des Ganges rasselte vor ihm ein schweres Metallgitter herunter. Hinter der Sperre konnte er Lagerräume sehen. Und im Schein einer geöffneten Tür lag eine Leiche auf dem Gang, der offenbar der Kopf fehlte. Torsten blieb vor dem Gitter stehen. Vor seinen Augen flirrte es und er spürte einen seltsamen Druck, als würde sich die Luft um ihn herum verdichten. Ihm wurde schwarz vor Augen.

Er bemühte sich, die Leiter hinunterzusteigen, ohne zu zittern

Frank Berg musterte die blonde Kuratorin und ihren Assistenten mit seinem blutverschmierten Hemd und dem altmodischen Tweedsakko, die ihm in der Cafeteria des Museums gegenübersaßen. »Sie haben also gar keinen Anstellungsvertrag?«

Hasis Haare fielen ihm ins Gesicht. Er wischte sich über die Stirn und hinterließ dabei einen blutigen Streifen. »Ich assistiere Frau Dr. Boulanger zurzeit. Ehrenamtlich, gewissermaßen.«

»Gewissermaßen? Ohne offizielle Genehmigung meinen Sie wohl.« Frank ließ sich nicht beeindrucken. Der Mann sah kläglich aus mit der Blutspur im Gesicht und den derangierten Haaren, aber das konnte auch ein Trick sein.

»Ich habe seine Einstellung autorisiert«, sagte Patricia.

»Sie habe ich nicht gefragt.« Frank ließ den Verdächtigen nicht aus den Augen. »Sie sind also in den Lagerraum gegangen, ja oder nein?«

»Ja.«

»Und Sie waren dabei allein, ja oder nein?«

»Frau Dr. Boulanger war ja zum Direktor –«

»Sie waren allein im Lagerraum, habe ich gefragt, ja oder nein?«

»Ja.«

»Und haben diese junge Frau ermordet, ja oder nein?«

»Ja – ähm, ich meine nein!«, rief Hasi. »Sie war doch schon tot. Ich habe sie nur gefunden.«

»Warum wollten Sie das Mordopfer dann wegtragen?«

»Weil – weil … ich weiß es doch auch nicht. Ich dachte, ich meine, ich wollte nur helfen –« Hasi schwieg resigniert.

»Wem wollten Sie helfen? Hatten Sie einen Mittäter?«

»Nein. Es war niemand da außer mir.«

Frank lehnte sich zurück. Vielleicht stand der junge Mann unter Schock, vielleicht aber auch nicht.

»Guten Tag, Herr von – von …?«

»Quermaten«, ergänzte Hasi.

Frank fuhr herum. Torsten war unbemerkt hinter ihm herangetreten.

»Angenehm. Und wie war Ihr Name noch gleich?« Hasi schaute ihn fragend an.

»Torsten Nagel. Wir hatten im letzten Jahr einmal kurz das Vergnügen. Hauptkommissarin Lydia Klimm hat Sie verhört, wenn Sie sich erinnern.«

Hasi verschränkte die Arme. »Allerdings. Mit Frau Klimm rede ich nicht.«

»Das müssen Sie auch nicht. Frau Klimm ist nach dem Fall in den Ruhestand gegangen.«

»Meinetwegen? Das war doch nicht nötig!«, sagte Hasi.

»Was ist hier eigentlich los?« fragte Frank.

»Steht alles in den Akten.«

Frank schaute Hasi nachdenklich an. »Ich denke, wir können Herrn von Quermaten jetzt gehen lassen.« Er wandte sich an Torsten. »Oder hast du noch Fragen an den Herrn?«

»Ich glaube, er hat heute schon genug durchgemacht.«

Frank hatte ein ungutes Gefühl, als er Patricia und Hasi zum Ausgang begleitete. Immerhin war es ein äußerst seltsamer Zufall, dass der Mann jetzt schon zum zweiten Mal innerhalb weniger Tage im direkten Umfeld eines Tatortes herumstolperte. Und offenbar schon im letzten Jahr auffällig geworden war. Frank mochte keine Zufälle. Sie hatten etwas Unheimliches an sich, und er war sich sicher, dass sie irgendwelchen unbekannten Gesetzen gehorchten, die dafür sorgten, dass sie sich immer dann ereigneten, wenn er sie am allerwenigsten brauchen konnte. Murphys Gesetz. So wie das Brot, das immer auf die Marmeladenseite fiel.

Er entließ die beiden mit den üblichen Belehrungen, nicht die Stadt zu verlassen, und beobachtete, wie die blonde Kuratorin mit ihrem blassen Praktikanten in ein Taxi stieg. Eine Tatsache war immerhin sonnenklar: Erst seitdem dieser Schnösel hier arbeitete, hatte die Mordserie begonnen. Und von einer Serie war nun auszugehen. Das Problem war die zweite Leiche. Am vermuteten Tatort in den Lagerräumen des Kellers, wo der Praktikant die Tote entdeckt hatte, war bisher nur eine Handsäge gefunden worden, mit der dem Opfer aller Wahrscheinlichkeit nach der Kopf abgesägt worden war. So eine Idee konnte nur dem Gehirn eines Geisteskranken entspringen. Andererseits war es durchaus clever. Ohne Kopf dauerte die Identifikation der Leiche um einiges länger. Ein paar blonde Haare, das war alles, was sie bis jetzt hatten. Der Täter musste das Werkzeug anschließend im Waschbecken der Toilette gereinigt haben, denn dort hatte man einige blutige Abdrücke eines Männerfußes gefunden. Offenbar hatte sich der Mörder nackt ausgezogen, um die Leiche zu zerstückeln. Dieses Verhalten war innerhalb der Logik des Täters durchaus vernünftig und effektiv, weil er damit die eigene Kleidung schonen und unerkannt verschwinden konnte. Eine Vergewaltigung oder sogar einen perversen nekrophilen Akt durfte man nicht ausschließen. Mit der Aktualisierung des Täterprofils würde er sich befassen, sobald der Gerichtsmediziner die Leiche auf Spuren sexueller Gewalt überprüft hatte. Doch die Spusi musste erst einmal die Fußabdrücke fixieren.

Die Suchtrupps versammelten sich vor ihren Fahrzeugen. Aus dem letzten Wagen stiegen die Hundeführer mit ihren Leichenspürhunden. Frank hatte nichts gegen die Tiere, aber die Vorstellung, wie diese Schäferhunde – von allen liebevoll »die Mädels« genannt – auf tote Körper trainiert wurden, hatte etwas Gruseliges, und er vermied es, von ihnen abgeleckt zu werden.

»Es kann losgehen«, begrüßte er die Truppe. »Wir suchen einen Kopf, weiblich, blonde, lange Haare, im Umkreis des Pergamonmuseums. Vielleicht hat der Täter ihn auch in die Spree geworfen. Also das gesamte Ufer absuchen.«

Die drei Halbstarken versammelten sich um ihren Chef. Torsten kam aus dem Museum und ging an Frank vorbei auf die Suchtrupps zu.

»Leute, ich brauche ein paar Männer im Museum. Mit Hunden.«

Frank taxierte ihn verwundert. Erst jetzt fiel ihm auf, dass der Kollege bei seiner Ankunft schon im Museum gewesen war.

»Sag mal, wohnst du hier, oder wie kommt es, dass du schon vorher da warst?«

»Reiner Zufall«, sagte Torsten beiläufig. Niemand brauchte zu wissen, dass ausgerechnet Hinnerk, der eigentlich gar nichts von dem Fall wissen durfte, ihm von der Baphomet-Figur erzählt hatte. Es war schon schlimm genug, dass er offenbar vor dem Sperrgitter zu den Lagerräumen kurz ohnmächtig geworden war, auch wenn es nicht mehr als ein paar Minuten gewesen sein konnten. Einfach am Tatort einzunicken, das war ihm noch nie passiert. Es war unheimlich, als hätte ihm jemand das Licht ausgeknipst. Torsten riss sich zusammen.

»Fangt mit den Ausstellungsräumen im Erdgeschoss an. Ich habe so ein Gefühl, dass ihr dort was findet.«

Die drei Halbstarken schauten zu Frank. Der zuckte mit den Schultern. »Na los. Ihr habt doch gehört, was der Kollege gesagt hat.«

Gespannt folgte Torsten dem Suchtrupp ins Museum. Zum ersten Mal seit langer Zeit spürte er wieder seinen alten Jagdinstinkt. In der Eingangshalle trat ihm der Stellvertreter des Direktors entgegen.

»Herr Nagel, ich bitte Sie!« Grotewoldt tupfte sich den Schweiß von der Stirn. »Muss denn das sein? Sie haben doch bereits unsere Räumlichkeiten überprüft. Und jetzt auch noch mit Hunden! Was ist, wenn sich so ein Tier an unseren wertvollen Artefakten zu schaffen macht?«

Von Ferne hallte ein hohes Jaulen herüber. Kurz darauf kam einer der Halbstarken angelaufen. »Die Mädels haben was gefunden!«

Frank und Torsten folgten ihm durch die Flure der Ausstellungshallen und eine Treppe hinunter in eine von künstlichen Fackeln spärlich ausgeleuchtete Nachbildung einer assyrischen Grabkammer. Die Spürhunde winselten vor einem steinernen Sarkophag. Die beiden anderen Halbstarken waren dabei, eine

Aluminiumleiter auszuklappen. Torsten stieg als Erster die Sprossen hoch und schaute in den Steinkoloss. Dort unten, im Lichtkegel seiner Taschenlampe, lag der Kopf. Die langen Haare verdeckten das halbe Gesicht und den blutverkrusteten Halsansatz. Er knipste das Licht wieder aus und bemühte sich, die Leiter hinunterzusteigen, ohne zu zittern.

Die Spurensicherung brauchte eine geschlagene Stunde, um den Kopf unter Aufsicht des hypernervösen Grotewoldt zu bergen, ohne den Jahrtausende alten Stein zu beschädigen. In einer Aushöhlung an der Seitenwand fand sich auch die Mordwaffe, ein Hammer aus der Restaurationsabteilung, mit dem der Täter seinem Opfer den Schädel eingeschlagen hatte. Der Schlag war mit einer solchen Wucht ausgeführt worden, dass er unmittelbar zum Tode geführt haben musste, versicherte der hinzugezogene Gerichtsmediziner. Dem Täter – und angesichts der Schlagkraft kam nur ein Mann in Betracht – schien es nicht darum gegangen zu sein, seinem Opfer unnötige Schmerzen zuzufügen, folgerte Frank. Den Kopf hatte er erst nach dem Tod abgesägt, um ihn, wie beim ersten Opfer die Augen, als Trophäe zu behalten. Auffällig waren die schweren Schnittverletzungen auf der Stirn, direkt am Haaransatz.

»Vielleicht wollte er das Opfer skalpieren. Aber wieso dann den ganzen Kopf abtrennen?«, überlegte Frank laut.

»Es kann aber auch sein, dass der Täter den Kopf versteckt und sich für später aufbewahrt hat.«

Frank sah Torsten spöttisch an. »Für später aufbewahrt? Für den Nachtisch, oder wie?«

»Na ja … es gibt Rituale –«

»Wenn der Täter ihn für ein Ritual brauchte, hätte er ihn doch gleich mitnehmen können. Passt doch locker in eine Einkaufstüte!«

»Vielleicht hatte er Angst, am Ausgang kontrolliert –«

Torsten schwieg resigniert. Frank hatte sich einem der Halbstarken zugewandt, der ihm einen Asservatenbeutel mit einer kleinen lilafarbenen Handtasche reichte, die man im

Lagerraum gefunden hatte. Alles war da, Kreditkarte, Geld, Personalausweis. Ein Raubmord kam damit wieder nicht in Betracht. Bei dem Opfer handelte sich um eine Pocahontas Müller aus Bergisch Gladbach.

Frank wandte sich Karl zu, dem dicken Leiter der Spurensicherung, der ihm ein Zeichen machte.

»Habt ihr was Neues?«

Karl hielt mit der Pinzette einen Knopf hoch.

»Den hatte sie in ihrer Hand.«

Frank schaute sich den Knopf an. Die Frau hatte sich also noch gewehrt. Es hatte einen Kampf gegeben, bevor der Täter zugeschlagen hatte, und sie musste ihm den Knopf abgerissen haben. Er war aus echtem Horn, vermutlich von einem Sakko. Bestimmt keine Billigware, er tippte auf schottischen Tweed. Professoren trugen so etwas mit Vorliebe, zumindest unter den Gerichtsgutachtern, die er im Laufe seiner Dienstjahre erlebt hatte. Frank sah sich um.

»Jasik?«

Der Chef vom Sicherheitsdienst eilte herbei und baute sich vor Frank auf.

»Jawoll!«

»Gibt es jemanden im Haus, der wie ein englischer Gentleman herumläuft? Tweedjackett, Kordhosen, teure Schuhe.«

Jasik grinste.

»Mit Lederflicken auf den Ärmeln und so?«

»Genau. Haben Sie da jemanden gesehen?«

»Allerdings.«

Jasik machte eine kleine Kunstpause.

»Ja!?«

»Na, der Freund von der Kuratorin. Der die Leiche gefunden hat.«

Frank nickte enttäuscht. Jasik hatte recht, aber dieser Graf kam ja nun wirklich nicht infrage. Oder etwa doch? Er warf Torsten einen Blick zu.

»Weißt du vielleicht, ob dem Praktikanten ein Knopf an der Jacke gefehlt hat?«

»Nicht soweit ich mich erinnere. Aber sicher bin – «

»Es gibt noch jemanden, auf den die Beschreibung zutrifft«, unterbrach ihn Jasik.

Frank und Torsten starrten ihn an.

»Wer fast immer Tweedsakkos trägt, ist Direktor Schrader. Aber der scheint heute nicht im Haus zu sein.«

Er warf sein Glas in hohem Bogen in die Spree und zog die beiden Blondinen an sich

Zugegeben, es war ein bisschen riskant, aber *no risk, no fun*, dachte sich Böbbi. Der alte Spast, der jetzt in der Strandbar eine Gruppe bauchfreier Model-Tussen anbaggerte, war so dicht an ihm vorbeigelatscht, dass seine Geldbörse fast von selbst den Besitzer wechselte. Konnte man das überhaupt Diebstahl nennen, wenn einem so eine vollfette Börse wie Fallobst in die Hände fiel? Geschah ihm doch recht, dem notgeilen Alten. Die Groupies waren eigentlich eher in Böbbis Alter, allerdings eine Hausnummer zu hoch für ihn, leider. Aber so eine hässliche Fresse wie dieser Typ musste nur den reichen Macker raushängen lassen, ein paar Caipi-Runden schmeißen, und schon hingen die Mädchen an ihm wie die Blutegel. Das Universum war ein Arschloch. Drei Fünfziger und natürlich auch das Kleingeld – wer den Pfennig nicht ehrt und so weiter und so fort, hatte seine schwäbische Mutter ihm als Kind eingetrichtert – nahm er heraus und warf das teure Lederportemonnaie in die Tonne. Keine Sekunde zu früh, denn die Polizei war im Anmarsch. Es mussten Bullen sein, so stramm gingen normale Typen nicht auf eine Strandbar zu. Unauffällig verdrückte sich Böbbi, nachdem er einen letzten Blick auf den alten Sack geworfen hatte. Der würde vielleicht ein blödes Gesicht machen, wenn er feststellte, dass er so blank war wie ein Babyarsch. Erst einen auf Großkotz machen und dann die Zeche prellen! War das geil oder was?

Jasik hatte Frank und Torsten zu Schraders Wohnung führen wollen. Sie befand sich in einem sündhaft teuer wirkenden Appartementkomplex – elegante Sandsteinfassade und grau getöntes Glas – mit Blick über die Spree in Fußnähe von der Museumsinsel. Doch noch bevor Frank geklingelt hatte, tippte ihn der Sicherheitschef auf die Schulter und wies zur anderen Straßenseite direkt am Ufer. Dort lag eine Bar auf einem vor der Uferpromenade aufgeschütteten Sandstrand, wo Touris sich unter der Sonne in Liegestühlen bei karibischen Reggaeklängen bewirten ließen. Jasik erkannte Schraders charakteristischen Kopf schon von weitem, wie er aus einer Gruppe junger Leute herausragte, die im Schatten eines Sonnenschirms an einer von Palmen flankierten Theke tanzten. Der Museumsdirektor schien sich bestens zu amüsieren. Sein über der Hose flatterndes Hemd war bis zum Bauch aufgeknöpft und gab den Blick auf seinen blassen Oberkörper frei. Er war mindestens doppelt so alt wie alle anderen um ihn herum, aber er bemerkte die halb belustigten, halb mitleidigen Blicke der Jungen und Schönen nicht. Schrader bewegte sich genüsslich und selbstvergessen zur Musik, mitten in einem Pulk kichernder junger Frauen. Ein Tanzbär, der seinen Cocktail hoch in die Luft streckte wie die Freiheitsstatue ihre Fackel.

Frank nickte und die drei Halbstarken eilten zu der Bar hinüber. Manchmal musste man auch etwas Glück haben, dachte Torsten und sah sich um. Normaler Touristenbetrieb, nichts Auffälliges, außer vielleicht einem dürren grünhaarigen Punk, der sich mit hängenden Schultern davonschlich, als ob er etwas ausgefressen hätte.

Frank und Torsten traten an die Bar. »Direktor Schrader?«

»Wer will das wissen?«, fragte Schrader und brachte die Mädchen um ihn herum mit einer Grimasse zum Lachen.

Frank zückte seine Dienstmarke, aber Schrader machte nur eine lässige Handbewegung, als wollte er eine Mücke verscheuchen.

»Lassen Sie diese Formalitäten, junger Mann! Trinken Sie einen mit. Heute habe ich meinen spendablen Tag.«

»Was gibt es denn zu feiern?«, fragte Torsten.

»Muss es denn immer einen Grund geben? Eine Lokalrunde. Geht auf mich!«, rief Schrader dem Barmann zu. Er legte seine Arme um zwei junge Blondinen. »So jung kommen wir nie mehr zusammen, nicht wahr, meine Süßen?«

Die Mädchen kicherten überfordert. Aus der Ferne erklangen Polizeisirenen, die rasch näher kamen. Zwei Streifenwagen hielten vor der Strandbar.

»Wo ist Ihr Jackett?«, fragte Frank.

»Wieso? Ist Ihnen kalt?«, gab Schrader zurück. Auf Franks unverwandten Blick hin hob er mit beleidigter Miene eine Jacke vom Barhocker und reichte sie herüber. »Bitte, wenn es Sie glücklich macht.«

An dem Tweedsakko fehlte tatsächlich ein Knopf. Ein Bündel Fäden an der Stelle, wo er hätte sein sollen, zeigte, dass er mit Gewalt abgerissen worden war.

»Sie sind verhaftet«, sagte Frank.

Schrader schaute ihn mit großen Augen an.

»Ist das ein Witz? Ich wüsste nicht, dass ich gegen ein Gesetz verstoßen hätte. Außer dass diese Caipis verboten gut schmecken.« Er trank sein Glas in einem Zug aus, warf es in hohem Bogen in die Spree und zog die beiden Blondinen an sich. »Sehen Sie sich die beiden nur an! Wie junge Göttinnen, was?«

Das ging alles viel zu leicht

Noch während Torsten hinter der Scheibe des sogenannten Spiegelsaals im Begriff war, sich hinzusetzen, um von hier aus ungestört Franks Verhör von Schrader zu beobachteten, hatte sein Kollege bereits nach der ersten Frage ein lapidares Geständnis erhalten.

»Wie haben Sie denn der jungen Frau den Kopf abgesägt?«, fragte Frank nach, um sicherzugehen, dass er sich nicht verhört hatte.

»Ein hartes Stück Arbeit, zugegebenermaßen.« Schrader nickte, so wie es aussah, nicht ohne Stolz. »Ich hatte schließlich keine Guillotine zur Hand, sondern nur eine kleine Säge aus der Werkstatt. Sie haben ja keine Ahnung, wie elastisch die Halswirbel sind, wie Hartgummi. Das Federn macht das Sägen schwerer als bei Holz oder Metall. Sehen Sie –«, Schrader streckte dem Kommissar eine gerötete Handfläche entgegen, »ich habe mir dabei sogar eine Blase geholt.«

»Lebte sie denn bei – äh, diesem Eingriff – noch?«

»Ich bitte Sie, wo denken Sie hin? Sie glauben doch nicht etwa, ich würde einem Menschen bei lebendigem Leib den Kopf abtrennen?«

»Sie hatten Sie also bereits vorher getötet?«

»Selbstverständlich.« Schrader lehnte sich zurück. »Drei gezielte Schläge mit dem Hammer und sie war mausetot.« Er lachte. »Ein Kinderspiel.«

»Und warum dann noch den Kopf absägen?« fragte Frank.

»Ich hatte doch keine Wahl.« Schrader schüttelte den Kopf. »Man muss tun, was man tun muss, junger Mann, im Leben gibt es manchmal kein Entweder-oder, das wissen Sie genauso gut wie ich.«

Schrader zeichnete den Umriss einer Figur in die Luft.

»Das T-Shirt, die Hotpants, schmutzige Füße in schlechten Sandalen, ich bitte Sie! In so einem Aufzug geht man vielleicht zum Ballermann, aber betritt nicht das Heiligtum der Hethiter. Hier musste ich natürlich einschreiten. Die Würde unseres

Hauses stand auf dem Spiel. Wir bewahren hier schließlich das Andenken an die großen alten Zivilisationen. Aber die langen, blonden Haare – wunderbar! Eine neuzeitliche Göttin …«

Frank nahm einen Schluck Wasser und stand auf, um einen Moment auf und ab zu gehen. Er sah kurz in die Kamera und Torsten verstand, Frank musste Zeit gewinnen. Das ging alles viel zu leicht. Ihm fiel offenbar keine vernünftige Frage mehr ein.

Schrader begann, ungeduldig mit den Fingern auf den Tisch zu trommeln und in die Luft zu gucken, als gäbe es an der Decke Interessanteres zu sehen.

»Und warum haben Sie Frau Abendroth getötet?«, fragte Frank schließlich.

Schrader schaute ihn ungläubig an.

»Wie bitte? Was hat denn Frau Abendroth damit zu tun? Das ist absurd! Sie war eine ausgezeichnete Mitarbeiterin. Und beliebt bei allen.«

»Sie können es ruhig zugeben«, sagte Frank trocken. »Darauf kommt es jetzt auch nicht mehr an.«

»Sie sind wohl nicht bei Trost!«, empörte sich Schrader. »Wie reden Sie denn mit mir?«

Er sah auf seine Uhr und stand auf. »So. Unser kleines Gespräch ist beendet, Herr Kommissar, bedaure. Ich habe heute noch wichtige Termine. Wir haben schließlich eine Ausstellung vorzubereiten. Die Geburt der Götter. Wenn Sie möchten, lasse ich Ihnen eine Einladung zur Eröffnung zukommen. Wir sind ja nicht nachtragend.«

Torsten stand auf, ging nah an die Scheibe heran und sah sich den Museumsdirektor fasziniert an. Der Mann war verrückt, so viel war klar.

»Bitte nehmen Sie wieder Platz, Professor Schrader. Ich bin gleich zurück.«

Frank betrat den Spiegelsaal und setzte sich wortlos neben Torsten. Gemeinsam beobachteten sie einige Minuten durch die einseitig verspiegelte Sichtfläche, wie Schrader ein Bein über das andere schlug und mit dem Fuß wippte.

»Verstehst du das?«, fragte Torsten.

»Wir haben seinen Fußabdruck im Blut am Tatort identifiziert und er hat den Mord gestanden. Wir brauchen keinen DNA-Abgleich, noch nicht einmal Fingerabdrücke. Die Sache ist glockenklar. Mit dem Verstehen können sich die Psychologen befassen«, sagte Frank knapp.

»Wie kann so ein Mann jahrelang als Museumsleiter, als angesehenes Mitglied verschiedener Institutionen, wie kann er überhaupt funktionieren, ohne dass jemand was gemerkt hat?«

»Wer weiß, vielleicht hat er schon viele verrückte Dinge getan? Schmetterlinge aufgepiekst, kleine Tiere gequält und so. Solange es niemandem schadet, wird seltsames Verhalten doch gerne als Exzentrik gesehen. Verrückte Professoren gibt es nicht nur im Film, oder?«

»Ich frage mich nur, warum er einen Mord freimütig zugibt und den anderen so empört abstreitet?«

Frank stöhnte. »Was soll das noch? Der Mann hat sie nicht mehr alle, das sieht man doch.«

»Vielleicht hat er den Mord aber auch nur beobachtet und ist durch den Schock traumatisiert worden. Irgendwas stimmt da nicht. Und ein falsches Geständnis ist schlimmer als gar keins.«

»Wahrscheinlich kann er den Mord an der Personalchefin nur nicht zugeben, weil sie ihm viel näher stand als die fremde junge Frau«, sagte Frank.

»Du meinst, er schämt sich?«

Torsten blickte durch die Scheibe in den Vernehmungsraum. Schrader summte vor sich hin und nutzte den Einwegspiegel, um den Sitz seiner Frisur zu überprüfen. Er zeigte keine Spur von Unruhe.

»Sieht nicht gerade so aus, als hätte er Gewissensbisse.«

Frank zuckte mit den Schultern. »Schau dir die Fakten an. Die gleiche Handschrift. Beide Opfer sind verstümmelt worden.«

»Und der Beweis für den Mord an der Abendroth?«

»Wird sich schon finden. Jetzt mach nicht so ein Gesicht!

Ein in Rekordzeit gelöster Fall! Wir können die Akte an den Staatsanwalt übergeben.«

»Das geht mir viel zu schnell«, sagte Torsten.

Frank starrte ihn an. »Was willst du denn noch? Unser Job ist, den Täter zu finden, und den haben wir, oder willst du das bestreiten? Mach es nicht komplizierter, als es ist.«

»Nicht *den* Täter. Bisher haben wir nur einen Täter und zwei Opfer«, verbesserte Torsten. »Und bis ich verstehe, was den oder die Täter dazu gebracht hat, die beiden Frauen zu verstümmeln, kann ich keine Akte schließen.«

Über ihm schloss sich der Deckel mit einem satten Schmatzen

Zwei Stunden später – die Sonne war gerade hinter dem Hermannplatz untergegangen und Hinnerk mitten in einer telefonischen Fernheilung – schlurfte Torsten Nagel ins White Cube. »Ich weiß, ich habe keinen Termin, kann ich trotzdem in den Tank?«, sagte er ohne Begrüßung.

Hinnerk bedeutete ihm mit einer Handbewegung, sich in den Umkleideraum zu begeben. Dann nutzte er eine passende Gelegenheit, um sein Telefonat unauffällig auf ein Heilmodul umzuschalten, das er für solche Fälle auf Band aufgezeichnet hatte, und wandte sich Torsten zu, der bereits im Bademantel vor dem Meditationstank stand.

»Du hast Glück. Jemand hat vorhin abgesagt. Von mir aus kannst du gleich einsteigen. Wir reden dann später.«

Er öffnete den Tank und sah zu, wie der nackte Hauptkommissar sich ohne Dank wortlos in die warme Salzwasserlösung gleiten ließ. Über ihm schloss sich der Deckel mit einem satten Schmatzen und nur die rote Digitalanzeige des Timers wies darauf hin, dass der Meditationstank jetzt in Benutzung war. Hinnerk wandte sich erneut seiner Fernheilung zu und setzte das Headset auf, um an geeigneter Stelle wieder einzusteigen und das Gespräch zum Ende der Session mit etwas Feedback auf einer persönlichen Note zu beenden. Noch nie hatte ein Fernkunde etwas von solchen gelegentlich notwendigen Abwesenheiten mitbekommen. Meistens nutzte er sie, um einen kleinen Blick auf die Börsenkurse zu werfen, schließlich war es nicht klug, allzu abrupt mit alten Gewohnheiten zu brechen. Die Bandaufnahme änderte auch nichts an der Wirksamkeit seiner Heilmethode, denn Technik und Wissenschaft gingen bei der Quantenheilung Hand in Hand. Das war ja das Schöne.

Hinnerk ließ den Blick über seinen grün glänzenden Meditationstank wandern. Für dieses High-Tech-Tool hatte er einen happigen Kredit aufnehmen müssen, aber es war nicht nur ein lohnendes Investment, sondern auch sein Claim to Fame, mit dem er sich vom großen Pool der Quantenheilerkollegen absetzte. Ganz happy war er jedoch nicht mit seinem jetzigen Kunden. Auch wenn er ihm das Schweben im Nichts selber empfohlen hatte, so schien es den Kommissar nicht wirklich weiterzubringen. Anstatt sein Bewusstsein mit der Matrix zu verbinden, um durchlässiger zu werden, benutzte er den Tank nur, um sich vor seinen Problemen zu drücken. Es gab da noch viel an seiner Life-Work-Balance zu arbeiten. Wenn sein beruflicher Stress ihn so downgradete, musste dringend etwas getan werden, sonst würde auch der Tank nicht mehr lange helfen, und das wäre das Ende einer nachhaltigen Klientenbeziehung. Hinnerk schaute auf die rote Digitalanzeige des Timers. Er hatte noch genug Zeit, um dem Kommissar bei der Lösung seines Falles ein wenig unter die Arme zu greifen.

Als Erstes googelte er die Geschichte des Pergamonmuseums. Schon dabei ließ sich Erstaunliches entdecken. Unter dem Museum sollte sich angeblich eine mindestens einhundert Meter tiefe Erdspalte mit verschiedenen Höhlen befinden. Der alte Zugang zu den Höhlen lag irgendwo hinter dem Museum an der Spree und war schon vor langer Zeit zugemauert worden. Hinnerk betrachtete die Abbildung eines Gemäldes, auf dem zwei Männer in einer Grotte standen und einige Felszeichnungen betrachteten. Es handelte sich um den Naturforscher Alexander von Humboldt, der dem Freiherrn von Stein bei funzeligem Licht die prähistorischen Zeichnungen von Berlin präsentierte. Die Höhlen unter der Museumsinsel waren offenbar schon vor Urzeiten als Kultstätte genutzt worden. Hinnerk tippte auf eine der Chiffren an der Höhlenwand. In der Vergrößerung konnte er eine linksdrehende Spirale ausmachen. Mit der Wikipedia-App machte er sich schlau. Es gab rechtsdrehende und linksdrehende Spiralen. Im Gegensatz zur rechtsdrehenden Spirale handelte es sich hier um ein Zeichen für dämonische Kräfte. Das war schon mal ein guter Anfang.

Der Gong des Timers beendete seine Recherche, und einige Minuten später hing Torsten im weißen Bademantel mit seinem Glas energetisiertem Wasser im Sessel und schaute mit müden Augen auf das Tablet, das Hinnerk ihm vorhielt.

»Ich habe mal ein bisschen für dich recherchiert. Hier, das ist bestimmt super interessant für deinen Fall.« Er berichtete Torsten von der alten Höhlenzeichnung unter dem Pergamonmuseum. »Wenn Prätorius diese Power mit dem Baphomet-Dämon als Start-up für seine Kirche channelt, geht vielleicht ein ganz großes Ding ab!«

»Mag ja sein, aber wir haben den Täter heute geschnappt. Er hat schon ein Geständnis abgelegt. Der Mann hat zwar jede Menge Unsinn von sich gegeben, aber nichts von irgendwelchen Höhlen oder dämonischen Spiralen – überhaupt nichts, was irgendwie mit Prätorius zu tun hat.« Torsten spürte Hinnerks Enttäuschung. »Sorry, hatte ich vergessen zu sagen. Du siehst ja, wie ich durch den Wind bin. Trotzdem danke für deine Mühe, Hinnerk.«

Hinnerk legte das Tablet zur Seite und lächelte kraftvoll. Die Lachmuskulatur aktivierte die Nerven, die dem Gehirn Wohlbefinden signalisierten, selbst wenn es objektiv keinen Grund für Wohlbefinden gab. Bei einer Stunde verschwendeter Lebenszeit war das jetzt nötig, um bloß keinen Ärger gegen den Klienten aufkommen zu lassen. Er legte seinen Arm um Torstens schlaffe Schultern. »Du weißt, ich bin immer für dich da. Lass uns deinen nächsten Termin ausmachen.«

Rechtsanwalt Erich Löw ging grüßend und Hände schüttelnd durch die Menge. Er war ganz in seinem Element, der Abend würde großartig laufen. Er hatte eine außerplanmäßige Sitzung der Orientgesellschaft einberufen, gleich nachdem er seinen Mandanten, den unglücklichen Museumsdirektor Schrader, im Polizeipräsidium verlassen hatte. Trotz der überhasteten Terminierung war der »Ischtar Saal« im Hochparterre des Palais Bredenbeck bis auf den letzten Platz gefüllt.

Das Palais Bredenbeck, ein Prachtstück Berliner Gründerzeitarchitektur, war der Stammsitz der traditionellen Orientgesellschaft. Der Großindustrielle Ferdinand von Bredenbeck hatte das Gebäude dem von ihm ins Leben gerufenen Förderverein zur Unterstützung archäologischer Ausgrabungen nach seinem Tod im Jahre 1895 testamentarisch vermacht. Bredenbecks großzügiger finanzieller Unterstützung sowie seinen hervorragenden Beziehungen zum Kaiser waren nicht nur die Entdeckung und Überführung etlicher Artefakte aus dem vorderasiatischen Raum nach Berlin zu verdanken, sondern er hatte auch wesentlich zum Bau des Pergamonmuseums selbst beigetragen. Die Inneneinrichtung der Villa war pompös und exotisch. Jeder Raum trug einen glanzvollen Namen wie »Ischtar Saal« oder »Gilgamesch Bibliothek« und war in verschiedenen vorislamischen Stilen, oder was man im neunzehnten Jahrhundert dafür gehalten hatte, eingerichtet. Sogar einen Clubraum gab es, in dem den auf Diwanen oder Kissen ruhenden Gästen die Shisha serviert wurde. Das Rauchen der traditionellen persischen Wasserpfeife war eine testamentarische Bedingung des lebenslustigen Gründers für die Erben seiner Villa gewesen, und die Tradition war auch gegen den heftigen Widerspruch einiger Gesundheitsapostel bis heute aufrecht erhalten worden, gab es doch gerade den konservativen Mitgliedern der Gesellschaft das prickelnde Gefühl, etwas leicht Verruchtes zu tun. Der Clubraum war es auch, wo die legendäre Anita Berber

Anfang der Zwanzigerjahre ihren »Schleiertanz von Isfahan« aufgeführt hatte, der in einen der wenigen richtigen Eheskandale in der Orientgesellschaft gemündet hatte. Löw hatte vor kurzem dafür gesorgt, dass ein Foto der schillernden Nackttänzerin an prominenter Stelle im Clubraum aufgehängt wurde, um der altehrwürdigen Institution eine Prise Boheme zu verleihen.

Löw hätte die Sitzung längst eröffnen können, folgte aber seinem verlässlichen Instinkt für Dramatik, das Platzen der Bombe noch ein wenig hinauszuzögern. Er seufzte unwillkürlich auf, denn er sah Renate Schwarzvogel schon von weitem durch die Menge auf sich zukommen, unschwer zu erkennen an ihrem hohen Turban und dem wallenden Gewand, das sie gerne zu Veranstaltungen der Orientgesellschaft trug, selbst wenn es sich wie heute um eine Krisensitzung handelte. Renate war die größte Sponsorin der Gesellschaft und beanspruchte dafür immer eine besondere Aufmerksamkeit. Löw flüchtete schnell ans Mikrofon und bat die Gäste, Platz zu nehmen. Zufrieden verfolgte er, wie die Gesellschaft mit ganz unüblicher Hast seiner Bitte Folge leistete, denn alle brannten mittlerweile vor Neugier. Die Nachricht von der Verhaftung von Museumsdirektor Schrader war nicht zuletzt auch dank seiner kleinen Verzögerungstaktik wie ein Lauffeuer durch die Reihen gegangen. Einer der Kellner stellte ihm ein Glas Champagner ans Pult und er nahm einen kleinen Schluck, bevor er das Wort ergriff.

»Wie Sie bereits erfahren haben, meine Damen und Herren, ist unser werter Professor Schrader einem tragischen Fall geistiger Umnachtung zum Opfer gefallen«, erklärte Löw und ließ den Blick über seine Zuhörer schweifen. »Als sein Anwalt kann und will ich natürlich nicht in Details gehen, aber ich darf Ihnen versichern, dass seine – Taten in völliger Unzurechnungsfähigkeit begangen worden sind. Ich habe mich persönlich im Landeskriminalamt davon überzeugen können, dass Professor Schrader unter Wahnvorstellungen leidet und keinerlei Verantwortung, ja nicht einmal ein Unrechtsbewusstsein, geschweige denn einen bewussten Vorsatz im Sinne des Strafgesetzbuches von den Taten hat, die ihm vorgeworfen werden.«

Er wartete ab, bis sich das erregte Stimmengemurmel legte. Jemand stand auf.

»Herr Doktor Löw, was gedenken Sie in Hinsicht auf die Presse zu unternehmen? Unzurechnungsfähig oder nicht, der gute Ruf des Pergamonmuseums ist in Gefahr.«

»Ich wollte gerade auf dieses Thema zu sprechen kommen. Selbstverständlich muss es in erster Linie darum gehen, Schaden von unserem wundervollen Museum abzuwenden. Ich habe Professor Schraders Verteidigung übernommen und werde dafür Sorge tragen, dass ihm ein Prozess erspart bleibt und er umgehend in eine Heilanstalt verlegt wird, am besten in Bayern, wo er in der guten Bergluft gesunden kann, weit weg von jeder medialen Aufmerksamkeit.«

Ein paar Mitglieder klatschten und Löw goutierte den Beifall mit einer angedeuteten Verbeugung.

Renate Schwarzvogel stand auf.

»Was machen wir mit der geplanten Ausstellung ›Die Geburt der Götter‹? Ich wäre dafür, sie auf unbestimmte Zeit zu verschieben, jedenfalls bis Gras über die Sache gewachsen ist.«

Löw schenkte ihr sein charmantestes Lächeln.

»Danke, Renate. Ich schlage vor, die Entscheidung darüber zur Abstimmung zu bringen. Zuvor allerdings bitte ich Sie um ihre geschätzte Aufmerksamkeit für den stellvertretenden Direktor, dem nunmehr die kommissarische Leitung des Museums obliegt und der Ihnen von einer brisanten Entdeckung berichten kann. Bitte sehr, Herr Doktor Grotewoldt!«

Grotewoldt erhob sich, knöpfte sein Jackett zu und trat an das Rednerpult.

»Meine sehr verehrten Damen und Herren, diese Entdeckung ist in der Tat brisant, mehr als brisant. Und ich fürchte, sie stellt eine weitere schwierige Herausforderung für das Pergamonmuseum dar. Eine Herausforderung, der mit äußerster Umsicht und diplomatischem Feingefühl zu begegnen ist.«

Er machte eine kleine Pause und sah, dass er die Zuhörer gefesselt hatte.

»Ihnen allen dürfte die Baphomet-Figur aus dem Nationalmuseum Bagdad ein Begriff sein, die im Jahre 1899 von unserem berühmten Gründungsmitglied Professor Meyer ausgegraben wurde. Bis jetzt war dies der weltweit einzige Fund dieser Art, aber, meine Damen und Herren, seit kurzem sind wir im Besitz einer zweiten Baphomet-Figur, deren Provenienz noch völlig ungeklärt –«

Der Beifall, den Erich Löw vorsorglich angestimmt hatte, schnitt Grotewoldts Vortrag ab.

»Bravo!«, rief Löw, ohne sich an Grotewoldts missbilligendem Stirnrunzeln zu stören. Er stand auf und hob seinen Champagnerkelch. »Ich erhebe mein Glas auf diese großartige Entdeckung!«

Grotewoldt klopfte energisch auf das Mikrofon.

»Ich bitte Sie! So einfach ist das nicht! Professor Schrader hatte mich nicht über seine diesbezüglichen Verhandlungen informiert, es gibt keinerlei Vertragsunterlagen für diese Leihgabe, nicht einmal einen Lieferschein. Wir wissen nicht, wie dieses Artefakt in unseren Besitz gekommen ist.«

»Aber der Baphomet ist doch echt, oder nicht?«, fragte Löw provozierend.

Grotewoldt rückte zögernd seine Hornbrille zurecht.

»Ohne Zweifel aus frühbabylonischer Zeit, das hat der C14-Test bestätigt. Trotzdem kann ich, so leid es mir tut, eine Ausstellung dieses Exponats nicht mit gutem Gewissen verantworten, solange die Legitimation der Herkunft nicht eindeutig festgestellt ist.«

»Lieber Herr Doktor Grotewoldt«, unterbrach Löw erneut, »niemand wird Sie dafür zur Verantwortung ziehen wollen. Dies war eine nicht abgesprochene Initiative unseres geisteskranken Direktors Schrader. Wenn es Schwierigkeiten geben sollte, geht das auf sein Konto. Aber er wird ja wegen Unzurechnungsfähigkeit glücklicherweise nicht belangt werden können.«

Grotewoldt schaute verblüfft auf. Löw lächelte ihn milde an.

»Unsere Verantwortung besteht darin, dafür zu sorgen, dass dieses sensationelle Artefakt der Öffentlichkeit nicht vorenthalten wird. Selbstverständlich werden wir die Baphomet-Figur zurückgeben, wenn sich der legitime Eigentümer meldet. Nur die Sensation der Ausstellung wird uns niemand nehmen können, zumal sich die Besucherzahlen nach den bedauerlichen Mordfällen mehr steigern werden, als es die beste Werbung erreichen könnte, nicht wahr?«

Grotewoldts Gesicht hellte sich auf. Jetzt verstand er!

»In diesem Licht gesehen«, sagte er langsam, »hätten wir ja eigentlich sogar die moralische Pflicht, dieses Exponat auszustellen, um auf diese Weise den rechtmäßigen Eigentümer zu ermitteln.«

Löw breitete unschuldig seine Arme aus.

»Wir sollten alles tun, was in unseren Möglichkeiten liegt. Ich denke, liebe Renate, dass deine Bedenken gegen die Ausstellung damit ausgeräumt sein dürften?«

»Wann ist denn dieses Glanzstück überhaupt zu besichtigen?«, fragte Renate Schwarzvogel mit leichtem Vorwurf in der Stimme, so als wäre sie bereits übergangen worden.

»Ich könnte mir denken, unser neuer Direktor wird interessierten Vereinsmitgliedern eine private Vorbesichtigung ermöglichen«, schlug Löw vor.

Grotewoldt nickte erleichtert. Er wirkte plötzlich zehn Jahre jünger.

Nur noch zwei Straßenblocks, dann hatte er es geschafft

»Also vier Uhr vor dem Tierpark, Haupteingang«, bestätigte Peter Bruckmann mit einem breiten Grinsen und fegte die fünfzig Cent Wechselgeld in seine Hand, die Gitti auf den Tresen gelegt hatte.

»Bis morgen!« Sie nickte und schenkte ihm zum Abschied noch einmal dieses Lächeln, das sein Herz fast zum Platzen brachte. Der Abend in der Kneipe hatte ihn mehr gekostet, als er sich leisten konnte, und der geplante Zoobesuch würde sein restliches Monatsauskommen auf etwa einen Euro pro Tag reduzieren, aber das war eine Verabredung mit Gitti ihm wert. Peter hatte seine Lektion im letzten Jahr gelernt: Was man nicht hatte, konnte einem auch nicht weggenommen werden. Er war arbeitslos. Nach fünf Jahren galt er bereits als Langzeitarbeitsloser, und die Tatsache, dass er mit seinen zweiundfünfzig Jahren nicht mehr vermittelbar war, hätte ihn vor zwei Jahren noch in schwere Depressionen gestürzt. Aber nachdem ihn die Behörden gezwungen hatten, seine Ersparnisse restlos aufzubrauchen und in eine winzige Sozialwohnung in einem verrottenden und fast verwaisten Plattenbau umzuziehen, fühlte er sich seltsam befreit.

Die Nacht war klar und frühherbstlich kühl, als er leicht wankend aus dem »Schluckspecht« kam. Vielleicht war es nur die leichte Trunkenheit, die ihn umhüllte wie ein schützender, wärmender Kokon, vielleicht war es auch das Gefühl, an der Schwelle eines neuen Lebens zu stehen, aber Peter Bruckmann durchströmte ein seltenes Glücksgefühl, als er unter dem funkelnden Sternenhimmel über Marzahn nach Hause ging. Gitti war die erste Frau, mit der er geflirtet hatte, seitdem seine Ehe zu Bruch gegangen war. Für Helga, seine cholerische Ex, war er nur noch ein Versager gewesen, der nichts mehr auf die Reihe bekam. Er verstand nicht, warum sie so wütend auf ihn war. Er konnte doch nichts dafür, dass es keine Arbeitsplätze gab! Aber ihre unkontrollierten Wutanfälle waren immer gewalttätiger geworden und er war geradezu erleichtert gewesen, als sie von einem Tag auf den anderen ausgezogen war. Es hatte ihm nichts mehr ausgemacht, dass sie alles mitgenommen hatte, was sich noch irgendwie bei Ebay verscherbeln ließ. Solange sie ihn in Ruhe ließ, war er mit allem einverstanden.

Nachdem er die kaum befahrene, viel zu breit angelegte Märkische Allee überquert hatte, ging er jetzt durch eine menschenleere, nur schwach erleuchtete Seitenstraße und hatte auf einmal das unbestimmte Gefühl, beobachtet zu werden. Als er den Kopf wandte, war natürlich niemand zu sehen. Die Gegend war zwar nicht ganz ungefährlich, wie man sagte, doch er war diesen Weg in der Nacht schon mindestens hundertmal gegangen, ohne dass ihm einer krumm gekommen war. Jetzt aber hörte er deutlich Schritte hinter sich. Peter blieb unvermittelt stehen und sofort waren die Schritte nicht mehr da. Aus dem Augenwinkel meinte er, eine Bewegung wahrgenommen zu haben, einen Schatten, der sich blitzschnell in einen Hauseingang drückte. Als er seinen Weg fortsetzte, hörte er die Schritte wieder. Peter ging schneller. Es war nicht mehr weit bis zu seiner Wohnung. Er blieb einen Moment schwankend stehen und genoss wieder den prickelnden Angstkitzel, den er als Kind so gern gehabt hatte, wenn er vor dem schwarzen Mann fliehen musste. Einmal hatte er sogar in die Hose gemacht, obwohl er genau wusste, dass es nur sein älterer Bruder war, der ihm nach allen Regeln des Spiels aufgelauert hatte. Nur noch zwei Straßenblocks, dann hatte er es geschafft, jubelte er innerlich und begann unvermittelt, vor dem schwarzen Mann davonzulaufen. Fast wie ein Vogel flog er leichtfüßig über die Straße und hörte die Schritte seines Verfolgers nicht mehr, bis er voller Schrecken erkannte, dass er tatsächlich flog. Und zwar der Länge nach auf das Pflaster, weil er mit seinem Fuß in einem Schlagloch hängen geblieben war. Der beißende Schmerz im Knöchel nahm ihm die Luft. Ernüchtert richtete er sich auf und belastete vorsichtig seinen Fuß. Es tat weh, aber der Knöchel war nicht gebrochen. Er horchte in die nächtliche Stille. Die Schritte waren nicht mehr zu hören. Wahrscheinlich war es doch nur ein harmloser Fußgänger gewesen. Humpelnd und fluchend machte er sich wieder auf den Weg. Plötzlich stand die Gestalt vor ihm.

Er stieß einen Schrei aus, dann erkannte er, wer es war, und musste lachen.

»Hoppla, du hast mich erschrocken ... mich erschreckt. Mich, mich ... Scheiße, wie heißt das noch?« Sein Grinsen rutschte ihm aus dem Gesicht. »Hey, was soll denn das?«

Verblüfft und ohne jede Gegenwehr sah er zu, wie ein großes Steakmesser, dessen Klinge im Schein der Straßenlaterne aufblitzte, in seine Brust eindrang. Es erstaunte ihn, wie leicht die Klinge in ihn hineinfuhr, einmal, zweimal, dreimal, und er sah teilnahmslos auf seine Brust hinab, als ob sein Körper gar nicht zu ihm gehörte. Er spürte keinen Schmerz, die Situation war unwirklich, wie in einem Comic, in dem die Helden unverwundbar sind, auch wenn sie plattgemacht werden. Boing! Peng! Sprotz! Es war komisch und er wollte lachen, aber nur ein kleines Gurgeln kam aus seinem Mund. Er fühlte, wie das warme Blut sein rotes Poloshirt schwer und klebrig machte. Rot auf rot gibt zum Glück keine Flecken, dachte er noch, während er auf einmal unendlich müde wurde. Er musste sich hinsetzen, jetzt gleich hier auf das Pflaster, und ein wenig schlafen. Bevor der Schmerz einsetzte und ihm die Sinne schwanden, riss er noch einmal die Augen auf. »Scheiße, ich bin gerade ermordet worden«, erkannte er in einem letzten, glasklaren Gedanken, und er bedauerte noch, dass Gitti morgen umsonst vor dem Tierpark auf ihn warten würde, bevor sich alles um ihn herum in einem freundlichen hellen Licht auflöste.

Kein Wunder, dass die Kommissare ihn so komisch angesehen hatten

Hasi hielt die Augen geschlossen und versuchte, an Kornblumen zu denken, an den warmen Sommerwind, der über ein Weizenfeld strich, und an den Starnberger See, wo er als Kind seine Ferien verbracht hatte. An lauter schöne Dinge, um seinen beängstigenden Traum zu verdrängen. Es kam eher selten vor, dass er sich an Träume erinnern konnte, er hatte einen gesunden, festen Schlaf und wachte in der Regel morgens erfrischt und unbelastet auf. Doch diese Nacht hatte er auf beunruhigende Weise von Patricia geträumt. Sie war auf ihn zu geschwebt wie eine blonde Fee mit ihren seidigen langen Haaren, die wie ein goldener Schleier über ihre zarten Schultern wehten. Gerade als er zu einem Kuss auf ihre halb geöffneten Lippen ansetzte, hatten sich ihre sanften Gesichtszüge verzerrt und sie war ganz entgegen ihrer kontrollierten Art wild über ihn hergefallen und hatte ihm mit ihren Fingernägeln blutige Striemen in den Rücken gekratzt. Er hatte sich heftig gewehrt, doch dann hatte sie ihn mitgerissen in den Strudel ihrer Leidenschaft und er hatte völlig die Kontrolle über sich verloren. So weit, so schön. Bis er entdeckte, dass ihre Brüste behaart waren und sie auf einmal einen Vollbart trug. Jetzt, im wachen Zustand, war er immer noch verstört von der Erinnerung. Wollte ihm der Traum etwa sagen, dass er homosexuell war? Das konnte er sich nicht vorstellen. Obwohl er seine Schulzeit auf einem reinen Jungeninternat verbrachte hatte und als hübscher Knabe den Begehrlichkeiten einiger älterer Schüler ausgesetzt gewesen war, waren ihm derartige Anwandlungen immer fremd geblieben.

Hasi wischte sich den Schweiß von der Stirn und öffnete die Augen. An seiner Hand war Blut. Er schreckte hoch und schaute in den Kommodenspiegel. Eine blutige Schramme zog sich quer über seine Stirn. Er musste sich im Traum gekratzt haben. Erleichtert und erschöpft ließ er sich schweißgebadet zurück in die Federn fallen. Es war, als ob ein perverser Einbrecher ihm in der Nacht diesen unanständigen Traum gegen seinen Willen in seinen wehrlosen, schlafenden Kopf eingepflanzt hatte. Ganz energisch distanzierte er sich von solchen animalischen Verirrungen!

Hasi schloss wieder die Augen und bemühte sich, auf andere Gedanken zu kommen. Zum Beispiel, wie angenehm es doch war, jetzt frei zu haben und einfach im Bett liegen zu bleiben. Niemand würde von ihm verlangen, heute ins Museum zu kommen, hatte Patricia noch gesagt, als sie ihn gestern mit dem Taxi hier abgesetzt hatte. Bedauerlich war nur, dass er Patricia heute nicht sehen konnte. Aber sie hatte sich so liebevoll um ihn gekümmert, vielleicht würde sie ihn ja später anrufen. Oder ihn sogar besuchen kommen, dann könnte er mit ihr einen Spaziergang um den Schlachtensee machen. In seine Tagträumerei hinein klopfte es an der Tür.

»Hasi?«, rief Tante Pudel und kam herein, wie immer ohne eine Antwort abzuwarten. »Guten Morgen, mein Lieber.« Sie balancierte ein übervolles Frühstückstablett mit dampfendem Kaffee, gebutterten goldbraunen Toastscheiben, gebratenem Speck mit Rührei und der Morgenzeitung. »Heute gibt's ausnahmsweise Frühstück ans Bett, Hasilein!« Sie stellte das Tablett feierlich auf der Bettdecke ab. »Wie geht es dir? Du machst so ein Gesicht.«

Er setzte sich auf und trank einen Schluck Kaffee. »Ich habe nur ein wenig über den Starnberger See nachgedacht«, sagte er lahm und merkte, dass er dabei rot wurde.

»Den Starnberger See? Was für ein Unsinn. Jetzt iss erst mal was, damit du wieder zu Kräften kommst.«

Tante Pudel setzte sich an sein Bett und nahm die Morgenzeitung vom Tablett.

»Blutiger Fund im Pergamonmuseum«, zitierte sie die Schlagzeile. »Und du hast die Leiche entdeckt und hast mir nicht einmal was davon gesagt. Muss doch grässlich gewesen sein, so ein Mädchen ganz ohne Kopf. Aber zum Glück wurde der ja inzwischen auch gefunden. In einem ägyptischen Sarkophag. Unerhört! Und ausgerechnet der Direktor, so ein Unhold. Eine Schande für das ganze Museum! Aber heutzutage stellt man ja jeden ein, nach einer untadeligen Herkunft fragt wohl niemand mehr. Na ja, das haben sie nun davon.«

»Wieso Direktor? Was hat der denn damit zu tun? Darf ich mal sehen?« Hasi streckte die Hand nach der Zeitung aus, doch Tante Pudel zog sie schnell zurück.

»Ja, weißt du das etwa noch gar nicht? Professor Schrader hat schon ein Geständnis abgelegt. Geisteskrank soll er sein. Aber das sagen sie ja immer in solchen Fällen.«

»Aber – aber das ist doch ...« Er unterbrach sich erschrocken, weil ihm gerade bewusst wurde, dass Schrader neben Frau Abendroth die zweite Person war, die seine Anstellung im Museum zu bewilligen hatte. Und nun waren beide tot. Kein Wunder, dass die Kommissare ihn so komisch angesehen hatten. Es wirkte ja beinahe wie in dieser Komödie, wo der verarmte Spross einer reichen Adelsfamilie alle Verwandten umbringt, die ihm den Weg zum Erbe verstellen. Nur dass dies hier nicht lustig war und es sich auch kein Drehbuchautor ausgedacht hatte. Außerdem hatte er den Direktor überhaupt noch nicht persönlich getroffen. Aber Patricia war von diesem Schrader attackiert worden. Ihm wurde ganz schwindelig bei dem Gedanken, was ihr hätte passieren können.

Tante Pudel beugte sich vor und schaute ihm ins Gesicht. »Und dass du kein Wort darüber verloren hast! Vorbildliche Haltung, ich bin stolz auf dich, mein Junge.«

»Ich wollte dich nur nicht unnötig aufregen, Tante Pudel.« Hasi biss verlegen in den Toast.

»Papperlapapp! Bescheidenheit ist natürlich eine Tugend, aber man muss es auch nicht übertreiben. Wie geht es dir jetzt?«

»Bestens«, versicherte er mit vollem Mund.

»Gut so. Kopf hoch und Contenance bewahren. Wir lassen uns nicht unterkriegen, nicht wahr?«

Er schüttelte den Kopf und trank einen Schluck Kaffee.

»Die Blutflecken auf deinem Hemd lassen sich vielleicht noch rauswaschen, aber das schöne Tweedjackett ist hinüber. Ich werde dir ein neues schenken zur Feier des Tages.«

»Vielen Dank, das ist aber wirklich nicht nötig.«

»Oh doch. Gerade jetzt, wo du im Rampenlicht stehst, muss alles picobello aussehen. Übrigens, das ist ja ein ganz schöner Kratzer, den du da im Gesicht hast. Ich gebe dir etwas Puder zum Kaschieren, sonst könnten die Leute ja sonst was denken.«

»Keine Sorge, Tante Pudel, ich bleibe heute zu Hause.«

Sie schüttelte energisch den Kopf. »Zu Hause bleiben geht auf gar keinen Fall!«

»Aber ich habe extra frei bekommen, um mich zu erholen.«

»Ganz egal. Wenn das Museum geöffnet ist, was sich eigentlich überhaupt nicht gehört nach so einem Skandal, dann gehst du schön hin und meldest dich zur Arbeit«, kommandierte Tante Pudel. »Zeig den Leuten, dass du fit bist! Sonst könnte ja noch einer denken, du hättest ein schlechtes Gewissen. Das hast du doch nicht, oder?«

»Was soll denn diese Frage?«

»Ach was, vergiss es«, sagte sie mit einer wegwerfenden Geste, »sind nur meine Nerven. Ich werde alt.«

»Falls es dich beruhigt, Tante Pudel: Ich war es nicht«, antwortete Hasi und sprang auf. Plötzlich konnte er es kaum erwarten, zu Patricia ins Museum zu fahren. Manchmal hatte Tante Pudel fabelhafte Ideen.

Eine Blutspur lief quer über den Gehweg

Frank Berg warf einen Blick auf die andere Straßenseite, wo die beiden Müllmänner, die den Toten gefunden hatten, vom Rettungsdienst betreut wurden. Ihre Befragung hatte nichts ergeben. Eine der Mülltonnen in der mit Graffiti besprühten Einfahrt war umgekippt und der Inhalt hatte sich über den Gehweg verstreut. Mehrere Polizeiwagen versperrten die Straße und die Spurensicherung hatte den gesamten Hofbereich mit Sicherheitsband abgezäunt. Lonely-Planet-Touristen waren zu der Marzahner Plattenbaulandschaft zum Glück noch nicht vorgedrungen. Die Basdorfer Straße, die von der seelenlosen Märkischen Allee in Marzahn abbog, war in den frühen Morgenstunden so öde wie leer.

Die Leiche lag zwischen den Mülltonnen noch genau so, wie sie gefunden worden war. Eine Blutspur lief quer über den Gehweg bis zu der Stelle, wo der Überfall stattgefunden haben musste. Der Täter hatte sein Opfer regelrecht ausbluten lassen, bevor er es in die Hofeinfahrt geschleift hatte. Frank beobachtete Torsten, der wie teilnahmslos neben der Einfahrt stand und eine Zigarette rauchte. Warum wirkte er immer so müde? Er hatte ihn um sechs aus dem Bett geklingelt und mit dem Dienstwagen vor seiner Absteige in Neukölln abgeholt. Auf der Fahrt zum Tatort hatte Torsten ihm erklärt, warum er es vorzog, in Hotelzimmern zu leben. Daraus hatte sich eine Diskussion über ihre Lebensvorstellungen entwickelt, denn Frank besaß im Gegensatz zu Torsten eine Eigentumswohnung in Tiergarten, die er sich von seinem Gehalt als Hauptkommissar eigentlich gar nicht leisten konnte. Doch als Beamter hatte man ja sein ganzes Leben zum Abbezahlen. Torsten schien das nicht zu verstehen. Kein Wunder, dass er sich so in seine Fälle verbiss, anstatt mit dem nötigen Pragmatismus an die Arbeit zu gehen. Torsten Nagel hatte offenbar kein mittelfristiges Lebensziel, während Frank genau wusste, wofür er arbeitete: für ein standesgemäßes Domizil, interessante Freizeitgestaltung und eine angemessene

Altersversorgung. Es war schon seltsam. Obwohl sie im Dienst oft zehn Stunden und mehr am Tag miteinander zu tun hatten, war heute das erste Mal, dass sie über private Dinge gesprochen hatten. Hätten sie es doch lieber nicht getan, dachte Frank.

Der Gerichtsmediziner kam mit seinem Koffer über die Straße und verschwand mit Torsten in der Hofeinfahrt. Frank folgte ihnen. Erst aus der Nähe war zu erkennen, wie übel das Opfer zugerichtet war. Unter dem hochgeschobenen roten Polohemd des Toten befand sich ein breiter, klaffender Spalt, aus dem rotbraune Gedärme quollen.

»Versuchen Sie mal, den Brustkorb mitsamt den Rippen aufzubrechen. Das ist Schwerstarbeit. Mit einem Messer kriegen Sie das kaum hin«, erklärte der Gerichtsmediziner, der sich über die Leiche gebückt hatte. »Der Täter hat dem Mann den Bauch aufgeschlitzt und sich von dort an den Organen vorbei zum Herz durchgearbeitet.«

»Könnte es sein, dass der Täter vom Fach ist? Chirurg zum Beispiel?«, fragte Frank.

Der Gerichtsmediziner schüttelte den Kopf. »So wie dieser Schnitt gesetzt ist, höchstens Metzger. Er hat auch kein Skalpell benutzt, eher ein stinknormales Fleischmesser. Ich kenne keinen Chirurgen, der Lust hätte, mit einem so groben Werkzeug zu arbeiten.«

»Warum macht sich jemand solche Mühe, der Leiche das Herz aus dem Körper zu schneiden?«, fragte Frank, ohne eine Antwort zu erwarten. Es war das dritte Opfer, dem ein Körperteil entwendet worden war. Und Schrader saß hinter Gittern und kam als Täter nicht mehr infrage.

»Ein Ritualmord. Gleiches Muster wie die anderen beiden. Die ... die Azteken haben das auch so gemacht. Das Herz wurde den Göttern geopfert, um eine gute Ernte zu sichern und so was«, sagte Torsten mehr zu sich und zündete sich eine neue Zigarette an, um den hässlichen Geruch des Blutes zu übertünchen.

»Aber dies Mal ist das Opfer ein Mann und außerdem gibt

es keine Verbindung zum Pergamonmuseum. Also, was schließen wir daraus?«

»Vielleicht gibt es ja doch einen Zusammenhang«, sagte Torsten hilflos.

»Warum? Kann doch auch ein Trittbrettfahrer sein, den die sensationsgeile Presse angespornt hat.«

»Er hat einen Fehler gemacht.« Torsten nahm einen letzten Zug und warf die Kippe in den Gully. »Er hat sich zu erkennen gegeben. Das Herz steht für die Liebe.«

»Also eindeutig eine Beziehungstat«, antwortete Frank, der immer schnell mit Schlussfolgerungen war. »Wir hören uns mal in den Schwulenkneipen um.«

»Es kann genauso gut eine Mörderin sein«, sagte Torsten.

Karl, der übergewichtige Leiter der Spurensicherung, trat hinzu und hielt mit weißen Gummihandschuhen einen blutbefleckten Damenmantel hoch.

»Leute, ich habe hier was Interessantes!« Er öffnete den Mantel und nahm eine Karte heraus. Es war ein abgelaufener Bibliotheksausweis der Stadtbibliothek Marzahn.

Frank beugte sich vor. »Helga Bruckmann«, las er vor.

Karl nickte. »Der Mantel hing da vorne über dem Fahrradständer. Schätze, sie hat ihn einfach hängen gelassen, als sie die Blutflecke gesehen hat.«

Ein Anruf in der Zentrale bestätigte, dass eine Helga Bruckmann die in Scheidung lebende Frau des Opfers war. Sie war bis jetzt weder durch Vorstrafen, Ordnungswidrigkeiten oder sonstige Vorkommnisse aufgefallen. Nach dem Auszug aus der gemeinsamen Wohnung hatte sie sich mit ihrer neuen Adresse innerhalb einer Woche in Tempelhof ordnungsgemäß angemeldet.

»Passt alles zusammen«, sagte Frank. »Von Beruf ist sie Metzgerin. Vielmehr, sie war es. Hat ihren Job wohl verloren, zurzeit arbeitet sie als Putzfrau bei einer Leiharbeitsfirma.«

Die Wohnung der Verdächtigen lag im ersten Stock eines einfachen Mietshauses am Columbiadamm. Im Flur roch es nach

Putzmitteln und Döner und von allen Seiten hörte man den Lärm von Fernsehshows und Kindergeschrei.

Helga Bruckmann, eine stämmige Endvierzigerin mit zu blond gefärbter Igelfrisur, der ein paar Kilo weniger unter der stramm anliegenden Sportkleidung gut getan hätten, wartete an der Tür, als sie die Treppe hochkamen.

»Was wollen Sie, ich habe keine Zeit«, fuhr sie die Kommissare an, nachdem sie einen Blick auf Franks Ausweis geworfen hatte.

»Dürfen wir einen Moment hereinkommen?«, fragte Torsten.

»Wenn's unbedingt sein muss. Aber machen Sie's kurz, ich kann es mir nicht leisten, zu spät bei der Arbeit zu sein.«

»Wir haben Ihren Mantel mit Ihrem alten Bibliotheksausweis gefunden«, sagte Frank. »Neben der Leiche Ihres Mannes.«

Helga nickte ungeduldig. »Der ist abgelaufen. Und das dreckige Ding können Sie gleich wieder mitnehmen. Ist doch voller Blut, sind Sie blind? Das kriegt man auch in der Reinigung nicht mehr raus. Wär's das?«

»Noch nicht ganz«, sagte Torsten mit unsicherem Blick, als ahnte er schon, was nun kommen würde.

»Haben Sie Ihren Mann getötet?«, fragte Frank.

»Von wegen *mein Mann*! Wir waren rechtmäßig geschieden.«

»Und deswegen mussten sie ihn gleich umbringen?«

»Das ist privat. Mischen Sie sich da gefälligst nicht ein!«

»Sie wollten sein Herz, nicht wahr?«, sagte Torsten tonlos.

»Wenn Sie's unbedingt wissen wollen: Ja!« Sie schaute auf ihre Uhr. »So. Die Zeit ist um, ich muss jetzt los.«

»Eine Frage noch«, sagte Torsten, »wozu brauchen Sie sein Herz?«

»Soll ich wieder mal verzichten, nur wegen ihm? Ich sage Ihnen was: Es stinkt mir, immer die Arschkarte zu ziehen. Ich habe ein Recht darauf. Er hat mir bei meiner Hochzeit sein Herz versprochen. Dafür gibt es Zeugen!«

»Und wo ist es jetzt?«, fragte Frank.

»Mein Gott noch mal! Sind Sie taub? Wer zahlt meine Miete, wenn ich gefeuert werde? Sie bestimmt nicht! Und dann bin ich wieder die Angeschissene, so ist das doch! Also gut, meinetwegen, wenn es unbedingt sein muss.«

Die Kommissare folgten ihr in die Küche, wo Helga Bruckmann ein Weckglas aus dem Kühlschrank nahm.

»Das einzige von Wert, was er hatte«, sagte sie und betrachte das blutige Herz in dem Glas in ihrer Hand. »Das war er mir schuldig nach der Scheidung.«

Frank streckte die Hand aus. »Geben Sie es mir.«

Plötzlich verzerrte sich ihr Gesicht vor Wut. »Du Arschloch!«, schrie sie das Glas an. »Mein ganzes Leben hast du mir kaputt gemacht!«

Bevor Frank reagieren konnte, schmiss sie ihm das Weckglas vor die Füße. Es zerschellte auf dem Küchenboden.

Erstarrt sah Torsten, wie das Herz mit einem klatschenden Geräusch aufprallte, wie eine fette Kröte zurückhüpfte und über die Kacheln rutschte, bis es unter einem Küchenschrank verschwand. Frank hatte bereits sein Handy am Ohr.

Wenige Minuten später führten zwei Polizisten die vor Wut tobende Putzfrau ab. Frank sah ihr zufrieden hinterher. »Die Frau ist total mit den Nerven fertig durch Scheidung und Arbeitsüberlastung, und dann liest sie in der Zeitung von diesen Mordfällen und denkt, sie kann sich durch so eine Tat erleichtern.«

»Sie hat überhaupt kein Schuldbewusstsein. Genau wie Schrader«, murmelte Torsten.

»So was gibt es. Realitätsverlust, Verdrängung, Abspaltung, wie auch immer man das nennt. Aber die Frau ist eine Trittbrettfahrerin. Hat nichts mit den anderen beiden Fällen zu tun.«

»Ich weiß nicht. Drei Morde hintereinander, jedes Mal diese Zerstückelung und dazu dieses fehlende Unrechtsbewusstsein? Das muss miteinander zusammenhängen.«

»Statistisch über das Jahr gesehen liegt das immer noch im Rahmen«, sagte Frank.

»Also alles reiner Zufall, meinst du?«

Frank drehte sich zu ihm. »Ey, wir sind doch Partner. Warum machst du es uns so schwer?«

»Tut mir leid, Frank, aber ich kann nicht gegen mein Gefühl arbeiten.«

»Mann, Torsten, komm wieder auf den Teppich. Diese postfaktische Haltung bringt uns nicht weiter.«

Torsten zuckte mit den Schultern und zündete sich eine neue Zigarette an.

»Denk doch auch mal an das Team«, sagte Frank. »Mit deinem Herumeiern versaust du uns ohne Not die Aufklärungsrate.«

»Du meinst, ich schade deiner Karriere. Du willst Kriminalrat werden. Brauchst die Kohle für deine Wohnung, oder?«

»Na und? Ich habe noch was vor in meinem Leben, ist das so schlimm? Nicht jeder will in so einem Loch wohnen wie du.«

Das Team der Spurensicherung erschien an der Wohnungstür und Frank wies ihnen den Weg. Torsten fühlte sich überflüssig und ging die Treppe hinunter. Wenigstens hatte er nicht klein beigegeben, aber die Konfrontation mit seinem Kollegen hatte ihm den kleinen Rest Energie, den er an diesem Tag noch hatte, aus den Gliedern gesaugt.

Schon da hätte er die Zeichen erkennen müssen

Im Lagerraum war es kühl. Er blieb einen Augenblick ganz ruhig auf der gewaltigen Steinplatte liegen und hielt die Augen geschlossen. Den ersten Todesfall hatte er noch für Zufall gehalten, obwohl er sich in unmittelbarer Nähe zugetragen hatte und er schon da die Zeichen hätte erkennen müssen. Inzwischen ließ sich der Zusammenhang nicht mehr leugnen. Es waren Zeichen, und sie waren für ihn bestimmt. Die Augen, der Kopf, das Herz, die Geschenke für Baphomet waren Vorboten. Es waren unvollkommene Amateurhandlungen, willkürlich vielleicht, grob und unheilig von Eigennutz motiviert – und doch schimmerte bei den kleinen Mutilationen bereits die Kraft des großen Opfers durch. Die Maschine sprach zu ihm und er verstand, was sie sagte. Ein Gefühl der Freude überkam ihn und fegte alle seine Zweifel und Schuldgefühle hinweg. Ja, es musste Opfer geben, das war ein unumstößliches Gesetz jeder Revolution, die immer auch Reibungsverluste mit sich brachte. Und starben nicht viel mehr unschuldige Menschen durch Verkehrsunfälle, Drogen, Verbrechen und ähnliche Zivilisationskrankheiten?

Er war der Auserwählte, sagte die Maschine ihm, er war der Seher, der den neuen Weg finden würde. Er war derjenige, der im Chaos einen klaren Kopf behielt. Alles lief nach Plan und die Maschine gab ihm Kraft und Gewissheit. Der Verdichtungsprozess hatte begonnen. Aber bis zur großen Transformation gab es noch viel zu tun. Es waren nur noch wenige Tage bis zum Sommersolstitium und die Vorkehrungen für das Ritual waren noch lange nicht alle zu seiner Zufriedenheit ausgeführt worden. Er öffnete die Augen und schwang sich von der Steinplatte. Dann nahm er die Flasche und füllte eine kleine Schale mit einer violett schimmernden, durchsichtigen Flüssigkeit. Mit einem Pinsel trug er sorgfältig die neun pleromatischen Chiffren auf die Steinplatte auf, genau so, wie die Anweisungen es vorschrieben. Jetzt musste die Maschine ihm nur noch den Weg zu den geeigneten Kandidaten weisen.

Hatte sie etwa Drogen genommen?

Patricia stand in Grotewoldts Büro und verlagerte ihr Gewicht unauffällig vom linken auf den rechten Fuß. Ihre hochhackigen Schuhe drückten am Ballen. Sie hatte sie gestern Nachmittag gekauft, um sich damit etwas Gutes zu tun. Jetzt war sie sogar froh über den Schmerz, denn er half ihr dabei, sich auf Grotewoldts Monologe zu konzentrieren und sich gleichzeitig gegen die Panikattacken zu stemmen, die sie seit dem Fund der Leiche in den Katakomben immer wieder überfielen.

»Haben Sie schon einmal von der Schwarzen Sonne gehört? Baphomet, dessen Name ›Tor zum Licht‹ bedeutet, soll den Zugang zu einer spirituellen, unsichtbaren Sonne ermöglichen. Es gab immer wieder Versuche, mit Hilfe von Baphomet zu höheren Einsichten zu gelangen. Denken Sie zum Beispiel an die Tempelritter. Sogar die Nationalsozialisten haben sich ausgiebig damit beschäftigt.«

»Dr. Grotewoldt, meinen Sie wirklich, dass wir uns hier auf die Nazis beziehen sollten?«, fragte Patricia.

Grotewoldt fuhr erschrocken hoch. »Natürlich nicht! Das darf uns ja gar nicht interessieren! Um Gottes willen, das fehlte gerade noch, dass wir uns dem Vorwurf aussetzen könnten, nazistisches Gedankengut zu propagieren.«

Er nickte ihr zu und verzog den Mund zu etwas, das einem Lächeln gleichen sollte. Patricia zuckte unwillkürlich einen kleinen Schritt zurück. Sein Gesichtsausdruck erinnerte sie plötzlich an Schrader.

»Und trotzdem«, fuhr Grotewoldt fort, »der Baphomet-Fund gehört ins Zentrum der Ausstellung. Da muss ich dem armen Kollegen Schrader schon recht geben. Von der ursprünglichen Doppelgeschlechtlichkeit dieser Figur ausgehend, werden wir zeigen, wie sich im Verlauf der Zeiten die unterschiedlichen Götter herausgebildet haben. Oder vielmehr Göttinnen. Es war ja zunächst immer ein göttliches Liebespaar, wobei wir der weiblichen Gottheit natürlich die Vormachtstellung einräumen. Der Übergang zum Patriarchat erfolgte erst viel später, wie Sie wissen. Ich werde das Konzept dementsprechend überarbeiten. Ja, genau!«

Patricia bemühte sich, die Fassung zu bewahren. Es konnte Zufall sein, aber er hatte fast die gleichen Worte wie Schrader benutzt. Und wenn er jetzt auch noch von sexueller Vereinigung und göttlicher Ekstase redete, dann würde sie schreiend davonlaufen. Grotewoldt erhob sich und ging vor seinem Schreibtisch auf und ab wie ein Tier im Käfig. Aber nicht wie ein Löwe, dachte Patricia, eher wie eine Wüstenmaus mit hohen, spinnendünnen Beinen und nervösen Zuckungen. Und dazu hatte er die irritierende Angewohnheit, nach jedem Satz zu nicken, als müsste er sich selbst bestätigen. Sie ertappte sich dabei, schon wieder unwillkürlich mitgenickt zu haben.

»Wir werden eine Weltsensation präsentieren, um den guten Ruf unseres Hauses wiederherzustellen.«

Grotewoldts sonst leise und kultivierte Stimme passte so gar nicht zu den prahlerischen Worten, die er jetzt im Sprechen zu entwickeln schien, als erprobe er ein neu entdecktes Talent.

»Und deshalb darf die Eröffnung auf keinen Fall verschoben werden. Auf gar keinen Fall! Wir müssen uns die Aufmerksamkeit zunutze machen. Eine einmalige Chance. Stellen Sie sich nur den Publikumsandrang vor! Gut, vielleicht kommen nicht alle aus archäologischer Neugier, aber wir werden Rekordeinnahmen haben.«

Wie konnte er nur daran denken, aus diesen schrecklichen Mordfällen Kapital zu schlagen? Patricia zuckte zusammen, als Grotewoldt dicht vor ihr stehen blieb.

»Es ist unsere Pflicht, dieses Baphomet-Artefakt auszustellen, meinen Sie nicht auch? Nur so wird sich die offene Frage der Eigentumsverhältnisse klären lassen.«

Fast tat Patricia der Mann leid, wie er um Absolution bettelte, ausgerechnet bei ihr, die nun wirklich nichts zu sagen hatte.

»Wir haben kostbare Zeit verloren, aber wie mir mitgeteilt wurde, hat die Polizei ihre Untersuchungen beendet und den

Lagerraum wieder freigegeben. Die Exponate müssen sofort in den Ausstellungsräumen positioniert werden, solange das Haus für den Publikumsverkehr geschlossen ist.«

»Meinen Sie etwa, ich soll da unten ...?«

Mit Mühe konnte Patricia ihr Zittern unterdrücken.

»Trauen Sie sich das nicht zu?«, fragte Grotewoldt und blieb vor ihr stehen.

»Doch, doch.« Patricia sah einen Schweißtropfen über seine Stirn rinnen. Sie wich noch einen Schritt zurück.

»Sehr gut! Sie kümmern sich um die Platzierung der Baphomet-Figur. Und wenn sich doch noch die dazugehörigen Papiere auffinden, geben Sie sofort Bescheid.«

Patricia verließ sein Büro, bevor er näher an sie herantreten konnte. Sie hatte keine Ahnung, was sie jetzt machen sollte. Noch einmal einen Fuß in die Katakomben zu setzen, konnte sie sich einfach nicht vorstellen. Schon das Echo ihrer Schritte in den menschenleeren Korridoren machte ihr Angst.

Als sie die Tür zu ihrem Büro öffnete, wartete Hasi dort auf sie.

»Guten Morgen«, strahlte er und erhob sich von ihrem Schreibtischsessel. »Ich habe dich hoffentlich nicht erschreckt, aber die Tür war offen und da dachte ich –«

»Du brauchst heute wirklich nicht hier zu sein. Nach dem Schock.«

»Ach was! Das Leben geht weiter.«

Patricia schaute ihn erstaunt an. Sie merkte, wie sehr sie sich freute, dass er trotz allem hergekommen war. Er machte tatsächlich nicht den Eindruck, als ob ihn die grausige Entdeckung vom Vortag sonderlich mitgenommen hätte. In seinem dunkelblauen Anzug mit blassblauem Hemd und eleganter Seidenkrawatte wirkte Hasi wie ein Bote aus einer anderen Welt, die noch heil und unverdorben war.

»Außerdem wollte ich mich entschuldigen. Ich hätte niemals alleine da runtergehen sollen. Ich hatte nur gedacht, du würdest dich freuen, wenn ich den Lieferschein finden würde, bevor du –« Er ließ den Kopf sinken. »Ich weiß auch nicht, was in mich gefahren war. Diese Verrücktheit ist gar nicht meine Art. Kannst du mir noch einmal verzeihen?«

»Na gut«, sagte sie und schenkte ihm ein schmales Lächeln. »Immerhin hast du mich davor bewahrt, diese schreckliche Entdeckung zu machen.«

»Das ist das Mindeste, was ich tun konnte. Schließlich bin ich ja dein Bodyguard.«

»Hätte ich fast vergessen. Wärst du denn bereit, noch mal in die Lagerräume zu gehen? Mit mir?«

Hasi bekam einen Hustenanfall.

»Kein Problem«, krächzte er, »mit dir jederzeit, wohin du willst.«

»Tut mir leid«, entschuldigte Patricia sich, »das war dumm von mir. Bitte vergiss es.«

»Nein, nein, ich schaffe das schon. Keine Sorge. Worum geht es denn überhaupt?«

»Ich soll diesen Baphomet aus dem Lagerraum in die Ausstellungsetage bringen.«

»Hm. Weißt du, wenn wir zu zweit hinuntergehen, wird schon nichts passieren.«

Patricia nickte zögernd. Er war einfach süß, so wunderbar altmodisch! Sie registrierte, wie er ihr für einen kurzen Moment seinen Arm um die Schulter legte. Die Geste gefiel ihr. Sie gab ihr ein Gefühl der Geborgenheit, und das tat gut.

»Also, bist du bereit, mich in die Unterwelt zu begleiten?«, fragte sie.

»Mit Vergnügen«, antwortete er mit fester Stimme und öffnete ihr die Tür.

Als sie aus dem Aufzug kamen und die Stahltreppe zum vergitterten Lagerarsenal hinunterstiegen, waren die Katakomben menschenleer.

»Komisch, warum ist denn hier niemand?«, sagte Patricia bedrückt, während sie die Gittertür aufschloss.

Hasi schaute auf seine Uhr. »Mittagspause?«

Er ging an ihr vorbei, sie kam zögernd hinterher. »Vielleicht sollten wir lieber nach dem Mittag wiederkommen?«

Doch er stand bereits vor der Tür zum Lagerraum Nummer drei. »Hier ist alles in bester Ordnung. Komm ruhig!«

Sie gab sich einen Ruck und steckte den Schlüssel ins Schloss.

Der Lagerraum war halb leer, die meisten Artefakte waren bereits hochtransportiert worden, und alles sah völlig harmlos aus. Der Boden war frisch gesäubert, und Hasi bemerkte, dass von der großen Blutlache nur ein winziger rotbrauner Spritzer übrig geblieben war, auf den er Patricia natürlich nicht hinwies. Am Ende des Raumes entdeckten sie die Baphomet-Figur. Sie stand noch immer auf dem Tisch neben dem Regal in der Ecke, wo Patricia den Übergriff des Museumsdirektors abgewehrt hatte. Hasi war bereits an das Artefakt herangetreten. Sie stellte sich zu ihm.

»Ist er nicht herrlich?« Patricia griff nach seiner Hand. Es kam ihr plötzlich vor, als ob sie von einem Windstoß erfasst wurde. Ein heißer Wüstenwind, der sie erhitzte und zugleich frösteln ließ, der wild durch sie hindurchfegte wie ein fremder Wille, der sich ihrer bemächtigte. Die Wände des Raumes begannen in einem rötlichen Licht zu schimmern, als würde die Sonne hier in der Tiefe der Katakomben aufgehen. Sie konnte mitten hinein in das Licht sehen und wollte Hasi darauf aufmerksam machen, doch sie brachte keinen Ton heraus. Eine seltsam vibrierende Paralyse hatte sie erfasst. Schauer rannen ihr über den Rücken, ein Glühen fuhr durch ihren Körper. Ein letzter Funken Vernunft blitzte auf – hatte sie etwa Drogen genommen, hatte ihr jemand vielleicht etwas in den Kaffee getan? Sie versuchte nicht, sich gegen das Bedürfnis zu stemmen, Hasi zu umarmen, ihm die Kleidung vom Leib zu reißen, ihn nackt an sich zu ziehen und mit ihm eins zu werden, damit es nichts anderes mehr gab außer ihnen beiden und dem herrlichen Licht. Sein Körper fühlte sich fest und stark an und es nahm ihr den Atem, als er sie an sich drückte und ihre Münder sich aufeinanderpressten.

Sie brauchte keine Luft, er atmete für sie, und sie fühlte, wie seine Energie durch sie hindurchströmte, als sie gemeinsam zu Boden sanken und zu einem ekstatischen Ganzen verschmolzen. Sie hörten weder die Schritte, noch bemerkten sie, wie sich die Tür zum Lagerraum einen Spalt öffnete und den Blick freigab auf ihre ineinander verschlungenen nackten Körper, die sich auf dem Boden wanden wie eine doppelköpfige Götterfigur.

Die Tür knallte so heftig zu, dass ein paar Leinwände an der Wand vor Schreck erzitterten

Torsten Nagel saß auf einem klapprigen Stuhl im farbverkleckstem Atelier des verstorbenen Künstlerfürsten Klimm in Schöneberg und nippte an dem Jasmintee, den Lydia ohne zu fragen gleich aufgesetzt hatte, als sie ihn an der Tür empfangen hatte. Er versuchte, die riesigen abstrakten Spachteleien in grellen Farben zu ignorieren, die um ihn herum gestapelt waren und überall an den Wänden hingen. Sie machten ihn nervös. Stattdessen konzentrierte er sich auf seine ehemalige Chefin, die sich angeboten hatte, mit ihm die neuesten Entwicklungen in der Mordserie durchzusprechen, nachdem er sich bei ihr beklagt hatte, wie einfach es sich sein Partner machen wollte.

Torsten hatte das seltsame Geständnis von Helga Bruckmann mitgebracht.

Lydia las aus dem Vernehmungsprotokoll vor. »Habt ihr was auf den Ohren, ihr Vollidioten? Ich habe euch doch alles schon zehnmal erklärt. Ich hab dem Arschloch das Herz rausgerissen, weil es mir gehört. Und jetzt habe ich keine Zeit mehr. Ihr steht mir alle bis hier.«

»Du musst dir noch ihr Geschrei dabei vorstellen, und dazu ist sie fast handgreiflich geworden«, ergänzte Torsten.

Sie sah kopfschüttelnd hoch. »Könnte es sein, dass die Frau nur simuliert?«

»Warum sollte so eine einfache Frau sich diese verrückte Geschichte ausdenken? Der Ex-Mann hatte ihr am Hochzeitstag sein Herz versprochen. Er hatte nicht geliefert und deshalb hat sie es sich jetzt genommen, weil das ihr gutes Recht war. Auf so was muss man doch erst mal kommen! Ich habe schon überlegt, ob sie vielleicht hypnotisiert wurde.«

»Unter Hypnose würde sie nichts tun, was nicht ihrer Veranlagung entspricht«, sagte Lydia und trank einen Schluck Tee.

»Aber steckt nicht in jedem von uns ein Mörder? Es kommt nur auf die Umstände an. Und diese Frau hat jahrelang Ärger und Wut über ihr Leben in sich aufgestaut. Irgendwann musste das doch herausplatzen.«

»Aber für jeden Hypnotisierten muss es auch einen Hypnotiseur geben. Und da wären wir schon wieder bei der Frage nach einem Motiv. Wer hat etwas davon, wenn andere, und dazu noch anscheinend völlig willkürlich ausgewählt, zu Mördern werden?« Lydia blätterte in dem Vernehmungsprotokoll. »Was ich hier lese, kommt mir eher wie Wahnvorstellungen vor. Die Frau scheint schwer psychisch gestört zu sein. Ihre Überzeugung, das Richtige getan zu haben, die Abspaltung von der Tat, ihr Mangel an Schuldbewusstsein, die fehlende Empathie für das Opfer, das sind eher Symptome der paranoiden Schizophrenie, würde ich sagen.«

Torsten zündete sich eine Zigarette an und kippelte nervös mit seinem Stuhl. »Okay, von mir aus. Das hat sie mit dem letzten Täter – mit Schrader – gemeinsam. Aber was mir nicht in den Kopf will, sind zwei Täter mit den gleichen schizophrenen Wahnvorstellungen innerhalb einer Woche. Und es gibt möglicherweise noch einen dritten Täter, der nach dem gleichen Muster vorgeht, wenn Schrader die Abendroth tatsächlich nicht getötet hat. Ein bisschen sehr viel Zufall, wenn du mich fragst.«

»Ungewöhnlich ist das schon«, gab Lydia zu, »aber Schizophrenie kommt häufiger vor, als du denkst.« Sie stellte ihm einen Aschenbecher hin. »Bitte.«

»Beide Täter waren bislang völlig unauffällig«, sagte Torsten.

»Soweit ich weiß, kann die Krankheit jahrelang vor sich hin schlummern, ohne dass der Betroffene oder seine Umwelt irgendetwas ahnt. Ein Ausbruch kann sicherlich durch einen Konflikt ausgelöst werden. Das mag ein Unfall sein, eine Familientragödie, aber auch einfach ein aufwühlender Kinofilm oder der Streit um eine Parklücke. Vielleicht hat die Bruckmann aber auch nur einen Zeitungsartikel über die beiden vorherigen Morde gelesen.«

»Dann wäre diese Frau für dich eine Art schizophrene

Trittbrettfahrerin? Das glaubt Frank auch«, sagte Torsten mit wenig Überzeugung. »Ich weiß nicht.«

Lydia nickte geduldig. »Also gut, noch mal von vorn: Wir haben hier eine Helga Bruckmann, Alter fünfundvierzig Jahre, keine Vorstrafen oder sonstige Auffälligkeiten, arbeitet halbtags als Putzfrau in Schöneberg und kommt eines Abends auf die Idee, ihrem geschiedenen Mann das Herz aus dem Brustkorb zu schneiden und in einem Weckglas in ihre Küche zu stellen. Wenn das nicht verrückt ist, dann weiß ich nicht ...«

Torsten schüttelte den Kopf. »Tut mir leid, aber du übersiehst, dass wir hier genau die gleiche Handschrift wie bei den beiden anderen Mordfällen haben. Ein Menschenopfer. Das Motiv, einen Körperteil des Opfers besitzen zu wollen. Alles wie bei einem Serienmord. Und irgendwie habe ich das Gefühl, dass dieses Museum damit zu tun hat.«

Lydia goss etwas Tee nach. »Trink ihn, solange er heiß ist, Torsten«, sagte sie streng und stellte die Kanne zurück auf das Stövchen. »Für eine Mordserie bräuchten wir einen Serienmörder. Und davon kann bei zwei geständigen Tätern schon mal nicht die Rede sein.«

»Wenn es aber doch eine Art Serie ist, dann wird es weitere Opfer geben, da nützen uns keine Geständnisse!«

Lydia blätterte wieder im Protokoll. »Eine Verbindung zum Pergamonmuseum sehe ich auch nicht. Weder bei Helga Bruckmann noch bei dem Opfer Peter Bruckmann.«

»Da ist aber ... irgendetwas, das spüre ich einfach. Hier, das hat mir jemand gegeben.«

Er drückte seine Zigarette aus, zog die Einladungskarte von Prätorius mit dem Bild des Baphomet aus seiner Jacke und erklärte Lydia, was es mit der sumerischen Figur auf sich hatte und dass sich das Original im Pergamonmuseum befand.

»Ja und?« Lydia betrachtete ratlos die Karte.

Torsten zündete sich eine zweite Fluppe an. »Das erste Mordopfer hatte eine Verbindung zu diesem Prätorius. Ich glaube, der Typ hat da seine Finger im Spiel. Ich weiß nicht wie, aber seine selbst gemachte Kirche mit diesem Baphomet-

Dämon aus dem Museum muss was mit den Morden zu tun haben. Wahrscheinlich sind das Satanisten oder so was. Und wenn wir das nicht bald herausfinden, dann passiert garantiert noch ein Mord nach dem gleichen Muster.«

»Sag mal, Torsten, hast du etwa wieder mit dem Kiffen angefangen?« Als Lydia sein entgeistertes Gesicht sah, fügte sie schnell hinzu: »Oder nimmst du vielleicht Medikamente ... die deine Fantasie beflügeln?«

»Denkst du auch, ich habe sie nicht mehr alle?«

»Nein, ich nehme dich absolut ernst. Aber es geht dir nicht gut. Das sehe ich doch die ganze Zeit schon. Du stehst ganz schön unter Druck in deinem Team. Und du rauchst zu viel. Vielleicht hast du ja einen kleinen Burnout oder so was? Kannst du mir ruhig sagen, Torsten, das bleibt unter uns.«

»Ich bin okay. Nur etwas gestresst, das ist alles.«

Lydia schaute ihn so prüfend an, dass er sich genötigt fühlte, ihr von seinem Meditationstank zu erzählen. »Mache ich zweimal die Woche. Ich gehe da in mich und kann mich wieder sammeln.«

»Wer in sich geht, muss nicht unbedingt zu sich kommen«, antwortete sie trocken. »Klingt für mich eher wie eine Flucht.«

Torsten starrte sie voller Vorwurf an. »Du hast mir früher immer gesagt, ich soll auf meine Intuition vertrauen, falls du dich erinnerst. Und jetzt behandelst du mich wie einen Trottel, genau wie Frank und die anderen!«

»Bitte, Torsten, trink erst mal einen Schluck Tee, dann ...«

Aber Torsten war schon aufgesprungen. »Dein Scheißtee ist auch nicht die Lösung für alles. Wenn du mir in den Rücken fallen willst, kann ich genauso gut wieder ins Büro gehen.« Er drückte die Zigarette mit dem Absatz auf dem Boden aus und stürmte aus dem Atelier.

Lydia unterdrückte den Impuls, ihm nachzulaufen. Sie war schließlich nicht seine Mutter. »Hier, du hast deine Einladung vergessen!«, rief sie noch, aber die Tür knallte bereits so heftig hinter ihm zu, dass ein paar große Leinwände an der Wand vor Schreck erzitterten.

Nach seiner überstürzten Flucht war er kopflos durch die Straßen geirrt

Als die blecherne Ansage durch die S-Bahnstation am Hackeschen Markt tönte und sich die Türen der Bahn zuschoben, blieb Torsten noch einen Moment stehen und schaute dem abfahrenden Zug hinterher. Ein erfrischender Wind umwehte ihn auf dem Bahnsteig und er fühlte sich wie befreit von dem inneren Druck, der vor ein paar Stunden noch seine Brust beschwert hatte. Lydia meinte es gut mit ihm, sie war nur besorgt, aber trotzdem hatte er es nicht länger bei ihr ausgehalten. Nach seiner überstürzten Flucht war er kopflos durch die Straßen geirrt und hatte sich irgendwann völlig erschöpft auf einer Bank im Tiergarten niedergelassen. Er war eingenickt und erst wieder wach geworden, als ein kleiner struppiger Hund mit rotem Halsband und abgerissener Hundeleine an ihm geschnuppert hatte. Seitdem fühlte er sich voller Tatendrang. Als Erstes hatte er sich an Herthas Imbissbüdchen mit dem herrenlosen, hungrigen Hündchen eine Bratwurst geteilt. Und dabei war ihm die Idee gekommen, sich das Pergamonmuseum noch einmal anzusehen.

Er überquerte den von Touristen wimmelnden Hackeschen Markt und ging durch den Monbijoupark zum Spreeufer. Dort war es ruhig und er genoss die Abendluft, die vom Wasser herüberwehte und ein wenig nach Algen und modrigem Kellergeruch schmeckte. Jemand hatte ein Pappschild mit dem Foto eines entlaufenen Yorkshire Terriers namens Lupi an das Geländer der Monbijoubrücke gehängt, und er überlegte im Vorbeigehen, ob es nicht genau das struppige Hündchen war, das ihn im Tiergarten aus dem Schlaf geweckt hatte.

Das Museum war längst geschlossen und Wolf Jasik, der bullige Chef vom Sicherheitsdienst, baute sich vor ihm auf, als er an der Pforte des Verwaltungstraktes klingelte. »'n Abend, Commissario, was kann ich für Sie tun?«

»Sie können mich ein wenig herumführen.«

»Geht das auch konkreter? Suchen Sie was Bestimmtes?«

»Sagen Sie es mir. Ist Ihnen in letzter Zeit irgendetwas anders vorgekommen als sonst?«

»Eigentlich nicht. Na ja, ein paar Leute sagen, dass es hier neuerdings spukt.«

»Spuk. Glauben Sie an so was?«

»Quatsch, ich doch nicht.« Jasik grinste. »Aber einige der Kollegen hier verhalten sich ziemlich merkwürdig, wenn Sie mich fragen.«

»Wer zum Beispiel?«

»Na ja, wissen Sie doch. Unser Museumsdirektor. Aber auch der Laborleiter aus dem Keller. Verstehe nicht, wie er sich so verletzen konnte. Sehnen der linken Hand durchtrennt, schöne Scheiße.«

»Ein Unfall, der normalerweise nicht passieren würde. Meinen Sie das?«

»So ungefähr.«

»Ich könnte Ihre Hilfe gebrauchen. Sie haben einen guten Blick, wie mir scheint.«

»Ich war ja auch mal bei der Polizei«, sagte Jasik bräsig. »Wo fangen wir an?«

»Zeigen Sie mir doch als Erstes die Artefakte für die neue Ausstellung. Ich habe gehört, darunter soll eine Baphomet-Figur sein.«

»Nee, Kollege, da müssen Sie schon bis morgen warten. Der ganze Krempel für die Ausstellung ist noch unten in den Katakomben, und da kann ohne Erlaubnis der Direktion keiner rein.«

Torsten zögerte. Wonach wollte er eigentlich suchen? Was wollte er finden? Sollte er jetzt einfach aufgeben? Er sah, dass Jasik ihn ungeduldig anschaute.

»Es gibt hier doch einen Putzdienst, oder?« Es war ein spontaner Impuls, aber irgendwas zu tun war besser als gar nichts.

»Ihren Täter werden Sie da aber nicht finden«, sagte Jasik, »die Damen wurden alle vom Sicherheitsdienst überprüft.«

»Aber der Putzdienst weiß manchmal mehr als andere.«

Jasik nickte. »Das kann natürlich sein. Kommen Sie mit, die Schicht fängt gleich an.«

Torsten folgte ihm durch den Eingangsbereich ins Untergeschoss, wo Jasik am Ende eines mit fahlem Neonlicht beleuchteten Gangs die Tür zu einem fensterlosen Raum öffnete. Einige Frauen in hellblauen Kitteln saßen um einen ramponierten Tisch und unterhielten sich lachend. An die Wände gelehnt waren ihre Arbeitswerkzeuge, langstielige Mopps und Bohnerblocker. Es roch nach Desinfektionsmitteln, altem Staub und frischem Kaffee.

»Die Putzkolonne bei ihrer Lieblingsbeschäftigung«, sagte Jasik zu Torsten. »Schönen Abend, die Damen!«

Die Frauen unterbrachen ihre Gespräche und schauten Jasik feindselig an. Der Sicherheitsmann schien hier nicht besonders beliebt zu sein.

»Wer von Ihnen hat in der vorletzten Nacht hier gearbeitet?« fragte er.

Alle nickten.

»Wir können das auch überprüfen«, sagte Jasik streng.

»Wieso das denn?«, fragte eine große, dicke Frau. »Wir haben gut geputzt, wie immer.«

Torsten wandte sich an Jasik. »Ich würde mir gerne den Putzplan ansehen.«

Er beobachtete die Frauen, während eine ältere Kollegin auf Filzpantoffeln heranschlurfte und Jasik den Plan überreichte. Als der Sicherheitschef nachfragte, ob es ab und zu Unregelmäßigkeiten bei der Schicht gäbe, schaute Torsten in die Runde. Er bemerkte, dass die dicke Kollegin, die sich als Erste zu Wort gemeldet hatte, von den anderen nervöse Blicke erntete.

»Wo war denn Ihr Tätigkeitsbereich vorgestern Nacht?«, wandte er sich an die Frau.

»Ich habe, ich meine … im zweiten Stock«, stotterte sie und wurde von einer der anderen energisch unterbrochen. »Im zweiten Stock, das war doch ich, Annegret. Du warst unten, im Lager.«

»Ach ja, klar.« Die Frau nickte. »Ich habe den Keller gemacht.«

»Aber eben konnten Sie sich nicht mehr erinnern«, sagte Torsten.

Die Frau rutschte unruhig auf ihrem Stuhl hin und her.

»Wenn Ihnen noch etwas zu vorgestern einfällt, dann sagen Sie es mir lieber jetzt, sonst bringen Sie sich unter Umständen in Schwierigkeiten.«

»Nein. Mir fällt nichts ein!«

»Wirklich nicht?«

Die Frau schlug die Hände vor ihr Gesicht. »Ich habe nichts getan, ehrlich nicht!«

»Noch einmal: Wo waren Sie vorgestern Nacht?« Torsten bemühte sich, möglichst streng zu klingen.

»Zu Hause. Mein Enkel hatte hohes Fieber und meine Tochter konnte sich nicht um ihn kümmern. Es war ein absoluter Notfall!«

»Ach du Scheiße«, entfuhr es Jasik, »wieso hat die Security das nicht gecheckt?«

»Könnte es sein, dass Sie eine Freundin gebeten haben, Sie heimlich zu vertreten?«, fragte Torsten.

»Ich wollte doch nur meinen Job nicht verlieren und keinen Ärger machen.«

»War es Helga Bruckmann?«

Die Frau schaute erstaunt auf. »Woher wissen Sie das?«

»Helga Bruckmann hat also an Ihrer Stelle vorgestern in den Katakomben geputzt. Dort, wo die Ausstellungsstücke gelagert werden. Können Sie das alle bestätigen?«, fragte Torsten und blickte in die Runde.

Die Frauen nickten.

»Und wie lange ging die Schicht?«

»Bis zehne«, sagte eine.

Jasik nickte. »Um zweiundzwanzig Uhr waren alle draußen, das ist amtlich.«

»Danke«, sagte Torsten. »Sie haben mir sehr geholfen.«

Für diesen Taschenspielertrick brauchte man keine Magie, sondern nur die richtige Technik

Lydia ging so flott, wie es eine Mittsechzigerin konnte, ohne ganz aus der Puste zu kommen. Es war eine laue Sommernacht und ihre Uhr zeigte sechs Minuten vor zwölf. Um Mitternacht sollte dieses komische Aufnahmeritual beginnen. Torstens opulente Einladungskarte hatte ihr Interesse geweckt und nun wollte sie sich ein Bild von diesem selbst ernannten Magier machen. Sie hatte noch nie mit der Esoterikszene zu tun gehabt und weniger Erwartungen an den Erkenntnis- als an den Unterhaltungswert des Events. Die Motzstraße war menschenleer und das spärliche Licht einiger Straßenlaternen wurde von den schwarzen Schatten der Akazien- und Ahornbäume verschluckt. Im Schaufenster der Ritualienhandlung Aquarius prangte im flackernden Schein von sechs hohen Kerzen das Bild einer schwarzen Sonne auf goldenem Hintergrund. Darunter präsentierte sich eine Replik der Baphomet-Figur, wie sie auf der Einladungskarte abgebildet war.

Im Eingang des Geschäfts stand eine rothaarige junge Frau in trägerlosem nachtblauem Abendkleid und schaute vorwurfsvoll, als Lydia ihre Einladungskarte zeigte.

»Du bist die Letzte. Das Ritual beginnt in wenigen Minuten.«

Lydia folgte der Rothaarigen einen langen dunkelblauen Teppich mit zwei goldenen Linien entlang. Auf schmalen goldenen Säulen standen in gleichmäßigen Abständen Kerzen, die den Weg ausleuchteten. Im Dämmerlicht waren Vitrinen und schemenhafte Umrisse von Figuren, Masken und seltsamen Objekten auszumachen. Alles sehr geheimnisvoll und mit gutem Gefühl für die Wirkung inszeniert. Der Teppich endete an einer Tür, hinter der sich ein unerwartet großes Hinterzimmer auftat. Als Künstler-Witwe konnten exzentrische Präsentationen Lydia nicht mehr in Erstaunen versetzen, aber die Installation hier war gar nicht schlecht gemacht. Vor den azurblauen Wänden stand ein Spalier von schlichten weißen Säulen, die ihr das Gefühl gaben, in einen Tempel einzutreten. Am Rand war die Decke vergoldet, aber der größte Teil wurde von einer kreisrunden schwarzen Samtfläche bedeckt, die jedes Licht zu verschlucken schien. Auch der Boden war mit schwarzem Samt bedeckt, über den der dunkelblaue Teppich mit den goldenen Linien wie die Brücke über eine unendliche Tiefe führte. Lydia drückte ihren Absatz tief in den dicken Flor. Bei der satten Auskleidung konnte man hier bestimmt gut einen Höllenkrach machen, ohne die Nachbarn zu stören. Ein Duft von Weihrauch und eine gespannte Stille lagen in der Luft.

Lydia setzte sich auf einen freien Platz in der letzten Reihe und beobachtete die vielen Besucher, die gebannt auf die Bühne starrten, als würde dort gleich eine nackte Jungfrau aus der Torte springen. Hinter einem zentral platzierten Altar hing eine Abbildung von Baphomet und der Schwarzen Sonne. Ein mittelgroßer, korpulenter Mann schritt nun mit ernstem Gesicht vor den Altar. Er trug ein schwarze, bodenlanges Gewand, auf dessen Vorder- und Rückseite je ein goldenes Pentagramm gestickt war. Der Typ war eigentlich nicht wirklich dick, sein Gesicht wirkte nur sehr prall, so als engte ihn seine eigene Haut ein. Ein wenig erinnerte er Lydia an John Travolta. Sie fühlte ein ganz und gar undamenhaftes Glucksen tief innen in sich aufsteigen und hielt die Luft an.

»Willkommen in der Kirche der Schwarzen Sonne«, begrüßte Prätorius die Anwesenden mit tiefer, wohlklingender Stimme, während er die Versammlung mit einem konzentrierten Blick überflog. Er sprach langsam, was seinen Worten eine zusätzliche Gravitas gab. »Damit Sie an unserem Ritual teilhaben können, möchte ich Sie zunächst um Ihre Opfergabe bitten. Eine Goldmünze, klein oder groß, aber sie muss aus purem Gold sein. Denn Gold bedeutet Licht und die Kirche der Schwarzen Sonne wird der Menschheit den Weg zum Licht weisen. Ein kleines Opfer in Erwartung des Großen, das Sie erlangen werden.«

Für einen Moment musterte Prätorius Lydia und seine Augen verengten sich. Sie hatte den Eindruck, dass er sie und ihre

Skepsis durchschaut hatte. Dann machte er ein Zeichen, auf das hin seine rothaarige Assistentin eine Schüssel aus Kupfer hereintrug. Es gab ein helles Pling, wenn das Gold hineingeworfen wurde. Jeder im Raum schien ein Goldstück dabei zu haben, so wie man einen Einkaufschip für alle Fälle in der Geldbörse herumträgt. Lydia kramte in ihrer Tasche. Das Einzige, was sie fand, war eine indische Fünfrupienmünze, die sie von ihrem Dahlmann-Abenteuer mitgebracht hatte. Wer nicht allzu genau hinsah, konnte sie gut für Gold halten. Als das letzte Goldstück klimpernd in der Schüssel gelandet war, breitete der Magier seine Arme aus.

»Weiße Sonne, über der Welterde strahlend, du gibst des Tages Licht. Schwarze Sonne, uns im Verborgenen leuchtend, du schenkst die Kraft der Erkenntnis.«

Lydia beobachtete die betont langsamen Bewegungen des Magiers. Der Mann hatte die Körpersprache eines asexuellen Wesens und wirkte, die Füße unter der Robe versteckt, auf sie wie ein aufrecht stehender Seehund. Sie hätte Lust gehabt, ihm einen Fisch zuzuwerfen, nur um zu sehen, ob er ihn aufschnappen konnte. Über dem Altar schwebte plötzlich wie von Zauberhand ein goldenes Tablett, auf dem, eingerahmt von zwei schwarzen Kerzen, eine kleine, fast grazil wirkende Baphomet-Figur stand.

»Begrüßen Sie mit mir den Gott unserer Kirche: Baphomet.«

Prätorius machte eine Pause, währenddessen sich das Tablett auf den Altar hinuntersenkte. Lydia begann zu klatschen. Der Mann war gar nicht schlecht. Bestimmt konnte er auch Blumensträuße aus der hohlen Hand zaubern oder eine Jungfrau zersägen. Zögerlich folgten ein paar andere, bis von allen Seiten Applaus losbrach. Prätorius warf Lydia einen bösen Blick zu.

»Ich bitte darum, von weiteren Beifallsbekundungen abzusehen. Dies ist eine Kirche, und ich verlange, dass wir uns mit Würde und Respekt dem Mysterium des heiligen Ortes nähern.«

Es wurde wieder ganz still im Raum.

»Der Name Baphomet bedeutet übersetzt so viel wie ›Quell der Erkenntnis‹. Baphomet ist der Urgott aller Götter, der doppelgeschlechtliche Gott, der die männlichen und weiblichen Kräfte wieder zur ursprünglichen Allschöpferkraft zusammenführt. Baphomet verkörpert das Mysterium der universellen Schöpfung, er ist das magische Bild des Absoluten und damit das Bindeglied zwischen dem stofflichen und dem spirituellen Universum.«

Prätorius' sonore Stimme war in einen leiernden Singsang verfallen, er klang wie eine Vinylplatte, die zu lange in der Sonne gelegen hatte. An den Gesichtern der Zuschauer merkte Lydia, dass kaum einer verstand, was es genau mit diesem Bindeglied auf sich hatte und wer nun von wem und warum verkörpert wurde. Wenn der Magier sein Publikum nicht verlieren wollte, war es höchste Eisenbahn für etwas Neues aus der Trickkiste.

Wie auf Kommando hob Prätorius seine Stimme. »Anders als die Götter, die wir aus den traditionellen Weltreligionen kennen, ist Baphomet kein Produkt des Glaubens, sondern eine magische Maschine, die bei richtiger Handhabung ähnlich wie ein Funkgerät funktioniert. Die Kirche der Schwarzen Sonne wird Baphomet nutzen, um in Kommunikation mit höheren Welten zu treten.«

Ein unruhiges Stimmengemurmel entstand unter den Zuhörern. Lydia hörte vereinzeltes Kichern heraus.

Prätorius hob die Arme. »Erlauben Sie mir bitte, Ihnen in wenigen Worten das mystisch-magische System zu erklären, das meiner zugegebenermaßen provokativen Behauptung zugrunde liegt.«

Lydia sah Schweißtropfen auf seiner Stirn. Sie war gespannt, ob er es noch mal schaffte, die Kurve zu kriegen.

»Wir wissen aus täglicher Erfahrung, dass die Materie den Geist beeinflusst. Weniger bekannt ist die Tatsache, dass umgekehrt auch der Geist auf die Materie wirkt. Damit operiert das magische System, indem es geistige Formen erarbeitet, die parallele Veränderungen in der physischen Welt nach sich ziehen.

Lydia hob ihre Hand. »Funktioniert das wie ein Zaubertrick? Abrakadabra simsalabim, so in der Art? So einen Zauberkasten hatte ich auch mal, als ich klein war.«

Wenn sie Prätorius aus der Fassung gebracht hatte, so ließ er sich nichts anmerken.

»Trotz Ihrer saloppen Ausdrucksweise haben Sie es intuitiv erfasst, meine Dame. *Bismillah rahman i rahim abra ke dabra* heißt nichts anderes als: ›Im Namen Gottes, des Allmächtigen, ich werde erschaffen, wie ich sprechen werde.‹ Wie man weiß, wurden diese alten Beschwörungsformeln von der katholischen Kirche unterdrückt und zu einer Verballhornung des Heiligen degeneriert. Aber im Zusammenhang mit echter Magie können wir natürlich nicht von Zaubertricks sprechen.«

Lydia war beeindruckt. Der Mann hatte gut gekontert. Sie merkte, wie sie von allen Seiten mit abfälligen Blicken gemustert wurde, als wäre ihr ein Furz entfahren. Die Fangemeinde mochte sie nicht, aber für den Notfall hatte sie ihren Kripoausweis dabei. Und ein Pfefferspray, bei Fanatikern konnte man nie wissen.

Prätorius erhob wieder die Stimme und sah zu dem flauschigen schwarzen Kreis an der Decke auf. »Im Mittelpunkt unserer Galaxis befindet sich die Schwarze Sonne – das, was die Wissenschaft als schwarzes Loch bezeichnet. Ein Objekt aus Millionen von Sonnenmassen, das durch seine immense Gravitation zu einer Singularität kollabiert, aus der nicht einmal die Lichtstrahlen entweichen können. Diese Schwarze Sonne ist schon seit Jahrtausenden vor Beginn der modernen Wissenschaften bekannt, weil sie eine intensive schöpferische Strahlung aussendet, die unseren Ätherleib in die Lage versetzen kann, einen höheren Bewusstseinszustand zu erreichen.«

Lydia ließ ihren Blick wieder über die Versammlung gleiten. Jedes Gekicher hatte aufgehört. Es war nicht zu fassen, der Mann hatte es tatsächlich geschafft, das Publikum wieder in seinen Bann zu ziehen.

»Um diesen höheren Bewusstseinszustand zu erreichen, benötigen wir die magische Maschine des Baphomet.« Prätorius strich mit seiner Hand über die Figur. »Damit können wir ein Kraftfeld erzeugen, das die Strahlung der Schwarzen Sonne in Schwingungsaffinität mit dem menschlichen Bewusstsein bringt und uns auf eine neue Stufe der menschlichen Evolution erhebt.«

Lydia meldete sich wieder. »Entschuldigung, eine Frage noch, bitte.«

Prätorius kniff kurz genervt die Augen zusammen, dann hatte er sich schon gefangen.

»Aber gerne, bitte sehr, fragen Sie. Nur wer nicht fragt, bleibt dumm.«

»Hatten nicht auch die Tempelritter schon ihren Spaß mit diesem Baphomet? Und das ist ihnen nicht gerade gut bekommen, soweit ich mich erinnere.«

Prätorius nickte nachsichtig. »Ich möchte bei dieser Gelegenheit betonen, dass mir jeder Zweifler willkommen ist. Die Magie ist eine Realität, an die man genauso wenig glauben muss wie an die Sonne, denn für ihr Wirken lässt sich der Beweis der Wahrheit erbringen.« Er richtete seine Augen auf Lydia. Sie wich seinem stechenden Blick nicht aus. Ein angespanntes Schweigen füllte den Raum.

»Das Problem des Zweiflers ist, dass er sich nicht auf ein Experiment einlassen kann. Gebeten hatte ich um eine Opfergabe aus reinem Gold, und nur der Zweifler würde glauben, uns täuschen zu können, nicht wahr?«

Prätorius hob feierlich die Arme, griff mit einer kreisenden Bewegung in die Luft und hielt plötzlich Lydias Fünfrupienmünze zwischen den Fingern.

»Sie dürfen Ihr Messingstück behalten, meine Dame. Ich habe keine Verwendung dafür.«

Der Magier trat zu ihr, reichte ihr die Münze und Lydia nahm sie verblüfft an sich. Wie hatte er das wohl gedeichselt? Gab es im Raum vielleicht Kameraüberwachung? Aber wie war er an ihre Rupie gelangt, wenn er doch die ganze Zeit hier vor ihr stand? Sie ließ ihren Blick über die Versammlung schweifen. Überall nur vorwurfsvolle Gesichter.

Prätorius fixierte sie wieder mit seinem bohrenden Blick. »Die Tempelritter kannten die magische Maschine Baphomet und sind trotzdem gescheitert. Warum?« Er schloss die Augen und verharrte für einen Moment wie in Kontemplation. »Sie mussten scheitern, weil die Zeit noch nicht reif für Baphomet war. Wenn sie die alten sumerischen Keilschriften gekannt hätten, dann hätten sie gewusst, dass die Schwarze Sonne ihre Wirkung nur im Zeitalter des Wassermannes entfalten kann.«

Prätorius wandte sich wieder an die ganze Zuhörerschaft.

»Es geht hier nicht um Zauberei, sondern um Astronomie. Unser Sonnensystem liegt in einem abgelegenen Seitenarm der Galaxis und kreuzt daher nur in bestimmten Phasen das Schwingungsfeld der Schwarzen Sonne. Der Übergang zum Wassermannzeitalter, in dem wir uns zurzeit befinden, kennzeichnet eine solche Phase.«

Er wandte sich an Lydia. »Ist damit Ihre Frage beantwortet?«

»Vielleicht, vielleicht auch nicht. Ich werde darüber nachdenken.«

Prätorius musterte sie leicht belustigt. »Es erstaunt mich, dass Sie mir als wachsame Kritikerin nicht eine andere Frage gestellt haben.«

Lydia sah ihn verblüfft an. Der Mann forderte sie doch tatsächlich heraus.

»Die naheliegende Frage müsste doch lauten: Was hat Berlin mit diesem sumerischen Baphomet zu schaffen? Nun, es gibt einen ganz einfachen Grund. Die Figur, die Sie hier vor sich sehen, ist natürlich nur eine Reproduktion. Der echte Baphomet, der bereits vor viertausend Jahren in magischen Ritualen benutzt wurde, befindet sich seit kurzem im Pergamonmuseum.«

»Und von dort wollen Sie dann Ihre höheren Welten anfunken, oder wie?«, fragte Lydia.

Prätorius blickte sie an wie eine ungezogene Schülerin.

»Wenn Sie noch ein wenig Geduld haben, erkläre ich es Ihnen gerne genauer.«

»Das wird sicher alle hier interessieren«, sagte Lydia und lehnte sich zurück.

»Wie Sie vielleicht wissen, wurde das Pergamonmuseum über einer tiefen Erdspalte erbaut. In ihr kreuzen sich die Energieadern, so wie unter allen heiligen Orten – von Stonehenge bis zu den Pyramiden. Wir werden diesen Knotenpunkt verdichteter Energie nutzen, um unser großes Werk an dieser heiligen Stätte beginnen zu lassen. Ich lade Sie alle ein, zur Eröffnung der neuen Ausstellung ›Die Geburt der Götter‹ zu kommen, einer Ausstellung, in deren Mittelpunkt unsere magische Maschine Baphomet stehen wird.«

Prätorius verbeugte sich wieder und breitete die Hände aus, was offenbar ein eingeführtes Zeichen war, denn jetzt fing das gesamte Publikum an zu klatschen. Mit einer Armbewegung beendete er den Applaus und schaute Lydia an.

»Es wird wichtig sein, diesen historischen Moment für die Nachwelt festzuhalten, gerade auch von offizieller Seite, Frau Hauptkommissarin.«

»Gratuliere. Sie verstehen Ihr Geschäft.« So leicht ließ sie sich nicht beeindrucken. Für diesen Taschenspielertrick brauchte man keine Magie, sondern nur die richtige Technik. Mit einer Gesichtserkennungssoftware und einer der einschlägigen Suchmaschinen hatte seine hübsche Assistentin im Nebenzimmer inzwischen genug Zeit gehabt, um ihr Foto von einer der vielen Pressekonferenzen der Mordkommission herauszufiltern und ihm ihre Identität per Funk ins Ohr zu schicken. Aber dass sie seit einem Jahr im Ruhestand war, hatte die Software nicht herausgefunden. Und damit hatte Prätorius sich verraten. Er war ein Scharlatan mit einem Sack voll technisch ausgefeilter Zaubertricks.

Sie fixierte den Fleck, als könnte sie sich so auf magische Weise gegen die Katastrophe wappnen

Es war kurz nach halb acht morgens, als Patricia vor das Absperrgitter der Katakomben trat. Sie hatte nur noch diese eine Möglichkeit, um ihren Fehler wieder gutzumachen. Hastig durchwühlte sie ihre Handtasche, um das Schlüsselbund herauszuholen und hineinzuhuschen, bevor jemand ihr dumme Fragen stellen konnte. Was für ein Teufel hatte sie bloß geritten, sich im Lagerraum mit Hasi zu vergnügen, anstatt ihren Auftrag für Grotewoldt auszuführen? Nicht dass sie es bereute, nein, es war unglaublich gewesen. Aber auch verstörend, denn normalerweise war sie nicht der Typ, der sich von Gefühlen überwältigen ließ. Nicht auszudenken, wenn jemand sie dabei erwischt oder womöglich noch ein Handyfoto von ihr und Hasi ins Netz gestellt hätte. Sie hatte sich heute früh schon gegoogelt, aber es schien gut gegangen zu sein.

Erst am Abend, als sich ihre Aufregung etwas gelegt hatte, war ihr wieder eingefallen, dass die Baphomet-Figur immer noch unten im Lagerraum stand. Was würde Grotewoldt von ihr denken? Noch nicht einmal einen einfachen Auftrag, wie die Statue in den Ausstellungsraum zu holen, hatte sie erledigen können. Aber wenn sie das Artefakt jetzt sofort nach oben brächte, würde niemand etwas merken.

Als Patricia den Lagerraum Nummer drei betrat, dachte sie, sie hätte sich in der Tür geirrt. Dort, wo Baphomet hätte stehen sollen, starrte ihr ein leerer Tisch entgegen. Sie ging zurück zum Eingang. Ja, sie war im richtigen Raum. Doch von Baphomet keine Spur. Hatte sie gestern etwa in ihrer Verwirrung vergessen, den Lagerraum wieder abzuschließen? Oder hatte Hasi die Figur bereits in Sicherheit gebracht, bevor sie übereinander hergefallen waren? Patricia konnte sich nur bruchstückhaft an das surreale Erlebnis erinnern. Genauso wenig wie daran, was danach passiert war oder wie sie sich angezogen hatte und nach Hause gekommen war. Sie musste dringend mit Hasi reden. Nicht auszudenken, wenn die unersetzliche Figur etwa verschwunden wäre. Oder gestohlen. Ihr wurde heiß. Wenigstens war heute nicht zu erwarten, dass Grotewoldt, der einen Termin beim Senat hatte, vor Mittag im Museum auftauchen würde. Bis dahin musste sie Baphomet gefunden haben.

Patricia eilte in den Fahrstuhl und schlug mehrmals ungeduldig auf die Taste für die dritte Etage. Der Aufzug hielt jedoch schon im Erdgeschoss, die Tür glitt zur Seite und gab den Blick frei auf – Grotewoldt, der vor dem Fahrstuhl wartete.

»Nanu. So früh schon im Dienst? Sehr löblich!«

Patricia bemühte sich, ihre Nervosität zu unterdrücken. Sie musste improvisieren.

»Ich habe im Lagerraum eine Liste gemacht, mit den Artefakten, die noch platziert werden müssen. Einiges steht ja schon, aber es fehlen noch –«

Patricia stockte. Sie hatte einen kleinen, gelblichen Fleck neben der Brusttasche seines dunkelgrauen Nadelstreifenanzugs entdeckt. Der stellvertretende Direktor hatte sich mit Frühstücksei bekleckert. Sie fixierte den Fleck, als könnte sie sich so auf magische Weise gegen die Katastrophe wappnen.

»Wunderbar!«, rief Grotewoldt gut gelaunt und sah auf seine Uhr. »Ich habe gerade noch eine halbe Stunde Zeit. Schauen wir uns doch gemeinsam die Ausstellungsräume an. Kommen Sie.«

Er schritt zügig voraus und sie folgte ihm wie eine Todgeweihte ihrem Henker.

»Was halten Sie davon, wenn wir an den Eingang zur Ausstellung eine prähistorische Höhle setzen? Wir holen den Besucher in der Steinzeit ab und führen ihn gewissermaßen durch die Zeit hindurch in den ersten Raum, wo er auf die Anfänge der Hochkultur stößt. Die Simulation einer Zeitreise. Sehr sinnlich, meinen Sie nicht?«

Er blieb stehen, weil sie nicht gleich antwortete.

»Und? Wie finden Sie die Idee?«

»Sehr schön.« Patricia nickte geistesabwesend. Sie musste es ihm jetzt sagen und holte tief Luft. »Übrigens ist die Baphomet-Figur –«

»Baphomet sollte aus der Dunkelheit heraus angestrahlt werden«, unterbrach Grotewoldt. »Wir müssen mit dem Lichttechniker reden. Die Figur braucht ein ganz bestimmtes Licht, so als leuchte sie von innen heraus.«

Er ging zur Tür der Ausstellungshalle, drückte die Klinke und machte eine einladende Geste. »Nach Ihnen.«

Patricia trat ein und blieb neben dem Eingang stehen, um das Donnerwetter über sich ergehen zu lassen.

»Gar nicht schlecht, wie Sie die Figur positioniert haben«, hörte sie seine Stimme wie durch Watte.

Sie schaute ihn entgeistert an. »Welche Figur?«

»Baphomet natürlich«, sagte Grotewoldt. »Jetzt machen Sie doch nicht so ein Gesicht! Wir kriegen das schon hin mit der Beleuchtung.«

Patricia blinzelte. Sie sah nur noch verschwommen, weil sie Tränen in den Augen hatte. Auf keinen Fall durfte jetzt ihr Make-up verwischen. Durch den Tränenschleier erkannte sie Baphomet auf einer Steinsäule mitten im Raum.

»Ich glaube, wir können ihn genau dort stehen lassen. Erstens hat der Besucher ihn gleich im Blick und zweitens könnten wir die gesamte Ausstellung in einer großen Spirale um dieses Zentrum herumführen. Was meinen Sie?«

Sie nickte erleichtert. Danke, liebster Hasi, dachte sie. Er musste die Figur gestern noch in den Ausstellungsraum gebracht haben, nachdem sie selbst das Museum verlassen hatte.

»Frau Doktor Boulanger, kommen Sie mal bitte!«, rief Grotewoldt. »Ich möchte Ihnen Herrn Bärtele, unseren Lichttechniker, vorstellen.«

Patricia war euphorisch. Hasi hatte sie gerettet. Alles war wieder gut! Nur am Rande nahm sie wahr, wie Grotewoldt und Bärtele die Beleuchtung diskutierten. Dann verabschiedete sich der Direktor und überließ ihr die weitere Arbeit an der Ausstellung. Sie ging erst einmal in die Cafeteria und holte sich ein Croissant und einen Kaffee. Als sie zurückkam, sah sie Hasi vor Baphomet stehen.

»Guten Morgen«, grüßte sie und trat dicht an ihn heran. Sie

wollte ihn auf die Wange küssen, doch er nahm stattdessen ihre Hand und führte sie zu einem angedeuteten Handkuss an den Mund.

»Guten Morgen«, sagte er steif, »ich wollte, ich meine, ich muss mit dir reden.«

Seine Förmlichkeit steckte Patricia an und sie trat unwillkürlich einen Schritt zurück.

»Ich wollte dir nur danken.«

»Nein, bitte, ich habe zu danken.«

»Du? Wieso?« Sie sah ihn verwirrt an.

»Ich wollte nur sagen – Dank ist ja nicht – ich meine nur, es war so –«

»Wovon redest du eigentlich?«

»Na ja ...«

Sie sah, dass er rot anlief, und zwang sich, ernst zu bleiben. »Es war wirklich toll von dir, dass du daran gedacht hast, Baphomet noch hierher zu bringen. Dafür wollte ich dir danken, Hasi.«

»Wer, ich?« Er schaute sie verblüfft an. »Ich dachte, du hättest die Figur hochgetragen.«

»Bitte, das ist kein Witz! Du hast mir den Job gerettet.«

»Tut mir leid, aber ich war das nicht.«

Es dauerte einen Moment, bis ihnen klar wurde, was das bedeutete.

»Wer kann es denn sonst getan haben?«, fragte Patricia leise.

»Der Sicherheitsdienst vielleicht?«

»Glaube ich nicht. Niemand darf ohne konkreten Auftrag ein Artefakt transportieren, schon wegen der Versicherung. Grotewoldt denkt, ich hätte es getan.«

»Dann ist doch alles tadellos. Das Ding steht hier gut, du behältst deinen Job und nichts ist passiert.«

»Irgendwie ist mir das alles unheimlich.« Patricia sah Hasi unsicher an.

Beide schauten schweigend dem Lichttechniker zu, dessen Assistenten gerade einen Handwagen mit Lampen, Werkzeug, Stativen und Kabeltrommeln in den Raum rollten.

»Übrigens, wegen gestern und so, das ist normalerweise nicht meine Art«, sagte Hasi, ohne sie anzusehen. »Also, ich meine, ich bin kein Mann für eine Nacht. Und schon gar nicht vor dem ersten Rendezvous, verstehst du?«

»Nein. Ich verstehe kein Wort, ehrlich gesagt.«

»Ich meine, ich wollte dich nicht überrumpeln. Ich schlage vor, wir fangen – noch einmal von vorne an. Dürfte ich dich vielleicht zum Abendessen einladen?«, entgegnete er mit einer leichten Verbeugung. »Ich könnte uns einen Tisch im Zöllner's reservieren, morgen oder übermorgen, wann immer du willst. Es würde mich überaus freuen.«

Sie schaute ihn einen langen Moment an, während er auf ihre Antwort wartete.

»Morgen nicht, aber übermorgen sehr gerne«, sagte sie endlich und schenkte ihm ein glückliches Lächeln.

Es war ihm im Nachhinein überaus gruselig

Hasi pfiff eine Melodie, als er am Waldrand entlangradelte und mit Schwung in den Fischerhüttenweg bog. So schlecht war seine Lage nicht. Es hatte alles viel besser geklappt als erwartet. Er hatte es tatsächlich geschafft, alle Peinlichkeit in der Begegnung nach seinem seltsamen Fehlverhalten von gestern wieder auszubügeln und sein Verhältnis zu Patricia einen Gang zurückzuschalten. Was zwischen ihnen passiert war, musste schleunigst vergessen werden. Es war ihm im Nachhinein überaus gruselig; er kam sich vor, als ob er eine andere Person gewesen sei, jemand ohne Manieren, mit dem er nicht das Geringste zu tun hatte. Natürlich hatte er auf dem Gebiet der ungezügelteren Variante der Leidenschaft bereits die eine oder andere Erfahrung machen müssen. Da gab es die frühere Kommilitonin Isabella, die von ihm verlangt hatte, dass er sie an ihr Bett fesselte, oder die zarte Baroness von B., in die er glühend verliebt gewesen war, bis sie von ihm wollte, dass er ihr beim Sex schmutziges Vokabular ins Ohr flüsterte. Als ob er sich solche Ausdrücke überhaupt merkte! Derartige Exzesse waren ihm nicht nur fremd geblieben, sondern hatten auch zu einem bedauerlichen Abbruch der jeweiligen Verbindung geführt. Er hätte sich ohrfeigen können, wenn es mit Patricia auch vorbei wäre, bevor es überhaupt richtig begonnen hatte. Doch das war nun Schnee von gestern, und statt Patricia aus dem Weg zu gehen, würde er sie gepflegt zum Essen ausführen. Sie würden so tun, als sei noch nichts zwischen ihnen gewesen, um sich in aller Ruhe erst einmal richtig kennenzulernen.

Ein Gedanke schoss plötzlich in seinen Kopf und brachte ihn fast aus dem Tritt. Hatte er Patricia wirklich das Zöllner's vorgeschlagen? Es war das einzige bessere Restaurant, das er kannte, ein wohlhabender Verwandter hatte ihn vor zwei Jahren zum Mittagessen dorthin eingeladen. Er erinnerte sich noch an die Speisekarte mit den absurd überteuerten Preisen. Obwohl er eingeladen gewesen war, hatte er vorgegeben, keinen großen Hunger zu haben, und aus Anstand nur eine halbwegs bezahlbare Pilzsuppe und ein Mineralwasser bestellt. Wie sollte er nur das Geld für ein komplettes Menü für zwei Personen aufbringen? Hasi merkte, dass ihm trotz der kühlen Abendbrise ein Schweißtropfen über die Stirn rann, als er das Gartentor öffnete und Tante Pudel zuwinkte, während er sein Fahrrad am Wohnzimmerfenster vorbei zum Hintereingang schob. In seinem Zimmer machte er sich kurz frisch und brachte seine Frisur in Ordnung. Dann stieg er die Treppe hoch zu Tante Pudel, die, wie er wusste, schon ungeduldig auf ihn wartete.

»Hasilein!«, rief sie aufgekratzt und gab ihm zu seiner Verblüffung einen Kuss auf die Wange.

»Tante Pudel«, begann er vorsichtig, »ich wollte dich fragen, ob –«

»Gleich, mein Häschen«, unterbrach sie und wedelte mit einer gefalteten Karte vor seiner Nase herum. »Rate mal, wozu ich eingeladen bin!«

Er schaute ratlos auf die Karte in ihrer Hand und fragte sich, wie es Tante Pudel immer wieder schaffte, ihn aus dem Konzept zu bringen.

»Komm schon«, bettelte sie, »du kannst es raten. Es ist gar nicht so schwer.«

Er zuckte mit den Schultern. »Zu den Rotariern?«

»Quatsch. Als ob mich diese alten Trottel interessieren würden. Ich geb dir einen Tipp: Es hat mit dir zu tun!«

»Mit mir?« Ihm fiel die Polizei ein. »Ich kann dir alles erklären!«

Wer hatte geplaudert? Es könnte auch die Zeitung gewesen sein, dachte er. Denen sähe es ähnlich, sich an seine Tante heranzumachen, um einen Bericht über ihn zu schreiben.

»Presseball?«

»Schon besser«, lobte sie, »aber trotzdem falsch. Denk doch mal nach. Wo bist du gerade beschäftigt?

»Im Pergamonmuseum?«, antwortete er vorsichtig. Bei Tante Pudel konnte man nie wissen, ob sie nicht gerade eine Falle auslegte.

»Richtig!«, jubelte sie. »Eine Einladung von der Orientgesellschaft zur Vorbesichtigung der neuen Ausstellung mit diesen Göttern.«

»Willst du da wirklich hingehen?«

»Ich muss doch sehen, wo du arbeitest«, sagte sie. »Außerdem lasse ich mich nicht von dieser ordinären Person wegbeißen.«

»Du meinst Renate Schwarzvogel?«

»Wen sonst? Und du kommst mit! Aber untersteh dich, auch nur ein Wort mit ihr zu reden.«

»Natürlich komme ich mit, ich bin ja quasi dienstlich da«, antwortete er. »Ähm, Tante Pudel, ich wollte dich um etwas bitten.«

»Schieß los, was hast du auf dem Herzen.«

»Ich brauche fünfzig Euro. Natürlich nur geliehen.«

»Das ist viel Geld. Wofür denn?«

»Ich habe Patricia, diese Kuratorin, du weißt schon, zum Essen eingeladen. Ins Zöllner's.«

»Ins Zöllner's?« Tante Pudel lachte schallend. »Da wirst du dich aber schön blamieren.«

»Wieso, das ist gar kein übler Schuppen.«

»Weiß ich doch! Aber mit fünfzig Euro kommst du da nicht weit. Das ist lächerlich.«

Hasi nickte unglücklich.

»Dann werde ich für mich eben nur einen Salat bestellen.«

Tante Pudel musterte ihn forschend.

»Magst du sie?«

Hasi nickte, und er merkte, dass er rot wurde.

»Wie heißt sie überhaupt mit Nachnamen?«

»Doktor Boulanger. Ich meine, der Doktor gehört natürlich nicht zum Namen«, stammelte er verlegen.

»Boulanger, hm, ich wette, die hießen früher mal Bäcker. Neureiche Familie, oder? Na ja, solange sie ein nettes Mädchen ist.«

Er nickte wieder. Geld, das nicht durch Erbschaft in die Familie gekommen war, hatte für Tante Pudel immer den Beigeschmack von etwas Unanständigem. Sie ging zu ihrer Kommode und zog etwas aus einer Schublade.

»Hier, nimm das.«

Hasi starrte auf ein Bündel von Fünfzigeuroscheinen. »Aber das ist doch viel zu viel.«

»Papperlapapp. Fünfhundert Euro sind genau das, was du brauchst. Und sei bloß nicht knauserig. Bestell nur das Beste und Champagner, hörst du? Zuerst immer Champagner, du Hornochse.«

»Danke«, murmelte er. Tante Pudel hatte es schon wieder geschafft, ihn aus dem Konzept zu bringen.

Weißer Schaum hüllte ihn ein und nahm ihm die Sicht

Torsten Nagel stand am frühen Morgen vor dem Pergamonmuseum und drückte bereits seine fünfte Kippe mit der Sohle aus. Er kämpfte mit dem Gefühl, alles hinschmeißen zu wollen. Frank und damit natürlich auch allen anderen im Team war seine gestrige Befragung der Putzfrauen nur ein vielsagendes Grinsen wert gewesen. Sie hielten ihn offensichtlich für völlig gaga und es ging ihnen im übrigen am Arsch vorbei, ob Helga Bruckmann zufällig im Pergamonmuseum oder sonst wo geputzt hatte. Sie hatte gestanden und damit war der Fall klar. Für Frank gab es nichts Schöneres, als schnell die Berichte über Schrader und Bruckmann fertigzumachen, eine Schleife darum zu binden und sie dem Staatsanwalt zu übergeben. Aber für ihn selbst war gar nichts erledigt, solange das Rätsel hinter den Morden nicht gelöst war. Oder sollte er sich vielleicht doch wegen Depressionen oder Burnout oder sonst was krankschreiben lassen? Mit dem richtigen Attest könnte er wahrscheinlich sogar als Frühpensionär in Rente gehen. Ein Kollege mit einer posttraumatischen Belastungsstörung hatte das auch getan. Den Rest seines Lebens dürfte er sich dann mit Hobbys entspannen. Schon die Vorstellung war ihm ein Gräuel. Freizeitvergnügungen dienten nur dem Zweck, Langeweile mit Aktionismus zu überspielen und Zeit totzuschlagen. Der reinste Albtraum. Aufgeben war also auch keine Lösung, ganz davon abgesehen, dass er sich den Rest seines Lebens selbst verachten würde, wenn er Leuten wie Frank, die alles glattbügeln wollten, freiwillig das Feld überließ. Dafür war er nicht zur Kripo gegangen.

Er blickte missmutig über die Museumsinsel. Es war kurz vor neun und das Pergamonmuseum war noch nicht für das Publikum geöffnet. Was hatte Lydia vor? Wollte sie sich vielleicht bei ihm entschuldigen? Aber Lydia gehörte eigentlich nicht zu den Entschuldigungskünstlern, sondern verlangte eher, dass man sich gefälligst nicht so anstellte. Sie hatte ihn in aller Frühe aus dem Bett geklingelt und wollte ihn hier treffen.

Ehe er nachfragen konnte, hatte sie schon aufgelegt. Zumindest war er gespannt, was sie sagen würde, wenn er ihr von der Putzfrau berichtete.

Ein Taxi hielt am Kupfergraben und er winkte Lydia zu, als sie ausstieg und den Museumsvorplatz überquerte.

»Guten Morgen, mein Lieber, freut mich, dass du gekommen bist.« Sie schenkte ihm ein mütterliches Lächeln. »Besonders nachdem du unser letztes Gespräch so abrupt beendet hast.«

»Tut mir leid, Frau Klimm, äh, Lydia. Ich war –«

Sie legte ihre Hand auf seinen Arm. »Schwamm drüber, hab dir schon verziehen.« Sie hakte sich bei ihm ein und führte ihn zum Eingang des Museums. »Für das Publikum machen die erst um zehn Uhr auf, so kommt uns keiner in die Quere.«

»Was genau hast du vor?«

Lydia blieb stehen und zog eine dunkelblaue Karte mit schwarzem Kreis aus der Tasche. »Die hast du bei mir liegen gelassen.«

Torsten nahm die Karte an sich. »Diese Kirchengründung von Prätorius. Was ist damit?«

»Ich war da«, sagte Lydia. »Und ich kann dir versichern, dieser Prätorius ist ziemlich durchgeknallt. Und du hattest recht. Es gibt einen Zusammenhang zwischen ihm und dem Pergamonmuseum.«

Torsten nickte. »Habe ich doch gesagt.«

»Hast du diesen Baphomet eigentlich auch in natura gesehen?«

Er schüttelte den Kopf.

»Gut, dann lassen wir uns das olle Ding mal vom neuen Direktor persönlich zeigen.«

Torsten nickte, und während sie an der Verwaltungspforte klingelten, berichtete er Lydia kurz von seiner Entdeckung bei den Putzfrauen.

»Schon sehr eigenartig«, murmelte sie. »Ich glaube zwar nicht an dieses spinnerte Zeug mit Strahlungen und so, aber genauso wenig an Zufall.«

»Da solltest du mal mein Team hören. Für die ist der Zufall immer die beste Erklärung«, seufzte Torsten.

Der Chef des Sicherheitsdienstes öffnete ihnen. »Morgen, Chef, wen knöpfen wir uns denn heute vor?«, fragte er launig.

»Bringen Sie uns einfach zum Direktor«, sagte Lydia.

»Und wer sind Sie, wenn man fragen darf?«

Sie zückte ihren alten Dienstausweis und Jasik nickte beeindruckt. »Frau Hauptkommissarin, wenn Sie mir bitte folgen wollen.«

Er führte sie zum Aufzug und drückte auf die drei. Kaum hatte Torsten die Kabine betreten, überfiel ihn ein Gefühl der Enge, als ob die Wände näher rückten, und die Luft um ihn herum schien zu vibrieren. Ihm war plötzlich unerträglich heiß, aber als er sich über die schwitzende Stirn wischte, war sie eiskalt. Die Zeit schien stillzustehen und er versuchte sich vorzustellen, jetzt körperlos im Meditationstank zu schweben. Es war wichtig, sich nicht gegen die Panik zu stemmen, er musste mit ihr schwimmen, um seine Kräfte zu schonen, hatte Hinnerk ihm erklärt. Er schaute sich um, ob es den anderen auch so ging, aber Lydia wirkte aufgeräumt und Jasik fixierte ihn kritisch.

»Alles in Ordnung, Kollege?«

Torsten fragte sich, ob er gestöhnt hatte.

»Sie müssen an Ihrem Ton arbeiten«, hörte er Lydias Stimme wie durch Watte. »Der Herr ist nicht Ihr Kollege, sondern Hauptkommissar der Berliner Mordkommission.«

Als sie aus dem Fahrstuhl stiegen, fühlte Torsten sich ein wenig besser. Der Druck in seinem Kopf ließ nach, hier oben war die Luft kühler. Es war beruhigend, dass Lydia neben ihm ging. Sein Herzschlag normalisierte sich und er schwitzte nicht mehr. Als sei eine tonnenschwere Last von seiner Brust abgefallen. Genau dort, woher die *angina pectoris* – die Herzensenge – ja ihren Namen hatte.

Grotewoldt empfing sie in seinem Büro. Falls er überrascht war, Torsten wiederzusehen und dazu noch in Begleitung einer älteren Kollegin, ließ er es sich nicht anmerken. Er sah derangiert aus, und eine frische Strieme auf der Wange zeigte, dass er sich entweder beim Rasieren ziemlich dämlich angestellt oder an sich herumgekratzt hatte.

»Ach ja, die Baphomet-Figur«, sagte er auf Torstens Frage, als hätte er nur darauf gewartet. »Wir wissen zurzeit leider nicht genau, wie mein Vorgänger dieses Artefakt akquiriert hat. Alle diesbezüglichen Unterlagen, Lieferscheine, Versicherungspolicen und so weiter sind momentan unauffindbar. Typisch Professor Schrader, er hatte schon immer einen Hang zur genialen Unordnung. Schlimm, schlimm.«

Torsten beobachtete, wie Grotewoldt sich wand. Dieser wieselgesichtige Museumsmann würde bestimmt keinen Finger zur Rufverteidigung des Kollegen krümmen.

»Baphomet kommt doch aus dem irakischen Raum, oder?«, fragte Lydia.

»Mesopotamien, eine über viertausend Jahre alte Gottheit sumerischen Ursprungs.« Grotewoldts Stimme hatte etwas Krächzendes angenommen, als schabte ein Messer über eine Schiefertafel.

Torsten räusperte sich. »Könnte die Statue illegal aus dem Irak geschafft worden sein?«

»Ich bitte Sie! Sie wollen doch nicht etwa ernstlich andeuten, dass dieses Museum in Artefaktenschmuggel involviert sein könnte«, protestierte Grotewoldt. »Das ist absurd. Wir arbeiten eng mit der Unesco zusammen. Gerade haben wir noch eine gemeinsame Resolution zur Verhinderung des Handels mit Raubgrabungen verabschiedet.«

Lydia taxierte den Museumsdirektor, der ihren Blick erwiderte, ohne mit der Wimper zu zucken.

»Alles wird sich in den nächsten Tagen aufklären.« Grotewoldt lächelte angestrengt. »Der Leihgeber wird sich spätestens dann melden, wenn die Ausstellung eröffnet worden ist.«

»Können wir uns die Figur mal ansehen?«, fragte Torsten.

»Natürlich können Sie das! Wir haben doch nichts zu verbergen.«

Dabei wirkte Grotewoldt, als ob er durchaus etwas zu verbergen hatte, dachte Torsten. Seine Augen blinzelten nervös hinter seiner Hornbrille. Andererseits war es nicht ungewöhnlich, dass jemand, der Besuch von der Mordkommission bekam, nervös wurde. Vor allem, wenn es im Umfeld bereits zwei Morde in wenigen Tagen gegeben hatte. Torsten ließ seinen Blick zu Jasik wandern. Der Mann war im Gegensatz zu Grotewoldt kein bisschen nervös, obwohl er doch als Chef der Sicherheit ganz besonderen Grund zur Besorgnis hätte. Schließlich ging es dabei um seinen Verantwortungsbereich und möglicherweise stand sogar sein Job auf dem Spiel. Doch Jasik war die Ruhe selbst. Er stand mit verschränkten Armen neben der Tür und verfolgte die Befragung mit leicht amüsierter Miene. Der Typ war ein echter Kotzbrocken. Torsten spürte eine geradezu physische Abneigung gegen Jasik mit seiner Selbstgefälligkeit und Arroganz.

»Herr Jasik, eine Frage bitte«, hörte er seine eigene Stimme, bevor er überhaupt nachgedacht hatte. »Wo sind die Augen?« Es war ein reiner Bluff und er war über sich selbst noch erstaunter als Lydia, die ihn fragend ansah.

»Das ist doch wohl meine Privatsache«, murrte Jasik defensiv.

»Aber Sie wissen es«, hakte Torsten nach und sah, wie der Sicherheitschef die Hände in die Taschen steckte und mit provozierender Gleichgültigkeit an ihm vorbeischaute.

»Was wollten Sie mit den Augen, Herr Jasik?« Torsten riss sich zusammen, um seiner Stimme die nötige Festigkeit zu geben.

»Was für Augen? Worum geht es hier eigentlich?« Grotewoldt schaute irritiert in die Runde.

»Ihre Augen waren echt schön, das Beste an ihr eigentlich«, erklärte Jasik, ohne Grotewoldt zu beachten. »Warum sollte man sich mit dem Zweitbesten abgeben. Stimmt doch, oder?«

»Kann ich sie sehen?«, fragte Torsten.

»Von mir aus«, sagte Jasik, »aber erst, wenn wir hier fertig sind.«

Lydia trat dicht neben ihn. »Kommen Sie, Herr Jasik, würden Sie uns jetzt bitte die Augen zeigen?«

»Muss das sein? Ich habe sie unten.«

»Sie haben gehört, was die Dame gesagt hat.« Torsten sah ihn streng an.

»Ist ja gut«, sagte Jasik und wandte sich zur Tür.

»Herr Grotewoldt, Sie bleiben hier«, sagte Lydia streng, als er ihnen folgen wollte.

Jasik zwinkerte ihm zu. »Lassen Sie mal, ich regle das schon, Herr Direktor.«

Der Aufzug brachte sie direkt in das Magazin im ersten Untergeschoss. Alle drei standen schweigend in der Kabine, bis die Tür aufging. Sie folgten Jasik eine Metalltreppe hinunter in die Katakomben und kamen an einer schweren Metalltür vorbei. Jasik bemerkte Torstens Blick.

»Ein Notausgang. Das Museum ist ja quasi auf einer Brücke über den Höhlen gebaut worden. Das geht direkt zur Spree runter.«

»Haben Sie die Leiche von hier aus zur Spree gebracht?«, fragte Lydia.

»Hätte ich sie etwa durch das ganze Museum schleppen sollen?«

Er öffnete die Tür zu einem Raum des Sicherheitspersonals. »So, da wären wir.«

Jasik trat an einen nummerierten Metallspind und entriegelte das Vorhängeschloss. Dann zog er eine Aluminiumdose heraus und schraubte feierlich den Deckel ab.

»Nicht anfassen.« Er legte seine Hand schützend über die Dose, als Lydia und Torsten sich vorbeugten, um die beiden bleichen Augäpfel zu betrachten, die dort in einer klaren Flüssigkeit schwammen.

»Gut, was?«, sagte Jasik stolz. »Ich habe sie in Wodka eingelegt, was anderes hatte ich nicht dabei. Der Mann muss sich zu helfen wissen.«

Torsten wusste nicht, was er sagen sollte, und wandte sich ab.

»Ruf mal deine Kollegen an«, sagte Lydia im freundlichen Plauderton und sah ihn auffordernd an.

»Moment mal. Von einer Gruppenbesichtigung habe ich nichts gesagt.« Jasik schraubte schnell den Deckel auf die Dose und ließ sie in einer Tasche seiner Cargohose verschwinden.

»Stellen Sie sich nicht so an«, sagte Lydia beschwichtigend, »alle möchten gerne Ihr kleines Werk sehen.«

»Ich habe schon mehr als genug Zeit mit Ihnen verplempert«, erklärte Jasik. Er blickte erstaunt auf, als Torsten sein Handy herausholte und eine Streife alarmierte. »Was labern Sie da für einen Scheiß?«

»Sie sind verhaftet wegen des dringenden Verdachts, Frau Ursula Abendroth getötet zu haben«, sagte Torsten und griff nach seinem Arm.

Jasik stieß ihn gegen die Brust. »Fassen Sie mich nicht an!« Er wandte sich an Lydia. »Ihr Kollege da ist ja völlig übergeschnappt.«

Lydia lächelte mütterlich. »Jetzt beruhigen Sie sich erst mal, Herr Jasik. Das wird sich alles klären.«

Für einen Augenblick schaute Jasik zwischen den beiden hin und her, dann stürzte er sich mit einem überraschenden Satz auf Lydia und nahm sie in einen Sicherheitsgriff.

»Einen Schritt näher und ich breche deiner Polizeioma das Genick.«

Doch Torsten war schon vorgesprungen und traf ihn mit einem Faustschlag am Ohr. Jasik schrie auf und Lydia duckte sich geistesgegenwärtig aus seinem Griff. Im nächsten Moment war der Sicherheitsmann aus dem Raum entwischt. Mit einem Fuß konnte Torsten gerade noch die zufallende Stahltür blockieren, dann hetzte er, gefolgt von Lydia, hinter dem Flüchtigen durch die Katakomben. Jasik rannte in Richtung Treppenhaus. Torsten war dicht hinter ihm, als er die Stufen der Metalltreppe weiter nach unten polterte.

»Verräter!«, brüllte Jasik und riss einen Feuerlöscher von der Wand.

Weißer Schaum hüllte Torsten ein und nahm ihm die Sicht. Ohne zu zögern, warf er sich zur Seite. Im gleichen Augenblick knallte der Feuerlöscher neben seinem Kopf auf das Geländer der Metalltreppe. Jasik schrie vor Wut auf, dabei verfehlte er die nächste Stufe. Er stolperte weiter nach unten, griff vergeblich nach dem Geländer und ruderte mit den Armen in der Luft herum, bis er dumpf aufschlug und am Fuß der Treppe liegen blieb.

Torsten wischte sich den Schaum aus den Augen und stieg die Treppe hinab. Hinter ihm kletterte Lydia die Stufen herunter. Sie beugte sich über den Sicherheitsmann und tastete mit der Hand nach der Halsschlagader.

»Er ist tot. Genickbruch, würde ich sagen.«

Torsten setzte sich erschöpft auf die Treppe, während Lydia die Dose mit den Augen aus Jasiks Hosentasche fischte.

»Du gehst besser«, sagte Torsten mit schwacher Stimme, »bevor die Kollegen auftauchen und dir noch dumme Fragen stellen.« Er nahm das grausige Beweisstück an sich und grinste matt. »Ich kann ja schlecht sagen, dass du meine Mutter bist.«

»Wir haben also zunächst die Augen, dann den Kopf beziehungsweise den Skalp mit den blonden Haaren und als drittes das Herz.«

Torsten hatte sich in den Stunden bis zum Nachmittag erholt und genoss es jetzt, dass er irgendwie doch recht gehabt hatte. Er stand im Konferenzraum vor einer Pappfigur, die das Team aus dem Schießstand geholt hatte, und zeichnete mit rotem Filzstift zwei Augen, dann eine Strichlinie quer über den Hals und zuletzt ein rotes Herz.

»Ich hätte nur gerne gewusst, warum ich nicht über deine Aktion informiert wurde«, unterbrach Frank den Vortrag und sah sich dabei um, als wollte er sich im Namen des ganzen Teams beschweren. »Es wäre kooperativer, wenn jeder von uns seine Informationen einbringt, anstatt hier Alleingänge zu machen, damit wir alle davon profitieren und ein gemeinsames Ergebnis präsentieren können.«

Torsten zögerte. Auf einmal war ihm klar, warum genau er den Kollegen nicht leiden konnte. Frank wollte immer nur etwas haben, es ging ihm nicht um die Aufklärung an sich. Was war das für eine langweilige Lebenseinstellung? Als ob die Welt ihm etwas schuldig sei. Haben, haben, haben – eigentlich war er damit genau wie die Täter.

»Ich wollte dich nicht mit einem vagen Verdacht behelligen. Schließlich hattest du ja die Akten von Schrader und Bruckmann schon der Staatsanwaltschaft übergeben.« Torsten sah, wie Frank nervös über seinen Schnauzbart strich. Das hatte gesessen. »Wenn wir also die verschiedenen Täter mal außer Acht lassen, haben wir es hier tatsächlich mit einer Serie, also mit einem Muster oder einem Konzept, wenn man so will, zu tun. Alle Täter haben ausgesagt, dass sie etwas von ihrem Opfer besitzen wollten. Und zwar nach ihrem Gefühl ›das beste‹ Körperteil. Jetzt müssen wir überlegen, wofür diese Körperteile stehen. Die Augen für die Seele, der Mädchenkopf mit den langen blonden Haaren für die Schönheit und das Herz für das

Gefühl. Seele, Schönheit, Gefühl. Wir sollten darüber nachdenken, was als Nächstes drankommen könnte.«

Frank drehte sich zu den Kollegen. »Also, mir ist das zu hoch. Ich halte mich lieber an Fakten.«

»Schätze, als nächstes kommt ein Schwanz dran«, warf einer der Halbstarken ein und grinste.

»Oder die Eier«, ergänzte sein Nachbar hilfreich.

Die drei Halbstarken lachten, aber Torsten ließ sich nicht aus der Ruhe bringen.

»Könnte sein. Ist mir aber zu direkt gedacht. Hier wird mit jedem Mord etwas gesteigert, obwohl wir doch unterschiedliche Täter haben. Ich denke, es wird beim nächsten Mal eher in Richtung Güte oder Wahrhaftigkeit gehen.« Alle Augen richteten sich wieder auf ihn.

»Da du alles so genau weißt, Kollege, kannst du mich jetzt vielleicht aufklären, wie du überhaupt auf Jasik gekommen bist? Ich glaube, das würde uns alle sehr interessieren.«

»Ich habe ihn nach den Augen gefragt, mehr nicht. Da hat er gleich alles ausgeplaudert. Ich habe einfach geblufft und ihn damit aus der Reserve gelockt.«

»Ein Bluff? Was soll denn das für eine Ermittlung sein?«, sagte Frank.

»Fassen wir noch mal zusammen«, fuhr Torsten unbeirrt fort, »alle Täter haben eine Verbindung zum Pergamonmuseum und alle Täter wirken geisteskrank: Schrader, Bruckmann, Jasik.«

»Sie wirken nicht geisteskrank, sie *sind* geisteskrank«, korrigierte Frank.

»Oder sie wurden manipuliert.«

»Ferngesteuert, oder wie?«

»Etwas in der Art«, sagte Torsten.

»Geil«, rief einer der Halbstarken, »so wie Voodoo, oder?

»Und der Zombie ist der Täter«, ergänzte sein Kollege grinsend.

»Dann muss da aber auch ein Voodoopriester im Spiel sein, der die Morde in Auftrag gibt«, sagte Frank.

Sie wollten ihn nur provozieren, aber Torsten war trotzdem froh, dass Frank ihm ganz unabsichtlich diese Steilvorlage geliefert hatte. Er wies auf einen Computerbildschirm auf einem der Schreibtische und wandte sich über Franks Kopf hinweg an die Computerexpertin des Teams. »Können wir noch mal diesen Magier Doktor Prätorius checken?«

Sabine hob den Kopf. »Habe ich längst getan. ›Dr.‹ steht übrigens für Dieter. Der Typ hat seinen Namen so abgekürzt, damit man ihn für einen Akademiker hält. Mit bürgerlichem Namen heißt er Schulz.«

»Hast du sonst noch was entdeckt?«

Sie nickte in Richtung ihres Monitors. »Am besten schaust du dir das selber an.«

Frank verschränkte die Arme und lehnte sich zurück, als Torsten aufstand und sich neben Sabine an den Computer setzte. Sie hatte einige Rezensionen über frühe Auftritte von Prätorius aus seiner Zeit als Zauberkünstler zusammengestellt. Eine entrüstete Redakteurin vom Jugendfunk beschwerte sich, dass die Show nichts für Kinder sei. Ein anderer Verriss mokierte sich über das esoterische Gedöns auf der Bühne und über den pompösen Zauberer, der so tat, als sei er eine Reinkarnation von Merlin persönlich. Schließlich deutete Sabine auf eine Überschrift mit dem Titel »Magie, Hypnose und Reinkarnation.« Es ging um eine Hypnosevorführung, in der Prätorius seinem staunenden Publikum vorgeführt hatte, wie Freiwillige in Trance über ihre früheren Leben berichteten.

Frank stöhnte. »Was soll dieser Zauberkünstler denn für ein Motiv haben, die Personalchefin des Pergamonmuseums ermorden zu lassen? Das ergibt doch keinen Sinn.«

Torsten erzählte den Kollegen von Prätorius' Kirchengründung. »Der Mann ist offensichtlich ein religiöser Fanatiker. Diese Baphomet-Figur im Museum ist das Bindeglied. Alle drei Morde haben damit zu tun.«

»Das ist jetzt aber ganz schön weit hergeholt«, sagte Frank, stand auf und füllte sich am Kaffeeautomaten eine Tasse ab.

»Vielleicht ist dir nicht klar, was für einen Wert dieses Artefakt hat«, erklärte Torsten. »Schon der Diebstahl der Figur wäre Mordmotiv genug. Im Übrigen scheint das Museum die Lieferpapiere für sie zu vermissen. Das ist doch kein Zufall.«

»Wenn es deiner Meinung nach um illegalen Artefaktenhandel geht, warum dann diese Morde? Was haben die Opfer damit zu tun, wo liegt das Motiv?«, fragte Frank.

Torsten nickte nachdenklich. »Prätorius und Schrader könnten gemeinsame Sache gemacht haben. Die Personalchefin Abendroth war ihnen auf die Schliche gekommen. Prätorius hypnotisiert daraufhin Jasik, und nachdem der sozusagen als ein willenloses Werkzeug die Abendroth umgebracht hat, bekommt Schrader kalte Füße und will aussteigen. Deshalb hypnotisiert Prätorius ihn ebenfalls, um ihn dann als wahnsinnigen Mörder einer unschuldigen Touristin zu diskreditieren.«

»Interessante Theorie, aber der dritte Mord, der Mann der Putzfrau, passt nicht dazu«, sagte Frank.

»Eine Trittbrettfahrerin vielleicht, hast du ja selbst vermutet. Auf jeden Fall sollten wir eine Hausdurchsuchung bei Prätorius durchführen.«

»Ohne konkrete Anhaltspunkte? Wenn wir dem Richter was von Mord unter Hypnose erzählen, bekommen wir garantiert keinen Durchsuchungsbefehl, höchstens die Empfehlung für einen Psychiater. Und für Schmuggel ist die Zollfahndung zuständig. Spekulationen und Theorien bringen uns nicht weiter. Wir haben drei Morde, drei Geständnisse und die Beweise dazu. Jeder Topf hat seinen Deckel. Was wollen wir mehr? Alles ist glockenklar.« Frank schaute in die Runde. Die drei Halbstarken nickten zustimmend.

»Und wenn der Artefaktenschmuggel und die Morde zusammenhängen? Vielleicht braucht dieser Prätorius ja das Baphomet-Original für seine Kirche«, protestierte Torsten, doch ihm hörte schon keiner mehr zu. Alle gingen in verschiedene Richtungen auseinander. Sein Triumph hatte nicht lange vorgehalten.

Zu so viel geballter Unhöflichkeit würden ihm nicht einmal genügend Verbalinjurien einfallen

Hasi rückte den Sitz seiner schwarzen Smokingschleife zurecht, als das Taxi vor dem Pergamonmuseum hielt. In den letzten Tagen und noch heute bis zum frühen Abend hatte er mit Patricia und den Technikern im Ausstellungssaal geschuftet und war nun ganz und gar zufrieden mit sich, dass alles noch rechtzeitig für die exklusive Vorbesichtigung der Freunde und Förderer der Orientgesellschaft fertig geworden war. Nur fand er sich angesichts der staubigen Felslandschaft, die sie dort aufgebaut hatten, für die Veranstaltung etwas übertrieben feierlich gekleidet. Aber Tante Pudel hatte darauf bestanden. Sie selbst trug ein hochgeschlossenes, nachtblaues Abendkleid, das ihren goldenen Schmuck zur Geltung brachte. Gerade wies sie auf eine Gruppe festlich gekleideter Menschen vor dem Museumseingang hin, in deren Mitte Renate Schwarzvogel mit großer Geste die Honneurs machte, als ginge es hier um ihre private Einladung. Mit ihrem gelbem Turban und einem extravagant gebauschten Abendkleid in Rot und Gelb war sie trotz der Abenddämmerung kaum zu übersehen. Sie sah aus wie ein Heißluftballon, der gleich abheben würde.

»Lächerliche Maskerade«, zischte Tante Pudel, »wenn sie nicht so ein Miststück wäre, könnte sie mir fast leidtun mit ihrem krankhaften Überkompensationskomplex.«

»Ja, Tante Pudel«, murmelte er und reichte ihr seinen Arm, aber Tante Pudel blieb abrupt stehen.

»*Ja, Tante Pudel*! Was soll der Kindergartenton? Willst du diese Person etwa in Schutz nehmen?«

»N-nein, n-natürlich nicht.«

»Dann steh nicht rum wie ein hypnotisiertes Eichhörnchen«, kommandierte sie und hakte sich bei ihm ein. Ein kühler Windstoß wehte von der Spree herüber und ließ Hasi frösteln, als er, gedrängt von seiner Tante, auf Renate und die um sie versammelte Gruppe zuschritt. Nicht auszudenken, was passieren würde, wenn diese beiden Frauen in Hörweite voneinander kämen. Er überlegte, wie er Tante Pudel elegant um Renate und die Umstehenden herummanövrieren konnte, ohne dass diese das Gefühl bekam, man würde sich aus Feigheit vor einer Begegnung mit ihr drücken wollen. Zum Glück bemerkte er Rechtsanwalt Löw, der eilig dem Eingang zustrebte.

»Augenblickchen, Tante Pudel«, sagte er und stellte sich Löw in den Weg. »Guten Abend, Herr Doktor Löw. Wie schön, Sie zu sehen!« Er packte Löws Hand und schüttelte sie, bevor er ihm entkommen konnte.

»Freut mich, aber Sie müssen entschuldigen«, nickte Löw knapp. Der junge Mann kam ihm vage bekannt vor und er versuchte, seine Hand aus Hasis Griff zu befreien. »Bitte, ich bin in Eile.«

»Ich muss Ihnen unbedingt meine Tante vorstellen«, sagte Hasi. »Tante Pudel, darf ich dir den Präsidenten der Orientgesellschaft vorstellen?«

»Nicht nötig, der Herr ist mir bekannt«, unterbrach Tante Pudel eisig.

Für den Bruchteil einer Sekunde erstarrte Löw, dann brach er in die Simulation eines erfreuten Lächelns aus.

»Frau Baronin!« Er verbeugte sich zu einem Handkuss. »Wie erfreulich, Sie wieder bei uns zu sehen, nach so langer – viel zu langer – Zeit.«

Hasi beobachtete verblüfft, wie Tante Pudel den Anwalt von oben herab anblickte.

»Ich hatte eher den Eindruck, Sie hätten es sehr eilig, mir aus dem Weg zu gehen.«

»Nur weil ich Sie nicht sofort gesehen habe«, entschuldigte sich Löw und ergriff mit schuldigem Dackelblick ihre Hände. »Es ist mir eine ganz besondere Ehre, Sie heute Abend hier begrüßen zu dürfen.«

»Und wie komme ich zu dieser Ehre, Löw?«

Tante Pudel zog ihre Hände zurück. Hasi bemerkte erleichtert, dass Renate und ihr Gefolge im Museum verschwanden.

»Wie schade, dass Ihr hochverehrter Gatte diese Ausstellung nicht mehr miterleben kann. Sie hätte ihm bestimmt große Freude gemacht«, fuhr Löw in freundlichem Plauderton fort, ohne sich von Tante Pudel irritieren zu lassen.

Vielleicht, dachte Hasi, musste man Rechtsanwalt sein, um auf so liebenswürdige Weise aus dem Hinterhalt zu schießen. Löw würde sicher auch einen guten Politiker abgeben.

»Als mein Mann noch lebte, haben Sie sich nicht so aufgespielt«, knurrte Tante Pudel.

»Der Baron wird mir immer ein unerreichbares Vorbild bleiben.«

»Tatsächlich?«

»Aber natürlich! Und deshalb habe ich ein ganz besonderes Attentat auf Sie vor.«

»Gott bewahre! Sie haben schon genug angerichtet.«

»Ich weiß, es war nicht immer leicht für Sie«, sagte Löw. »Umso mehr würde ich mich freuen, wenn Sie meine Geste im Sinne einer Wiedergutmachung annehmen würden.«

»Kommen Sie zur Sache, Löw! Was wollen Sie von mir?«

Hasi konnte nicht umhin, auch Tante Pudels Schroffheit zu bewundern. Zu so viel geballter Unhöflichkeit würden ihm nicht einmal genügend Verbalinjurien einfallen, und außerdem wäre es doch schade, wenn man ihn danach nicht mehr mögen würde.

»Ich möchte der Orientgesellschaft vorschlagen, Ihnen das Amt der Ehrenpräsidentschaft anzutragen. Natürlich nur, wenn ich mit Ihrer Zustimmung rechnen darf«, erklärte Löw und machte eine Verbeugung, um die Wirkung seiner Worte zu unterstreichen.

Das war ein kleiner Geniestreich, wie Hasi an Tante Pudels herunterfallender Kinnlade feststellen konnte. Er fragte sich, ob Löw diese Idee erst während des Gespräches gekommen war. In gewisser Weise war es ein Affront gegen die stellvertretende Vorsitzende Renate Schwarzvogel, und er konnte sich gut vorstellen, dass Löw ganz eigene strategische Gründe verfolgte, um die beiden Rivalinnen gegeneinander auszuspielen und damit seine eigene Stellung als Präsident zu festigen.

»Reichlich spät für dieses Angebot, aber ich werde darüber nachdenken«, sagte Tante Pudel gnädig.

»Danke, Sie machen mich sehr glücklich!« Löw lächelte noch breiter als zuvor. »Wenn Sie mich jetzt bitte entschuldigen, ich muss mich leider einigen lästigen Pflichten widmen.«

Tante Pudel nickte ihm zu und wandte sich ab.

»Komm, mein Hasi«, sagte sie und schenkte ihm ein Grinsen wie das einer Katze, die gerade einen Vogel verspeist hatte. »Ich glaube, der Abend wird doch noch besser als erwartet.«

Hasi geleitete sie die Stufen zur Eingangshalle hoch, in der die Mitglieder der Orientgesellschaft bei Sekt und Häppchen auf den Einlass in die Ausstellung warteten. Einige der älteren Mitglieder begrüßten Tante Pudel und tauschten Erinnerungen über die Nachkriegszeit aus, in der ihr Mann, Baron von Rettwitz, die Gesellschaft mit Hilfe seiner Verbindungen vor dem Vergessen gerettet hatte. Andere, die sich noch gut an den Skandal nach dem Tode des Barons erinnerten, tuschelten hinter Tante Pudels Rücken. Zu Hasis Erleichterung war Renate Schwarzvogels lächerlicher gelber Kopfballon nirgendwo zu entdecken. Wahrscheinlich war sie bereits mit Grotewoldt und Löw im Ausstellungssaal. Er nahm sich eine aufgespießte Garnele von einem Tablett.

»Wann stellst du mir denn nun deine Patricia vor?«, fragte Tante Pudel.

»Ich fürchte, sie ist noch mit den Vorbereitungen beschäftigt.«

Hasi reckte sich, um nach ihr Ausschau zu halten. Am Eingang zur Ausstellung entstand jetzt ein Gedränge.

»Ist sie das?«, fragte Tante Pudel und wies zum Rednerpult. Hasi schaute auf. Patricia stand neben Grotewoldt, der gerade von Löw begrüßt wurde. Sie trug ein elegantes schwarzes Kostüm und sah einfach umwerfend aus. Er warf Tante Pudel einen vorsichtigen Blick zu und sie nickte anerkennend.

»Geschmack hast du ja, Hasilein.«

Sie klopfte gegen einen täuschend echt aussehenden Felsen.

»Und das hier hast du alles selbst gebastelt?«

»Nicht allein, natürlich«, wehrte er bescheiden ab und freute sich, dass Tante Pudel sich von Renates Anwesenheit nicht die Stimmung verderben ließ. Sie drückte sogar dankbar seine Hand, als Löw in seiner Begrüßungsansprache auf einen ganz besonderen Gast verwies und die Anwesenden daran erinnerte, wie viel die Orientgesellschaft dem ehemaligen Vorsitzenden und seiner heute persönlich anwesenden Witwe, der Baronin von Rettwitz, zu verdanken hatte. Bei dem darauf folgenden Applaus sah Hasi auch Renate wieder, die mit eingefrorenem Gesicht neben zwei in Stein gehauenen Opferaltären stand und angestrengt auf die Baphomet-Figur blickte, die vor ihr auf einer kleinen Säule den Mittelpunkt der Ausstellung bildete und so geschickt beleuchtet war, dass sie von innen zu glühen schien. Als der Beifall sich legte, bat Löw Tante Pudel feierlich, die Ehrenpräsidentschaft auf Lebenszeit anzunehmen. Das leichte Kopfnicken, mit dem Tante Pudel ihren Triumph überspielte, wurde mit noch stärkerem Applaus beantwortet. Dann konnte Grotewoldt, der bereits ungeduldig von einem spindeligen Bein aufs andere tänzelte, endlich das Wort ergreifen.

»Meine Damen und Herren, die Geburt der Götter erscheint uns wie ein ferner Blick auf fast vergessene Mythen prähistorischer Anfänge, und doch nehmen wir alle auch heute in jedem religiösen Ritual, von der kultischen Reinigung bis hin zum christlichen Opfergedanken und dem symbolischen Kannibalismus im Abendmahl, ganz konkret Bezug auf diese uralten Gottheiten. Die Götter, denen Sie heute in unserer Ausstellung begegnen, sind wunderbare –«

Der Rest seiner Worte ging im Applaus der Besucher unter. Hasi fragte sich, was an der Oblate des Abendmahls kannibalistisch sein sollte, da wedelte Grotewoldt bereits energisch mit den Händen, um weiteres Klatschen abzuwürgen.

»Bitte folgen Sie mir auf eine Entdeckungsreise zu den Geburtsstätten unserer Götter.«

Hasi bedauerte, dass sich keine Gelegenheit ergab, Patricia zu begrüßen. Sie hatten nur aus der Ferne einen Blick tauschen können, während er und Tante Pudel, fest auf seinen Arm gestützt, Grotewoldt durch die Felshöhlen, Tempelruinen, Säulengänge und eine verblüffend echt wirkende Wüstenimitation folgten. Ihm schwirrte bald der Kopf von den vielen Göttern. Die beiden finsteren Riesengestalten, um die herum die Handwerker eine Felsgrotte modelliert hatten, waren Wurusemu, die Urgöttin der Hattier, und der Wettergott Taruh. Alle Göttinnen hätten einen Liebhaber gehabt, hörte er Grotewoldt erklären, der die merkwürdige Doppelgeschlechtlichkeit der Baphomet-Figur zum zentralen Prinzip des alten Göttergedankens erhob, was auch der Grund dafür war, genau diese uralte Gottheit in den Mittelpunkt der Ausstellung zu platzieren. Obwohl man über Baphomet kaum mehr wusste, als dass er beide Geschlechter in sich vereinigte, um damit die Polaritäten zu überwinden, die – so schien es Hasi – etwas eher Unerwünschtes waren.

»Nur Sex, Sex, Sex. Dieser Grotewoldt hat nur das eine im Kopf«, schnaubte Tante Pudel empört.

Der Direktor sprach jetzt über die babylonische Ishtar, die nicht nur Göttin der Sonne, sondern auch Göttin der Dämonen war, was Hasi mit Verwunderung zur Kenntnis nahm. Und sie hatte offenbar einen unehelichen Sohn namens Tammuz, aus dem später der römische Gott Mithras wurde, der sich noch später in Satan verwandeln sollte. Das war schon harter Tobak, dachte Hasi und nahm sich vor, demnächst einmal den Gemeindepfarrer in Dahlem darauf anzusprechen, der sich mit dem Teufel besser auskannte als jeder andere. Andererseits hatte er die Ausführungen vielleicht auch nicht richtig verstanden? Schon in seiner Studienzeit hatte er die Eigenart gehabt, bei komplizierteren Vorlesungen zu ermüden und einzunicken.

Auch Tante Pudel schien das Interesse an Grotewoldts Vortrag verloren zu haben, denn sie schaute in eine andere Richtung. Dort stand Renate Schwarzvogel, die sich während des Vortrags ihres Turbans entledigt hatte und nun mit einer Fingerspitze gedankenverloren den Konturen der Baphomet-Figur folgte.

»Es wäre doch ungehörig, wenn wir die Dame nicht wenigstens begrüßen würden, meinst du nicht?«, flüsterte Tante Pudel. »Ich habe mir schon lange vorgenommen, mal ein Wörtchen mit ihr zu reden. Jetzt mach nicht so ein Gesicht, Hasilein! Deine alte Tante ist nicht so garstig, wie du immer denkst.« Sie zog ihn mit sich, ohne eine Antwort abzuwarten.

Hasi folgte Tante Pudel um eine künstliche Tempelruine herum.

»Ich danke Ihnen für Ihre Aufmerksamkeit«, sagte Grotewoldt und verbeugte sich, während die Beifallskundgebungen einsetzten. In diesem Augenblick hob Renate Schwarzvogel den Kopf und ihr Gesicht verzerrte sich zu einer wütenden Grimasse, bevor sie sich brüsk umdrehte und davoneilte. Es war nicht fair von ihr, seiner Tante die Ehrenpräsidentschaft so zu missgönnen, dachte Hasi. Schließlich war Renate die stellvertretende Vorsitzende und hätte sich gegenüber der Älteren ruhig ein wenig Großzügigkeit erlauben können. Während Tante Pudel erstaunlich behände versuchte, der fliehenden Renate von der anderen Seite der Tempelruine her den Weg abzuschneiden, blieb Hasi stehen, denn er hatte gerade Patricia erspäht, die von einer Gruppe wissbegieriger Gäste umlagert wurde.

»Patricia, hier bist du, ich habe dich schon überall gesucht«, unterbrach Hasi das Gespräch und trat dicht an sie heran, um ihr einen Kuss auf die Wange zu geben. Er wandte sich an die Gruppe. »Es tut mir leid, ich muss Ihnen die Dame jetzt entführen. Frau Boulanger und ich haben einen dringenden Termin, nicht wahr?«

Patricia nickte zu seiner Freude heftig und schaute auf ihre Uhr.

»Oh, schon so spät!« Sie nahm Hasis Arm und ließ sich von ihm davonziehen.

»Danke Hasi, du hast mich gerettet. Ich habe mir schon den Mund fusselig reden müssen.« Sie schob ihre Hand unter seinen Arm. »Wo hast du eigentlich deine Tante gelassen?«

Sie fanden Tante Pudel erschöpft auf einer Bank in der Eingangshalle.

»Die Schwarzvogel ist mir entwischt«, keuchte sie, »hat einfach so getan, als würde sie mich nicht sehen, diese Kanaille.«

»Tante Pudel, darf ich dir Dr. Patricia Boulanger vorstellen?«, sagte Hasi. »Patricia, das ist meine Tante, Baronin von Rettwitz.«

Tante Pudel schaute schnaufend auf. »Einfach Tante Pudel. Ich darf Sie doch Patricia nennen? Gehen wir ein Stück zusammen?«

Sie versuchte, sich zu erheben, und ließ sich aufstöhnend wieder auf die Bank fallen.

»Fühlst du dich nicht wohl?« Hasi half ihr hoch.

»Ach was. Mir ist nur ein wenig schwindelig.«

Tante Pudel war blass wie eine Wand, was auch das Rouge auf ihren Wangen nicht verbergen konnte.

»Soll ich dich nach Hause bringen?«

»Ich glaube, das wäre am besten, Hasilein«, sagte sie mit zitternder Stimme.

Mit vereinten Kräften halfen Hasi und Patricia Tante Pudel die Eingangstreppe hinunter. Vor dem Museum wartete bereits eine Gruppe von Museumsbesuchern auf die Taxis. Als sie ihre neue Ehrenpräsidentin erkannten, wurde sie sofort vorgelassen.

»Danke, Kinder«, stöhnte sie, als Hasi und Patricia sie in den Wagen hievten. »Ihr beide macht euch jetzt noch einen gemütlichen Abend.«

»Kommt nicht infrage«, erklärte Hasi. »Ich bringe dich selbstverständlich nach Hause.«

Patricia gab ihm zum Abschied überraschend einen Kuss auf den Mund, dann stieg er zu Tante Pudel ins Taxi.

»Nach Zehlendorf, Fischerhüttenweg, bitte«, sagte Hasi.

»Du musst dich um dieses Mädchen kümmern«, protestierte Tante Pudel, als der Wagen anfuhr.

»Erst einmal kümmere ich mich um dich. Wie geht es dir jetzt?«

»Gut. Ich bin nur so müde. Ich kriege kaum Luft, da ist so ein Druck –«

Hasi tippte dem Taxifahrer auf die Schulter. »Gibt es hier in der Nähe ein Krankenhaus?«

»Gib dir keine Mühe, Hasilein«, flüsterte Tante Pudel.

»Ich kann Sie zur Charité bringen«, sagte der Fahrer und bog an der nächsten Straße ab.

»In Ordnung. Aber schnell, bitte!«

Sie hielten, weil sich vor ihnen eine Schlange von Autos im Rückstau einer überfüllten Parkgarage reihte.

Hasi beugte sich über Tante Pudel, die sich mit geschlossenen Augen schwer atmend zurückgelehnt hatte. »Hast du Schmerzen? Ich bringe dich jetzt ins Krankenhaus.« Er sah nach vorne. »Können Sie nicht links an den Autos vorbei?«, fragte er den Taxifahrer.

»Lass nur, Hasilein«, winkte Tante Pudel kraftlos ab. Sie riss die Augen auf, als sei ihr etwas eingefallen. »Mit mir geht es zu Ende. Ich spüre es, eindeutig.«

»Nein, du schaffst das schon. Sicher nur ein kleiner Schwächeanfall.« Er wandte sich wieder nach vorn. »Beeilen Sie sich! Bitte, Sie sehen doch, das ist ein Notfall!«

»Jetzt mach hier keine Fisimatenten, Hasi. Jeder muss mal abtreten. Ich finde übrigens, sie ist die Richtige für dich.« Ihre Stimme war ganz leise geworden.

»Wie bitte?«, fragte Hasi.

»Du gehst morgen mit Patricia ins Zöllner's, egal was passiert, ja?«

Er zögerte und sie zerrte ihn dicht an sich.

»Versprich es mir!«

»Gut, Tante Pudel, versprochen.«

Sie sank in die Polster zurück. Ihr Atem kam jetzt stoßweise und rasselnd.

»Wir sind gleich da«, sagte Hasi und legte den Arm um sie.

Die Ministerien auf der Invalidenstraße flogen an ihnen vorbei, als das Taxi wieder Fahrt aufnahm. Plötzlich richtete Tante Pudel sich kerzengrade auf.

»Die alte Wellington-Kommode im Wohnzimmer, die kennst du doch?«

»Natürlich, Tante Pudel. Was ist damit?«

»Unterste Schublade hinten rechts«, stieß sie hervor, »da liegt etwas für dich.«

Sie sah plötzlich starr in die Ferne, als ob sie dort etwas Faszinierendes entdeckt hätte. Ein pfeifendes Geräusch drang aus ihrer Kehle.

»Tante Pudel?« Hasi fühlte, wie ihr Körper auf einmal ganz leicht wurde.

Der Taxifahrer kam vor der Ambulanz der Charité zum Stehen. »Da wärn wa.«

Hasi schaute Tante Pudel an. Ihr Blick war starr und er strich mit seiner Hand ganz leicht über ihre Augen, sodass sich die Lider schlossen. Dann rückte er ihren Goldschmuck zurecht, der auf dem Satin über ihrem Busen verrutscht war. Mit geschlossenen Augen sah ihr schmales Gesicht jetzt friedlich und gar nicht mehr unzufrieden aus. Wie manchmal, wenn sie auf ihrer Terrasse in der Abendsonne gesessen hatte. Und er konnte trotz der Gegenwart des Taxifahrers, der seine beiden Fahrgäste durch den Rückspiegel beobachtete, nicht verhindern, dass ihm die Tränen über das Gesicht liefen.

Ob es womöglich eine Art posthumer Scherz sein könnte?

Ein Sonnenstrahl fiel durch das Fenster und kitzelte Hasis Nase. Mit geschlossenen Augen blieb er im Bett liegen, um seinem Traum nachzuhängen. Normalerweise schlief er völlig traumlos, aber in letzter Zeit hatte er einen verrückten Traum nach dem anderen. Diesmal war er mit Patricia durch ein Labyrinth aus Tempelanlagen und düsteren Katakomben geirrt, und noch immer klang in ihm der Nachhall von einem herrlichen Glücksgefühl, das ihn überschwemmt hatte, als sie beide durch den Ausgang in das Sonnenlicht hinausgetreten waren. Dann waren sie an der Museumswand hochgeklettert, die zu der Terrasse eines Nobelrestaurants führte, wo er feststellen musste, dass er sich vom Klettern beide Hände blutig gerissen hatte. Anstelle des Kellners war Tante Pudel erschienen, und er hatte die blutenden Hände schnell unter dem Tischtuch versteckt. Tante Pudel hatte missbilligend den Kopf geschüttelt und ihn mit erhobenem Zeigefinger daran erinnert, dass er kein Gericht unter tausend Euro bestellen dürfte.

Hasi richtete sich kerzengrade auf. Tante Pudel war tot. Was war er für ein Schuft, sich die ganze Nacht wie ein Murmeltier in sein gemütliches Federbett einzukuscheln und spannende Abenteuer zu träumen, während sie im grau gekachelten Leichenkeller des Krankenhauses mutterseelenallein auf einer kalten Bahre lag. Stundenlang hatte er gestern Abend auf einem Plastikstuhl im Warteraum der Klinik ausgeharrt, nachdem die Sanitäter die leblose Tante Pudel aus dem Taxi geholt und auf einer Trage abtransportiert hatten, auf der sie so zierlich und fragil ausgesehen hatte wie ein Herbstblatt. Jeden Moment, dachte er, während er dort saß, würde sie aus der Ambulanz zurückkommen und ihn anherrschen, ob er Wurzeln geschlagen habe oder warum er hier herumsitzen würde wie ein Ölgötze. Als schließlich ein Arzt mit ernstem Gesichtsausdruck an ihn herangetreten war, hatte er gewusst, dass er nie wieder von Tante Pudel zurechtgewiesen werden würde, und dann waren ihm die Tränen geflossen wie die Niagarafälle, die er als Kind gerne in einem Bildband bestaunt hatte. Er hatte nur den Kopf geschüttelt, als man ihn fragte, ob er sie noch einmal sehen wollte. Nein, er wollte Tante Pudel nicht als Leiche sehen, das war zu intim und für ihr Verhältnis irgendwie unpassend. Der Arzt hatte ihm sein Beileid ausgesprochen und geraten, er solle nach Hause gehen und versuchen, ein wenig zu schlafen, denn alles Weitere hätte Zeit bis morgen.

Hasi sprang aus dem Bett und kleidete sich hastig an. Die Familie musste benachrichtigt werden. Doch als er in Tante Pudels Wohnzimmer kam, überwältigte ihn die Trauer wieder. Hier standen ihre Biedermeiermöbel, die er niemals mit feuchten Tüchern abwischen durfte, um das Furnier nicht aufzuweichen, und hier lagen auch die Belutsch-Teppiche, die der Baron im Diplomatengepäck aus Teheran geschmuggelt hatte und die er immer unter ihrer peniblen Aufsicht saugen musste. Was sollte aus all den vielen Dingen werden, die sie so geschätzt hatte? Er spürte Tante Pudels Präsenz in jedem Winkel des Hauses und hätte sich nicht gewundert, wenn sie plötzlich ganz selbstverständlich hereinspaziert wäre, um sich mit einer Tasse Tee auf ihren Lieblingssessel zu setzen. Contenance bewahren, mein Häschen, hätte sie gesagt. Dabei kamen ihm ihre letzten Worte im Taxi wieder in Erinnerung. Auf dem Weg zum Krankenhaus hatte er ihr versprechen müssen, heute mit Patricia ins Zöllner's zu gehen. Das Versprechen musste eingehalten werden, das war er seiner Tante schuldig. Schon deshalb musste er sich jetzt gefälligst zusammenreißen.

Hasi griff nach dem Telefon und rief Vetter Brezel an, den er in knappen Worten über Tante Pudels Tod informierte. Das Gespräch erleichterte ihn. Jetzt würde alles seinen Lauf nehmen. Der Bestatter würde sie aus dem entsetzlichen Leichenkeller abholen, es würde eine würdige Beerdigungsfeier geben und sie würde in aller Form in der Erbbegräbnisstätte der Familie neben ihrem Mann beigesetzt werden. Er öffnete die Tür zur Terrasse und schaute hinaus auf die Blumenrabatte und den Garten, der von wilden Rosen und hohen Kiefern begrenzt wurde. Tante Pudel hatte diesen Blick geliebt und oft bis in die ersten Wintertage in eine Decke eingehüllt hier draußen in der Sonne gesessen. Er trat ins Wohnzimmer zurück und ließ seinen Blick umherschweifen. Das Silber musste geputzt werden, vor allem das englische Tablett aus Sterling und die beiden französischen Kerzenleuchter waren schon ganz stumpf geworden. Er wischte mit dem Finger über einen Bilderrahmen. Heute Nachmittag würde er erst einmal ordentlich Staub wischen. Sein Auge blieb an der Wellington-Kommode hängen. Wie Mäuse, die sich im Winter im Gebälk des Dachbodens einzunisten pflegten, raschelte eine kleine Erinnerung in seinem Kopf. Sollte er nicht irgendetwas für Tante Pudel tun? Er fing an, sich Sorgen um sein Gedächtnis zu machen.

Im Sterben hatte sie ihm zugeflüstert, dass etwas für ihn in der Wellington-Kommode mit ihren tiefen Schubladen aufbewahrt war, jetzt wusste er es wieder. In der untersten sollte es sein. Er zog die Schublade auf. Sie war bis zum Rand mit Krimskrams gefüllt. Zerbröselnde Gummibänder, zusammengerollte Fliegenfänger, Kerzenstummel, eine Tabakpfeife, der abgebrochene Zahn eines Keilers, ein angerostetes Taschenmesser, ein mottenzerfressenes Hasenohr, Münzen aus Ländern, die er nicht kannte und die wahrscheinlich gar nicht mehr existierten. Was, um Gottes willen, sollte er mit all dem anfangen? Eine zusammengefaltete alte Einladungskarte der Orientgesellschaft fiel ihm auf. Als er sie aufklappte, purzelte ihm ein Haufen vergilbter Schwarz-Weiß-Fotos vor die Füße. Er sammelte die Bilder auf und wollte sie ungesehen in die Schublade zurückstecken, doch dann zögerte er. Tante Pudel hatte ihn ausdrücklich zur Öffnung dieser Schublade aufgefordert. Also durfte man sich alles darin anschauen, ohne sich um ihre Privatsphäre Gedanken zu machen.

Neugierig betrachtete er eine der Aufnahmen. Eine schwarz gelockte junge Frau in verwegenem Abendkleid posierte mit übermütigem Lächeln zwischen zwei feschen Männern. Erst auf den zweiten Blick erkannte er Tante Pudel, die Fotos mussten aus den Fünfzigerjahren stammen. Mal tanzte sie leicht bekleidet auf einem Tisch, mal stand sie mit wehendem Seidenschal aufrecht in einem Cabrio, mal streckte sie sich lasziv mit langer Zigarettenspitze auf einem Diwan. Und immer hatte sie Bewunderer um sich geschart. Was für eine Rasanz, dachte Hasi beeindruckt. Seine verknöcherte, schrullige Tante zeigte sich auf den Fotos von einer Seite, die er bei ihr niemals für möglich gehalten hätte. Lebenslustig, extravagant, verführerisch und sogar ein wenig frivol. Sie hatte nie viel über ihr früheres Leben gesprochen, aber vielleicht hatte sie die Bilder absichtlich für ihn deponiert, dachte er. Hasilein, glaubte er ihre spöttische Stimme zu hören, lass die Puppen tanzen, bevor es zu spät ist, und nimm dir ein Beispiel an deiner alten Tante, du Hornochse!

Eine Weile blieb er in Gedanken versunken sitzen, dann steckte er die Fotos wieder in die Einladungskarte und legte sie zurück in die Kommode. Ob das alles war, was sie ihm hatte mitteilen wollen? Für so frivol hielt er sie nun auch wieder nicht. Ganz hinten in der Schublade unter einem Stapel japanischer Papierservietten fand er eine Mappe, auf der in großen Druckbuchstaben sein Name stand. Er setzte sich auf das Sofa und legte die Mappe vor sich auf den Tisch. Eine Weile betrachtete er sie nur. Ob es womöglich eine Art posthumer Scherz sein könnte? Erst dieser unerwartete Einblick in ihr Leben – und dann eine kalte Dusche, das würde ihr ähnlich sehen. Aber die Eindringlichkeit, mit der sie ihn in ihren letzten Atemzügen auf die Schublade hingewiesen hatte, sprach eigentlich dagegen. Feierlich machte er die Mappe auf. Obenauf lag ein Schriftstück in Tante Pudels schwungvoller Handschrift: »Weil mein lieber Neffe Hartung Siegward Graf von Quermaten ein herzensguter und grundanständiger Mensch ist, vermache ich ihm hiermit mein gesamtes bewegliches und unbewegliches Vermögen, bestehend aus einem möblierten Wohnhaus im Fischerhüttenweg, Berlin, sowie meinen Aktien, sonstigen Geldanlagen und Barvermögen.« Hasi stockte der Atem und die Buchstaben tanzten ihm vor den Augen. Das Dokument war von ihr unterschrieben und von einem Notar beglaubigt worden. Er blätterte mit zittrigen Fingern durch die Auszüge der Konten, Sparverträge und Aktienfonds. Er konnte es kaum fassen. Ganz unten lag noch eine Karte.

»Mein liebes Häschen, es war bestimmt nicht immer leicht für Dich mit mir, aber Du hast mein Herz erwärmt und mir mehr gegeben, als Du wahrscheinlich geahnt hast. Du bist nicht für die Arbeit gemacht, das habe ich natürlich gleich erkannt, aber mit dem ganzen Zaster wirst Du auch so über die Runden kommen. Und jetzt sitz nicht rum wie bestellt und nicht abgeholt, sondern kümmere Dich um Dein Haus und vergiss nicht, die Hortensien auf der Terrasse zu gießen!«

Hasi musste lächeln. Tante Pudel konnte es einfach nicht lassen. Auf der Rückseite der Karte stand noch ein Nachtrag.

»P.S. Falls ich es zu Lebzeiten nicht mehr selber schaffe, wäre es mir eine große Erleichterung, wenn Du Dich in meinem Namen bei Renate Schwarzvogel entschuldigen könntest. Die Arme tat, so lange ich sie kenne, immer alles, um dazuzugehören, aber ich war gemein zu ihr und habe sie sabotiert, wo ich nur konnte. Lass sie bitte wissen, dass es mir leid tut.«

Hasi ließt die Karte sinken. Die Tränen schossen ihm in die Augen. Das Einzige, was er dagegen tun konnte, war sich zu zwingen, sofort aufzustehen und sich nützlich zu machen. Er legte die Karte zurück in die kostbare Mappe und ging in die Küche, um die Gießkanne zu füllen.

Etwas begann in seinem Inneren abzubröckeln

Nachdem Torsten über eine Stunde schwerelos wie eine glückliche Amöbe in der körperwarmen Salzlösung des Meditationstanks geschwebt hatte, ging es ihm wieder ein wenig besser. Hinnerk hatte ihm ausnahmsweise die doppelte Zeitspanne im Tank genehmigt, als er sah, wie down der Kunde war. Alle hätten sich gegen ihn verschworen, niemand würde ihn noch ernst nehmen, obwohl er doch recht mit seinen Vermutungen hatte und die Mordserie tatsächlich weitergegangen war. Torsten war kurz davor, alles hinzuschmeißen und seinen Job zu kündigen, bevor der nächste Mord passieren würde, damit er sich keine Schuld geben müsste, nichts mehr unternommen zu haben.

Hinnerk saß mit gekreuzten Beinen auf einem Meditationskissen und musterte seinen Kunden, als er aus dem Tank kletterte.

»Wie geht es dir jetzt?«

Torsten wich Hinnerks Blick aus. »Ich sollte für immer im Tank bleiben. Hier draußen bin ich nur eine Niete.«

»Nobody is perfect.«

»Fromme Sprüche kann ich mir auch aus dem Kalender holen.«

»Was ich sagen wollte«, fuhr Hinnerk ruhig fort, »ist, dass ich dir helfen werde.«

»Danke, aber mit deinen Quanten kommen wir hier auch nicht weiter.«

»Werden wir sehen, aber erst müssen wir etwas gegen deinen Ärger unternehmen«, sagte Hinnerk und erhob sich. Er schloss die Ladentür ab und zog trotz der Morgensonne die Vorhänge vor, sodass nur gedämpftes Licht in den Raum fiel. Dann zündete er ein paar Kerzen an und holte eine grüne Schachtel aus einer Schublade.

»Nimm Platz«, sagte er und bot Torsten einen der beiden bequemen weißen Sessel an.

Torsten blickte in die Schachtel. »Sind das etwa Joints?«

»Beste Quality«, versicherte Hinnerk. »Macht es easier, unser Bewusstsein für die Matrix zu öffnen.«

»Für was auch immer.« Torsten ließ sich einen Joint anzünden und nahm einen tiefen Zug, während Hinnerk sich ebenfalls aus der Schachtel bediente. Nach ein paar Minuten grinste Torsten. Etwas begann in seinem Inneren abzubröckeln. Er fühlte einen Lachreiz in sich aufsteigen. Vielleicht war er tatsächlich dabei, sich aufzulösen.

»Eine Bekannte von mir war übrigens bei Prätorius«, sagte Torsten.

»Was hat er denn so gesagt?«, fragte Hinnerk beiläufig und nahm einen langen Zug, um sein Interesse zu überspielen.

»Zum Beispiel, dass sein Baphomet wie eine Art magisches Funkgerät funktioniert, um Kontakt zu galaktischen schwarzen Löchern herzustellen. Hätte dir gefallen, glaube ich.«

»Ach, der Typ spinnt doch. Mein Ansatz ist völlig anders.« Hinnerk lehnte sich zurück und nahm einen weiteren Zug. »Magic ist für Leute, die im Mittelalter stecken geblieben sind. Alles Schwachsinn. Bis auf das Phänomen an sich natürlich.«

»Was denn für ein Phänomen?«, fragte Torsten und kniff die Augen zusammen, weil Hinnerk sich vor seinen Augen in eine Wolke zu verwandeln begann.

»Das morphogenetische Feld. Ein Phänomen, das in den unwissenschaftlichen Kreisen von Typen wie Prätorius gesehen wird, als sei es Magic.«

Hinnerk erhob sich, um eine Flasche und zwei Gläser zu holen.

»Du solltest jetzt etwas Wasser trinken, Torsten.« Er füllte die Gläser und stieß mit ihm an. »Auf die Wissenschaft! Seit der Quantentheorie brauchen wir keine Magic mehr. Alle übersinnlichen Erscheinungen lassen sich auf das morphogenetische Feld zurückführen.«

Torsten trank in kräftigen Zügen. Es tat gut und Hinnerks Gestalt nahm wieder feste Konturen an, obwohl er ihm trotzdem nicht ganz folgen konnte. »Was ist denn das für ein Feld?«

Hinnerk riss die Augen weit auf. »Hast du etwa noch nie von Rupert Sheldrake gehört?«

Torsten schaute auf die grüne Schachtel mit den Joints, aber leider machte Hinnerk keine Anstalten, ihm Nachschub zu liefern.

»Unser Denken wird durch eine materielle Substanz getragen«, erklärte Hinnerk. »So wie das Sehen abhängig ist von Photonen, so ist das Denken abhängig von Gedankenpartikeln. Kognitonen werden diese Mentalteilchen von ihrem Entdecker Krosigk genannt. Dafür hätte er eigentlich den Nobelpreis verdient, aber Sheldrake hat ihm mit seinen morphogenetischen Feldern die Show gestohlen, obwohl sie ja im Grunde nur Kognitonenwolken sind.«

Torsten grinste. »Wenn meine Gedanken Materie wären, dann müsste man dieses Lied umdichten: Die Gedanken sind Brei.« Er musste kichern. Alles war so komisch, aber das konnte auch die Wirkung des Joints sein. »Wo sollen sie denn herumfliegen, diese Gedankendinger?« Er blickte sich im Raum um.

»Genau genommen kann man sie heute noch nicht messen.«

Torsten versuchte, sich wieder zu konzentrieren. Er war immer noch Hauptkommissar bei der Mordkommission und diese obskuren Theorien brachten ihn nicht weiter. »Aber was hat das mit Baphomet zu tun?«, fragte er ernüchtert.

»Da kommt eben das morphogenetische Feld ins Spiel. Sheldrake war bei Lernexperimenten, die er mit Ratten gemacht hatte, aufgefallen, dass die Ersatzratten in einem Nebenraum den Lerneffekt übernahmen, obwohl sie niemals mit den Testratten in Kontakt gekommen waren.«

»Wie soll denn das gehen?«

»Na eben durch ein morphogenetisches Feld. Verstehst du? Ein Feld aus Kognitonen, also Gedankenpartikeln, transportiert die Informationen unmittelbar durch Raum und Zeit. Und übrigens auch aus der Vergangenheit in die Zukunft. Und das hat sehr viel mit Baphomet zu tun.«

»Wie das denn?« Torsten massierte sich die Stirn, um klarer denken zu können.

»Ganz easy. Wenn ein Objekt im Mittelpunkt eines intensiven Gedankenfeldes gestanden hat, etwa wie Baphomet als religiöses Kultobjekt vor ein paar tausend Jahren, dann lagern sich daran die Kognitonen seiner Umgebung ab. Sie bleiben an dem Gegenstand kleben wie Zuckerwatte an einem Holzstäbchen. Vielleicht liegt hier die Lösung für deinen Fall!«

Torsten schaute auf. »Wie meinst du das?«

»Dieser Baphomet-Dämon hat zu seiner Zeit garantiert ziemlich üble Dinge gesehen. Menschenopfer und Blutorgien und alles, was man damals halt so machte. Und das morphogenetische Feld macht dann einen Relaunch und bringt diese bad Vibrations direkt in unsere Gegenwart.« Hinnerk verschränkte die Arme und lehnte sich zurück.

»Das könnte bedeuten, dass die Täter gar nicht verrückt sind, sondern von diesem Feld beeinflusst werden«, sagte Torsten langsam.

»Jetzt hast du es verstanden, my friend! Das morphogenetische Feld kann jeden beeinflussen, der mit dieser alten Skulptur in Kontakt kommt. Aber ich schätze, der Einfluss wirkt sich nur dann negativ aus, wenn jemand schon die entsprechende Veranlagung in sich trägt. Das Feld verstärkt die eigenen secret Wishes.«

Torsten nickte nachdenklich. In jedem von uns steckt ein Mörder, glaubte Lydia das nicht auch? »Und wenn jemand nur Gutes will, was ist eigentlich dann? Wird er dann im Gutsein von dem Feld beeinflusst und spendet sein ganzes Geld für die Armen in der Welt und so?«

»Warum nicht? Es gibt aber leider nur wenige, die so positiv denken.«

»Was ist mit der Ausstellungseröffnung?«, fiel Torsten ein. »Da kommen doch alle Besucher in Kontakt mit Baphomet.«

Hinnerk öffnete die grüne Schachtel. »Lass uns noch eine Tüte rauchen, my friend, um diese Erkenntnis zu erweitern.«

Anstatt seine Begabung zu nutzen, versoff der Kerl sein Talent ohne Sinn und Verstand

Raju Yayasingha schielte diskret in den Rückspiegel auf die korpulente, schwitzende Dame, die sich fluchend auf die Rückbank seines Taxis geworfen hatte. Er hatte sie vor einem feinen alten Haus am Fasanenplatz aufgeladen, wie immer höflich die Fahrgasttür geöffnet und »Willkommen« gesagt. Die Kollegen bei City-Taxi machten sich gerne darüber lustig und nannten seine Höflichkeit »indische Unterwürfigkeit«. Aber das war nicht richtig, und wenn man lange Zeit nichts anderes als gute Manieren besessen hatte, war es umso wichtiger, sich von der mangelnden Kultur seiner Mitmenschen nicht beeindrucken zu lassen. Inder war Raju im Übrigen auch nicht, sondern Singhalese. Er war Anfang der Neunzigerjahre mit einem Stipendium der Regierung aus Colombo nach Berlin gekommen. Der Plan war gewesen, nach dem Studium an der TU als Ingenieur nach Sri Lanka zurückzukehren und damit der erste Yayasingha zu werden, der seinen Lebensunterhalt nicht auf den überfüllten und versmogten Straßen Colombos als Tuk-Tuk-Fahrer verdiente. Doch der Bürgerkrieg war dazwischengekommen, und Raju hatte es vorgezogen, lieber in Berlin zu bleiben, als in sein geschundenes Barackendorf im Dschungel zurückzukehren, auch wenn er sein Studium aus Geldmangel noch vor dem Diplom abbrechen musste. So war er nun auf seine Weise doch wieder Tuk-Tuk-Fahrer geworden, wie er mit melancholischem Fatalismus konstatiert hatte – nur jetzt auf den verstopften Straßen Berlins.

Er fuhr langsam und geduldig, ohne sich mit der hier üblichen Beherztheit durch den Verkehr zu drängeln.

»Was ist?«, fragte die Frau. »Haben Sie Ihren Führerschein auf dem Bazar gekauft?«

»Nein, Madame. Ich fahre mit Umsicht.«

Vor dem Brandenburger Tor fädelte er sich auf die Rechtsabbiegerspur ein und grüßte einen Kollegen neben sich, während er darauf wartete, dass die Ampel grün wurde. Plötzlich zuckte er zusammen, als sein Fahrgast ihn mit der flachen Hand auf den Hinterkopf schlug.

»Fahr schon los, Trottel! Grüner wird's nicht!«

Raju sah zur Beruhigung seines Herzschlags auf den geschnitzten Ganesha auf der Konsole. Der stoische kleine Elefantengott hatte ihn schon vor manchem Wutanfall bewahrt, den er sonst bereut hätte.

»Ich bitte um Verzeihung. Habe nie einen Unfall gehabt. Auch schön, oder?«

Die rotgesichtige Dame schnaufte nur. Ihr voluminöser Busen bebte bedrohlich, sodass Raju, während er am Holocaust-Mahnmal vorbei in Richtung Friedrichstraße fuhr, still zu Shiva betete, dass sie noch eine lange gute Zeit auf Erden haben möge, aber bitte möglichst wenig davon in seinem Taxi.

Vor dem Kaufhaus Galeries Lafayette stürmte die unglückliche Frau aus dem Wagen und er stellte enttäuscht fest, dass der ihm hastig in die Hand gedrückte Schein nur fünf Euro betrug, weit weniger als der eigentliche Fahrpreis. Wie würde er das schon wieder seinem Chef erklären? Raju rollte zum Ende der Warteschlange des Taxistands vor und schaltete den Motor ab. Dann zog er ein abgegriffenes Buch unter dem Sitz hervor und begann zu lesen.

Renate Schwarzvogel schäumte vor Wut. Sie hatte schon viel zu viel Zeit mit einem Trottel von Taxifahrer verloren, der nicht auf ihre Kommandos reagierte. Wahrscheinlich verstand er nicht einmal Deutsch. Und wie man sich richtig im Berliner Straßenverkehr verhielt, schon gar nicht. Am Eingang der Galeries Lafayette drängte sie einige blöd herumstehende Touristen zur Seite und schob sich durch die Schwingtür.

Seitdem sie gestern Abend aus dem Pergamonmuseum nach Hause gekommen war, hatte ihr Ärger noch gewaltig zugenommen. Die ganze Nacht war sie immer wieder aus gewalttätigen Albträumen hochgeschreckt. Trost und Hoffnung gab ihr nur die Erinnerung an die Baphomet-Figur aus der Ausstellung. Wenigstens war das Gute, Wahre und Schöne noch nicht völlig verloren! Aber jetzt hatte sie einen Hass auf die ganze Welt, gegen den es nur eine Medizin gab, die ihr Linderung verschaffen konnte: Sie musste sich auf der Stelle mit dem Erwerb von exklusiven und sündhaft teuren Luxusartikeln ablenken. Geld spielte dabei keine Rolle. Als Alleinerbin einer Drogeriekette hatte sie mehr als genug davon, um sich ihren periodischen Kaufräuschen hinzugeben.

Renate musste schon wieder an den gestrigen Event im Museum denken. Er hatte so wunderbar begonnen! Noch bevor die anderen Gäste den Ausstellungsraum betreten durften, hatte sie eine Weile ganz alleine bei der geheimnisvollen Baphomet-Figur zugebracht und mit ihren Händen über die wunderbare Maserung der viertausend Jahre alten Skulptur streichen können. Sie bekam eine Gänsehaut, als sie sich an das elektrische Kribbeln erinnerte, das bei der zarten Berührung in ihre Fingerspitzen gefahren war. Und dann war ihr dieser Moment brutal zerstört worden. Wie hatte man es wagen können, sie, den größten Sponsor der Orientgesellschaft, derart zu beleidigen? Die Ehrenpräsidentschaft der alten Rettwitz war eine schallende Ohrfeige für sie selbst. Renate hätte spucken können, als Löw seine Ankündigung machte. Man hätte ihm auf der Stelle den Kopf absäbeln sollen, wie es Direktor Schrader mit der Museumsbesucherin vorgemacht hatte.

An den pikierten Blicken der sonst ewig lächelnden Verkäuferinnen mit ihren wedelnden Duftstreifen in den Händen erkannte Renate, dass sie offenbar auf den blank polierten Boden der Parfümerieabteilung ausgespuckt hatte. Sie schwang drohend ihre Handtasche in Richtung der tuschelnden Gören und eilte weiter. Achtlos riss sie Kleidungsstücke von den Gestellen, rempelte Kunden aus dem Weg, fegte ein Arrangement von Sandaletten von einem Podest und verspürte einen kurzen Moment der Erleichterung, als sie sah, wie das beflissene Personal herangewieselt kam, um das Malheur zu richten. Doch dann stieg die Wut wieder hoch. Erst in der Hutabteilung kam ihr eine Idee, die sie schlagartig in Hochstimmung versetzte. Ein Geschenk für die hochnäsige Rettwitz zu Ehren ihrer neuen Präsidentschaft. Ein Turban aus Seide. Natürlich ein viel zu großer Turban, der die Baronin mit ihrem Schrumpfköpfchen genauso lächerlich und dämlich aussehen lassen würde, wie sie es war. Sie musste nur Hasi bitten, seiner Tante das Geschenk zu überbringen und dann für sie ein Foto von der Anprobe zu machen. Sobald sie das Foto im Internet gepostet hätte, wäre die Ehrenpräsidentin nur noch eine Lachnummer. Renate lachte zum ersten Mal seit dem gestrigen Abend, und sie klang in etwa so wie eine Hyäne. Sie würde heute noch ihren Spaß haben.

Nur eine Viertelstunde später knautschte sie unter den vorwurfsvollen Augen des Türstehers ihre Einkaufstasche samt Inhalt so zusammen, dass sie sich durch die schmale Öffnung eines der orangefarbenen Abfallbehälter pressen ließ. Es war eine völlig unbrauchbare Idee gewesen, der Rettwitz einen Turban kaufen zu wollen. Die alte Schrulle war viel zu arrogant, um die feine Ironie zu erkennen, und hätte sich womöglich auch noch gefreut.

»Für Ihr Corpus Delicti« stand auf dem Abfalleimer, und sie ärgerte sich über diesen dämlichen Spruch, der sicher von einem der selbstgefälligen Dummköpfe aus dem Senat stammte, der damit seinen überbezahlten Job rechtfertigen wollte, anstatt etwas Nützliches zu tun und die versoffenen Penner, die überall herumlungerten, aus der Stadt zu vertreiben. Kein Wunder, dass Berlin von Tag zu Tag verkommener wurde. Renate schaute starr geradeaus, während sie die Friedrichstraße entlanghastete. Sie hatte viel zu viel Zeit für diesen lächerlichen Einkauf verschwendet.

Ihr Mund verzog sich zu einem schmalen Strich, als ihr beim Überqueren der breiten Allee Unter den Linden ein Pulk von kreischenden chinesischen Touristinnen entgegenkam. Touristen hatten von Haus aus keine Manieren und überhäuften jeden Platz in der Stadt mit leeren Coladosen und verschmierten Papptellern mit Currywurstresten. Und ihre großen Reisebusse verpesteten die Straßen mit Abgaswolken. Der Verkehrslärm war unerträglich und Renate hielt sich die

Ohren zu, während sie an einer staubigen Baustelle vorbeiflüchtete. Die ganze Stadt hatte sich heute verschworen, sie, Renate Schwarzvogel, persönlich zu beleidigen. Ihr Kopf pochte, als ob er jeden Augenblick zerplatzen würde, und sie verfluchte den gestrigen Abend und vor allem die Orientgesellschaft, die schuld an allem war und die sie nun durch sofortige Einstellung ihrer Förderung und öffentliche Attacken hoffentlich in den finanziellen Ruin treiben konnte. Der Gedanke daran besänftigte Renate ein wenig. Sie verlangsamte ihren Schritt, als sie die Spree überquerte. Zumindest das Wetter war heute Morgen annehmbar. Sie schaute in den ungetrübten blauen Himmel. Dabei trat sie mit dem Fuß in etwas Weiches und rutschte fast auf dem Gehweg aus. Fassungslos starrte sie auf den stinkenden Hundedreck unter ihrem Schuh. Während sie versuchte, die Sohle an der Bordsteinkante zu säubern, ballte sich erneut der Hass in ihr zusammen, und sie hielt vergeblich Ausschau nach dem Besitzer dieser Töle, um ihn zur Rechenschaft ziehen zu können. Stattdessen traf ihr Blick auf die Auslage im Fenster eines kleinen Geschäfts. Es war ein japanischer Laden von karger Eleganz, der Lebensmittel, Dekorationen und Haushaltswaren für Japsen anbot. Wie gebannt blieben Renates Augen an einem Sortiment von glänzenden Sushi-Messern hängen.

Als sie den Laden wieder verließ, trug sie in ihrer Handtasche stolz ein handgeschmiedetes, rasierklingenscharfes japanisches Messer in einem samtgefütterten Lederfutteral. Ihre Laune hatte sich merklich gebessert. Mit schwingendem Schritt ging sie am Friedrichstadtpalast vorbei, überquerte die Kreuzung am Oranienburger Tor und strebte auf die Chausseestraße zu, wo sich eine wunderbare Oase der Ruhe befand – der Dorotheenstädtische Friedhof, zu dessen Erhalt und Verschönerung sie als Vorsitzende des Fördervereins maßgeblich beigetragen hatte, bis sie aus Protest zurückgetreten war, weil man ihr die Errichtung eines Mausoleums zu ihren Lebzeiten nicht gestatten wollte.

Neben dem Friedhofseingang stand Matti mit einem »Straßenfeger« in der erhobenen Hand. Matti war ein stadtbekannter und beliebter Obdachloser, der seine Stammkunden, wie er die Besucher des Friedhofs nannte, mit einem launigen Spruch wie »Kommse rin, könnse rauskieken!« zu begrüßen pflegte. Die Obdachlosenzeitung verkaufte er nicht, sie war sein Banner, an dem er sich festhielt wie ein Ertrinkender, wenn er wie üblich hackedicht war. Es hätte ihn wohl gewundert, wenn einer seiner »Kunden« ihm die Zeitung tatsächlich abgekauft hätte. Stattdessen schenkte er ihnen mit einer galanten Verbeugung Blumen, die er zuvor von frisch geschmückten Gräbern stibitzt hatte.

Renate hatte diese arbeitsscheue Vogelscheuche schon oft gesehen, aber heute fielen ihr zum ersten Mal die Hände des Penners auf. Sie erinnerte sich, in einem Zeitungsartikel über Berliner Originale gelesen zu haben, dass Matti in seinem früheren Leben Pianist gewesen war. Obwohl er zitterte und ihr mit glasigem Blick schwankend seine Zeitung entgegenreckte, erkannte Renate, dass seine Finger nicht unter dem fortgeschrittenen Alkoholismus gelitten hatten. Sie waren feingliedrig, ganz leicht sehnig und hatten lange, gepflegte Nägel. Der Anblick dieser Musikerhände brachte ihre Wut zum Überkochen. Was für eine Verschwendung, mehr noch – eine Sünde! Anstatt seine gottgegebene Begabung zu nutzen, versoff der Kerl sein Talent ohne Sinn und Verstand. Sie schritt auf ihn zu und verzog ihr Gesicht zu einem Ausdruck, der einem Lächeln ähneln sollte, während sie in ihre Handtasche griff.

»Willkommen auf meinem persönlichen Friedhof«, sagte Matti, ohne zu ahnen, wie treffend seine Begrüßung heute war, und machte hoffnungsvoll eine kleine Verbeugung vor seiner potenziellen Spenderin.

Wortlos überließ er zwei Polizisten seinen Drahtesel

Hasi radelte die Fasanenstraße in Richtung Ku'damm entlang. Irgendwo schleifte und klapperte etwas an seinem Fahrrad, das drohte, aus der Spur zu eiern, wenn er nicht ständig gegenlenkte. Offenbar hatte sich bei seinem Sturz vor ein paar Tagen das Hinterrad verzogen und musste bei nächster Gelegenheit repariert werden. Obwohl er sich jetzt sogar ein nagelneues Fahrrad mit Gangschaltung, funktionierendem Licht und allem Pipapo leisten konnte. Der Gedanke, ein reicher Mann zu sein, beeindruckte ihn nicht besonders. Warum zum Beispiel sollte er ein neues Fahrrad kaufen, nur weil er das Geld dafür hatte? Es machte keinen Sinn und auch Tante Pudel hätte solche Extravaganzen mit Sicherheit nicht gutgeheißen. Aber er hatte ein reines Gewissen, und sie würde zufrieden mit ihm sein, denn er war unterwegs, um ihren letzten Auftrag zu erfüllen und sich in ihrem Namen bei Renate Schwarzvogel für ihre langjährige Unfreundlichkeit zu entschuldigen.

Leider war Renate nicht zu Hause gewesen. Von ihrer Haushälterin hatte er nur in Erfahrung bringen können, dass sie shoppen gehen wollte. Während er auf den Ku'damm abbog und sich den lauen Sommerwind um die Nase wehen ließ, überlegte er, wo man in Berlin am besten einkaufen konnte. Sein persönlicher Favorit war Ronnies Resterampe, wo man sich mit dem meisten, was für den Lebensbedarf notwendig war, zu fairen Preisen ausstatten konnte. Aber Renate hatte ihm einmal einen Vortrag über den Unterschied zwischen Einkaufen und Shopping gehalten. Wenn er sie richtig verstanden hatte, waren das zwei völlig verschiedene Tätigkeiten. Beim Einkaufen ging es um Gegenstände, die man brauchte, während es beim Shopping als ordinär galt, wenn das gekaufte Objekt irgendwie von Nutzen war. Shopping war demnach reine Kultur, die nur dem ästhetischen Vergnügen diente. Auf einmal hatte Hasi eine ziemlich gute Ahnung, wo Renate zu finden war. Wie oft hatte sie sich schon darüber echauffiert, dass in Berlin so wenig französisches *Savoir vivre* geboten wurde.

Ihr Lieblingskaufhaus waren natürlich die Galeries Lafayette auf der Friedrichstraße in Berlin-Mitte.

Hasi trat in die Pedale. Vom Ku'damm radelte er über die Joachimsthalerstraße am alten Bahnhof Zoo vorbei in Richtung Tiergarten. Als er einen parkenden Streifenwagen überholen wollte, trat ein Polizist mit einer Kelle in der Hand hervor und winkte ihn an den Straßenrand.

»Fahrradkontrolle. Steigen Sie bitte ab!«

Hasi schluckte vor Empörung. Ein Mörder nach dem anderen trieb in Berlin sein Unwesen, aber die Polizei hatte nichts Besseres zu tun, als wie gemeine Wegelagerer harmlose Fahrradfahrer abzufangen. Wortlos überließ er zwei Polizisten seinen Drahtesel und schaute mit verschränkten Armen zu, wie sie methodisch begannen, die Funktionen von Bremsen und Licht zu überprüfen. Als einer der beiden stirnrunzelnd an dem armen Hinterrad rüttelte, erkannte er, dass die Sache nicht gut für ihn ausgehen würde.

Er trat unauffällig einen Schritt zurück. Die Überprüfung seines Fahrrads schien immer mehr Mängel ans Licht zu bringen. Aber jetzt wurden die beiden Polizisten abgelenkt von einem ungeduldigen Fahrradkurier, der sich laufstark und unflätig über die Kontrolle beschwerte. Hasi trat noch einen Schritt beiseite, und als niemand sich um ihn kümmerte, schlenderte er davon, ohne sich noch einmal umzudrehen. Manchmal musste man eben Prioritäten setzen. Vielleicht war es einer der Vorteile des Reichtums, dass man sich nun derartige Extravaganzen erlauben konnte: sich einer Strafe zu entziehen, indem man dem Staat etwas schenkte. In der Ferne war das Brandenburger Tor mit der grünlich schimmernden Quadriga zu sehen, und die Siegesgöttin Victoria auf dem Streitwagen hinter ihren vier galoppierenden Pferden reckte den Stab mit dem Eisernen Kreuz und dem Adler wie einen Besen, als wollte sie den Himmel putzen. Hasi lächelte und schritt munter voran. Der Besen erinnerte ihn daran, wie er im letzten Jahr jede Woche für Tante Pudel die Spinnweben aus den hohen Zimmerecken gefegt hatte.

Sie hatte nicht die Absicht, sich den Spaß verderben zu lassen

Renate Schwarzvogel hätte ihr Glück am liebsten vor allen Menschen, die ihr Unter den Linden entgegenkamen, herausgebrüllt. Sie merkte, dass sie gerade laut aufgelacht haben musste, weil vor ihr ein kleines Mädchen erschrocken herumfuhr. Spontan streckte sie dem Kind die Zunge heraus und schnaubte verächtlich, als die Kleine aufheulte und sich schutzsuchend hinter ihrer Mutter versteckte. Sie hatte nicht die Absicht, sich den Spaß verderben zu lassen, schon gar nicht von einem heulenden Rotzlöffel. Die kleinen Arschlöcher nahmen sich heutzutage viel zu wichtig.

Seit ihrem zivilbürgerlichen Beitrag zur Säuberung der Stadt war sie in Hochstimmung. Das kleine Andenken an ihre gute Tat trug sie wie einen kostbaren Schatz in ihrer Handtasche. Sie hätte sich schon früher solche kleinen Freuden gönnen sollen – sie war ja viel zu bescheiden! Aber alles hatte wohl seine Zeit, und sie war für einen Moment gerührt über diese neue Nachsichtigkeit mit sich selbst.

An der nächsten Ampel streckte sie die Hand aus wie Moses, um das rote Meer zu teilen. Auf ihr Kommando hielten die Autos und Busse, und als sie leichtfüßig über die Straße schwebte, winkte sie den Mitgliedern dieses bunten Blechorchesters zu, das so präzise ihrem imaginären Taktstock gehorchte. Sie fühlte sich beschwingt und wolkenköpfig, als hätte sie ein Gläschen Schampus zu viel intus. Ja, Champagner mit frischen Erdbeeren, deren leichter Zuckergehalt sie immer aufs Angenehmste beschwipst hatte. Der Himmel war so blau, blauer ging es nicht, und die Sonne spendete ihr genau das richtige Maß an Wärme, um trotz ihres tänzelnden Laufschritts nicht ins Schwitzen zu geraten. Das Leben hatte schon seine zauberhaften Momente, fand Renate und ließ mit gnädigem Kopfnicken einen geschmacklos gekleideten Radfahrer mit dem grellen Aufdruck eines Kurierdienstes auf seiner Rucksacktasche dicht an sich vorbei den Zebrastreifen passieren. Sie war jetzt friedlich und tolerant gestimmt. Der kleine Aufenthalt auf dem Friedhof hatte sie energetisiert und wohlig entspannt zugleich. Es war so herrlich amüsant, die Grabinschriften dieser sogenannten Dichter und Denker zu entziffern oder über die vielen Berühmtheiten zu staunen, die sich diesen Ort als letzte Ruhestätte auserwählt hatten. Vor allem die prachtvollen Mausoleen mit ihren majestätischen Marmorsäulen und goldenen Ornamenten hatten es ihr angetan. So würdevoll wollte sie auch einmal bestattet werden, und vielleicht war es ein wenig voreilig gewesen, den Förderverein zur Erhaltung des Friedhofs zu verlassen. Bestimmt könnte sie sich mit Hilfe einer substanziellen Spende einen triumphalen Wiedereintritt erkaufen. Am besten mit einer kleinen, handverlesenen Willkommensfeier an einem lauen Sommerabend vor der Friedhofskapelle, wo sie als Ehrengast die Honneurs machen würde. Die dumme Orientgesellschaft konnte ihr den Buckel runterrutschen.

Ein dumpfer, hämmernder Rhythmus drang aus der Ferne in Renates Gedanken. Lockte da etwa ein neues kleines Abenteuer? Das Dröhnen kam aus einer Boutique, und sie blieb stehen und schaute einem Pulk kichernder Teenager hinterher, die mit den Armen voller lustiger Plastiktaschen, die Handys am Ohr, aus dem von bläulichem Neonlicht umrahmten Eingang stürmten, als hätte es gerade zur großen Pause geklingelt. Die jungen Dinger trugen freche, grellbunte Sachen und sahen aus wie Knallbonbons auf Beinen. Renate war begeistert. So ein keckes Outfit war genau das, was ihr noch fehlte! Mit forschem Schritt betrat sie das Geschäft und lächelte die jungen Verkäuferinnen herausfordernd an, ohne sich von ihren abschätzigen Blicken beirren zu lassen. Was wussten diese Hühnchen schon? Als Erstes legte sie ihren eisgrauen Sommermantel ab und probierte ein giftgrünes, enges Plastikjäckchen an. Was für eine lustige, frische Mode! Es zwickte allerdings schmerzlich unter den Armen, und für einen Moment wurde ihre glänzende Laune von der Entdeckung überschattet, dass es hier offenbar kein einziges Kleidungsstück gab, das ihre

Konfektionsgröße auswies. Ungeduldig riss sie das zu enge Teil wieder herunter und stieß eine freche Göre aus dem Weg, die sich gerade an einen schwarz und weiß karierten Mantel aus Lackleder mit flauschigem gelbem Kunstfellkragen heranmachen wollte, den einzigen, der annäherungsweise ihrer damenhaften Größe entsprach. Ein schickes Mäntelchen, wie für sie gemacht, dachte sie, als sie sich damit vor einem Spiegel schwungvoll um sich selbst drehte wie Audrey Hepburn. Was für ein Unterschied zu ihrem konservativen Regenmantel, der zudem, wie sie nun bemerkte, auch noch mit ein paar hässlichen rotbraunen Flecken getrockneten Blutes besudelt war. Sie unterdrückte den kleinen aufkommenden Ekel und warf das verschmutzte alte Teil in eine leere Umkleidekabine, bevor sie zur Kasse marschierte.

»Ich behalte ihn gleich an«, wehrte sie eine Verkäuferin ab, die ihr aus dem neuen Mantel helfen wollte.

»Sind Sie sicher, dass Sie den haben wollen? Der Mini ist doch ein bisschen –«

Renate unterbrach die dumme Gans. »Sind Sie in der Besenkammer groß geworden? Sie haben doch keine Ahnung.«

Offenbar traute man ihr nicht mehr zu, etwas so Peppiges tragen zu können. Doch sie war dabei, sich ganz neu zu erfinden, dachte Renate, als sie aus dem Laden trat. Es war kurz vor Mittag. Sie verspürte einen unbändigen Hunger nach etwas Deftigem und eilte in Richtung Brandenburger Tor, wo sich bestimmt eine gute Currywurst finden ließ.

Die Realität war schauriger als jeder Aberglaube

Die Spürhunde winselten und Frank ließ seinen Blick über den von einer hohen Mauer umgebenen Friedhof wandern. Das Einmauern und Verriegeln von Friedhöfen ging sicher noch auf die Zeit zurück, als der Mensch glaubte, dass die Verstorbenen nachts aus ihren Gräbern steigen könnten. Doch die Realität war, wie die Ereignisse dieser Woche bestätigten, schauriger als jeder Aberglaube.

»Und?«, fragte er den Hundeführer. »Haben die Mädels was gerochen?«

Der Polizist tätschelte die Schäferhündin, die unschlüssig zwischen den Gräbern hin und her lief, ohne die Leine in eine erkennbare Richtung zu ziehen.

»Hier bei den vielen Toten eine Witterung aufzunehmen, das ist ein Albtraum. Was, Heidi?«

Frank zuckte mit den Achseln. »Macht trotzdem weiter.«

Ein paar Meter entfernt hatte die Spurensicherung einen Kreidekreis um den toten Obdachlosen gezogen, der ausgestreckt neben der Bank lag, auf der er vor einer Stunde in sich zusammengesunken von einem Friedhofsgärtner entdeckt worden war. Das Blut, das von seinen Fingerstümpfen getropft war, bevor ihre Schnittflächen geronnen waren, hatte ein abstraktes Tropfenbild auf den Erdboden hinter der Bank gemalt.

»Das könnte glatt von Jackson Pollock sein.« Torsten war unbemerkt zu Frank herangetreten.

»Kenn ich nicht.«

»Also wirklich, Frank. Pollock hängt in jedem Museum mit solchen Tropfbildern.«

»Mann, wir sind hier nicht in einer Kunstausstellung.« Frank wandte sich an den Gerichtsmediziner, der sich über den Toten gebeugt hatte. »Wie sieht's aus, Doc?«

»Die Daumen hat der Täter drangelassen. Die Finger sind sauber abgetrennt. Das muss ein extrem scharfes Messer gewesen sein.«

»Ein Skalpell?«

»Glaube ich nicht.«

»Todesursache?«

»Ein Stich, mit Wucht von unten, direkt ins Herz. Muss sofort tot gewesen sein. Und zwar bevor ihm die Finger abgeschnitten wurden.«

Torsten nickte. »Wie bei den anderen. Schmerzen zufügen interessiert die Täter nicht. Wenigstens etwas.«

»Wo kommst du jetzt überhaupt her? Im Büro lässt du dich ja nicht mehr sehen.«

»Recherche. Prätorius hat da etwas in Gang gesetzt mit –«

Frank musterte Torsten, der zu grinsen begonnen hatte. »Für dich ist das wohl alles ein Witz, oder wie?«

Einer der Halbstarken trat heran.

»Das Opfer heißt Matti irgendwas, ein bekannter Penner aus dem Kiez. Hat sich den Friedhofseingang für seine Abzocke ausgesucht.«

»Hat vielleicht geglaubt, einen großzügigen Gönner gefunden zu haben«, sagte Frank. »Der Täter muss ihm eine Stange Geld versprochen haben, damit er freiwillig seinen Stammplatz am Eingang aufgibt.«

»Immer die Gier«, sagte Torsten. »Beim Opfer genauso wie beim Täter. Denk mal darüber nach, Frank.«

Zwischen einigen hohen Grabsteinen tauchte der Führer der Hundestaffel auf und Frank wandte sich geschäftig von Torsten ab. Die erratische Fröhlichkeit des Kollegen war ihm nicht geheuer. Machte er sich etwa über ihn lustig?

»Was gefunden?«

Der Mann schüttelte den Kopf. »Die Hunde packen es nicht. Sie haben das ganze Terrain bis hin zur Friedhofsmauer abgeschnüffelt. Entweder hat der Täter die Finger ziemlich tief in einem der ganz frischen Gräber verbuddelt oder er muss sie mitgenommen haben.«

Der Halbstarke blickte den Toten an. »Warum die Finger? Was will er damit?«

»Er will Körperteile. Scheint sich rumgesprochen zu haben.«

Torsten kicherte. »Wofür stehen wohl die Finger?

»Das spielt keine Rolle. Diese Scheißzeitungen sind schuld. Wir hätten nicht über die fehlenden Körperteile sprechen dürfen. Verrückte, die so was als Aufforderung zum Nachmachen begreifen, gibt es genug in Berlin.«

Torsten bewegte seine Finger vor Franks Gesicht hin und her. »Mit Hilfe der Finger werden Gedanken in Dinge übersetzt, indem sie die Materie verwandeln. Zum Beispiel von lebendig zu – tot.«

»Hör auf damit!« Frank trat einen Schritt zurück. »Wie bist du eigentlich drauf? Hast du was genommen, oder wie?«

»Was genommen ist gut. Ich habe nachgedacht, darum geht es hier nämlich. Um das Denken. Aber davon willst du ja nichts hören.«

»Wenn du was hast, was zur Ermittlung beiträgt, dann sag es einfach.«

»Ich sag nur eins: Im Pergamonmuseum hat das alles angefangen und dort wird es auch aufhören. Und es wird noch viel schlimmer, darauf kannst du Gift nehmen.«

»Nicht schon wieder. Verschon mich mit deinem Museum. Leute, wir suchen noch mal alles ab«, sagte Frank zu den Halbstarken. »Auch vor dem Friedhof. Vielleicht hat jemand gesehen, wie der Täter sich mit diesem Obdachlosen unterhalten hat.«

Er ließ seinen Blick über die Gräber wandern und sah Torsten im Ausgang des Friedhofs verschwinden. Wo wollte der Kollege jetzt schon wieder hin? Frank trat einen Schritt zurück, um ihm nachzusehen, und unter seinem Absatz knirschte es hässlich. Für eine Schrecksekunde dachte er, es könnten vielleicht die gesuchten Finger sein. Doch Torsten war das Handy aus der Tasche gefallen. Frank steckte es kopfschüttelnd ein. Was war mit dem Mann los? War er verrückt oder hatte er vielleicht wirklich ein Drogenproblem? Das wäre nicht die schlechteste Option. Damit wäre der Kollege untragbar geworden und er selbst – fein raus.

Schließlich konnte man eine Dame schlecht zurückschlagen

Renate ließ den verschmierten Pappteller in den Rinnstein fallen und leckte sich die Lippen. Die Currywurst hatte überraschend gut geschmeckt, viel besser als die ewigen Kaviar- und Garnelenhäppchen, die immer auf den Empfängen gereicht wurden. Aber ihr Appetit war trotzdem nicht gestillt. Sie sehnte sich nach etwas Gutem und Heilem, etwas, das sie vollständiger sättigen konnte als alle Delikatessen, die doch nur Gaumenkitzel waren und sie unbefriedigt ließen, selbst wenn sie so viel in sich hineinstopfte, dass sie kotzen musste. Ein Feuer loderte in ihr, dessen Flammen danach gierten, gefüttert zu werden. Renate blickte sich um. Der Pariser Platz, wo sie an einem Imbissstand vor dem Brandenburger Tor ihre Currywurst verschlungen hatte, war in der Mittagszeit von Touristen bevölkert, die in Trauben herumstanden, um die verschiedenen Darbietungen für ihre dummen Posts zu knipsen: »Schaut mal! Ich bin hier und ihr armen Würstchen müsst zu Hause bleiben!« Ein Pulk von halbwüchsigen Breakdancern, die bestimmt die Schule schwänzten, ein Bambusflöten spielendes Fünferpack gedrungener Indios mit albernen Ohrenmützen, ein nach Gasolin stinkender Feuerschlucker und einige Taugenichtse, die nur silbern angemalt wie bestellt und nicht abgeholt in der Gegend herumstanden und auch noch fürs Nichtstun bezahlt werden wollten. Sie verzog angewidert das Gesicht. Dabei fiel ihr Blick auf einen Mann mit Baskenmütze, der am Rande des Platzes auf einem Faltstuhl vor einer Staffelei saß und damit beschäftigt war, das Brandenburger Tor auf einer kleinen Leinwand zu verewigen. Ein Zittern durchfuhr ihren Körper. Dieser lächerliche Mann mit seiner überflüssigen Baskenmütze war eine einzige Beleidigung für die Kunst! Es war völlig inakzeptabel, dass sich ein Künstler vor den Touristen zum Clown machte und sein Talent mit billigen Klischees vergeudete. Sie fasste unwillkürlich in ihre Handtasche, um das Lederfutteral mit dem Messer zu ertasten. Es war griffbereit.

Wie immer wenn Hasi zwischen den Säulen des Brandenburger Tores hindurchspazierte, verlangsamte er seinen Schritt, um den Moment zu genießen. Er erinnerte sich an seinen allerersten Berlinbesuch, als er noch ein kleiner Junge war und seine ältere Schwester ihm die Mauer gezeigt hatte, die mitten durch die Stadt ging. Damals hatte er das schöne Brandenburger Tor von weitem durch die Gitterstäbe der Absperrungen gesehen, und seine Schwester hatte nur gelacht, als er wissen wolle, wann das Tor denn aufgemacht werden würde. Den Pariser Platz auf der anderen Seite hatte er erst in seiner Studentenzeit besichtigt, als von der Mauer nur noch ein schmales, in den Boden eingelassenes Metallband übrig geblieben war.

Auf dem weitläufigen Platz herrschte das übliche Gewimmel von Touristen, Gauklern, Musikern und Bettlern, herrlich! Auf einer Bank am Rande saß eine junge Frau in abgerissener Folklorekluft mit ihrem Baby und hielt mit leidender Miene die Hand auf. Hasi kramte eine Münze aus seiner Jackentasche und reichte sie ihr. Wenige Meter weiter blickte ihn ein hohlwangiger Junkie, flankiert von zwei schwarzen Hunden, so vorwurfsvoll an, dass Hasi ihm den letzten Rest seines Kleingeldes in einen Becher warf, bevor er seinen Weg fortsetzte. Es war nicht mehr weit zur Friedrichstraße.

Nur weil er im Vorbeigehen noch einen letzten flüchtigen Blick auf das Treiben warf, bemerkte er Renate überhaupt. Fast hätte er sie gar nicht erkannt in dem viel zu engen schwarzweiß karierten Lackmäntelchen mit knallgelbem Plüschkragen. Wie konnte sie sich nur so gehen lassen? Sie wirkte grell und grob, eine gehässige Karikatur, wie sie höchstens Tante Pudel von ihr hätte machen können, aber es waren vor allem ihre Augen, die ihn erschreckten. Sie waren weit aufgerissen und stierten, so als wollte sie ihn gleich auffressen, auf einen spitzbärtigen Künstler mit Baskenmütze, der wenige Schritte von ihr entfernt vor seiner Staffelei hockte und in seine Arbeit versunken vor sich hin malte.

Hasi rannte auf Renate zu. Vielleicht stand sie ja unter Medikamenten oder sie hatte getrunken, oder beides zusammen. Was wusste er schon über ihr Privatleben? Jedenfalls war es höchste Zeit, ihr zu Hilfe zu kommen, bevor sie sich in ihrem Zustand zum Gespött der Leute machte.

»Was für ein schöner Zufall. Ich habe dich gesucht!«, rief er und griff nach ihren Arm. Sie starrte durch ihn hindurch, als erkenne sie ihn nicht.

»Renate! Ich bin's! Hasi!«

Renate stieß seine Hand ungeduldig weg. Er sah, wie sie ein Futteral aus ihrer Handtasche nahm und damit kämpfte, etwas aus der Hülle zu ziehen. Es war ein blutverkrustetes Messer, dessen Klinge am Samt des Futterals festgeklebt zu sein schien. Bevor er Zeit hatte, einen Gedanken zu fassen, hatten seine Hände auch schon ihren Arm gepackt, und er verdrehte ihr das Handgelenk, um ein mögliches Unglück zu verhindern. Ein gellender Wutschrei ertönte dicht an seinem Ohr, als das Messer zu Boden fiel. Renate attackierte ihn mit unerwarteter Heftigkeit, riss ihn an den Haaren, drosch mit ihrer Handtasche auf ihn ein und versuchte, ihn in den Hals zu beißen. Unwillkürlich schrie Hasi auf, zog sie mit einem Ruck dicht an sich und umklammerte ihren voluminösen Oberkörper wie ein abgekämpfter Boxer, der seinen Gegner an sich presst, um eine kleine Verschnaufpause zwischen den Schlägen einlegen zu können. Eine andere Form der Gegenwehr kam nicht infrage, denn schließlich konnte man eine Dame schlecht zurückschlagen, dachte er noch, während sie sich heftig gegen seine Umarmung wehrte.

Im Nu bildete sich ein Ring von Schaulustigen. Stimmen drangen an Hasis Ohr. »Lass die Frau in Ruhe, Arschloch!« Andere riefen nach der Polizei. Warum half ihm denn keiner? Die Leute hielten ihn offenbar für den Angreifer! Aber warum halfen sie dann nicht Renate, anstatt ihre Handys zu zücken und blöde Bemerkungen zu machen? Obwohl er seine liebe Not hatte, die wild fuchtelnde Renate im Klammergriff zu halten, fiel Hasi auf, dass er schon wie Tante Pudel dachte. Immerhin bahnten sich nun drei Polizisten im Laufschritt einen

Weg durch die Menge. Er war geradezu erleichtert. Die Polizei war nicht nur bei Fahrradkontrollen zur Stelle, sondern auch wenn Not am Mann war. Renate hatte aufgehört zu zappeln und er lockerte seine Umklammerung.

»Geht's dir besser?«, fragte er leise.

Anstatt zu antworten, riss sie sich los und klatschte ihm mit der flachen Hand ins Gesicht. Schützend hob er die Arme. Renate befreite sich aus seinem Griff und lief davon. Die Zuschauer johlten. Er wollte hinter ihr her, er musste sie unbedingt nach Hause begleiten, wer wusste schon, was sie in diesem Zustand noch alles anrichten würde! Aber zwei der Beamten waren schon heran und hielten ihn fest.

»Ganz ruhig!«, sagte der eine.

Hasi nickte ihm freundlich zu. »Natürlich, keine Sorge. Sie können mich loslassen, wenn Sie so freundlich wären.«

Er machte eine kleine Bewegung und bekam im gleichen Moment einen gewaltigen Schlag gegen die Rippen, der ihm die Tränen ins Gesicht trieb. Er presste die Lippen fest zusammen, um nicht vor Schmerz aufzuschreien.

»Sind wir jetzt ruhig?«, fragte der Polizist und steckte den Schlagstock zurück, der mit seinem komischen Griff wie ein Spielzeug aussah.

Hasi nickte, ohne sich zu rühren. Eigentlich war es zum Lachen, dass ein erwachsener Mann mit so einer kindischen Waffe herumlief, aber er hütete sich. Nur nicht provozieren. Renate war nirgendwo mehr zu sehen. Hoffentlich kam sie auch ohne seine Hilfe zurecht.

»Können Sie sich ausweisen?«

»Sehr gern«, sagte Hasi mit einem gequälten Lächeln. Die Beamten ließen ihn jetzt los. Langsam hob er den Arm zur Innentasche seines Sakkos. Aber da war nichts. Die Brieftasche mit dem Ausweis musste noch in seinem Smoking stecken. Er fluchte innerlich und tat so, als ob er seinen Ausweis umständlich zwischen anderen Dingen aus der leeren Tasche heraussortieren müsste, während er fieberhaft überlegte, was er jetzt machen sollte. Plötzlich ertönte wütendes Geschimpfe. Der hohlwangige Junkie war aufgesprungen und beschimpfte ein paar chinesische Touristen, die ihn fotografiert hatten und einfach weitergehen wollten, ohne für das Foto eine Spende in seinen Becher zu werfen. Einen Moment lang waren die Polizisten abgelenkt, und das genügte Hasi. So schnell er konnte, sprintete er am Hotel Adlon vorbei und hechtete die Treppen zur S-Bahn hinunter. Um ein Haar hätte er einen grünhaarigen, spirreligen jungen Mann über den Haufen gerempelt, der mit einer Bierdose auf den Stufen saß.

»Entschuldigen Sie bitte, es tut mir furchtbar leid«, rief Hasi, »aber ich werde verfolgt.«

Wenn er für einen Moment stehen geblieben wäre, hätte Hasi noch gehört, wie der Punk ihm hinterherprostete: »Jo, Mann!«

Letztlich war alles nur aus Geiz passiert, und dafür konnte er ja nun wirklich nichts

Jürgen Böbler, von allen nur Böbbi genannt, wurde warm ums Herz, als er aus der S-Bahn Station Unter den Linden kam und seine leere Bierflasche gezielt gegen die Fassade des Adlon-Hotels kickte. Die Bullenschweine waren dank seiner Angaben prompt in die falsche Richtung gerannt, und wenn der Typ nicht total daneben war, dann hatte er die Chance genutzt, sich dezent vom Acker zu machen. Es war eigentlich nicht seine Art, sich in die Angelegenheiten fremder Leute einzumischen, doch wie oft kam es vor, dass sich mal jemand bei ihm nett entschuldigte?

Böbbi blinzelte zufrieden in die Sonne. Berlin war eine geile Stadt und er beglückwünschte sich mal wieder zu dem Entschluss, sein schwäbisches Kaff verlassen zu haben. Seine Alten hatten peinlicherweise nach ihm fahnden lassen und er hatte sich das ganze Jahr lang ziemlich bedeckt halten müssen, damit ihn nicht die Polizei oder das Jugendamt zurück nach Spießerland verfrachten konnten. Natürlich hatte er einen Horror gehabt, ob er es packen würde, allein in der Großstadt mit kaum sechzig Euro in der Tasche, dazu nur die Perlenkette und die Eheringe der Alten. Die ersten Nächte hatte er im Tiergarten gepennt, aber dann war er auf eine Gang mit ehrlich coolen Typen gestoßen, und seitdem war das Leben nur noch genial. Böbbi konnte sein Glück manchmal noch gar nicht richtig fassen. Sich das Leben zu organisieren, war heutzutage absolut easy, wenn man nur den Dreh richtig raus hatte. Das hatte Zett ihm beigebracht. Erst spähte man die Opfer aus, die einem entgegenkamen. Man durfte keinen direkt anglotzen, das war sehr wichtig, um nicht aufzufallen. Und zweitens brauchte man den guten Blick, um keine Zeit auf Nullnummern zu verschwenden. Er war inzwischen ein echter Experte für Damenhandtaschen und konnte schon von weitem jedes billige Imitat abchecken und ausschließen. Am besten gingen die alten Omis, die viel zu geschockt von seinem genialischen

Geiersturzflug waren, um ihre dritten Zähne auseinanderzukriegen.

Gerade kam ihm die perfekte Superhandtasche entgegen. Die Lady ging schief und taumelte unsicher, als sei sie krank oder besoffen. Sie trug einen schwarz-weiß karierten, knallengen Lackmantel, in dem sie sich kaum bewegen konnte, was ihm bei einem schnellen Abgang sehr entgegen kam, vielen Dank auch. Der bescheuerte Mantel mit dem gelben Kunstfellkragen war an einer Seite aufgeplatzt wie eine Bratwurst mit Darm, die zu lange in der Pfanne gebrutzelt hatte. Böbbi ließ die Bratwurst an sich vorbeigehen und folgte ihr dann unauffällig. An der Ampel blieb sie stehen und lehnte sich keuchend an den Mast. Er wartete dicht hinter ihr, bis es grün wurde. Das war der dritte Trick. Die typische Berliner Ampelschaltung, dein Freund und Helfer. Sie sprang so schnell wieder auf Rot, dass niemand hinter ihm herlaufen konnte, wenn er sich die Tasche auf der anderen Straßenseite krallte und es noch knapp vor dem anfahrenden Verkehr wieder zurück schaffte. Alles nur eine Frage des Timings, dachte Böbbi und betrat hinter der Bratwurst den Zebrastreifen. Kurz vor der anderen Straßenseite griff er nach der Handtasche und riss sie der alten Lady mit einem Ruck von der Schulter. Aber bevor er die Fliege machen konnte, war die Bratwurst mit einer blitzschnellen Bewegung herumgefahren und klammerte sich an den Schulterriemen ihrer Tasche, während sie mit der anderen Hand auf ihn einschlug.

Die Schläge prasselten auf ihn ein. Er duckte sich und versuchte gleichzeitig, die Tasche an sich zu reißen. Wie ein Klops hing die verrückte Alte an dem Trageriemen und ließ nicht los, als ob ihr Leben von dieser bepissten Handtasche abhing. Das Hupen einiger Autos signalisierte, dass die Ampel bereits auf Grün umgesprungen war. Die Frau war doch echt krank. Böbbi wollte aufgeben und abzischen, aber da packte ihn die Alte am Arm und ließ ihn nicht weg. Mitten auf der Fahrspur, den herannahenden Verkehr im Blick, rangelte er mit der Geisteskranken. Plötzlich riss der Schulterriemen und die Bratwurst verlor das Gleichgewicht. Die Tasche in seinen Händen, sah Böbbi, wie die Verrückte nach hinten fiel, während ein Bus heranbrauste. Für den Bruchteil einer Sekunde konnte er ihr Gesicht erblicken, und er wunderte sich über die weit aufgerissenen Augen, in denen sich nicht etwa Entsetzen, sondern reine Freude spiegelte. Sie schien etwas zu erkennen und ihr Mund öffnete sich zu einem breiten Lachen, bevor ihr Kopf von dem schweren Busreifen zerquetscht wurde.

Böbbi rannte um sein Leben, die erbeutete Handtasche unter seiner Lederjacke fest an sich gepresst. Tränen der Wut und Verzweiflung liefen ihm über das Gesicht. Warum hatte die dumme Wurst sich dermaßen an ihre Scheißtasche geklammert? Selber schuld, dass sie unter den Bus gekommen war. Im Schutz einer Baustelle blieb er keuchend stehen und stülpte sich hastig eine Wollmütze über die grünen Haare. Dann setzte er seinen Weg in normalem Schritttempo über die Nebenstraßen fort, bis er fernab vom Verkehr im Tiergarten eine einsame Bank fand, wo er sich ungestört mit seiner Beute niederlassen konnte. Jetzt erst fiel ihm auf, wie er zitterte. Hatte er etwa einen Menschen umgebracht? Oh Gott, er hatte die Alte auf dem Gewissen! Nein, es war ganz anders. Böbbi verdrängte eine aufkommende Panikattacke und holte sich mental auf den Teppich zurück. Erstens hatte er absolut nicht damit rechnen können, dass die Lady wegen einer lächerlichen Tasche so aggressiv reagieren würde. Sogar geschlagen hatte sie ihn. Zweitens hatte sie sicher mehr als genug Asche und hätte nicht so ein Getue machen müssen. Letztlich war das alles nur aus Geiz passiert, und dafür konnte er ja nun wirklich nichts. Es war ihre eigene Schuld, klare Sache.

Böbbi schloss die Augen und versuchte sich zu sammeln. Plötzlich fühlte er etwas Kitzliges, Weiches an seiner nackten Wade und zog instinktiv, von gelegentlichen Begegnungen mit Ratten geschult, das Bein blitzschnell hoch. Zu seinen Füßen hatte es sich ein kleiner Köter bequem gemacht und schaute ihn mit schief gelegtem Kopf an, fast so, als würde er ihn anlächeln.

Böbbi grinste. »Wer bist du denn?«

Der Hund – er war offensichtlich mal ein Yorkshire Terrier gewesen – war struppig und schmutzig, als hätte man ihn durch eine Dreckpfütze gezogen, die Leine aus Leder war kurz hinter dem Halsband abgerissen. Irgendwo hatte er den Köter schon mal gesehen. Da fiel es ihm wieder ein. Vor dem Pergamonmuseum hatte ein Wachmann das Tier vor seinen Augen in die Spree geworfen. Neugierig schnüffelte der Hund an der erbeuteten Handtasche und Böbbi lachte erleichtert. Der Kleine war ein Überlebenskünstler, genau wie er.

»Hast wohl Hunger, was?«

Bestimmt hatte die Alte irgendwas zu futtern dabei gehabt, was der Hund riechen konnte. Böbbi öffnete die Handtasche, und dann blickte er eine Weile still und ungläubig auf den Inhalt, bis die Erkenntnis allmählich zu ihm durchdrang. Unwillkürlich entfuhr ihm ein Schrei. Der Hund machte einen Satz zurück und schaute ihn erschrocken an. Ganz obenauf lagen acht frisch abgeschnittene und noch blutig nasse Finger, die nur an den Spitzen bleich und wächsern aussahen, sodass er sie im ersten Augenblick für Scherzartikel hielt. Weiße Fingerkerzen, mit rotem Wachs gefüllt, wie die, die er letzten Oktober in der Halloween-Abteilung von Wertheim mitgehen lassen hatte. Dies hier waren aber echte Finger, wie er durch eine vorsichtige Berührung erkannte. Ein Schwall von Ekel überkam ihn, er atmete mehrmals tief durch, um nicht gleich loskotzen zu müssen. Dass die Reichen irgendwie pervers waren, hatte er schon immer geahnt, aber dass es so schlimm war, hätte er sich nicht mal im Traum vorstellen können. Er kämpfte wieder gegen den Würgereiz und spürte schon den Geschmack von Galle in seiner Kehle. Gut, dass er heute noch nichts gegessen hatte.

Böbbi klappte die Tasche zu. Es reichte. Er hatte die Schnauze voll von Berlin und überhaupt von diesem Leben auf der Straße. So durfte das nicht weitergehen. Er musste hier weg, den nächsten Zug nehmen, egal wohin, nur raus aus dieser Scheißstadt. Und den Hund würde er mitnehmen. Der hatte es auch nicht verdient, weiter im Dreck und unter Perversen wie eine hungrige Ratte herumstromern zu müssen. Er würde für den Hund sorgen und er würde ihn Blacky nennen, wie seinen eigenen Hund, den er als Kind gehabt hatte. Doch dann zögerte er. Er hatte es völlig versäumt, den Schotter zu checken. Mit angehaltenem Atem knipste er die Tasche wieder auf und durchstöberte sie, während er versuchte, die blutigen Finger nicht zu berühren. Die kaum zu übersehene dicke Geldbörse enthielt fünf nagelneue Einhunderteuroscheine und dazu noch ein paar Zehner und Zwanziger. Böbbi steckte das Geld ein und stopfte die Handtasche mitsamt seinem widerwärtigen Inhalt in den nächsten Abfallbehälter.

»Komm, Blacky. Wir gehen.«

Er beugte sich hinunter und der Hund kam schwanzwedelnd heran. Er hörte schon auf seinen neuen Namen, freute sich Böbbi und nahm ihn auf den Arm. Auf dem Hundehalsband stand »Lupi«. Er machte es ab und schmiss es in den Mülleimer. Namen konnte man jederzeit ablegen, mit Böbbi war jetzt auch Schluss, dachte er. Von heute an gab es nur Blacky und Jürgen. Er würde sich zum ersten Mal, seit er in Berlin war, wieder eine echte Fahrkarte leisten. Und mal sehen, die Alten würden sich bestimmt freuen, wenn er wieder zu Hause auftauchte und ihnen sagte, dass er jetzt seinen Schulabschluss nachholen wollte. Obwohl – man musste es auch nicht übertreiben.

Niemand ahnte etwas von seiner kleinen Nebenbeschäftigung

Dieter Prätorius schulterte seine Tasche und verließ den S-Bahnhof Hackescher Markt in Richtung Museumsinsel. Es war halb neun und die Nachtschicht der Security würde gleich beginnen. Er hatte seiner Assistentin im Aquarius heute freigegeben, um sich in absoluter Ruhe spirituell auf das große Ritual vorbereiten zu können. Alles lief nach Plan und niemand ahnte etwas von seiner kleinen Nebenbeschäftigung. Seine einzige Sorge war die alte Kriminalkommissarin, die sich inkognito in die Versammlung gemischt und versucht hatte, ihn mit ihren Fragen aus der Reserve zu locken. Wieso um alles in der Welt konnte sich die Polizei für seine Apparatur interessieren? Er hatte lange darüber nachgedacht, ob die Kripo seine Baphomet-Figur mit den Morden in Verbindung gebracht hatte. Aber wahrscheinlich hatten die Fantasielosen nur Artefaktenschmuggel oder sonst etwas Banales auf dem Schirm. Dieses Herumspekulieren war jetzt nicht hilfreich, wenn es darum ging, sich auf das Wesentliche zu konzentrieren. Heute war der Tag des Sommersolstitiums, er hatte seine beiden Novizen gefunden, den Raum vorbereitet und die Maschine in Position gebracht. Egal, was die Kripo von ihm wollte, niemand würde das Malkuthum jetzt noch verhindern können. Er erreichte den Seiteneingang des Pergamonmuseums und schob seine Chipkarte durch den Schlitz.

»Dieter Schulz meldet sich zum Wachdienst«, rief er jovial und salutierte salopp in Richtung Kamera, als sich die Metalltür zur Seite schob. Nichts konnte seiner wahren Natur ferner sein als die Rolle dieses Wachmanns mit gemütlichem Nietzsche-Schnauzbart, den er jetzt verkörperte, aber der schlichte Charakter hatte ihm in der Vorbereitungszeit gute Dienste geleistet. Er marschierte einen Gang entlang und öffnete die Tür zur Wachstube.

»Tagchen, ihr Frischlinge! Schon ab ins Wochenende? Grillen mit den Kuffnucken im Tiergarten, oder wie?«

Die beiden Kollegen, der dünne Freddi und der schwarz gelockte Karlheinz, der von allen nur Carlo genannt wurde, waren gerade dabei, ihre Uniformen in die Spinde zu hängen, und grinsten nur matt.

»Alles klar, Didi.«

»Hey, was ist? Warum guckt ihr mich so an?«

»Jasik hat gesagt, es spukt«, sagte Carlo.

»Hat er gesagt«, bestätigte Freddi, »und eine halbe Stunde später war er tot. Er soll die Abendroth allegemacht haben, sagt die Kripo. Glaubst du das?«

»Wenn die Kripo das sagt. Schätze, der Jasik war ein Fall für die Klapse«, antwortete Prätorius im gleichen nassforschen Ton, der unter dem Wachpersonal üblich war, während er seinen Spind öffnete und begann, sich umzuziehen. »Wenn schon der Direktor durchdreht ...«

»Auch 'ne Erklärung«, sagte Freddi. »Ich bin jedenfalls froh, hier jetzt wegzukommen.«

»Also, die Nacht allein durchs Gehäuse laufen, dazu hätte ich echt keinen Bock«, pflichtete ihm Carlo bei.

Die Männer schlossen ihre Spinde ab.

»Bleib sauber, Didi«, rief Freddy zum Abschied.

»Und ihr erst, Jungs.«

Prätorius sah den beiden nach, als sie sich davonmachten. Außer ihm waren jetzt nur noch drei Wachleute im Haus, mit denen er fertig werden musste. Die Sache mit Jasik war wieder ein Beispiel für Baphomets vorausschauende Weisheit. Der aufgeblasene Wichtigtuer mit seinen unberechenbaren Sicherheitskontrollen hätte ihm bis zuletzt gefährlich werden können. Aber unter Baphomets Einfluss war nicht nur Schraders aggressives Potenzial in produktive Bahnen gelenkt worden. Der Tod der Personalchefin Abendroth hatte ihm fast leidgetan, aber sie hatte viele seiner Lesungen besucht und es bestand immer die Gefahr, dass sie ihn trotz seiner Verkleidung wiedererkannt hätte. Nun war der Weg frei für das große Opfer, um die baphometische Transformation herbeizuführen. Er warf einen Blick in den Spiegel des Waschraumes. Dunkelblaue Hose und hellblaues, kurzärmliges Hemd war die Uniform des Sicherheitsdienstes. Er rückte das dicke Schlüsselbund und die silberne Trillerpfeife am Gürtel zurecht und überprüfte seine Dienstwaffe, die für den Nachtdienst obligatorisch war. Ganz gegen seine sonstige Gewohnheit verspürte er eine starke innere Unruhe, aber das war angesichts der Tragweite seines Vorhabens nichts Ungewöhnliches. Die archaische Schrift war eindeutig in ihrem Wortlaut und ließ keinen Raum für Interpretationen. Es musste ein Opfer erbracht werden. Und der Zeitpunkt war gekommen.

Er steckte sein Walkie-Talkie an den Gürtel und machte sich entschlossen auf seinen ersten Kontrollgang. Der schwerste und zugleich schönste Teil der Aufgabe stand ihm noch bevor.

»Ach, Frau Doktor Boulanger, hätten Sie vielleicht einen Moment für mich?«

Patricia blieb fast das Herz stehen, als sie Grotewoldts ölige Stimme in ihrem Rücken vernahm. Den ganzen Tag hatte sie kein Wort von ihm gehört, kein Lob für ihre Arbeit, keinerlei Anzeichen, ob er zufrieden mit der gestrigen Vorbesichtigung war, doch jetzt, kurz vor Feierabend, musste er ausgerechnet im Treppenhaus stehen, gerade so, als habe er ihr aufgelauert. Sie wurde nicht schlau aus ihm. War er nur schüchtern und gehemmt oder mochte er sie nicht?

»Ja, bitte?«, entgegnete sie kühler, als sie beabsichtigt hatte. Er trat einen Schritt an sie heran.

»Wissen Sie, ich bin wirklich sehr zufrieden mit Ihrer Arbeit.«

»Danke.« Sie lächelte. Damit hatte sie nun wirklich nicht mehr gerechnet.

»Wir sollten uns einmal über Ihre Zukunft unterhalten, Frau Doktor Boulanger.«

»Gerne.« Sie wusste nicht recht, was Sie noch sagen sollte. Er schwieg und schaute sie nur an, als ob er etwas von ihr erwartete.

»Ja, jedenfalls vielen Dank«, fügte sie verlegen hinzu und ärgerte sich über ihre mangelnde Schlagfertigkeit.

»Sie sind doch noch in der Probezeit?«, fragte er, als sie sich zum Gehen wenden wollte.

»Mein Vertrag gilt nur bis zum Ende der Ausstellung.«

»Dann sollten wir uns um Ihre Festanstellung kümmern«, sagte Grotewoldt. »Natürlich nur, wenn Sie wollen.«

»Ja doch, auf jeden Fall – ich ... ich liebe dieses Museum und meine Arbeit«, versicherte sie, stotternd vor Überraschung. Mit Grotewoldts spröden Worten gingen ihre Hoffnungen der letzten Wochen in Erfüllung. Eine Festanstellung, das war mehr, als sie zu hoffen gewagt hatte!

»Exzellent. Kommen Sie doch mit in mein Büro, wir regeln das. Was man hat, das hat man.«

Patricia stutzte. »Jetzt gleich?« Der Gang des Verwaltungstrakts war menschenleer. »Ich weiß nicht – « Sie musste unwillkürlich an Schrader denken, und das gefiel ihr gar nicht.

»Ach so? Sie wissen nicht. Na ja, wenn Sie etwas Besseres vorhaben ...«, sagte Grotewoldt beleidigt.

In dem Moment hallten Schritte über den Marmorboden.

»Hallo! Frau Doktor, Entschuldigung!«

Es war ein Wachmann vom Sicherheitsdienst, der mit eiligen Schritten herankam.

»Ich habe da mal 'ne Frage«, stieß er hervor und blieb schwer atmend vor Patricia stehen.

Sie wandte sich an den Direktor. »Verzeihung, Dr. Grotewoldt, ich muss mich hier um etwas kümmern. Vielleicht verschieben wir unser Gespräch auf morgen früh?«

Grotewoldt zog achselzuckend ab und Patricia strahlte den schnauzbärtigen Mann an, der sie aus der peinlichen Situation gerettet hatte. »Was kann ich denn für Sie tun, Herr ...« Sie schaute auf das kleine Namenschild an der Uniform.

»Schulz. Dieter Schulz ist der Name«, sagte der Mann hilfsbereit.

Er musste heute Abend trotz allem, was passiert war, ein guter Gastgeber sein

Raju Yayasingha schaute ungläubig auf die beiden Zwanziger, die ihm sein Fahrgast in die Hand gedrückt hatte. »Nein, nein. Das ist zu viel«, protestierte er, doch der junge Mann mit dem ausgebeulten Tweedjackett winkte ab.

»Nicht doch. Für die unterhaltsame Fahrt haben Sie sich das mehr als verdient.«

Raju blickte ihm noch lange hinterher und freute sich an dem in Berlin so seltenen Anblick eines Mitmenschen, der gut gelaunt und mit leichtem Schritt über die Straße lief. Soweit Raju sich erinnern konnte, war er der höflichste Fahrgast gewesen, den er je chauffiert hatte, seitdem er in Berlin Taxi fuhr, und der erste überhaupt, der ihm nicht nur zugehört, sondern ihn durch Fragen sogar zum Erzählen ermutigt hatte. Er fühlte, wie sich die dunkle Wolke, die seinen Tag verdüstert hatte, als die hässliche, dicke Frau ihn mit der flachen Hand auf den Kopf geschlagen hatte, allmählich auflöste, und die ganze Anspannung dieses Tages fiel von ihm ab. Wie er dazu gekommen war, dem freundlichen Fahrgast von seinem heimlichen Traum zu erzählen, nach Sri Lanka zurückzukehren, wusste er nicht mehr. Aber wenn er darüber nachdachte, so fand er jetzt, dass diese Rückkehr gar nicht so unmöglich war, wie er immer geglaubt hatte. Er machte eine angedeutete Verbeugung vor dem Reise-Ganesha auf seinem Armaturenbrett, dem elefantenköpfigen Begleiter, der ihm auf den Straßen von Berlin Schutz gewähren sollte. Und es kam ihm so vor, als würde der kleine Gott ihn ermutigend anlächeln.

Die Taxifahrt nach Mitte hatte Hasi ein kleines Vermögen gekostet und dafür war er jetzt auch noch zehn Minuten zu früh für den reservierten Tisch. Er hatte sich überwinden müssen, nicht mit dem Bus zu kommen, aber man durfte an diesem Abend auf keinen Fall knauserig erscheinen, und Tante Pudel sollte stolz auf ihn sein. Obwohl sie, was seine Begegnung mit

Renate Schwarzvogel betraf, wohl eher vom Jenseits aus einen Blitz nach ihm schleudern dürfte. Ihm graute immer noch bei der Erinnerung, diese Person umklammert zu haben wie einen gestrandeten Walfisch. Vielleicht hatte Tante Pudel über die Jahre tatsächlich guten Grund gehabt, Renate zu schneiden. Zumindest war er der Polizei entwischt, dachte er zufrieden wie nach einem gelungenen Klingelstreich, und das an diesem Tag schon zum zweiten Mal. Heute war sein Glückstag, eindeutig. Er hatte Patricia angerufen, gleich nachdem er nach Hause gekommen war, und sie hatte die Verabredung zum Abendessen knapp, aber freundlich bestätigt, obwohl es ihm während des kurzen Telefonates schwergefallen war, fröhlich und gut gelaunt zu klingen. Er hatte es tunlichst vermieden, ihr vom Tod seiner Tante zu erzählen, denn schließlich hatte er Tante Pudel feierlich versprochen, sich zusammenzureißen und Patricia nicht mit seinem Gejammere zu belasten, sondern ihr in aller Form einen schönen Abend zu bereiten.

Auf der anderen Straßenseite sah Hasi den roten Teppich vor dem dunkelgrünen Baldachin des Eingangsportals, auf dem der Name »Zöllner's« mit seinem albernen Genitivapostroph prangte. Durch die bis zum Boden reichenden Scheiben beobachtete er die befrackten Kellner, die mit blasierten Gesichtern ihre Teller an den Tischen vorbeibalancierten. Er steuerte auf die Eingangstür mit ihren blank polierten Messinggriffen zu. Es war bestimmt nicht falsch, ein bisschen früher da zu sein. Sein Tisch stand bereits zur Verfügung und er ließ sich einen trockenen Sherry bringen, während er schon einmal die Speisekarte aufschlug. Die Preise waren geradezu lächerlich überteuert und beim Gedanken, dass er sich diese Ausgaben jetzt ohne mit der Wimper zu zucken leisten konnte, empfand er nicht die geringste Freude. Er sah auf seine Uhr. Eigentlich müsste Patricia jetzt allmählich kommen. Er war ein wenig nervös, denn er musste heute Abend trotz allem, was passiert war, ein guter Gastgeber sein.

»Alles zu Ihrer Zufriedenheit?«, unterbrach der Kellner seine Gedanken.

»Es tut mir sehr leid, ich fürchte, wir müssen uns noch einen Tick gedulden«, sagte Hasi. Der gute Mann ließ sich natürlich nichts anmerken, aber er konnte sich vorstellen, was der Kellner über ihn dachte, weil er außer seinem Sherry immer noch nichts bestellt hatte und einfach nur den Tisch besetzt hielt. Patricia war eigentlich überhaupt nicht der Typ, sich zu verspäten. Oder hatte er sich in ihr getäuscht? Im Grunde war er kein guter Menschenkenner, und wenn er es sich recht überlegte, dann kannte er sich mit Frauen wie Patricia schon gar nicht aus.

Der Kellner erschien wieder an seinem Tisch und hielt ihm auf einem Tablett ein Telefon entgegen.

»Ein Anruf für Sie, Herr Graf.«

Hasi nahm das Telefon verblüfft an. »Quermaten?«

»Ja, hallo, hier Schulz vom Sicherheitsdienst im Pergamonmuseum. Ich rufe im Auftrag von Frau Dr. Boulanger an.«

»Wieso? Ist was passiert? Wo ist sie denn?«

»Keine Sorge, alles im Lack. Es gibt nur Probleme mit einer Installation. Sie möchten bitte zum Museum kommen, wenn es Ihnen nichts ausmacht.«

»Nein, natürlich nicht, ich komme sofort.«

Hasi legte das Telefon erleichtert auf das Tablett zurück. Patricia hatte ihn nicht etwa versetzt, sondern sie brauchte seine Hilfe. Ein gutes Zeichen. Eigentlich war das noch viel besser, als wenn sie einfach ins Zöllner's gekommen wäre. In vertrauter Umgebung konnte man noch ein wenig zusammen arbeiten und dann ganz entspannt irgendwo ein Häppchen essen gehen. Er winkte den Kellner für die Rechnung heran und gab ihm einen Zwanzigeuroschein. »Der Rest ist für Sie. Ich brauche den Tisch heute nicht mehr.«

Die drei Wachmänner applaudierten, als Prätorius alias Dieter Schulz seine Whiskyflasche unter der Uniformjacke hervorzog.

»Ein Gläschen wird ja wohl erlaubt sein am runden Geburtstag, oder?«

Prätorius tat nur so, als ob er sich selbst etwas eingoss, und füllte die anderen drei Pappbecher jeweils bis zur Hälfte. Die Dosis für jeden war stark genug, um einen Stier zu Fall zu bringen.

»Also Jungs, haut weg die Plörre. Prösterchen!«

»Auf das Neue, Didi! Gratuliere!«

»So, Leute. Jetzt muss ich aber was tun für mein Geld. Bis denne!«

Prätorius verließ den Raum und ging zum Ende des Ganges, wo er den Arztkoffer aus dem Ambulanzzimmer holte. Als er zurückkam, lagen die Kollegen bereits über die Stuhllehnen gekippt wie Marionetten, denen man die Fäden abgeschnitten hatte. Sie zu fesseln wäre viel zu auffällig gewesen, außerdem würden sie beim Aufwachen am nächsten Morgen nur dumme Fragen stellen. Aber bis dahin würde die Welt sowieso nicht mehr die gleiche sein, dachte er, und für das, was heute noch unter Strafe stand, würde man ihn morgen feiern und seinen Mut und seine Konsequenz rühmen.

Nun hatte er das Museum für sich allein, und in seinem Koffer war alles enthalten, was er brauchte für das Malkuthum – seine eher unvollkommene Bezeichnung für das Unaussprechliche, was in dieser Nacht passieren würde. Prätorius fühlte sich fast zu Hause, als er an den Stufen des Pergamonaltars vorbeischritt. Er erinnerte sich an seine früheren Auftritte auf der Bühne und spürte das Adrenalin aufsteigen, eine Hochstimmung, die stets dann aufgekommen war, wenn er das Publikum mit der Dramaturgie einer scheinbar magischen Handlung in seinen Bann geschlagen hatte. Nur dass es diesmal kein Zaubertrick sein würde. Und dass er kein Zauberkünstler mehr war, sondern ein echter Magus und darüber hinaus der einzige Mensch auf der Welt, dem die Gnade gewährt worden war, nach Jahrtausenden die magische Maschine wieder in Bewegung zu setzen.

Es war an der Zeit, die Novizen in Position zu bringen. Als er die Eingangshalle betrat, sah er durch die riesigen Panzerglastüren schon den unschuldigen jungen Mann im Tweedjackett, der vom Kupfergraben her über den Platz eilte, als könnte er das ihm vorbestimmte Schicksal gar nicht schnell genug erwarten. Er entriegelte die Seitentür und winkte ihn heran. Der Junge war außer Atem und machte ein sorgenvolles Gesicht. Prätorius versucht, ihn mit einem jovialen Lächeln zu beruhigen.

»Schön, dass Sie gekommen sind. Die Frau Doktor wird sich freuen. Man will ja schließlich, dass alles perfekt ist vor der Eröffnung.«

»Ist doch selbstverständlich.« Hasi schnupperte. »Irgendwas riecht hier nach Krankenhaus.«

»Der Putzdienst war gerade da. Die Frauen nehmen viel zu viele Chemikalien ins Putzwasser, finde ich. Aber geht mich ja nichts an.« Prätorius machte eine einladende Geste. »Folgen Sie mir bitte! Frau Doktor Boulanger wartet bereits auf Sie.«

Er ließ den Türriegel einschnappen und schloss ab. Niemand würde das Ritual jetzt noch stören können. Dann öffnete er die Tür zum Pergamonsaal. »Bitte nach Ihnen, Herr Quermaten.«

Hinter dem Rücken des Novizen zog er in einer schnellen Bewegung die mit Chloroform getränkte Maske aus seiner Uniformtasche.

Diese alberne Situation war überhaupt nicht mehr zum Lachen

Hasi blinzelte in die gleißende Sonne und tastete halb wach nach seiner Strandtasche. Es wäre besser, sich noch einmal mit Sonnenschutz einzucremen, vor allem an der Ostsee, wo der frische Wind über die Intensität der Strahlung hinwegtäuschen konnte. Er öffnete vorsichtig die Augen. Das blendende Licht kam gar nicht von der Sonne, sondern von einem Scheinwerfer, der genau auf ihn gerichtet war. Er schloss die Augen wieder, denn es konnte sich hier schließlich nur um einen seiner – oft leider allzu realistischen – Träume handeln. Am besten wäre es, sich umzudrehen, um so lange weiterzuschlafen, bis sich der unangenehme Scheinwerfer über seinem Gesicht in die echte Sonne verwandelt hatte. Irgendetwas hinderte ihn an der Bewegung und vage gab er die Bemühung auf. In sein Bewusstsein drang nun sanft die Stimme von Tante Pudel, aber sie klang fremdartig, viel zu tief, als sei sie erkältet. Es war eine Art Singsang, wie er ihn aus dem Sonntagsgottesdienst kannte.

»*Olo Shalaleh gorkom sartah arka, natrah Anon …*«

Das war nicht »Großer Gott, wir loben Dich«! Und auch nicht Tante Pudel, die komplett unmusikalisch war – außerdem war sie doch gestorben, oder nicht? Plötzlich war er hellwach und riss die Augen auf. Tante Pudel war tot! Etwas stimmte hier ganz und gar nicht. Er konnte nicht am Ostseestrand liegen. Nein, es fühlte sich völlig falsch an. Mit der Hand ertastete er eine harte Steinplatte, die kalt seinen Rücken berührte. Er hob den Kopf an und sah, dass er bis auf seine gestreiften Boxershorts splitternackt war. War er vielleicht gestorben? Lag er im Leichenschauhaus? Oder hatte er einen Unfall gehabt und war irrtümlich für tot erklärt worden? Hoffentlich kam niemand, der ihn in diesem Zustand sehen konnte! Er wollte sich aufrichten, aber es ging nicht, weil er an Armen und Beinen und kreuz und quer über den Brustkorb mit Lederriemen an die Steinplatte gefesselt war. Er versuchte, seine Benommenheit zu überwinden, indem er die Augen ein paar Mal zukniff und wieder weit aufriss. Eine Methode, die durchaus funktionierte, wenn er ein Gläschen zu viel intus hatte. Contenance bewahren, hatte Tante Pudel immer gepredigt, aber das war leichter gesagt als getan, und eine solche Situation hatte sie bestimmt nicht vorhergesehen.

»Mor selektar, mor selektar, mor selektar, Gorkorm selektar aku …«

Mühsam drehte Hasi seinen Kopf zu der Seite, von wo der Sprechgesang zu kommen schien. Mehrere groteske Gesichter glotzten ihn böse an, und für eine Schrecksekunde setzte sein Atem aus, bis ihm klar wurde, dass es das Sammelsurium der alten Gottheiten war, die er zusammen mit Patricia, Grotewoldt und den Technikern in den letzten Tagen für die neue Ausstellung aufgebaut hatte. Also befand er sich in einem der drei Ausstellungsräume im Südflügel des Pergamonmuseums. Und zwar in der mittleren Halle, denn er sah über sich den blauen Baldachin mit den Sternen, mit dem sie die Kassettendecke abgehängt hatten, um den Zusammenhang von Religion und Astrologie plastisch zu machen. Und der grelle Scheinwerfer war von Lichtdesigner Bärtele installiert worden, um das Zentrum der Ausstellung anzustrahlen. Aber wie war er selbst in diese absurde Lage gekommen? Irgendetwas musste passiert sein, aber er konnte sich beim besten Willen nicht daran erinnern.

Ein paar Meter vor ihm auf einer kleinen Säule stand diese komische Skulptur mit zwei Gesichtern. Kannte er die nicht? Sein Kopf war wie aus Watte und er hatte Mühe, einen klaren Gedanken zu fassen. Außerdem brummte sein Schädel wie nach einer durchfeierten Nacht. Und dann fiel es ihm ein. Baphomet hieß die Figur, und er hatte dummerweise immer noch nicht den verlorenen Lieferschein für sie gefunden. War das der Grund, warum er hier liegen musste? Als Strafe für sein Versagen? Und woher kam das Büschel blonder Haare, die jemand um den unteren Teil der Statue gewickelt hatte? Die Stimme gehörte offenbar der Gestalt im wallenden, schwarzen Umhang, die vor Baphomet kniete und irgendetwas auf den

Boden zeichnete. War das der Museumsdirektor? Sicherlich gab es noch einiges an der Ausstellung zu tun. Ihm fiel wieder ein, dass Patricia ihn gebeten hatte, hierher zu kommen, um ihr zu helfen. Aber wieso war er dann auf diesen Stein gefesselt? So würde er sich wohl kaum nützlich machen können. Das Ganze konnte nur ein Scherz sein. Natürlich war es ein Scherz. Das letzte Mal, dass man ihn nackt ausgezogen und gefesselt hatte, war in seiner Schulzeit im Internat gewesen. Eine Frechheit, dass man sich jetzt hier im Museum so etwas mit ihm erlaubte. Er versuchte zu lachen. Man wollte ja kein Spielverderber sein.

»Guter Witz«, krächzte er, »aber kann mich vielleicht jemand losbinden und mir meine Anziehsachen bringen?«

Die sonore Stimme sang weiter in ihrem monotonen Kauderwelsch, als wäre er gar nicht da.

»Zee Kahi elila, Dir Nashahe Vilay ashta …«

Sie klang nicht nach Grotewoldt. Vielleicht ein Ausländer, überlegte Hasi. Die fremde Sprache sagte ihm nichts. Es klang irgendwie altertümlich, aber Latein war es nicht, soweit er sich erinnerte. Ein leises Stöhnen weckte seine Aufmerksamkeit und er wandte den Blick zur Seite. Offenbar lag jemand neben ihm auf einer zweiten Steinplatte. Zwei wohlgeformte Brüste in einem spitzenbesetzten Büstenhalter rückten in sein Gesichtsfeld und er drehte sich schnell weg. Das konnten sie mit ihm nicht machen. Dieser Scherz ging nun wirklich zu weit. Er wagte einen zweiten Blick und sah direkt in Patricias Gesicht.

»Patricia! Mein Gott –«

»Hasi! Wo bin ich? Was ist denn passiert? Wieso hast du nichts an?« Ruckartig hob sie den Kopf und sah an sich herab. »Oh Gott!«

Plötzlich fiel ihm auf, dass ihre schönen blonden Haare abgeschnitten waren. Er bemühte sich, sein Erschrecken zu verbergen. Patricia schien den Verlust noch nicht bemerkt zu haben und er wollte sie nicht zusätzlich beunruhigen. Tante Pudel hatte immer einen furchtbaren Schrecken bekommen, wenn sie auch nur ein paar Haare zu viel in ihrer Bürste entdeckte, und war dann jedes Mal gleich mit anklagender Miene zu ihm herübergelaufen, das Corpus Delicti hoch erhoben in der Hand und jammernd, dass ihr Ende nun mit Sicherheit nahe. Hasi versuchte, Patricias Hand zu fassen, konnte aber nur ihren Handrücken mit seinen Fingerspitzen berühren.

»Es tut mir furchtbar leid, Patricia! Man hat sich einen Scherz mit uns gemacht. Ein Humor, den ich allerdings nicht teilen kann.« Er hob die Stimme. »Hallo, jetzt ist es aber genug, bitte. Das ist kein Spaß mehr und sehr unhöflich noch dazu!«

Der monotone Gesang endete mit dem Schlag eines Gongs.

»Sehr schön, Sie sind also beide wieder munter!«

Die Stimme kam Hasi von irgendwoher bekannt vor.

»Ach, Schulz, sind Sie das? Gott sei Dank. Können Sie uns bitte losmachen?«, sagte Patricia und versuchte, ihrer Stimme eine professionelle Sachlichkeit zu geben, was nicht so einfach war, wenn man gefesselt und nur in Unterwäsche auf einer Steinplatte lag.

Hasi fiel wieder ein, wo er die Stimme schon einmal gehört hatte. Bei diesem Wachmann, von dem er in das Museum eingelassen worden war. Und dabei hatte etwas gerochen wie im Krankenhaus. Nach Chloroform, wie ihm auf einmal klar wurde, und trotz der Kühle des Steines überflutete ihn eine Hitzewelle und ihm brach der Schweiß aus.

»Patricia, verzeih mir bitte. Als dein Bodyguard hätte ich besser aufpassen müssen.«

Die Gestalt im schwarzen Umhang mit zwei goldenen fünfzackigen Sternen tauchte vor ihnen auf.

»Meine lieben Novizen, Sie beide haben die Ehre, an einem einzigartigen Ereignis teilnehmen zu dürfen! Leider haben Sie unsere gemeinsame Andacht nicht ganz miterleben können. Aber um Mitternacht wird das heilige Ritual zur Vollendung gekommen sein und die unumkehrbare Transformation ihren Lauf nehmen«, verkündete Prätorius. »Wir haben noch etwas Zeit, bitte versuchen Sie, sich zu entspannen.«

Der Mann klang wie ein Flugbegleiter, gleich würde er mit

ausgestreckten Armen auf die Notausgänge hinweisen, dachte Hasi, aber diese alberne Situation war überhaupt nicht mehr zum Lachen.

»Es reicht jetzt«, sagte er und bemühte sich, souverän und streng zu klingen. »Wir sind keine Novizen, sondern Angestellte dieses Museums! Frau Dr. Boulanger zumindest. Und wenn Sie uns nicht auf der Stelle losbinden, werde ich mich über Sie an höchster Stelle beschweren.«

Seine Worte kamen leider nicht so autoritär heraus, wie er gewollt hatte. Auf einmal konnte er sich nicht länger gegen seine Angst wehren und zerrte an den Riemen, die ihn auf dem Stein festhielten, während seine Gedanken rasten. Was ging hier vor? Warum kam denn niemand vom Sicherheitsdienst? Was wollte dieser Schulz von ihnen? Die Fesseln scheuerten die Haut an seinen Handgelenken auf und der Schmerz führte ihm glasklar vor Augen, dass dies kein harmloser Schabernack war. Sie waren einem gefährlichen Irren ausgeliefert und ihm fiel partout nichts ein, was er hätte tun können.

Der Wachmann riss eine medizinische Verpackung auf und zog eine Injektionsspritze hervor.

»Was wollen Sie damit? Was ist das?«, fragte Patricia ängstlich.

»Ein Mittel, um die Blutgerinnung zu hemmen«, antwortete Prätorius bereitwillig, während er die Nadel fachmännisch abklopfte. »Sie entschuldigen mich jetzt bitte, ich habe zu tun.«

Nachdem er den Novizen die Injektionen gegeben hatte, wandte er sich von ihnen ab, um die zwölf im Kreis aufgestellten Kerzen anzuzünden. Dann trat er an den Altar und legte seine Hände auf Baphomet, die magische Maschine. Sofort spürte er, wie seine Körperwärme anstieg. Seine Hände glitten in ehrfürchtiger Langsamkeit über die samtigen Konturen der Figur, von den angedeuteten, stumpfen Hörnern über die Brüste und den schlangenartig gewundenen Haarzopf bis hinunter zum Tor der kommenden Erleuchtung. Er schloss die

Augen, damit das unsichtbare Licht der Schwarzen Sonne vor seinem Geist aufgehen konnte, wie es die sumerischen Keilschriften verkündet hatten. Baphomet hatte das Liebespaar auserwählt und er als demütiger Diener musste nur noch die vorgesehenen Schritte ausführen. Dann würden die Schwingungen der schwarzen Sonne durch Baphomet in die Welt hinausströmen und sie heilen von der Geißel der Dualität, dieser entzweienden Kraft, die der Ursprung von allem Egoismus, von Zwist und von Kriegen seit Menschengedenken war. Seit der Vertreibung Adams und Evas aus dem Paradies existierte keine größere Sünde als die Blindheit der Menschen vor der unumstößlichen Wahrheit, dass alles im Kosmos nach einem und nur nach einem strebte: der Einheit.

Er drehte sich zu seinem Novizenpaar um. Sie winselten nur noch, als hätten sie sich ihrem Schicksal ergeben. So sollte es sein und er war dankbar dafür. Nun konnte das große Opfer in gebührender Feierlichkeit erbracht werden. Denn alles außer dem Tod wäre nur ein lächerliches Spiel, das nichts kostete und nichts wert war. Das künstlich verdünnte Blut der Novizen strömte, nur gebremst von einem medizinischen Regler, durch die langen, durchsichtigen Kanülen in das goldene Opfergefäß, wo es sich mit dem Kondensat vermengte.

Mit ernstem Gesicht verneigte Prätorius sich vor seinen Novizen. »Sie haben meine allerhöchste Anerkennung. Ich danke Ihnen. Gehen Sie stolz und beglückt auf Ihren letzten Weg, denn Ihr Opfer geschieht zum Wohle der gesamten Menschheit.« Er hob feierlich die Arme und seine Stimme ertönte kraftvoll. »Das Malkuthum kann beginnen!«

»Was kann beginnen?«, stöhnte Hasi.

»Das Malkuthum wird Baphomet mit den Schwingungen der Schwarzen Sonne in Einklang bringen, um die Menschheit auf einen höheren spirituellen Bewusstseinszustand zu erheben«, antwortete die Stimme.

Hasi stutzte. Der Mann hatte zwar nicht mehr alle Tassen im Schrank, aber er hatte immerhin eine Frage beantwortet. Vielleicht war es ein Fehler gewesen, um seine Freilassung zu betteln. Wahrscheinlich weidete sich dieser Verrückte nur an ihrer Angst. Den Gefallen würde er ihm bestimmt kein zweites Mal tun.

»Hören Sie«, sagte er und versuchte, seiner Stimme einen unbekümmerten Ton zu geben. »Ich kann ja verstehen, wenn Sie etwas Gutes für die Menschheit tun wollen, aber nicht mit uns, tut mir leid. Wir haben keinerlei Interesse an einer Teilnahme. Also binden Sie uns jetzt gefälligst los und ...« Er verlor den Faden. Was wollte er noch sagen? »Wir können gerne über alles reden ...«

»Nehmen Sie es nicht persönlich, Herr Quermaten, ich habe nichts gegen Sie, ganz im Gegenteil«, sagte Prätorius. »Sie und Frau Doktor Boulanger haben eine reine Seele und deshalb wurden Sie von Baphomet auserwählt. Unten im Lagerraum. Sie erinnern sich doch? Ich habe Sie dort in inniger Umarmung gesehen und wusste sofort, dass Sie das auserwählte Brautpaar für das Malkuthum sind!«

Hasi hörte Patricias gleichmäßige Atemzüge. Sie war offenbar eingenickt. Er war froh, dass sie diesen Unsinn nicht mitbekam, es war einfach zu – beschämend. Auch er kämpfte gegen eine bleierne Müdigkeit, aber er musste jetzt wach bleiben und den Mann irgendwie zu einer Reaktion provozieren. Es war seine einzige Chance und er musste sie nutzen, so gut er konnte.

»Über eine Hochzeit lässt sich ja reden«, erwiderte er, »aber wozu das ganze Brimborium, guter Mann?«

Zu seiner Überraschung hatte er es geschafft, blasiert zu klingen. Ermutigt fuhr er fort: »Wenn Sie Blut brauchen, können Sie in jedem Krankenhaus eine vorzügliche Konserve in allen erdenklichen Blutgruppen erwerben, und zwar von wirklich guten Menschen, die ihr Blut alle freiwillig gespendet haben. Im Gegensatz zu uns.«

Prätorius nickte. Es reizte ihn, sein Wissen mit dem Novizen zu teilen, nachdem er das Geheimnis der alten Schriften so viele Jahre für sich hatte behalten müssen.

»Das Blut als Opfergabe ist nur ein Symbol«, erklärte er. »In

Wahrheit geht es nicht um Ihr Blut, sondern um die spirituelle Energie, die im Moment Ihres Todes freigesetzt wird. Wenn Sie ein religiöser Mensch sind, werden Sie das verstehen.«

»Ich weiß nichts von spiritueller Energie, ich bin evangelisch. Aber ich könnte Ihnen da einen exzellenten Vorschlag machen. Ich habe vor kurzem ein Vermögen geerbt.« Hasi machte eine kleine Pause. Der Verrückte hatte ihm zugehört. Er wollte bestimmt Geld, jeder wollte doch Geld heutzutage. »Lassen Sie einfach die Dame gehen, und wir beide besprechen dann ein finanzielles Arrangement, mit dem Sie Ihre wissenschaftliche Recherche weiterführen können.«

Prätorius betrachtete ihn interessiert. »Wären Sie denn bereit, Ihr Leben für Frau Doktor Boulanger zu geben?«

»Auch das«, sagte Hasi, »mein Leben für ihr Leben – wie Sie wollen. Und mein Geld bekommen Sie noch dazu. Das ist doch ein anständiges Angebot.«

Prätorius lächelte. »Ich danke Ihnen für diese wundervolle Opferbereitschaft. Das ist wahre Liebe, und es bestätigt noch einmal, dass sie beide zu Recht ausgewählt wurden. Aber Sie als Bräutigam und Braut müssen gemeinsam sterben.«

»Wissen Sie was, Sie sind ein Schurke ohne einen Funken Ehrgefühl«, sagte Hasi so verächtlich, wie er in dieser miserablen Lage nur konnte, und bemerkte, wie ihm wieder die Sinne zu schwinden begannen. Er war nur noch müde und enttäuscht, er hatte seinen Kampf verloren und wehrte sich nicht mehr dagegen, dass ihm die Augen zufielen.

»Sie sollten sich freuen, dass Sie auserwählt wurden. Das wird sich karmisch positiv auf Ihre zukünftigen Reinkarnationen auswirken.«

Prätorius drehte sich zum Opferaltar um.

»Lasst uns jetzt das große Werk beginnen.«

Er kniete sich vor der Baphomet-Figur auf den Boden.

»Ich, Magus Prätorius, Vikarius der Schwarzen Sonne, rufe dich an, oh Baphomet, gewähre mir die Kraft, diese magische Operation zu vollenden!«

Lydia fluchte leise, während sie hinter Torsten die dunklen, glitschigen Stufen einer Treppe zur Spree hinunterkletterte. Sie hatte eigentlich nur ein paar Einkäufe im Späti machen wollen, als er sie mit seinem Wagen direkt vor der Haustür abgepasst hatte. Nur aus Neugier war sie mitgekommen, seine plötzliche Tatkraft hatte ihr imponiert. Doch was er jetzt machte, war reiner Aktionismus. Zugegeben, es war alles andere als normal, dass sich niemand vom Wachdienst des Pergamonmuseums rührte, als Torsten seinen Dienstausweis vor die Kamera des verschlossenen Haupteingangs gehalten hatte. Aber dass es an der Spree einen alten vermauerten Zugang zu irgendwelchen Höhlen unter dem Museum geben sollte, schien eher seiner Fantasie entsprungen zu sein. Und Verstärkung konnte er auch nicht anfordern, weil er sein Handy verloren hatte. Nicht mal die Dienstwaffe hatte er dabei. Hatte der Mann vielleicht Drogen genommen? Seine Beharrlichkeit hatte etwas geradezu Wahnhaftes. Obwohl sie jahrelang im Team zusammengearbeitet hatten, wusste sie doch im Grunde ziemlich wenig über ihn. Torsten Nagel war immer distanziert, höflich und korrekt gewesen. Oder war sie es, die distanziert gewesen war? Sie erinnerte sich plötzlich an Torstens Wohnungseinweihung, als er mit irgendeiner Freundin zusammengezogen war. Sie hatte in letzter Minute abgesagt, um Klimm auf eine private Galerieparty begleiten zu können. Die exzentrischen Künstler, Sammler und Galeristen waren einfach interessanter als ihre Kollegen von der Mordkommission, die sich privat eher als bieder und langweilig herausstellten.

Vom gegenüberliegenden Ufer wehten die Klänge von Geschirrgeklapper und Musik aus den Restaurants herüber wie aus einer anderen Welt.

Lydia blieb stehen. »Es ist stockdunkel da unten. Wie willst du den Eingang denn finden?«

Wortlos zog Torsten eine Taschenlampe aus der Werkzeugtasche, die er aus dem Auto mitgenommen hatte. Im Lichtkegel war ein schmaler unbefestigter Steg zu erkennen, der dicht über der schwarzen Wasseroberfläche an der Mauer hinter dem Museum entlanglief. Lydia tastete sich über die glitschigen Steine zu ihm heran.

»Hier muss es irgendwo sein.« Torsten ließ den Lichtkegel über die mit Moos bewachsenen Wände gleiten.

»Ich sehe nichts.« Lydia betrachtete die gemauerte Wand. »Um hier durchzubrechen, brauchen wir einen Bulldozer.«

Torsten nahm einen Hammer aus seiner Werkzeugtasche und klopfte die Wand ab, während er den Steg entlangschritt. An einer Stelle blieb er stehen. »Hier. Hörst du?« Er klopfte noch einmal. Ein kleines *Tock*. »Klingt irgendwie hohl, findest du nicht?«

»Keine Ahnung.« Lydia schaute mit verschränkten Armen zu, wie er einen Schraubenzieher aus seiner Tasche zog und etwas Moos von der Wand kratzte.

»Ich wette, dahinter ist noch die alte Tür zum unterirdischen Eingang.« Er schob den Schraubenzieher in den Spalt zwischen den Steinen und ruckelte mit aller Kraft hin und her, bis sich ein Stein so gelockert hatte, dass er ihn heraushebeln konnte. Der Stein polterte neben Lydias Füßen auf den Steg und versank mit einem Klatschen in der Spree.

»Ich hoffe, uns hört keiner«, sagte Lydia. »Hier steht doch alles unter Denkmalschutz.«

»Wo gehobelt wird, fallen Späne. Die Archäologen, die den Pergamonaltar hierher gebracht hatten, waren auch nicht zimperlich.«

Torsten war bereits am nächsten Stein, der sich ohne große Mühe entfernen ließ.

»Sieh dir das an! Die Bauarbeiter haben früher genauso gepfuscht wie heute.«

Lydia fischte sich einen zweiten Schraubenzieher aus der Werkzeugtasche, und bald hatten sie genügend Steine aus der Wand gebrochen, um ein Gitter freizulegen, das mit einem verrosteten Vorhängeschloss gesichert war. Sie hielten einen Augenblick inne, um wieder zu Atem zu kommen.

»Und wie kriegen wir dieses Schloss auf?«

»Geh mal einen Schritt zur Seite.«

Er holte aus und brach das Schloss mit einem gezielten Hammerschlag auf.

»Leuchte mir mal!« Lydia drückte die Gittertür auf und kletterte vorweg in die dunkle Öffnung.

Im schwachen Schein der Taschenlampe tasteten sie sich einen niedrigen Gang aus groben Felssteinen entlang, der an mehreren Stellen durch glitschige Treppenstufen nach unten unterbrochen wurde.

Hinter einer Biegung blieb Torsten plötzlich stehen.

»Fühlst du das auch?«

Für einen Augenblick glaubte Lydia zu spüren, wie der Boden unter ihren Füßen vibrierte. Dann war es vorbei.

»Das ist die S-Bahn, die über uns vorbeifährt.«

»Kann sein«, murmelte Torsten. Er zuckte zurück. »Ich habe was gespürt. Hier ist jemand.«

Lydia nahm ihm die Taschenlampe aus der Hand und richtete sie zur Decke.

»Fledermäuse! Ganz harmlose Tierchen. Wenn sie nicht gerade Tollwut haben«, sagte sie.

»Du hast eine Art, einem Mut zu machen.« Er folgte ihr weiter.

»Was ich dich mal fragen wollte, Torsten ... Was ist wirklich mit dir los?«

»Fängst du schon wieder damit an?«

»Genau das meine ich. Du bist so mimosig. Früher warst du nicht so.«

»Woher willst du das wissen? Du hast dich doch nie privat für dein Team interessiert.«

»Trotzdem lief bei mir alles rund.«

»Und bei mir bricht alles zusammen, das willst du jetzt wohl sagen.«

»Stimmt das denn nicht?«

»Ich hätte gerne gesehen, was du gemacht hättest, wenn man dir als Teamleiterin plötzlich einen Aufpasser zur Seite gestellt hätte.«

»Gute Frage. Wahrscheinlich hätte ich ihn umgebracht.«

»Würde ich auch am liebsten tun.«

»Es gibt noch andere Möglichkeiten.«

Der Gang teilte sich vor ihnen. Nach rechts führten schmale gewundene Treppenstufen weiter in die Tiefe und sie wählten die linke Seite, wo der Gang höher und breiter wurde und es weniger modrig roch. Die Felssteine an Wänden und Decken waren hier grau verputzt. Lydia blieb stehen, um die Wände auszuleuchten. »Ob das hier schon zum Museum gehört?«

»Komm weiter. Ich weiß nicht, wie lange die Batterie noch reicht.« Torsten kam es vor, als sei das Licht der Taschenlampe schon schwächer geworden.

Hinter einer leichten Biegung führte der Gang zu einer modernen Stahltreppe und ihre Schritte hallten hohl von den Wänden wider, als sie über die Fußgitter aus Aluminium nach oben stiegen.

»Da vorne ist Licht!«

Es war nur eine Notbeleuchtung, aber sie brauchten die Taschenlampe nicht mehr und folgten einer Stromleitung, bis sie in einem verschlossenen Sicherungskasten endete. Torsten setzte seinen Schraubenzieher an und mit einem schrillen Knirschen hatte er die Tür aufgehebelt. Lydia sah, wie er ein paar Schalter umkippte. Einige Strahler flammten auf und tauchten mit einem Schlag den Gang vor ihnen in grelles Licht. Sie schauten sich verwundert um.

»Warum kommt der Wachdienst nicht? Die müssten uns doch längst bemerkt haben.«

»Vielleicht weiß keiner, dass man auch von der Spree aus rein kann. Aber die werden uns bestimmt gleich hören.«

Er ging voran, ohne sich die Mühe zu machen, seine hallenden Schritte zu dämpfen. Vor ihnen wurde der Gang von zwei Betonsäulen eingerahmt.

»Das müssen die Pfeiler vom Fundament sein. Das Museum ist direkt über uns.« Er wies auf ein aufgerolltes Stahlgitter zwischen den Pfeilern. »Die Wache macht sich nicht mal die Mühe, das Gitter runterzulassen.«

Hinter den Pfeilern war der Boden betoniert. Neonleuchten an der Decke gaben ein gleichmäßiges weißes Licht, das von mehreren Stahltüren reflektiert wurde. Lydia drückte eine Klinke und zu ihrem Erstaunen öffnete sich die Tür. Sie blickten in einen dunklen Raum, in dem die schattenhaften Konturen riesenhafter Steinskulpturen auszumachen waren. Lydia tastete nach dem Lichtschalter.

Überall verstreut standen und lagen Bruchstücke von Ornamenten und Reliefs, abgebrochene Säulen, Figurenrümpfe und nummerierte Gliedmaßen aus Stein. Regale waren bis zur Decke gefüllt mit Steinbrocken und Fragmenten in allen Größen und Formen.

»Hier werden offenbar die Fundstücke aufbewahrt«, stellte sie fest.

Torsten nickte ehrfürchtig. »Jedes dieser Teile ist tausende von Jahren alt und kann die Vergangenheit in einem morphogenetischen Feld speichern.« Er stellte sich ganz dicht an eine Steinskulptur. »Ich glaube, ich fühle es schon.«

Lydia musterte ihn scharf. »Wovon redest du eigentlich? Was ist ein morphogenetisches Feld?«

»Nur so eine wissenschaftliche Theorie. Lass uns weitergehen.« Er drängte sie fast aus dem Raum und schloss die Tür. Es war sicher nur seine Einbildung, aber er hatte plötzlich das Gefühl, dass von diesen uralten Figuren eine Bedrohung ausging.

Der Gang machte eine Neunziggradwendung und teilte sich in zwei Richtungen. In der Ferne glänzte eine metallische Konstruktion.

»Sieht aus wie die Treppe«, sagte er und wollte sich auf den Weg machen.

Lydia hielt ihn zurück. »Schau mal da vorne! Ob das ein Lift ist?«

Sie deutete in die andere Richtung, wo ein Lichtschein aus der Wand zu fallen schien. Es war eine Glastür, die ihnen den Blick in einen Raum mit einem Schaltpult und einer Wand voller Monitore freigab.

»Komisch, hier ist auch keiner«, sagte Torsten.

Lydia stieß die Glastür auf, trat an das Schaltpult und studierte die verschiedenen Schalter, Tastaturen und Bedienungsknöpfe. »Wofür ist das hier wohl?«

Mitten auf dem Schaltpult prangte ein sehr wichtig aussehender roter Knopf.

Ein Mal in seinem nichtsnutzigen Leben musste er ein Zeichen setzen

Hasi hob die Lider. Schon das war eine Kraftanstrengung, für die er seinen ganzen Willen aufwenden musste. Er schien kurz eingenickt zu sein, denn wirre Traumbilder von nackten Gestalten wie Höhlenmenschen, die im Schein flackernder Fackeln zu monotonem Gesang um die Baphomet-Figur tanzten, geisterten noch durch seinen Kopf. Er versuchte nach Patricias Hand zu greifen, doch seine Hände gehorchten ihm nicht. Seine Arme und Beine waren taub geworden. Das lag wohl am Blutverlust, stellte er gleichmütig fest. Die Situation erschreckte ihn nicht mehr. Durch die Hitze der Kerzen war es angenehm warm geworden, er fühlte sich wohlig schläfrig und das unaufhörliche Gemurmel des Verrückten hatte etwas angenehm Beruhigendes an sich, wie ein Wiegenlied, nur viel schöner. Durch halb geöffnete Augen sah er, wie der Mann vor ihnen sich durch den Raum bewegte, als wate er durch Sirup. Sein schwarzer Umhang schien das Licht aufzusaugen wie ein schwarzes Loch und die Umrisse seiner Gestalt lösten sich weich in der flirrenden Luft auf. Oder waren es die Schwaden von Weihrauch, die in trägen Spiralen um ihn und Patricia herum aufstiegen? Feierlich und in Zeitlupentempo bestrich der Irre die Baphomet-Figur mit etwas, das wie Honig und Blut aussah. Unser Blut, dachte Hasi zufrieden. Diese Zeremonie war eigentlich ganz nett. Friedlich und warm, nicht zu laut und vor allem nicht zu hell. Er wollte sich nicht mehr gegen seine Bettschwere stemmen, sondern nur noch friedlich einschlafen, auch gerne für immer. Für alle Ewigkeit und mit Patricia an seiner Seite, was konnte es Schöneres geben?

Der Raum verschwamm vor seinen Augen und ging über in Formationen von Wolken unter blauem Himmel, und er hörte ein entferntes Meeresrauschen. Barfuss wanderte er über den weißen Sandstrand auf den endlosen Horizont zu. Seit frühester Kindheit hatte er hier Jahr für Jahr die Sommerurlaube verbracht, selbst als er noch ganz klein war und das Kindermädchen ihn im Schatten eines Strandkorbes in ihren warmen Schoß gebettet hatte. Und nun durfte er wieder hier sein, sorglos und frei, zusammen mit der Frau, die er liebte.

Plötzlich schoss ihm ein Gedanke mit spitzen Stacheln durch den Kopf. Ja, er liebte Patricia. Aber sie würde sterben. Und er natürlich auch. Und zwar nicht irgendwann in ferner Zukunft, am Ende der Sommerferien, sondern heute. Und was hatte er eigentlich in seinem Leben erreicht? Nichts, rein gar nichts, so wie es aussah! Sein Studium hatte er abgebrochen und von der Unterstützung seiner Familie gelebt, ohne jemals etwas Eigenes geleistet zu haben. Und dass Tante Pudel ihm ihr Vermögen vererbt hatte, war auch nicht sein Verdienst. Er hatte nur so dahingelebt, wie eine Eintagsfliege, an die sich niemand erinnert, wenn sie ihr kümmerliches Leben beendet hat. Er war ein kompletter Versager. Noch nicht einmal Patricia hatte er beschützen können, obwohl er es ihr versprochen hatte. Und auch jetzt war er dabei, allen Schwierigkeiten aus dem Weg zu gehen und sich seinen wohligen Träumen hinzugeben, anstatt zu handeln. Typisch! Er riss die Augen wieder auf. So ging das nicht weiter. Ein Mal in seinem nichtsnutzigen Leben musste er ein Zeichen setzen. Er konnte hier nicht einfach abtreten, ohne sich um Patricia zu kümmern. Vielleicht war es ja möglich, wenigstens sie zu retten.

Mühsam hob er den Kopf, um zu sehen, was der Verrückte gerade machte. Der hatte sich konzentriert murmelnd vor die Statue auf den Boden gekniet und war offenbar ganz im Bann seiner Beschwörungen gefangen. Hasi konnte sich so unbeobachtet fühlen, wie es unter diesen unglücklichen Umständen möglich war.

»Patricia!«, flüsterte er.

Er hörte, wie sie neben ihm flach atmete.

»Patricia, hörst du mich?«

»Lass mich schlafen«, murmelte sie.

»Nein, hör zu, bitte. Du darfst jetzt nicht schlafen!«

»Warum nicht? Was ist denn jetzt schon wieder?«

»Ich muss dir was sagen!«

»Kann das nicht bis morgen warten? Ich bin müde.«

»Nein, es kann nicht warten!«

»Ach Hasi, lass mich …«

»Ich wollte dich fragen, ob du mich heiraten würdest, wenn wir hier herauskommen?« Er hielt den Atem an, aber sie antwortete nicht. Hasi legte die letzte Kraft in seine Stimme, um Patricia zu erreichen. Es durfte einfach nicht sein, dass sie jetzt resignierte, wo sie doch noch ein ganzes wundervolles Leben vor sich haben konnte!

»Patricia?«

»Eigentlich bist du gar nicht mein Typ, Hasi«, sagte sie endlich mit kaum hörbarer Stimme.

»Ich weiß.«

»Aber ich heirate dich gerne. Du bist der netteste Mann, den ich kenne.«

Ein Glücksgefühl durchströmte ihn und er war wieder hellwach.

»Das freut mich sehr und ist mir eine Ehre«, flüsterte er. Als er noch einmal versuchte, nach ihrer Hand zu greifen, merkte er, dass sein entkräfteter, fast blutleerer Arm ihm wieder gehorchte. Mit den Fingerspitzen strich er sanft über ihren Handrücken und hörte, wie sie leise weinte. Weinen war gut, denn dann würde sie nicht wieder einschlafen. So ein Heiratsantrag hatte doch etwas für sich. Hasi bäumte seinen Brustkorb auf und stemmte sich mit aller Kraft gegen die Fesseln, um wenigstens eine Hand herausziehen zu können. Doch die Lederriemen schnürten ihn mit jeder Bewegung nur noch fester ein, sodass er immer weniger Luft bekam, je stärker er sich abrackerte. Erschöpft hielt er inne. Wenn er sich hier nutzlos aufrieb, war nichts gewonnen. Er schloss die Augen und konzentrierte sich darauf, seine letzten Kraftreserven zu mobilisieren.

»Hasi? Hasi!«

Es dauerte einen Moment, bevor Patricias flüsternde Stimme zu ihm durchdrang.

»Hörst du das auch?«

»Natürlich. Dieser Idiot singt und singt, es geht mir genauso auf die Nerven wie dir.«

»Nein! Da ist was anderes, hör doch mal genau hin!«

Hasi hielt die Luft an und jetzt hörte er es auch. Einen piependen Signalton durch den monotonen Singsang des Verrückten hindurch.

»Was ist das?«

»Irgendwo ist ein Alarm ausgelöst worden! Jetzt kommt Hilfe!«

Der Ton hörte plötzlich auf und auch der Verrückte hatte mit seinem Gesang innegehalten. Es war so still, dass Hasi das Knistern der fast heruntergebrannten Kerzen hören konnte. Der Verrückte glitt wie eine Krähe durch sein Blickfeld. Hasi hob mühsam den Kopf. Der Mann legte seine schwarze Robe ab, unter der die Uniform des Sicherheitsdienstes zum Vorschein kam. Dann eilte er mit gezückter Waffe aus dem Saal.

»Hilfe!«, schrie Hasi, so laut er konnte. »Hilfe, Hilfe!«

Patricia stimmte ein, ihre kläglichen Rufe klangen wie das Maunzen eines neugeborenen Kätzchens. Es brach Hasi fast das Herz, und so brüllte er aus vollem Hals für zwei.

»Hilfe! Zur Hilfe! Bitte! Hier sind wir!«

Eine unvorhergesehene Störung war eingetreten

Prätorius eilte durch die blau gekachelte Prozessionsstraße von Babylon. Die Hilferufe klangen ihm noch im Ohr, als er die Haupthalle mit dem Pergamonfries erreichte. Woher nahmen die Novizen auf einmal diese Kraft? Sie hatten bis dahin mehr wie bibbernde Laborratten gewirkt als wie das auserwählte heroische Liebespaar, über das die Welt noch in vielen Jahrhunderten sprechen würde, länger als über Romeo und Julia, die doch nur kleinherzige Narzissten mit einem Drang zur Selbstinszenierung gewesen waren. Am liebsten hätte er die beiden geknebelt, um ihr ungebührliches Winseln nicht hören zu müssen, doch ihm fehlte die Zeit. Er war irritiert. Eine unvorhergesehene Störung war eingetreten, obwohl das praktisch unmöglich war. Welchen Fehler konnte er gemacht haben? Alles war doch perfekt geplant gewesen! Das Warnsignal zeigte an, dass jemand soeben das komplette Sicherheitssystem des Museums deaktiviert hatte. Doch dafür musste man in der Schaltzentrale sein und den roten Knopf drücken. Entweder hatte er jemanden vom Personal übersehen, der sich noch unten in den Lagerräumen oder im Labor aufgehalten hatte, oder einer der Wachmänner war zu früh aus der Betäubung erwacht. In jedem Fall war der Störer jetzt mit ziemlicher Sicherheit auf dem Weg nach oben und musste durch die unauffällige Tür hinter dem Pergamonaltar kommen. Von dort ging es zum Verwaltungstrakt mit den Personalfahrstühlen und zum Treppenhaus in die Untergeschosse. Der einzige andere Weg wäre der Lastenfahrstuhl gewesen, dessen Türen er jedoch manuell verriegelt hatte.

Er setzte sich auf die Treppe des Pergamonaltars. Um sich zu beruhigen, zählte er auf, was er bereits geschafft hatte. Das Malkuthum war so gut wie vollbracht, Schritt für Schritt war er den Anweisungen der alten Geheimschriften gefolgt. Er hatte die Maschine mit einem Kondensat aus Blut und Balsam bestrichen und den dreifachen Kreis gezogen, sodass sich der Kraftkegel aus der Todesenergie seiner Opfer speisen konnte.

Die Novizen hatten schon so viel Blut verloren, dass der Übergang nicht mehr länger als eine halbe Stunde dauern konnte. Bis dahin musste er die Störung eliminiert haben. Und zur Not konnte das reine Blutopfer dieser jungen Menschen, die er sorgsam wegen ihrer Unschuld auserwählt hatte, wohl auch ohne seine Zeugenschaft ihres letzten Atemzuges die Kraft entfachen, um die Schwingungen reiner Bewusstseinsenergie auszulösen, die es brauchen würde, damit die Menschheit erlöst würde. Er stellte sich die Konsequenzen seines Rituals wie eine gewaltige Kettenreaktion vor, die vom Heiligtum über die Museumsinsel über Berlin in die Welt hinausreichte. Nach dem vollzogenen Opfer würde der allgegenwärtige Hass der Liebe weichen und die Selbstsucht dem Mitgefühl für die Schöpfung. Das einzig Wichtige war jetzt, zu verhindern, dass jemand diesen Energiefluss unterbrechen konnte.

Prätorius erhob sich und schaltete die Tageslichtscheinwerfer in der gläsernen Decke aus, sodass nur noch eine schummrige Notbeleuchtung gerade genug Licht gab, um den erwarteten Eindringling zu erkennen. Dann suchte er nach einem Platz, von wo aus er den Nebeneingang zum Saal überblicken konnte. Der perfekte Ort war hinter dem Sockel des Glaskastens mit dem Modell des Hügels von Pergamon. Der Überraschungsvorteil war auf seiner Seite.

Plötzlich wusste er ohne Zweifel, was seine Bestimmung hier war

Lydia und Torsten standen vor dem Schaltpult und schauten auf die erloschenen Überwachungsmonitore. Der rote Knopf, den sie nach einigen Überlegungen gedrückt hatten, hatte offenbar das komplette Alarmsystem deaktiviert.

»Es kann doch nicht sein, dass niemand das merkt«, sagte sie. »Was ist denn das für ein Wachdienst?«

Torsten ging zur Glastür und schaute auf den Gang. »Könnte sein, dass die Wachen auf Rundgang oben im Museum sind.«

Sie drückte ein paar Nummern auf dem Diensttelefon und legte wieder auf. »Ich kriege nur die interne Leitung. Und da geht niemand ran.«

»Vielleicht ist jemand oben in der Pergamonhalle«, sagte Torsten. »Da sollten wir uns sowieso mal umsehen.«

Lydia folgte ihm auf den Gang.

Kaltes Neonlicht reflektierte von den geweißten Wänden des menschenleeren Ganges. Vor der Treppe am Ende des Flures blieb Torsten stehen.

»Jedenfalls weiß ich jetzt, wo wir sind!« Er wies auf eine Delle mit abgebröckeltem Putz über dem Treppengeländer. »Hier hat Jasik mich mit dem Feuerlöscher attackiert.«

»Stimmt! Dann muss dort oben der Aufenthaltsraum für die Wachleute sein«, erwiderte Lydia und stieg an ihm vorbei die Treppe hoch.

Ein groteskes Bild bot sich ihren Augen, als sie die Tür zum Aufenthaltsraum öffnete. Die Wachleute saßen um den Tisch wie hindrapiert. Ein dicker Kahlköpfiger lag nach hinten über seinem Stuhl mit weit offenem Mund, ein zweiter war mit der Stirn auf den Tisch gefallen und seine Arme hingen leblos an ihm herab, sodass sie fast den Boden berührten. Der dritte Wachmann hatte noch die Hand um einen nach Whisky riechenden Pappbecher geklammert, als hätte er Angst, man würde ihm sein Getränk im Schlaf wegnehmen. Ein Rinnsal aus Spucke war ihm aus dem Mund gelaufen und hatte neben seinem Kopf eine kleine Lache auf der Tischplatte gebildet. Lydia fasste ihm an den Hals.

»Sind sie tot?«, fragte Torsten mit belegter Stimme.

Lydia wandte sich den anderen schlaffen Körpern zu, um den Puls zu prüfen. »Bewusstlos. K.o.-Tropfen vermutlich.« Sie beugte sich über einen der Wachleute. »Wir könnten ihre Waffen brauchen.«

Gemeinsam durchsuchten sie die Taschen und Uniformen, doch die Dienstwaffen waren nirgendwo zu finden. Sie mussten den Wachraum so unbewaffnet verlassen, wie sie gekommen waren. Nachdem sie am Ende des Ganges eine weitere Treppe nach oben gefunden hatten, gelangten sie in einen dunklen Korridor, von dem die Büros der Museumsverwaltung abgingen. Aus einer offen stehenden Tür am Ende des Gangs fiel ein fahler Lichtschein.

»Dort geht es zum Pergamonaltar«, flüsterte Torsten.

Als sie eintraten, wurden sie von einer feierlichen Stille empfangen. Im trüben Licht der Notbeleuchtung wirkten die weißen Gestalten auf dem Fries der Götter und Giganten wie flüchtige Gespenster aus einer Schattenwelt. Torsten hielt inne und packte Lydia am Arm.

»Hinter dem Glaskasten ist jemand!«

Sie folgte seinem Blick. Hinter den breiten Treppen des Altars stand ein großer Schaukasten. Tatsächlich war hinter der Reflektion des Glases eine Bewegung zu erahnen. Lydia schritt an Torsten vorbei, bevor er sie aufhalten konnte.

»Hallo? Sie da, hinter dem Schaukasten. Wir haben Sie gesehen!«

Sie dachte schon, Torsten hätte sich geirrt, bis schließlich ein Wachmann des Sicherheitsdienstes mit gezückter Waffe hervortrat.

»Hände hoch. Was machen Sie hier?«

Lydia kniff die Augen zusammen, doch im Dämmerlicht war das Gesicht des Mannes nicht zu erkennen.

»Ich bin Lydia Klimm und das ist Hauptkommissar Nagel. Legen Sie Ihre Waffe nieder. Wir brauchen Ihre Hilfe.«

Der massige Mann kam langsam näher, ohne die Waffe zu senken.

»Wie sind Sie hier hereingekommen?«

»Das Museum steht offen. Jemand hat das Sicherheitssystem abgeschaltet, wussten Sie das nicht?«, erwiderte Lydia lauernd. In seiner Uniform mit dem blauen Hemd wirkte der Mann wie ein völlig normaler Museumswächter.

»Sie haben hier nichts zu suchen«, sagte er.

»Was ist mit Ihren Kollegen im Keller passiert?«, fragte Torsten. »Die sind alle bewusstlos.«

Der Wachmann sah ihn einen Moment unschlüssig an.

»Sie müssen sofort den Notarzt anrufen«, verlangte Torsten.

»Was soll der Quatsch? Wovon reden Sie? Das kann –«

»Sollten Sie das nicht überprüfen?«, unterbrach ihn Lydia.

Der Wachmann schnaubte verächtlich. »Wollen Sie mir sagen, wie ich meine Arbeit zu machen habe? Ich will Ihre Ausweise sehen und einen Hausdurchsuchungsbefehl.«

Er steckte seine Waffe in das Halfter und breitete die Arme aus, als wollte er sie hinausscheuchen wie eine Herde Besucher bei Museumsschluss.

»Ohne richterliche Anordnung haben Sie kein Recht, sich hier aufzuhalten. Ich werde mich über Sie beschweren.«

In dem Moment hörten sie etwas. Es klang wie ein dünnes Rufen aus weiter Ferne. »Da ruft jemand, hören Sie das nicht, Herr Prätorius? Ihren lächerlichen Schnäuzer können Sie ruhig abnehmen!«, sagte Lydia trocken.

Bevor er antworten konnte, schnellte Torsten unvermittelt vor und sprang ihm mit voller Wucht gegen den massigen Körper. Der Wachmann kam ins Taumeln und stolperte einige Schritte zurück. In einem angetäuschten Sturz brachte er Torsten durch einen gezielten Tritt in die Kniekehlen zu Fall. Sofort stürzte der Mann sich über ihn und drückte ihn mit einem Arm auf den Boden. Mit der anderen Hand riss er seine Waffe aus dem Halfter.

»Pass auf!«, rief Lydia.

Torsten bäumte sich auf, drehte seinen Körper aus dem Griff des Angreifers und schlug ihm mit seinem befreiten Arm die Waffe aus der Hand. Die Pistole flog durch die Luft und knallte auf die Stufen des Pergamonaltars. Beim Aufprall löste sich ein Schuss, dessen Echo von den Wänden widerhallte. Torsten sprang auf, als der Glaskasten mit dem Altar-Modell mit ohrenbetäubendem Krachen zerbarst. In seinen Ohren dröhnte es wie hundert Presslufthämmer und er torkelte halb betäubt über die Glassplitter.

Es war zu spät, um Prätorius auszuweichen, der sich trotz seiner Massigkeit mit erstaunlicher Agilität auf ihn stürzte. Sie fielen beide nach hinten. Das volle Gewicht des Angreifers lastete auf Torstens Brustkorb. Er bekam keine Luft. Um ihn herum lagen die Glasscherben des zersplitterten Schaukastens und Prätorius versuchte, ihn mit den Handgelenken in die scharfkantigen Scherben zu stoßen. Für einen Moment ließ der Druck nach, als Prätorius zu einem Schlag ausholte. Mit einem Ruck wälzte Torsten sich aus der Umklammerung und sprang auf.

»Nach rechts!«, schrie Lydia, und er schnellte zur Seite und fing die Wucht des gegen seinen Kopf gerichteten Trittes mit der Schulter ab. Benommen vom Schmerz ging er taumelnd in Stellung, um den nächsten Angriff zu parieren. Nur schemenhaft nahm er die Konturen seines Gegners wahr, der überraschend wendig um die eigene Achse wirbelte und gleichzeitig einen Handkantenschlag gegen seine Halsschlagader führte. Reflexartig wehrte er ihn mit seinem Unterarm ab und ging zum Gegenangriff über. Aber Prätorius wich seinen Schlägen mühelos aus und war so schnell, dass es Torsten vorkam, als ob er von mehreren Seiten gleichzeitig attackiert würde. Nur mit Mühe konnte er sich noch auf den Beinen halten. Ihm schwanden die Kräfte und er blutete aus einer tiefen Schnittwunde am Unterarm.

Während Lydia die Kämpfenden umkreiste und zusehen musste, wie Prätorius immer mehr die Oberhand gewann, suchte sie nach der Pistole. Endlich sah sie die schwarze

Dienstwaffe im Schatten des Schaukastens. Mit einem Satz war sie dort. Es war fast unmöglich, auf Prätorius zu zielen, ohne immer wieder Torsten in die Schusslinie zu bekommen. Ganz kurz trafen sich ihre Augen, und er schien zu verstehen, denn er schaffte es, sich für einen Moment wegzuducken, sodass sie endlich abdrücken konnte. Doch nichts passierte außer einem Klicken. Mit einem Fluch zog sie noch ein paar Mal den Abzugshebel durch, ohne Erfolg. Lydia fasste die Pistole am Lauf und schleuderte sie in Richtung Prätorius. Die schwere Waffe traf ihn mitten gegen die Stirn. Verdutzt sah er zu ihr herüber. Torsten nutzte die Chance, um ihm mit aller Kraft einen Kinnhaken zu versetzen. Prätorius kippte nach hinten, torkelte und fiel rückwärts mitten in den zersplitterten Schaukasten. Der Boden um ihn herum färbte sich rot. Er ruderte mit den Armen und versuchte vergeblich, sich wieder aufzurichten. Doch er steckte in den aus dem zerborstenen Schaukasten aufragenden Glaszacken fest wie ein aufgespießtes Insekt.

»Es hat keinen Sinn, sich weiter zu wehren, Sie verbluten gerade«, sagte Lydia ungerührt.

Prätorius wandte ihr den Kopf zu und lächelte gequält. »Auch ich bin nur ein Opfer«, murmelte er und schloss die Augen.

Es dauerte einen Moment, bis Torsten realisierte, dass sein Gegner endgültig zu Boden gegangen war. Lydia legte ihm ihre Hand auf den Arm. »Es ist vorbei.«

Sie durchsuchte Prätorius' Taschen und zog ein Handy heraus, um einen Notruf abzusetzen.

Torsten schrak zusammen. »Psst – hörst du das?«

Ganz leise hörten sie die Hilferufe wieder.

»Scheint aus dem Südflügel zu kommen«, sagte er. »Komm!«

»Du blutest.« Sie deutete auf die lange Schnittwunde an seinem Unterarm, doch er winkte ab.

Lydia steckte das Handy ein und folgte ihm eilig in die nächste Halle. Dort lauschten sie einen Augenblick, doch die Hilferufe waren verstummt. Torsten riss sich das Hemd in

Fetzen und verband damit den blutenden Unterarm, während sie durch das Markttor von Milet und die Prozessionsstraße von Babylon entlangliefen.

»Wohin?«, fragte Lydia. Torsten deutete wortlos nach rechts, wo das dunkle Loch einer künstlichen Felsgrotte den Eingang zur Sonderausstellung markierte.

Sie blieb neben ihm vor dem Höhleneingang stehen.

»Worauf wartest du?« Sie musterte ihn. »Alles okay?«

»Ich weiß nicht, es ist so heiß hier«, murmelte er und wischte sich den Schweiß von der Stirn. Es kam Torsten vor, als würde ihm ein brütendheißer Wind entgegenblasen, so als stünde der Raum dahinter in Flammen.

»Ich geh vor«, sagte Lydia und drängte sich an ihm vorbei.

Sie schien die Hitze überhaupt nicht zu spüren. Vielleicht war sein Empfinden nur eine späte Nachwirkung der beiden Joints, die Hinnerk ihm verabreicht hatte, dachte Torsten verwirrt. Er versuchte, die sengende Hitze zu ignorieren, und folgte Lydia durch die künstliche Grotte. Mechanisch setzte er einen Schritt vor den anderen. Die Höhle war zu eng, er bekam kaum Luft, es brannte in seiner Lunge und er fühlte sich wie lebendig begraben. Sein Verband war von Blut durchtränkt und für einen Moment wurde ihm schwarz vor Augen, aber er zwang sich mühsam weiter bis zum Ausgang der Grotte. Von überall blickten monumentale Steinfiguren auf ihn herab. Über ihren Häuptern, aus denen Hörner wie Sonnenstrahlen wuchsen, wölbte sich ein dunkelblaues Firmament mit funkelnden Sternen. Die heiße Glut umtoste ihn wie ein Höllenfeuer.

Torsten hielt die Luft an und ging langsam weiter. Hinter der Wand aus Hitze spürte er eine angenehme Kühle. In der Luft lag ein Duft von Weihrauch und Honig. Eine friedliche Ruhe breitete sich um ihn herum aus und ein Gefühl von Ehrfurcht und Entzücken stieg in ihm auf. Er blieb andächtig stehen und senkte seinen Blick voller Demut. Hier geschah gerade etwas Großes, etwas Heiliges, das im Einklang mit dem ganzen Universum stand.

»Komm her, Torsten, beeil dich!«, schallte ein Schrei durch die Halle. Er runzelte die Stirn. Welcher Frevler wagte es, die heilige Stille zu stören?

»Wir müssen das Blut stoppen!«, rief Lydia. Sie stand inmitten von flackernden Kerzen vor zwei Steinblöcken. Der Boden war mit Kreisen und Zeichnungen aus schwarzem und weißem Pulver bedeckt. Zwei bleiche Menschen, nackt bis auf die Unterwäsche, waren mit Lederriemen auf die Opfersteine gefesselt. Lydia hatte eine Kanüle in der Hand. Blut spritzte heraus und färbte den Boden rot.

Torsten strahlte sie glücklich an. War es nicht wundervoll? Die beiden Menschen, die dort lagen, waren Auserwählte. Und er sah, dass sie im Begriff waren, sich aufzulösen, um mit der ganzen Welt zu verschmelzen! Er beneidete die beiden Opfer um ihre heilige Aufgabe. Gerne hätte er mit ihnen getauscht, doch das war nicht vorgesehen. Während er sie voller Ehrfurcht betrachtete, stieg eine Ahnung in ihm auf. Es musste einen Grund geben, warum er hier sein, warum er dieses heilige Opfer bezeugen durfte.

»Ich brauche deine Hilfe«, hörte er Lydia gedämpft wie durch eine Wand aus Watte, als er mit angemessener Würde auf sie zuschritt. Hinter den Opfern erblickte er nun die prachtvolle Figur des Baphomet. Ihm stockte das Herz. Was für eine überwältigende Schönheit! In der einen Figur waren zwei Liebende vereint, die in immer wieder neuen Formen ekstatisch ineinander zu verschmelzen schienen. Plötzlich wusste er ohne Zweifel, was seine Bestimmung hier war. Er war der Hüter, er durfte nicht zulassen, dass jemand das heilige Opfer schändete. Auch Frau Klimm musste eine Chance auf Erlösung bekommen. Was bedeutete schon ein Menschenleben, ihr Leben, im Angesicht der universellen Liebe? Es war gut und richtig, auch ihr Blut mit dem Wunderbaren zu vereinigen, das war er ihr schuldig. Außerdem hasste er sie, fiel ihm schlagartig auf. Warum war ihm das jetzt erst klar geworden? Hatte sie ihn damals als Kollegen im Team nicht immer übersehen? War sie etwa zu seiner Wohnungseinweihung gekommen? Hatte sie sich für ihn interessiert? Nein! Sie fand ihn langweilig und nichtsnutzig, und jetzt, wo er sich von ihr als Chefin befreit hatte, kam sie wieder angekrochen und wollte ihn auch noch bemuttern, die falsche Schlange!

Torsten sah sich um, er brauchte nur noch das Opfermesser. Lydia stand über einen der Auserwählten gebeugt. »Nein, ich will Sie nicht verhören, Herr Quermaten, Sie sind in Sicherheit«, hörte er ihre frevelhafte Stimme. Sein Blick fiel auf die scharfe Kante der Steinplatte. Er musste das Überraschungsmoment nutzen und ihren Kopf mit einem heftigen Ruck auf den Stein schlagen. Seine Hände brannten vor Energie und er streckte die Arme aus, um Lydia zu packen. Die Berührung mit ihrem Körper durchfuhr ihn wie ein elektrischer Schlag. Er sah direkt in ihre skeptisch zusammengezogenen Augen und erkannte, dass etwas in ihm danach gierte, sie zu töten. Aber was oder wer war das? Es war nicht er selbst, Torsten Nagel, Hauptkommissar der achten Mordkommission, der das wollte, sondern eine fremde Kraft, die ihm diesen Wunsch einflüsterte, und diese Kraft hieß nicht Cannabis. Ein böser Verdacht flackerte in ihm auf. Mit einer letzten Willensanstrengung wandte er sich zur Seite und ließ sich einfach an Lydia vorbei nach vorn auf die Figur fallen. Noch im Fallen explodierte etwas in seinem Kopf, schwarzes Licht, dunkler als alles, was er kannte, hüllte ihn ein. Er konnte nichts sehen, doch seine Hände fühlten einen Widerstand. Blind fegte er die Skulptur vom Sockel, die mit dumpfem Klang auf dem Boden aufschlug und in tausend morsche Stücke zerfiel. Im gleichen Augenblick merkte er, wie der Druck nachließ, als ob er aus der Schwärze eines tiefen Ozeans nach oben gerissen wurde und durch den Spiegel der Wasseroberfläche ans Licht brach.

Torsten blinzelte. Es kam ihm vor, als seien Stunden vergangen, aber es konnten nur Sekunden gewesen sein. Der Raum sah wieder wie ein Museumssaal aus, das glitzernde Flirren in der Luft war verschwunden und auch von den heißen Winden spürte er nichts mehr. Lydia stand immer noch neben den beiden Opfern, die dringend Hilfe benötigten, wie er jetzt verstand.

Torsten erhob sich vom Boden und riss ein paar Streifen aus seinem Hemd. Gemeinsam schafften sie es, mit improvisierten Druckverbänden die Blutung bei den Opfern zu stillen. Sie waren kaum bei Bewusstsein und atmeten flach.

Als die Sanitäter anrückten, wandte sich Lydia an Torsten.

»Was war los? Warum hast du dieses Ding zerstört?«

Er schaute verständnislos auf den mit Holzstücken und langen blonden Haaren übersäten Boden. Es schienen Fragmente von irgendeiner Skulptur zu sein, aber seltsamerweise konnte er sie nicht benennen. Mit dem Fuß stieß er gegen einen Splitter, der sofort zu Staub zerbröselte, als ob das Holz mit der Zerstörung der Figur jeden Willen zur Form verloren hatte. Ihm war, als hätte er von etwas Wichtigem geträumt, das sich beim Aufwachen verflüchtigte und nur eine verschwommene Ahnung zurückließ.

»Keine Absicht«, sagte er. »Ich bin nur gestolpert.«

»Du bist ja grün im Gesicht. Setz dich hin!«

Torsten setzte sich mitten im Chaos auf den Boden. Obwohl die Schnittwunde in seinem Unterarm schmerzhaft pochte, fühlte er sich auf einmal so ruhig, als ob er gerade aus Hinnerks Meditationstank gestiegen wäre. Eine Welle der Freude durchfuhr ihn und er konnte wieder klar denken. Vielleicht war der Moment gekommen, in dem er endlich damit beginnen konnte, wieder selbst die Kontrolle über sein Leben zu übernehmen. Jetzt konnte er sich wegen seiner Verletzung krankschreiben lassen und sich die Zeit nehmen, die es brauchte, um wieder zu Kräften zu kommen. Und irgendwann musste er sich auch noch einmal ganz in Ruhe mit Hinnerk über das morphogenetische Feld unterhalten, von dessen Wirken er allerdings Frank und seiner Truppe und selbst Lydia besser kein Wort erzählen sollte.

So schlecht war seine Lage nicht

Hasi lag auf einer Trage und zog die silberne Isolationsdecke enger um sich. Er zitterte immer noch am ganzen Körper wie jemand, den man kurz vor dem Erfrieren aus einem Eisloch gefischt hatte. Und so ähnlich war es wohl auch gewesen. Er konnte sich zwar nicht mehr erinnern, wovor genau man ihn und Patricia gerettet hatte, aber es musste doch recht knapp gewesen sein, wenn er die ernsten Mienen um sich herum richtig deutete. Er war aufgewacht, als man ihm eine Infusion gelegt hatte, und nun konnte er förmlich fühlen, wie die Kraft wieder in seine Adern floss.

Er hob den Kopf. Die Polizei hatte inzwischen die grelle Neonbeleuchtung im Saal angeschaltet, und so konnte er von seiner Trage aus über das Trümmerfeld blicken. Die Götterskulpturen, zwischen denen jetzt Polizisten, Sanitäter und Menschen in weißen Kitteln geschäftig herumliefen, waren zum Glück unbeschädigt, und er wunderte sich nur, wie sehr er sich schon mit dem Museum identifizierte, wenn er als Erstes nach dem Aufwachen an den unversehrten Bestand der Ausstellung dachte. Der Raum selbst ließ allerdings schwer zu wünschen übrig, Herrschaftszeiten. Irgendjemand hatte ganz schön gewütet, denn überall lag Abfall herum – blutige Kanülen, Dreckkrümel, abgebrannte Kerzen und unappetitliche Gegenstände, die er gar nicht erst identifizieren wollte. Es sah aus, als hätte ein Haufen Drogenabhängiger hier ein Gelage gefeiert. Das Unangenehmste war, dass man ihn und Patricia offenbar in geradezu unbekleidetem Zustand aufgefunden hatte. Warum der Verrückte sie bis auf die Unterwäsche ausgezogen hatte, war ihm schleierhaft. Hasi hatte nicht die geringste Lust, noch einen weiteren Gedanken an dieses skurrile Erlebnis zu verschwenden.

Aber irgendwas musste noch getan werden. Ein flüchtiges Mosaikstück aus einem Traum, der sich beim Aufwachen verflüchtigt hatte. Eine unerledigte Angelegenheit. Wenn er doch nur wieder wüsste, was er und Patricia durchgemacht hatten!

Es gab nur eines, was ihm am Herzen lag, wie ihm endlich wieder einfiel. Er schaute zu Patricia hinüber. Sie lag mit ihrer zerrupften neuen Kurzhaarfrisur neben ihm auf ihrer Trage und hatte die Augen geschlossen, aber sie atmete ruhig und tief.

»Wie geht es dir?«

Sie nickte mechanisch, ohne die Augen zu öffnen.

»Geht so. Und dir?«

»Danke, kann nicht klagen.«

Hasi streckte seinen Arm aus und fasste wieder ihre Hand.

»Jetzt ist alles gut, Patricia.«

Zwei Sanitäter kamen, um sie zum Krankenwagen zu bringen.

»Einen Augenblick noch«, bat Hasi. »Bitte – falls Sie uns kurz allein lassen könnten.«

Als die Männer sich entfernt hatten, wandte er sich wieder an Patricia.

»Erinnerst du dich, dass ich dich gefragt habe, ob du mich heiraten willst, wenn das alles vorbei ist?«

Anstatt zu antworten, schluchzte sie heftig auf.

»Ist es so schlimm?«

»Nein, Hasi, natürlich nicht.« Sie lächelte, tränenblind.

»Ich wollte nur sagen, dass wir vorhin in einer Extremsituation waren. Da sagt man natürlich so alles Mögliche, damit es einem besser geht.«

»Wie meinst du das?« Sie wischte sich die Augen und schaute ihn an.

»Ich meine nur, dass man ein Versprechen, das man unter Stress gegeben hat, nicht – überbewerten sollte.«

»Aber sind wir denn jetzt nicht mehr verlobt?«

Hasi wandte sich kurz zur Seite, damit sie nicht sehen konnte, wie sehr er um seine Fassung ringen musste. Contenance, hatte Tante Pudel immer gesagt, und er war sich sicher, dass sie das auch genau für solche Fälle gemeint hatte. Er blickte Patricia wieder an und bemühte sich um ein Lächeln, das etwas förmlich geriet.

»Wir sollten uns das noch mal in Ruhe überlegen, findest du nicht? Wir müssen ja nichts übereilen.«

Es tat ihm weh zu sehen, wie eine Welle der Erleichterung über ihr Gesicht lief.

Ein Sanitäter trat wieder heran. »Können wir jetzt?«

»Auf Wiedersehen, Patricia«, sagte Hasi und nickte dem Sanitäter zu.

Als er endlich nach draußen zum Krankenwagen geschoben wurde, stand die Sonne im Osten schon über den Dächern. Der Himmel war strahlend blau und es versprach ein wunderschöner Tag zu werden. Hasi schloss die Augen und genoss die Wärme auf seinen Lidern. So schlecht war seine Lage nicht. Er war unendlich müde, aber er war mit sich und der Welt im Reinen. Manchmal war es eben erforderlich, dafür ein Opfer zu bringen. Und wer weiß, vielleicht würde Patricia sich doch noch ins Zöllner's einladen lassen? Es kam ihm so vor, als könnte er Tante Pudels Stimme hören, die ihn ermahnte. »Du Hornochse, frag sie doch einfach – und lass dich ja nicht lumpen!«

Dann könnte man alles tun, was getan werden musste, um das Herz einer Frau zu erobern, und das auch noch in der richtigen Reihenfolge, so wie es sich gehörte.

Sue & Wilfried Schwerin von Krosigk

Das Autorenpaar Sue & Wilfried Schwerin von Krosigk schreibt seit über zwanzig Jahren gemeinsam Drehbücher für das Fernsehen. Geprägt sind beide von langjährigen Auslandsaufenthalten in New York und London, von wo sie unter anderem ihre Vorliebe für den angelsächsischen Humor mitgebracht haben.

Inzwischen leben sie in Berlin, und wenn sie nicht in ihrer Charlottenburger Wohnung vor den Computerbildschirmen sitzen, dann erforschen sie die Stadt, die sie jeden Tag aufs Neue überrascht. Zuletzt erschien von ihnen der Roman »Der Minutenschläfer«, in dem Hasi zum ersten Mal in einen Kriminalfall verwickelt wird.

Sue & Wilfried Schwerin von Krosigk
Der Minutenschläfer
Kriminalroman
10,00 €
ISBN 978-3-89809-544-0

Der ewig klamme Hartung Siegward Graf von Quermaten zu Oytinghausen, von allen Hasi genannt, darf über den Sommer eine Villa voller Kunstschätze hüten. Als beim Raub eines Matisse-Gemäldes in der Nachbarschaft ein Mord verübt wird, gerät er in das Visier von Hauptkommissarin Lydia Klimm.
Bei seinem Bemühen, sich den Verdächtigungen der abgebrühten Ermittlerin zu erwehren, verstrickt Hasi sich immer tiefer in den Fall. Dabei begegnen ihm gierige Galeristen, skrupellose Immobilienhaie, Charitydamen, Esoterik-Nerds – und eine zarte blonde Frau, deren Leben zu retten er sich verpflichtet fühlt.

»Eine turbulente Geschichte, schräg, zuweilen absurd und sehr lustig. Die Einflüsse des britischen Humors sind unüberlesbar.
Ein überaus unterhaltsames Buch mit einem sehr sympathischen, etwas vertrottelten, Helden und jeder Menge schräger Vögel. Mehr davon!«
rbb inforadio

»Grandios.«
Der Tagesspiegel

»Amüsant, intelligent, mit spannenden Wendungen und einem Hauch Romantik. Was braucht eine Krimkomödie mehr?«
ekz

»Eine gelungene Krimikomödie mit unheimlich sympathischen Charakteren. Wer dieses Buch gelesen hat, wird Hasi lieben.«
lovelybooks.de

Christoph Spielberg
Wiederbelebung
Ein Dr.-Hoffmann-Krimi
12,00 €
ISBN 978-3-89809-546-4

Auf der Intensivstation der Humana-Klinik häufen sich die Todesfälle. Oberarzt Dr. Felix Hoffmann ist überzeugt, dass hier etwas nicht mit rechten Dingen zugeht. Als ein Kollege spurlos verschwindet und ein Pfleger Selbstmord begeht, wird klar, dass mehr hinter der Sache stecken muss.

Christine Anlauff
Gestorben wird immer
Kriminalroman
10,00 €
ISBN 978-3-89809-543-3

Eigentlich soll der Potsdamer Literaturkritiker Just Verloren sich von den Folgen eines Fahrradunfalls erholen. Doch das spurlose Verschwinden einer Krankenschwester weckt seinen kriminalistischen Spürsinn.

»Christine Anlauff hat einen echten Potsdam-Krimi geschrieben. Die Story ist spannend, die Geschichte klar: menschlich, tragisch, auch lustig – kurzum unterhaltend«

Inforadio